U0619572

文脉中国 小说库

wenmaizhongguo xiaoshuoku

哈尔滨大侦探（上）

温宏声 著

中国文联出版社

图书在版编目（CIP）数据

哈尔滨大侦探 / 温宏声著 . -- 北京：中国文联出版社，2017.10（2023.3 重印）

ISBN 978-7-5190-3075-9

Ⅰ. ①哈… Ⅱ. ①温… Ⅲ. ①长篇小说—中国—当代 Ⅳ. ①I247.5

中国版本图书馆 CIP 数据核字（2017）第 251292 号

著　　者　温宏声
责任编辑　郭　锋
责任校对　李佳莹
装帧设计　中联华文

出版发行　中国文联出版社有限公司
地　　址　北京市朝阳区农展馆南里 10 号　　邮编　100125
电　　话　010-85923025（发行部）　　85923091（总编室）
经　　销　全国新华书店等
印　　刷　三河市华东印刷有限公司

开　　本　710 毫米×1000 毫米　1/16
印　　张　24.5
字　　数　412 千字
版　　次　2023 年 3 月第 1 版第 2 次印刷
定　　价　138.00 元（全二册）

目录

contents

第一章

宝石花手表

一

哈尔滨的春天到了中午的时候暖洋洋的，可一早一晚还是冷飕飕的，地上的水虽然已经不再结冰，可脱了棉衣棉裤还是很冷，这就是俗语说的冻人不冻水的季节。

早上八点多钟，哈尔滨机械加工职业技术学校的院子里涌进了一大帮年轻人，男男女女地围在学校大楼前，一个个踮着脚抻着脖子在看墙上张贴的考试录取名单。人群中一个瘦瘦的小个子青年实在看不见，就蹲下身子从前面人的腰部钻出头来，他瞪起眼睛在名单中一行一行地搜索，渴望着能搜出自己的名字。技校这次录取的名额是一百人，瘦小子搜索到最后一行时，才终于搜出了倒数第三个名字，由于录取名单写到最后地方不太够了，最后一行字比前面小了许多，“侯滨松”三个字笑呵呵地挤在第九十八的位次上。

侯滨松使劲从人群中挤出来，长出一口气，“九十八怎么了，倒数第三怎么了，不管怎么说我考上了，他就是第一名也得跟我一起走进这幢大楼报到”。他真的很满足，他考上了他的父亲也会很满足。父亲在“满洲国”的时候就在日本人开的工厂里干钳工，现在在国营工厂还干钳工，他只要喝上两杯小酒就会谆谆教导他的儿子：甭管哪朝哪代，只要有技术就有饭碗，有饭碗才有饭吃，一个人只要学到了技术，就有了生活的保障。现在他满足了父亲让他当一名工人的愿望，大有心花怒放的感觉，已经忘记了春风入骨的寒冷。

侯滨松迈着满心欢喜的脚步匆匆走出学校大院，他急着回家向父母报喜。就在这个时候，突然听到一声尖叫："来人啊，有坏人抢劫了！"这是一个姑娘的声音，声音在他的身后，而且来自于地面，由此可以断定这个姑娘已经被打倒在地了。他没有回头，因为他听出姑娘发出喊叫的地方大约有三四十米远，而且有一个人正向他的方向跑来。这时又多了几个人的喊声："截住他，别让抢劫犯跑了！"后面的喊声很急，可他仍然继续往前走没有回头，他害怕劫匪的手里有刀或者别的什么凶器，如果回头迎面去拦截会很危险，万一挨上一刀怎么办？这技校还上不上？养家糊口安身立命的技术还学不学？万一残了胳膊残了腿谁养活你？要是弄不好再丢了小命，那父亲的愿望就全泡汤了。

后面的脚步声乱了起来，差不多有三四个人也追了过来，姑娘的声音再次响起："前面的大哥截住他，他抢了我的手表，别让他跑了！"听声音姑娘已经爬起来向这边追来。姑娘喊叫的声音气力十足，很健硕，向这边跑的时候一定瞪大了眼睛，姑娘的希望全落在了他的身上。在他的心里父亲的话就是圣旨，到什么时候不能辜负父亲的希望，可姑娘的希望就在眼前，漂亮的声音一定出自漂亮的姑娘，再有几秒钟姑娘就会跑到他的跟前，如果他贪生怕死放跑了这个歹徒，那将无法面对姑娘，如果后面还有考入技校的同学，那将没有脸面迈进技校的大门，费劲巴拉考上的技校也上不成了。

事态急迫，已容不得再胡思乱想了，歹徒慌乱的脚步声越来越近了，三十米、二十米、五米……那呼哧呼哧的粗气已经吹热了他的后脖颈。说时迟那时快，就在歹徒快到身侧的一瞬间，他猛地转身踢腿，一脚把这个大块头歹徒绊倒在地。他冲到歹徒的面前一声号叫："快把东西交出来！"大块头喘成一团抬起头来，这个狡猾的东西为了不暴露面目特征戴了一个口罩，只露出两只眼睛，他看看有好几个人已经追上来，就把握着的一块手表扔在地上，然后趁侯滨松俯下身子捡起手表的机会爬起来就跑。这时姑娘已经跑到跟前，她连累带急涨红了脸，气喘吁吁间显出的漂亮异常动人。女人的漂亮能感动男人，特别能感动年轻的小伙子，此时的侯滨松被彻底的感动了。"你等着，我把他给你抓回来。"说完紧跟着还没有跑远的大块头奋勇追去。

大块头已经先跑了几十米，又被侯滨松绊那一脚摔得够呛，他拐过一趟街没跑多远就趴在地上哇哇地呕吐起来，侯滨松快马赶到正要上前去抓，就听身后有动静，还没等回头去看，就觉得后腰有一个尖利的东西扎进肉里。"别动，动我就一刀宰了你。”听到这个声音侯滨松吓得背后直冒凉风，这无疑是大块头的同伙，而且尖刀已经顶在了腰上扎进肉里，动一动就没命了。想到这，侯滨松赶紧举起双手，眼看着大块头爬起来跑了，他也被身后这个同伙一脚踹趴在地上。他抱着脑袋趴在地上没敢再起来，心里想，“这个同伙也算是手下留情了，他要是再用点劲那刀可就捅进去了,那可就真的没命了”。不一会儿那姑娘跟一些群众就赶到了，见他趴在地上就把他扶起来。这回看准了，姑娘确实很漂亮，他向姑娘一伸胳膊张开手掌，这才看清刚才夺回来的是一块宝石花牌手表。姑娘激动地接过手表，漂亮的脸蛋显得更漂亮了。围拢上来的人们也对这闪耀着雷锋精神的一幕赞叹不已，人群里响起了一片掌声。还是姑娘的眼尖，她发现侯滨松后背上有刀划破的口子，就追问他是不是被伤着了，这时已经光荣得晕晕乎乎的侯滨松才觉出腰部阵阵刺痛，他咧咧嘴叫了一声，原来英雄受伤了啊，人们赶紧七手八脚地把他送到了附近的一家医院。

到了医院，经医生的检查，他的腰部有刀刺的创口，但伤口不大，消消毒缝了一针，又打了一支破伤风，不一会就处置完了。就在这时警察来了，而且来了不是一两个，派出所的、分局的、市局的，乱哄哄的一大帮，一会工夫急诊室里里外外都是警察了。侯滨松看得出有两个警察是真正管事的，他们问了许多问题，问着问着侯滨松就觉得有点不对劲，他刚才那种当了英雄的荣耀感突然被一阵冷风刮走了。问话的两个警察，一个脸色黝黑，身材健壮得像头牛，说起话来不紧不慢的，很和蔼。另一个警察就不同了，瘦高个子刀条脸，他问的话就像一根根刺，扎得你浑身又痛又痒，钻心地难受。侯滨松慢慢地听明白了刀条脸的意思：你怎么这么巧就赶上了抢劫案的发生？嫌疑人为什么把手表主动交到你的手上？嫌疑人已经被制服倒在地上，为什么又跑掉了？持刀的歹徒为什么只用刀尖轻轻划了一个小口，而不是用力刺伤？

去你妈的吧，警察明明在怀疑我啊，难道我正好赶上了抢劫案就值得怀疑吗？再说了，除了我之外还有许多人都在帮助抓歹徒，难道那些人也都是坏人吗？抢劫那小子是为了逃跑才把手表交出来的，难道他拿着手表逃跑了才能满足你们警察的要求吗？我被扎了一刀缝了一针这也有问题吗？难道只有我被一刀捅死才能随了你这警察的心愿吗？

侯滨松心里这么想，但他没敢说出来，他又怕又恨地看着面前的两个警察，在心里暗暗地骂道：“这些警察真可恨。”

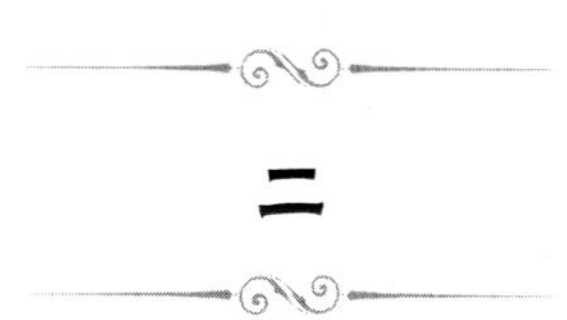

二

20世纪六十年代初，中国到处都是毛主席的题词“向雷锋同志学习”，大街小巷都是“学习雷锋好榜样”的歌声，人们买东西、乘车都会主动排队，文明礼貌蔚然成风，整个社会一片和谐。那时的一句口号最能体现当时的社会风气：“我为人人，人人为我。”社会治安好，刑事案件的发案率也很低，像光天化日之下当街抢劫手表的案件非常罕见，况且宝石花手表价值一百二十元，数额较大，案犯又持刀伤人，属于手段凶狠，所以才惊动了这么多的警察。

那个时候老百姓的家里要有“四大件”才能算上小康生活，才能算日子过得体面。“四大件”也叫“三转一响”，包括手表、自行车、缝纫机和收音机，手表是第一位的。姑娘被抢的手表是宝石花牌的，上海生产，一块表一百二十块钱，得省吃俭用好几年才能攒这么一块表，所以说案值较大。嫌疑人是两人，属于团伙作案，而且在抢劫过程中还动用了凶器，这就使案件的性质更加严重，所以连市公安局的大案队也被惊动了，那个黑脸膛儿还有刀条脸都是大案队的警察。

刀条脸叫关超，是公安干校培养的警察，刚当警察的时候分配到了派出所，干了没两年因为连破大案立功受奖被调到大案队。他是作为业务能力强的业务骨干调到大案队的，正是心气高、干劲足的精神状态。他一连问了几个问题，见侯滨松虽然表面上低眉顺眼，但却有两次面露愠色欲言又止，就认为这小子可能有什么隐情没有吐露，于是正色道 ：“我在问你话，你如果能听懂我的话就必须正面回答问题。”

侯滨松本来见了警察有几分怯意，但让关超这么一打紧逼，一气之下就忘了害怕了，他声音不高但火药味呛人。“我不是不回答你的问题，而是不明白你的问题道理何在，人心何在。你问我为什么在案件发生的时候恰巧路过现场，那我倒要问问你，作为人民警察，当人民群众受到犯罪分子威胁的时候你躲到哪里去了？如果你要是正好赶上，当当两枪把抢劫犯撂倒了，那还用得着我费那么大劲没抓住还挨了一刀？现在你倒好意思问起我来了。”

“反了你了，你知道你在跟谁说话吗？”关超哪受得了这个，噌地站了起来。

把警察惹急了，侯滨松倒放松了心情。“你问我答，我自然是在跟你说话啊。”

黑脸膛儿一看两个人顶起牛来，就拉了关超一把说 ：“那边还有几个群众需要询问，你过去看看，这个小伙子交给我吧。”

关超瞪了侯滨松一眼，不太情愿地走了。

黑脸膛儿叫鲁俊山，当兵的出身，在部队时是连指导员，转业到公安局当了一名刑警。他说话和蔼，平易近人，只要说上几句话就能拉近他跟你的距离。

“小侯同学，你的伤口还疼吗？”

侯滨松摸摸已经包扎上的伤口说 ：“一点小伤，开始有点疼，现在已经不疼了。”

这样谈话自然就顺畅了许多。鲁俊山笑了笑说 ：“你今天表现得很勇敢，不过我还真没看出来，你还有点犟脾气。”

侯滨松不好意思地低下头说 ：“那个警察问的话就是不在行，我本来是学雷锋做好事的，可在他的眼里我的身上倒满是疑点，把我当成可疑分子了。”

“其实他的意思是你在经过现场之前，有没有发现什么可疑的情况。还有他问你犯罪分子用刀顶在你腰上的过程，是想要分析这个人作案时的心理状态，比如他是初次作案还是一个惯犯，这些都对破案有很大的帮助。他这个人破案心切，想说的话没有表达清楚，这才造成了你的误解，我先替他向你道个歉。”

鲁俊山说到这，侯滨松彻底地消气了 ：“你这大警察给我道歉我可担待不起，你要是还有什么问题就尽管问，在下知无不言，言无不尽，你看怎样？”

“那我问你，你当时看见这两个歹徒长什么样吗？”

侯滨松摇摇头说 ：“被我绊倒的那个家伙又高又胖，但他戴着口罩，只露出两个眼睛，所以不知道他长什么样。”

“那个持刀的歹徒呢？”

“他是在我身后用刀顶在我腰上的，我害怕他真的杀了我，就没敢回头看，他的长相我也没有看见。”说到这侯滨松摇摇头，他为自己提不出能帮警察破案的线索而感到浑身不自在。

鲁俊山还是不死心，他又问：“你再想想还能为我们提供什么线索吗？哪怕是点点滴滴也好。”

侯滨松眯起眼睛半天才睁开，他边想边慢慢地说：“那个抢表的大个子的眼睛不正，略微有点斜楞眼，这双眼睛我如果看到就能认出来。”

鲁俊山兴奋起来：“很好，你再想想还有什么，任何看似微小的情节都不要放过。”

侯滨松继续慢慢回想慢慢说：“还有那个拿刀的家伙，他当时对我说：‘别动，动我就一刀宰了你。’这个人说话的声音我记得很清楚，你们警察只要能把这个人找出来，让他说句话我就能听出来。让我再想想，对了，这个人身材较瘦，个子不高。我看应该把这两个人绑在一起去寻找，一个高一个矮，一个胖一个瘦，这样目标就比较大，就比较好找。”

“你怎么知道拿刀的犯罪分子是个小个子，而且身材较瘦呢？”

“你看他在我的身后说话时，嘴正对着我的耳朵，应该跟我的个子差不多，他逃跑的时候脚步很轻，不像那个大胖子跑起来脚步声很重，所以我分析他是个瘦子。”

鲁俊山刚才兴奋的情绪渐渐冷却下来，看着眼前这个神神道道的初中生不觉心生疑虑，他说的话是真的吗？在公安干校培训时，老师讲过青少年的青春期狂想症，这个小伙子该不是精神上有什么毛病吧。

侯滨松察觉出了鲁俊山的疑虑：“怎么，信不过我？此事好办，你可以找几个人来试一试，看我能不能记住他们的声音，如果我行你们就用我，如果不行不用便是。”

鲁俊山忍不住笑了，他也学着侯滨松的语调说：“容我向上禀报，去去就来。”

被抢去手表的姑娘叫靳玉兰，她也是刚刚考上了服务局的职工培训学校，正在学习照相，结业以后会分配到照相馆工作。父亲为了她上班方便，拿出了家里的积蓄给她买了一块宝石花手表，这不才戴上没几天就遇到了这样的倒霉事。不过现在她可不觉得倒霉了，反倒认为自己很走运，要是没有今天的抢劫案，上哪去结识这样雷锋式的好青年啊！从到了医院以后她就一直在处置室门外等着，她要当面感谢这位勇斗歹徒舍己救人的小伙子，她也想看看他到底有什么出奇的地方，竟然就能把那个大狗熊一样的坏人打得趴在地上，他究竟有什么魔法或者会什么武功，能让凶恶的歹徒把手表乖乖地交出来。

鲁俊山出去向上禀报去了，靳玉兰这下可等到了机会，她大大方方地推门进来，走到侯滨松的跟前立正站好，用朗诵般的声调说："侯滨松同学你好，请允许我向雷锋式的好学生致以革命的敬礼，我一定要学习你对待同志像春天般的温暖，对待工作像夏天一样火热，对待个人主义像秋风扫落叶一样，对待敌人要像严冬一样残酷无情的革命精神，我也要在自己的工作岗位上为祖国、为人民做出应有的贡献。"

靳玉兰这一出让侯滨松既好笑又好气，他急忙拉过一把椅子说："快快请坐。我说你这也太夸张了，这又不是开大会，你这么正规还不把人给吓着啊。"

"夸张什么呀，这可都是我的心里话啊。"侯滨松的调侃让靳玉兰感到委屈，她一屁股坐下，噘起嘴不说话了。

"我求你了，千万别这么夸我，我不过是个技校学生，你那些赞美之词我实在羞愧难当，无地自容。"

靳玉兰使劲忍住不笑，她怎么也没想到，这个跟自己差不多大的小男生，竟这样幽默快乐讨人喜欢。

能讨女孩子喜欢是件极快乐的事，为了让这个女孩尽快笑出来，侯滨松也使出手段。他双手抱拳问道："请问这位女子尊姓大名，家住何处，芳龄几许啊？"

靳玉兰再也憋不住笑喷了："我也求求你好好说话别再转了，你都把我给转晕了。"

"不就是好好说话嘛，这个我会。请问你叫什么名字？"

"靳玉兰。"

"在什么单位工作？"

"刚考进服务局培训学校学照相，将来到照相馆工作。"

"出生年月日？"

"咳，你是警察查户口啊，问什么我告诉你什么？"

两个年轻人正翻天地笑着，鲁俊山回到处置室说："侯滨松同学咱们走吧。"

靳玉兰一把拉住起身要走的侯滨松，她看了鲁俊山一眼警惕地问道："警察找你去干什么？"

这一问，把侯滨松俨然问成了一个英雄。"我要跟警察一道找出这两个罪恶的家伙抓住他们。你不知道，现在警察需要我配合他们破案。"

看着半信半疑的靳玉兰，鲁俊山点点头说："这是真的，我们需要他帮助我们破案。"

靳玉兰握住侯滨松的手坚定地说："那我跟他一起去。"

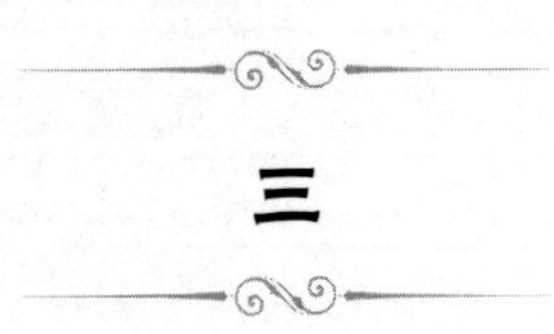

三

大案队坐落在一条不显眼的街上，一栋俄罗斯式的古旧楼房的门口有一块不显眼的小木牌，上面写着哈尔滨市公安局刑侦处大案队，破旧的小木牌挂在破旧的墙上，不留意都很难发现。在这座小楼前面停着许多警车，不时有穿警服和带着枪的便衣出出进进，使古旧的楼房显得庄重而神秘。

辨认声音的实验在大案队的会议室里进行，由鲁俊山主持。坐在角落里的关超嘴都快撇到了耳朵上，他不相信侯滨松有辨别声音的能力，他也坚决反对进行这样的实验，认为是一场荒唐的闹剧，有损于侦查工作的严肃性，要是传出去会让同行们笑掉大牙，更严重的是会影响大案队的声誉。但鲁俊山不这样看，侯滨松在这起案件中表现出来的机智和勇敢毋庸置疑，虽然他的话可能有炫耀的成分，但他不大可能跟警察开这么大的玩笑。关超拗不过鲁俊山，最后说了一句气话:“这小子要是真有这个本事，我就一头撞死。”

实验很简单，鲁俊山找来七八个人，他先把侯滨松的眼睛蒙上，让一个人作为辨认对象重复嫌疑人的话：“别动，动就一刀宰了你。”然后七八个人混在一起，每人把这句话说一遍，如果侯滨松能够听出辨认对象出现时，就喊停，表明实验成功。

实验开始了，辨认对象大声说：“别动，动就一刀宰了你。”侯滨松听完点点头，表明他已经听清楚并记住了这个声音。鲁俊山把辨认对象排在第五号的位置，然后让这些人依次说出这句话。一号、二号、三号，侯滨松静静地坐在那没有一点反应，靳玉兰紧张地捂住快要跳出来的心脏，关超摇晃着二郎腿，嘴也撇得更长了。四号、五号，当五号刚开口说出“别动”两个字的时候，侯滨松大喊一声“停”，他高高地举起手说：“五号就是刚才第一个说这句话的人。”靳玉兰猛地蹦了起来，又脸一红局促地坐下。

实验成功。为了让实验结果更令人信服，鲁俊山又变换辨认对象重新实验一次，结果侯滨松仍然能够迅速准确地找出辨认对象。关超还是不服，他要侯滨松说明辨认过程中的依据和规律，因为他认为人的能力不可能是从天上掉下来的。

靳玉兰倒了一杯水端到侯滨松的面前，她回到座位上紧张又崇敬地等待着他开讲。鲁俊山也坐到了他的对面用信任的目光鼓励他开讲。

侯滨松虽然还有些拘谨，但刚才实验的结果给了他自信，关超的质疑给了他一种莫名的力量，再看看鲁俊山那和蔼的面庞，还有参加实验的那些警察，他们个个都兴趣盎然，更何况他看见了靳玉兰那如火的双眸放射出的炽热的期待。他环视了会议室里所有的人，定了定神，清了清嗓，开讲了。

“人说话的声音是有特点的，这就好比人的长相是有特点的一样，每个人都是不同的。其实每个人都有辨认声音的能力，比如打开收音机，如果在讲评书，你一听就知道是袁阔成还是单田芳，是李维信还是田连元；如果是京剧，你一听就知道是马长礼，还是袁世海、谭元寿；如果听歌曲，谁都能听出是郭兰英还是马玉涛，就是这样简单。我是在农村长大的，我们那里没什么文化活动，就是经常到镇里去听书。我家住的村子里有许多人喜欢评书，到了夏天吃完了晚饭，人们就到村头老榆树下起腻。村里有好几个能说上几段评书的老人，今天你一段，明天他一段，有些年轻的也上去比试，不瞒你们说，我有时候也上去来一段呢。时间一长我就养成了一个习惯，在离老榆树很远的地方停下来，侧耳一听就知道是谁在说书，开始时经常弄错，后来就能听得八九不离十。我这个人好奇心重，觉得听声音认人很好玩，我就开始锻炼这种能力。比如我能听出人的岁数，能听出人的职业，能听出人的相貌。当然我说的这些都是大概其，不敢说绝对的准确。”

“你就给我说说在这起案件中，你做出的判断都有什么根据？”关超提出了具体的问题。

“那个大个子我就不说了，他的身高我看见了，由于他戴着口罩没有看见相貌，但我看见了他的眼睛。我为什么说持刀的人是个小个子呢？因为他站在我的身后，距离我很近，我听出他发出声音的高度跟我差不多，所以我敢说他是个小个子。至于他身材很瘦，我是从他逃跑时的脚步声很轻，脚步的频率很快来分析的。”

鲁俊山带头鼓掌，会议室里响起了一片掌声，当掌声平息下来时，靳玉兰一个人孤零零的掌声还在忘情地拍响。

“我还有几个问题……”

鲁俊山一看关超那不依不饶刨根问底的架势，就打了一个圆场说：“我看实验也有结果了，侯滨松同学的精彩表现已经证明了他超常的听力，我这就去向领导汇报，请示下一步如何开展侦查工作的具体部署。小侯同学今天累得够呛，而且还负了伤，也该回去好好休息休息了。不过你别忘了，明天早上八点钟准时到大案队报到，可能会有新的任务在等待着你啊。”

大家都站起来往外走，有好几个警察还过来跟侯滨松握握手，说了好些赞扬他的话。对待这些赞扬他只是腼腆地用笑脸来应付，不知道如何回答才好，倒是鲁俊山的一句话深深地打动了他，他在心里反复地回想着这句话，一时拿不定主意，只有肩膀上被那只大手掌拍得生疼的感觉久久不能消退。

鲁俊山说：“小伙子精明强干啊，要是当个警察一定错不了。”

走出大案队，靳玉兰对侯滨松说的第一句话就是：“你去当警察吧，刚才那个警察大哥说的话我都听见了，你今天表现得这么勇敢，立了这么大的功，他肯定能让你当上警察的。”

侯滨松双手插在裤兜里，他的眼睛没有目标地游荡着，那悠闲自得又扬扬得意的样子把靳玉兰看得如醉如痴。刚刚经历了这么大的一件事情，而且还挨了一刀，这是生死考验啊，可你看看他那轻松的样子，根本就没当作一回事啊。可别小瞧了这个小个子，只要看看他那虽然不大但却深不可测的眼睛就能看出，他还真有大英雄的气魄。

“你听见没有？我在跟你说话呢！”

“当不当警察，那个鲁警官说了不算，我说了也不算，这得禀报家父恩准。百善孝为先，我得听我爸的。”

靳玉兰又被他逗笑了：“你又转上了，转得跟说书唱戏一样。”

“天地之性，人为贵。人之行，莫大于孝。孝莫大于严父。正所谓父子不信，则家道不睦也。”

靳玉兰笑得更厉害了：“你说的这都是什么意思啊？”

“就是听我爸话的意思。我爸对我最大的希望就是当一个工人，当一个有技术的好工人，他总跟我说，有技术就有饭碗，有了饭碗才有饭吃，才能养家糊口安身立命。所以我得去当工人，我今天已经考上了技校，还没来得及回家报喜呢就赶上了抢劫案。”

“那你赶快回家吧，爸爸妈妈要是知道你考上了技工学校，准会高兴的。”

“那我先走了，我还得去给我爸买一瓶二锅头，他今天晚上这么一高兴就得喝多，他要是一喝多了就会唱京剧，他唱京剧有的时候跑调，而且跑得老远，不过我爱听。”

侯滨松匆匆地向一家副食品商店跑去，刚跑了几步又回头喊了句：“我明天帮警察忙完了就去服务局找你。”

靳玉兰愣愣地站在那里挪不动脚步，就这么短短的工夫，她又发现了这个年轻人身上的一个优点：他还是一个大孝子。

四

第二天上午八点，侯滨松准时来到大案队，鲁俊山乐呵呵地把他迎进办公室，正好跟往外走的关超碰个对面，两个人谁也没有说话，擦肩而过。

“小关是咱们队里的优秀侦查员，就是脾气有些古怪，你别跟他一样，如果你们俩总是别别扭扭的对工作不利。”

鲁俊山的话语很亲切，不过侯滨松坐下想想觉得话里有话。“鲁大哥你的话叫我有些捉摸不透。”

这个小伙子引起了鲁俊山极大的兴趣，他笑着问道：“说说看，我的哪句话叫你捉摸不透了？”

“你跟我说咱们队里，‘咱们’，也就是说你把我当成了你们大案队的一员了，我现在并不是大案队的警察，我觉得你这种说法不大准确。”

鲁俊山的兴趣更高了：“嗨，你这小侯同学还真跟我较劲是吧，那你就说说我还有哪句话不够准确？”

“你刚才说我跟那个姓关的警察别别扭扭的对工作不利，我猜想你所指的工作应当是侦查破案的工作，可我不是警察，我不过是来协助你们破案的一名群众而已，你们的工作并不是我的工作，我的工作是将来到工厂去当技术工人。”

侯滨松说这番话非常认真，鲁俊山大受感动：“你说得很好，真是一个不可多得的人才，我没有看走眼啊。有一件事本来我想等上级正式批准后再通知你，可现在我改变了主意，干脆把这件事提前告诉你，也算是征求你的意见。事情是这样的，我昨天在汇报工作的时候，向领导提出了一个请求，就是录用你当一名人民警察。没想到我的提议当场就得到了所有领导的同意，让我连夜给干部科打报告。原来公安干校正要招录一批警察，只是考试的时间快到了，你没有多少时间复习考试的科目，要是择优录取的话你很难考上，所以要由干部科根据你的特殊情况，破例允许你参加考试，只要考试能够及格，你就可以成为一名光荣的人民警察了。”

“我也能当警察？”侯滨松喜出望外，显然对这突如其来的好消息没有一点心理准备。可是转念一想他又冷静了下来：“谢谢鲁警官的器重和举荐之情，可我恕难从命啊。”

“这又是为什么？”鲁俊山疑惑不解。

“你是不知道，我爸对我最大的希望就是能当一个好工人，能学一门好技术，我考上技工学校他心满意足非常高兴。昨天晚上他喝了很多酒，高兴得唱了半宿京剧。我爸从没有望子成龙的想法，他就是想让我当个工人，这样就随了他的心愿，我在这个时候要改行去当警察，恐怕他这一关就不好过。”

鲁俊山有点发蒙，因为他压根就没有想到这么一件大好事还能节外生枝。“你昨天回家把抓抢劫犯这件事跟你爸说了吗？”

“这事当然得说了，我得让他知道，他儿子在外面只会给他增光不会给他丢脸。他高兴地说：‘我这儿子只要进了工厂准错不了。’就连我妈也笑得合不拢嘴，让我今后好好干，争取当一个劳动模范。”

鲁俊山不无担心地问道：“那你自己到底愿不愿意当警察呢？你要知道人民警察也可以成为劳动模范。”

侯滨松不假思索回答得很干脆：“那得听我爸的。”

鲁俊山想了想，没再继续这个话题，他从抽屉里拿出案卷和工作手册说：“这件事情先放一放，我们商量一下破案工作吧。”

听鲁俊山一讲，侯滨松才知道，原来破案是一件非常复杂的事，并不像以前想象的抓坏人那么简单。就说眼下的这起抢劫案吧，最先做的就是现场勘查，你只要一看现场勘查图，东西南北不说，被害人、嫌疑人、目击者，就连他这个见义勇为者在内，每个人当时所处的位置、活动的路线都一清二楚。鲁俊山的侦查方案非常详细，嫌疑人体貌特征、作案心理、作案工具都做了描述和分析推断。侦查的方向和侦查的范围都做了严格的确定。侦查的措施足足有十三项之多，而且每一项都有具体的解释和明确的要求。侯滨松一口气看完了这个方案才发现，在第一页和最后一页都有一方印章，印章只有两个字，但却让他在震惊之余又十分感动，这是两个红色的字："机密"。

一个刚刚考上技工学校的学生，就能坐在公安局的大案队里看到侦查方案，就能知道国家的机密，这不仅仅是一件神奇的事，这对他来说也是一件极其光荣的事。当他的目光从"机密"两个字上跳开时，他看到的是鲁俊山的脸庞，他正埋头在笔记本上飞快地书写，侯滨松再看他时已不是初次见面的简单印象了。鲁俊山给侯滨松的第一印象就是身体健壮像个军人，和蔼可亲的样子像经常给他剃头的师傅。可现在他眼里的鲁俊山却完全变了模样，像《徐秋影案件》里的汪亮，像《羊城暗哨》里的王练，像《国庆十点钟》里的顾群，这些他痴迷的反特电影在他脑海里出现，那些让他疯狂崇拜的英雄警察的形象也一个个地跟鲁俊山叠影在一起，他甚至想象着自己也成了一个大侦探的助手。"真得感谢那两个抢劫犯，要不是他们两个我哪能有机会坐在这里参加警察们的秘密工作？再说了，我哪能有机会认识热情漂亮的靳玉兰？"

鲁俊山开始给侯滨松布置任务了。从今天开始"四一二"抢劫案件的侦破工作就正式开始了，根据侦查方案，全市公安机关将开展摸底排查工作，在全市的居民委组、人民公社的生产队、企事业单位、公共场所查找符合画像特征的犯罪嫌疑人。侯滨松的工作很简单，但却非常重要、非常关键，这些嫌疑人摸上来以后，要由他来辨认声音，通过他的辨认来确定真正的作案分子。

"小侯同学，你肩上的担子很重啊，让我说这个案件能不能破，关键在你，你得给我一锤定音啊。"

看着他的眼神，听着他的话音，侯滨松深深地感受到了鲁俊山的信任和这信任里夹杂的一丝隐忧。他站了起来："鲁警官，你就把心放在肚子里吧，我绝不会让你失望。"

"坐下坐下，今天给你放一天假，因为各单位摸排出来的嫌疑人每天上报一次，第一次上报是明天上午，所以今天没有你的任务。"

侯滨松一听心里偷着乐，他已经跟靳玉兰约定今天去服务局找她，正担心有了任务没时间呢。不过他还有问题要问，就是去找靳玉兰也得把这个问题弄清楚再走。

“我有一个问题。”

“好啊，说出来听听。”

侯滨松把侦查方案还给鲁俊山说：“这个抢劫的案件为什么叫‘四一二’案件？”

“这很简单，一起案件如果用其他词句命名会用一长串字，层层传达起来很麻烦，再说作为侦查行动也跟军事行动一样，为保密起见需要规定一个行动的代号，公安机关一般都习惯于用发生案件的时间来作为侦查行动的代号。比如‘四一二’案件就是四月十二号的意思。”

侯滨松眨巴了半天眼睛没有吱声，鲁俊山一再追问他才慢吞吞地说：“我是想这样的案件代号太简单了，而且发生了案件都用日期作为代号不容易记牢，还可能会记混了。我倒是觉得案件的代号应该响亮一些，而且要有特点，我的意思是能用几个字就说清案件的特点，这样才更有意思，更容易牢记。比如《三国》里的赤壁之战，就不是用日期来命名的，像《徐秋影案件》用的是人名，《铡美案》用的是一件事来命名。”

鲁俊山简直让这个中学生给震得傻了眼：“那、那你说这个案件的代号叫什么好呢？”

“靳玉兰被抢的手表是宝石花牌，这个案件为什么不能叫宝石花手表案件呢？”

鲁俊山瞪着眼说不出话来，当侯滨松说了句“我先回去了”，一声门响人已不见，这个鲁俊山还没有从震惊中醒过来，他拿起方案看了看，扑哧一下笑了，这个小小的侯滨松，他的脑袋里哪来的那么多想法，哪来的那么多花招？简直就是一个小妖猴啊。他拿起笔，把方案上“四一二”案件字样划掉，写上了宝石花手表案件。

五

都快到傍晚了，太阳光还照得大地暖洋洋的，侯滨松走在回家的路上，脚步和他的心情一样轻松。

这一天的假日过得心满意足，因为这一天他都和靳玉兰在一起，一想起用自己的实际行动谱写的英雄救美人的真实故事，他的光荣感就像浑身的热汗往外冒，他虽然是一个小个子，可从昨天开始他就不知不觉地感到自己高大起来。他从大案队出来就直奔服务局职工培训学校，靳玉兰在这里学习照相，他就等在外面，一上午有两次课间休息，他们就在树荫下相互看上几眼，说上几句。终于上午课结束了，靳玉兰欢蹦乱跳地来到树荫下，她给侯滨松带来了一个好消息。靳玉兰找到老师撒了一个谎，请了一个下午的假，这让在树荫下苦苦煎熬的侯滨松心花怒放。

“小兰我请你吃饭，江畔餐厅怎么样？”

江畔餐厅坐落在松花江畔离防洪纪念塔不远的地方，它既是吃饭的地方，也是一道有名的风景。餐厅不大，浑身上下都是木质结构，尖形的屋顶错落有致，红色的顶棚、白色的围栏、黄色的外廊支柱，这是一种哈尔滨人很熟悉的俄罗斯建筑风格。侯滨松和靳玉兰走进餐厅，在临江边一侧的外廊坐下，两个人都很兴奋，可又都找不出一句能恰当表达的话来。

“每次到这里都会围着它看上一圈，我还在这照过相，可就是没有进来过。”靳玉兰幸福不已地说出了她的感受。

“我也是，今天是第一次进来吃饭。”

侯滨松点了两瓶汽水，两个面包和一盘木须肉丝、一盘凉拌黄瓜，两个人望着江中的轮船和舢板，话题就像江水一样没完没了，不知不觉竟过去了好几个小时。

走在回家的路上侯滨松一身轻松，他对自己今后的生活充满信心，特别是靳玉兰的出现给了他无穷的力量。他心里清楚，在他的前面其实还有一座山，虽然这座山隐隐约约，可说不定哪天就会一下横在面前。然而，有了靳玉兰这座山就不那么可怕了。靳玉兰的爸爸和自己的爸爸一样，他认为孩子要学一门手艺，尤其是女孩子学照相，风吹不着雨淋不着，是个安稳体面的工作。那时在哈尔滨女孩子照相的也没有几个，如果能干上这样出人头地的工作，女儿今后的生活就衣食无忧了，也给他这个当爸的赚足了脸面。两个爸爸一个思想，他和靳玉兰两个人搬走那座隐隐约约的大山就不算什么难题了。

快到家门口的时候，侯滨松忽然发现有两个骑着自行车的人迎面而来，可能是没有思想准备的关系，这两个人把他吓了一跳，他来不及多想，一闪身躲到一棵大树的后面，眼看着这两个人越走越远。奇怪，这两个人怎么会出现在这里？他们该不会找到自己的家里来吧？再说他们怎么会知道他的家住在这里呢？如果他们真的找到家里是来干什么呢？

侯滨松的家住在一栋平房里，门前有一个小院子，他穿过院子推开房门，屋子里一点动静也没有。他知道爸爸今天休班，妈妈这个时候正忙着做饭，家里不可能没有人。当他推开里屋的门时不禁吃了一惊，只见爸爸倚在炕头抽烟，妈妈坐在小板凳上愁眉不展。“这是怎么了，家里出了什么事了？”

“你嚷嚷什么？坐下坐下我有话跟你说。”爸爸的声音不高，但能看得出来他心事重重。“刚才咱们家来了两个人……”

侯滨松一听脱口说道：“真是他们跑到咱们家里来了？他们来干什么？”

“你认识他们？”

“他们是公安局的，那个大个子姓鲁叫鲁俊山，是大案队的侦查员，另一个人我没见过，但这人穿着带红裤线的警裤，估计也是公安局的人。”

“那个大个子是姓鲁，另一个人叫王建刚，是市公安局干部科的干事，他们是代表公安局领导来的，他们要让你去当警察，到家里是来征求我和你妈的意见。”

侯滨松明白了，因为他曾跟鲁俊山说过，当不当警察得听他爸的，这不他们真的来了，看来鲁俊山让他当警察不是客套话随便说说，而是当成一件正儿八经的事来办的。鲁俊山的诚意，还有市局的王建刚能亲自登门，这让侯滨松万分感动，一个年轻人受到公安局的如此重视和礼遇，他深感受宠若惊。为什么一定要进技校当工人呢？当个警察也不是什么见不得人的事啊。侯滨松动心了，可他还要等爸爸做最后的决断。

“那你到底是什么意见啊？”侯滨松有些心切。

“我给了他们一个答复，请他们给我一个晚上的时间，我要好好想一想，这可是我儿子一辈子的大事，也是我们这个家的大事，我要想好了再做决定。”

一家人默不作声地吃完了晚饭，爸爸没有像往常那样听完报纸摘要节目，还有紧接着的小说连续播讲节目才睡觉，而是喝了两口儿子买的二锅头，就倒在炕上没了动静。侯滨松帮助妈妈收拾完碗筷回到自己的屋里，他也没心思去翻开看了一半的《欧阳海之歌》，他躺在床上辗转反侧，半睡半醒之间总算挨到了天亮，他不知道爸爸会怎样决定他的人生。他一骨碌爬起来，妈妈正在生火点炉子准备做饭，爸爸早早就出去了，他急着去找爸爸，他想尽早知道爸爸的主意。爸爸早上起来最常去的是离家不远的一个小公园，有时散步，有时打一趟太极拳。侯滨松在公园找了一圈没有找到爸爸，抬头往假山上一看，原来爸爸正在凉亭里凭栏远眺。他顺着弯弯曲曲的石阶登上假山，悄悄地站在爸爸的身边，向爸爸眺望的远方眺望。

“公安局干部科的小伙子政治水平高，思想觉悟也高，说出话来有理有据，头头是道。”

“你说的是那个王建刚吗？”

“就是他。”

“他都跟你说了什么？”侯滨松心急火燎地问。

爸爸转过身来在石凳上坐下说：“他说一个人不能光想着自己学点技术安居乐业，还要想到让更多的人安居乐业，警察就是保护人民群众安居乐业的，是捍卫社会主义江山永不变色的忠诚卫士。如果像那两个抢劫犯不能及时抓获，他们就会继续危害人民的生命财产安全，人民怎么安居乐业？周总理说过，国家安危公安系于一半。为党为民为国家，这就是人民警察的神圣使命。”

侯滨松听了这些话顿觉热血沸腾 :“为党为民为国家是警察的神圣使命，这都是那个王建刚说的？”

说到这爸爸已经感慨万千 :“这个小伙子比你大不了一两岁，看看人家，受到党教育的人就是不一样啊。”

“他还说什么了？”

“他还说，年轻人应当到人民警察的队伍里去锻炼成长，到革命的大熔炉中百炼成钢，要向雷锋那样、像欧阳海那样，做毛主席的好战士，把有限的生命投入到无限的为人民服务之中。这个小伙子前途无量啊，你要是跟着他干一定错不了啊。”

侯滨松不再追问什么，他一切都明白了，爸爸已经改变了主意，他这个警察是当定了。

六

报名、填表、领准考证和复习资料，没有多一会儿这些手续就办妥了。就在侯滨松向王建刚说声“再见”要走时，又有一个年轻人走进干部科，不用问这也是来报名当警察的。这个人一进门就吸引了所有工作人员的目光，大高个足有一米八，带点波浪的分头一丝不苟，眼睛和脸庞有几分电影明星王心刚的味道，合体的中山装显出健壮的体魄，藏蓝色的裤子裤线笔直，黑色皮鞋闪着亮光。

想到以后都是当警察的同志，侯滨松抬头向他送上笑容，又友好地向他伸出手。大个子轻蔑地看了侯滨松一眼，并没有去和他握手，而是径直朝王建刚走去。“警察同志我是来领复习资料的。”

“你叫什么名字？”

“报告，我叫朱大平。”

一个女警察兴致勃勃地问：“小伙子会打篮球吗？”

“我是学校篮球队的主力。”

干部科的气氛活跃起来，侯滨松觉得自己跟这样的气氛格格不入，他挠挠脑袋走出去，多少有点灰溜溜的。

在报名当警察的这些人里，复习考试最艰苦的莫过于侯滨松，因为他每天都要参加侦破宝石花手表案件的行动，只有到了深夜才能挤点时间复习功课。侯滨松的工作有两项，一是辨认嫌疑人的眼睛，一组七八个人，戴上口罩只露出两只眼睛，由他来辨认出抢劫作案的人。另一项是用听力辨认声音，通过声音来确定犯罪分子。鲁俊山每天骑摩托车拉着侯滨松奔波在全市城乡的派出所之间，到那里去辨认民警摸排上来的嫌疑人。他们每天都疲于奔命，有时晚上还要加班加点，侯滨松经常是回到家里刚拿起书本就睡着了。

宝石花手表案件还没有破，录警考试的时间到了。鲁俊山虽然破案心切，但他也不得不给侯滨松留出一天去参加考试。

侯滨松这警察当得是一步一个坎，哪个坎过不去这警察就当不成了。

第一个坎是考试，卷子一发下来侯滨松就傻眼了。考卷的题量很大，你就是不停地写,等写完了时间也到了。他复习过的题连一半也不到,这次考试非“烤煳”了不可。可就在他答完了两道比较简单的名词解释后，不经意间发现坐在他前排的朱大平正写得龙飞凤舞，每道题都是一气呵成，那一行行用钢楷练出来的一手好字像打字机打上去的一样。侯滨松只抬头瞄了一眼，三道小题就记在了脑子里。他的小动作引起了监考老师的注意，朱大平傲慢地回头看了侯滨松一眼，把已经答完的一张卷子翻过来扣在桌上。打小抄的路被堵死了，他只好埋头慢慢地端详那些半生不熟的题目。侯滨松刚答了一大半，前面的朱大平直起腰来，他拧上钢笔冒把钢笔别在上衣兜里，然后把答完的四张卷子一张一张检查一遍，再一张一张扣在书桌上。

侯滨松在审题的时候就有一片阴影在心中掠过，那就是最后一道大题，一道二十分的论述题，题目是论阶级矛盾与阶级斗争。这道题的内容多，需要从三个大的方面来论述，而且每一段的小标题非常拗口，他在复习的时候根本就没有背下来。他当时就想，如果这道题扔了，这警察也就泡汤了。就在侯滨松被这道题死死卡住的当口，没想到朱大平上演了这么一出好戏，让他绝处逢生。正所谓天无绝人之路，地有好生之德。一张、两张、三张、四张，最关键的第四张卷子在他眼前一闪就扣下了，可就这一闪对于他来说已经足够了。第一个小标题他看见了“劳动力”三个字，第二个小标题他记住了“生产力”三个字，最后一个小标题虽然只有“经济”两个字映入眼帘，但是这道题的全部内容已经在他的脑海里浮现出来。论述阶级矛盾与阶级斗争的三个方面分别是：劳动力与生产资料之间的利益分配；生产力与生产关系之间的利益分配；经济基础与上层建筑之间的利益分配。这道大题就这样连滚带爬地答完了，他也终于以六十一分的成绩成功进入及格档次。

由于侯滨松在宝石花手表案件中见义勇为，目前又正在协助公安机关破案，所以他只要能考个及格的成绩就算考试通过，然后进入体检程序。

体检又是一道坎儿。

这次招录警察的体检科目一共有六项，身高、视力、耳鼻喉、血压、心电图和 X 光透视。侯滨松第一项就不够格，他的身高只有一米六九，达不到一米七的最低录用标准。本来就差一厘米并不要紧，抻抻脖子，挺挺胸，再跷跷脚也就过去了，可是侯滨松排在队伍里往前一看心就凉了半截。这次录警体检在市立医院进行，由于医院的人手不够，体检前两项视力和身高比较简单，就由公安局派人协助医院进行。负责检测身高的是半拉眼也瞧不起侯滨松的关超，他绝不可能放过侯滨松这一厘米的缺陷，如果在他这过不了这个坎儿，当警察就此没戏。

侯滨松谎称要上厕所从队伍里溜出来，他满医院找王建刚，他知道王建刚是体检的负责人，只有他才有可能帮忙掩盖住这一厘米的差距。他从医务科的门缝里用焦急的眼神把王建刚给拉了出来，三言五语说明了当下困境，他迫切地望着王建刚，等待着他开口说话，他知道王建刚说出的话将会决定他的一生。

“我可以帮你补上这一厘米，但你得向我保证走好今后的从警之路啊。当警察可不容易啊，我今天虽然能帮你瞒过这一厘米，但你一定要记住，侦查破案别说一厘米，就是一毫米也不能差啊。我相信你一定能成为一个好警察，为了你我宁愿违反一次纪律。”

侯滨松什么话也说不出来，他只用两滴眼泪回答了王建刚。

侯滨松重新回到检测身高的队伍里，当还有三四个人就排到了他的时候，走廊里传来了沙哑的喊声。“公安局的关超同志，有一个叫鲁俊山的来电话，找你有急事。”关超拿着一个记录检测结果的本夹子，他左右看看正为脱不开身去接电话着急时，王建刚如约而至。

“王干事你来得正好，你先替我一会儿，我去接个电话。”关超说完，把本夹子递给王建刚就朝传达室跑去。

“侯滨松。”

“到。”

“身高一米七，体重一百零九斤。”王建刚在报出这两个数字的同时，也把它清清楚楚地记在了体检报告表上。

又过了一个坎儿，这警察当得真是不容易啊。侯滨松高兴得太早了，还有一个做梦都想不到的坎儿在等着他呢。

就在侯滨松接到录用通知书，豪情满怀地等着发警服当警察的时候，技工学校一大早就派人找到他的家里，通知他立即到学校报到上课，否则要给予纪律处分。这下坏了，一个姑娘许了两个婆家，万一技校那边真给个纪律处分，那可就成了劣迹污点了，公安局这边政审都通不过还当哪门子警察？技校学生科的人刚走，鲁俊山的摩托车就开到了家门口，他是来接侯滨松到派出所辨认嫌疑人的。今天辨认的嫌疑人中有一个刑满释放人员叫贺午，这个贺午身上的疑点很多，特别是有秘密力量提供线索，他在案发的时间段曾经出现在离现场不远的地方，而且他有一个侄子最近到他家来过，这个侄子的体貌特征跟抢表的大个子很像，所以鲁俊山等不及了，就直接开车来接他。

“嘟嘟嘟”三声喇叭响，侯滨松就从家里跑了出来，他垂头丧气地坐在挎斗里，见鲁俊山不开车，问道：“你怎么不开车？”

“我看你的脸色不对，是不是出了什么事？”

侯滨松跟鲁俊山接触的时间并不长，但特别佩服他做事细心的性格，不管是侦查破案还是大队的事、同志的事，事无巨细都逃不过他的眼睛。这不侯滨松的心事他一眼就看出来了。侯滨松把技校通知他报到上课的事说了一遍，鲁俊山一听乐了：“我当什么大事呢，我一会让一个人去摆平就是了，你就安心破案，别的事都不要管，这警察你是当定了。”

“这可不是小事，人家技校那也是一级组织啊，什么人有这么大的能耐啊？”

“这你就不知道了吧，这个人就是关超。”

侯滨松筋了筋鼻子：“哼，就他？”

关超也是筋着鼻子接受了鲁俊山交给的任务。本来他打心里瞧不起侯滨松这个瘦小子，对鲁俊山把他当成一张王牌，把侦破宝石花手表案件押在他的身上意见很大，甚至告诫鲁俊山不要指着破鞋扎了脚。当他听说技工学校要求侯滨松回去上课就说：“这不正好吗，让他回技校上课，以后安分守己地当个工人，我看这小子装神弄鬼的不是块当警察的料。”

“我说你这个人怎么没有全局观念呢？侯滨松现在已经被破格批准加入公安队伍了，但是他在这之前也已经被技工学校录取，这不仅仅是我们工作的疏忽，也是这次录警存在的问题，弄得不好会造成严重的政治影响。王干事的意思是找个有协调能力的同志去谈一谈，在私下里解决这件事，不能让技工学校把这事捅到上面去。我想来想去你是最合适的人选，你就辛苦一趟吧。”

鲁俊山诚恳到了这个程度，关超也就没什么好说的了。再说他也听到有小道消息传鲁俊山可能要提拔为副队长，要是硬顶着不去，得罪未来的领导犯不上，不过他还有一个疑问：“你说这是干部科王干事的意思？”

“对啊，他专门为这事给我来的电话。”

“他为什么对侯滨松的事这么上心？那天体检测量身高的时候，我高度怀疑侯滨松身高达到一米七是他暗中做了手脚。”

鲁俊山正色道：“关超啊，这话可不能乱说啊，别看王建刚的岁数不大，可他的政治立场坚定和思想觉悟高在市局是公认的，背后议论上级领导可是自由主义行为啊。”

关超驾着摩托车来到市机械加工技术职工培训学校，他威风凛凛地敲敲门走进了学生科科长办公室。科长是个一脸沧桑的小老头，听说是警察登上门来，自然是又递烟又沏茶，关超不屑地挥挥手：“我今天代表公安机关来谈一件公事，你就不用忙活了。”

小老头恭恭敬敬地坐下，认真地等着这位警察跟他谈公事。

“我今天专为一名同学而来，他叫侯滨松。”

闻听此言小老头紧张的情绪放松下来：“原来警察同志是为这件事而来，那请允许我代表校方做一下说明。我们学校这次招录学生是根据市委领导的批示进行的，二轻局和教育局联合发了红头文件，在文件中对违反招录纪律的行为也做出了明确的规定，而侯滨松同学严重违反了……”

关超还没等小老头说完，就用手指敲敲桌子说：“你先等会儿，你先听我把今天的来意给你说一说。”

小老头虽然很谦卑，但脸上已经透出了不满的颜色。

“我告诉你，公安局招录人民警察是巩固无产阶级专政的需要，是阶级斗争的需要，公安局也发了红头文件，在文件中明确要求对破坏这次招录工作的要坚决打击处理。公安局不是婆婆妈妈的教育局，人民警察是无产阶级专政的刀把子，我们选拔的人都是掌握刀把子去消灭阶级敌人的战士，这怎么能跟你们技工学校招工相提并论呢？这是我要说明的第一个问题。侯滨松同学是在阶级斗争的大风大浪里涌现出来的活雷锋，公安机关已经破格录用为人民警察，而且已经参加了侦查破案的行动，贵校应该积极配合公安机关，自行撤销侯滨松同学的学籍，让他能安下心来努力工作，为党和人民再立新功。这是第二个说明。第三个问题是，在四月十二号上午发生的宝石花手表案件中，有群众反映两名犯罪分子当时隐藏在你们的校园内，这就是说由于贵校没有绷紧阶级斗争这根弦，为阶级敌人捣乱破坏提供了条件，这是需要认真进行反省的。阶级斗争是长期的、复杂的，有时是激烈的、你死我活的斗争，如果校方对这一点没有一个清醒的认识，那是要偏离无产阶级革命路线的啊。好了，我今天就说明这三个问题，希望能引起校方的重视。”

小老头脸上的怒气被一阵狂风吹散，他像小鸡叨米一样不住地点头，在把关超送到摩托车前的一路上，他反反复复地说："我一定立即把你的三点说明向学校领导汇报，以阶级斗争为纲，用最快的行动来妥善解决侯滨松同学的问题，消除不良影响，捍卫无产阶级革命路线。”

关超没理他那一套，打着火猛加油一个转弯冲出学校大院。

七

关超狐假虎威地把那个当学生科科长的小老头给蒙得晕头转向的时候，鲁俊山这边侦查宝石花手表案件的行动终于有了重大突破。

其实宝石花手表案件的突破就是侯滨松一个人的突破，这也是关超极力反对鲁俊山把宝押在一个毛头小子身上的原因，破了案固然好，万一指着破鞋扎了脚后果不堪设想。不过这个小小的侯滨松也真给鲁俊山长脸，真的把案件给撕开了一个口子。今天上午的集中辨认安排在太平派出所，有六个嫌疑人由侯滨松来进行辨认。这六个人面墙站立,每个人的手里拿着一张卡片,每张卡片上写有一段话，当他们念卡片上的话时，坐在角落里的侯滨松就会把头顶在墙上，凭他的听觉辨认声音，他有信心从几千人的语音中找出真正的罪犯。

看看人都到齐了，鲁俊山说：“现在辨认开始。每个人在念这段话的时候声音不能太高，也不能太低，就像你们平时说话一样。现在从一号开始。”

“革命不是请客吃饭，不是做文章，不是绘画绣花，不能那样雅致，那样从容不迫、文质彬彬，那样温良恭俭让。革命是暴动，是一个阶级推翻另一个阶级的暴烈的行动。”

侯滨松把脑袋顶着墙上没有反应。

“二号。”

二号念完侯滨松仍没有反应。

"三号。"

三号念完侯滨松虽然还是把头顶在墙上，但他慢慢举起手说："三号再念一次。"

鲁俊山像中了一枪一样浑身一震："三号再念一次。"三号拖延了半天才又念了一次。

三号的话音刚落，侯滨松就站了起来说了句："三号听好，转过身来。"

这个三号就是派出所摸上来的重大嫌疑人贺午，当他转过身看见侯滨松时，他顿时惊得瞠目结舌，他做梦也想不到，那天用刀逼住的小伙子原来是个警察。鲁俊山一挥手，民警把那几个嫌疑人都带了出去，再看侯滨松已经吆五喝六地开审了。

"我说贺午，今天你我能在这见面，你还有何话说？"

"你是警察，随你怎么处置我都无话可说。"

"处置自然得处置，而且还得从严处置，不过我现在问你的话你得如实回答。"

"只要是我能回答的我都回答。"

"好，我问你，你是不是有个侄子啊？"

贺午一听问到他的侄子就乱了阵脚："是、是有个侄、侄子。"

侯滨松一拍桌子喝道："他姓甚名谁？"

"他叫贺宝山。"

"他现在何处？"

"他就住在我老家的屯子里，我怕他待在我这容易暴露，就打发他回老家了。警察同志请高抬贵手，抢表的事是我的主意，我不是人，是我害了他，我一定老实交代，只求能给我的侄子留一条活路。"

鲁俊山给贺午戴上手铐，两个民警把他带出去。他转过笑脸对侯滨松说："现在你小子的秘密也得给我从实招来了吧。"

在制定宝石花手表案件侦查方案时，起用侯滨松进行声音辨认这一侦查措施，刑侦处和大案队领导也持怀疑态度，只是由于鲁俊山的态度坚决，才把这条加进了方案里。但其实鲁俊山也心有疑虑，他虽然相信侯滨松在听觉上有异于常人的地方，但对他在破案中能不能真正发挥作用也没有绝对的把握。他有一次问侯滨松，用听觉来辨认到底有什么诀窍，侯滨松当时回答说天机不可泄露，现在宝石花手表案件的作案人被辨认出来，他的天机也自然可以泄露了。

“我对声音有特殊的感觉，正因为有这样的能力我才敢接受你的任务，俗话说得好，没有金刚钻不敢揽瓷器活儿。在宝石花手表案件中，还有一个秘密我一直没有告诉你。这个贺午说话有一个特点，就是他在说‘动’这个字的时候，他的发音不准确，正是这种不准确的发音方式给了我破案的机会。”

关超和几个刑警还有派出所的人走进来，显然他们已经听说了破案的消息，想从鲁俊山这打听详细的破案经过。鲁俊山示意大家静一静：“侯滨松你继续说，什么叫不准确的发音方式？”

“这个‘动’字的标准发音是 dong，而贺午在说‘动’这个字的时候，话音里掺杂了一点 deng 的音，也就是说他‘动’字的发音不纯，不准确，这就是他不同于别人的特点，也是发音上的一个缺陷，我正是利用了这一点才把他给听出来。还有你曾经问我为什么要选这一段毛主席语录，现在也可以告诉你了。这段话的最后一句，一连有两个‘动’字，‘革命是暴动，是一个阶级推翻另一个阶级的暴烈的行动’。这两个‘动’字是辨认的重点，而前面的一大段是为了迷惑嫌疑人的，让他在不知不觉中念出这个‘动’字来。”

会议室里响起了掌声，关超虽然没有鼓掌，只是做出一个怪相来表示不可思议。

贺午的认罪态度很好，而且主动要求带领警察去农村老家抓贺宝山。侯滨松也要求参加抓捕贺宝山的战斗，鲁俊山开始不同意他去，理由是侯滨松虽然已经接到了录用通知书，但在市局举行入警仪式之前还不能算正式警察，所以不能参加抓捕行动。就在鲁俊山拒绝了侯滨松的请求要出门的时候，侯滨松的一句话让鲁俊山深受感动。

“贺宝山是在我的手上跑的，我一定要亲手把他抓回来。”

侯滨松就这样第一次以一个警察的身份参加了抓捕行动。赶到贺午老家已到了中午，鲁俊山和关超把摩托车停在村外，然后由贺午带路进村抓人。侯滨松兴冲冲地正要跟着进村，关超拦住他说：“你不能进村。”

“为什么？我现在也是警察了。”

“你跟贺宝山打过照面，他认识你，这大白天的你要是进村容易暴露目标。”

“关超说得有道理，小侯就留在这监视，万一我们把他漏掉了，你在这把守他也跑不了。”

鲁俊山这么一说就决定了，一行人向村里走去，侯滨松孤零零地站在路边。等了十多分钟村里一点动静也没有，有贺午带路，村里的狗都不叫，所以显得出奇的寂静。“不行，我也是堂堂的人民警察，凭什么不让我亲手去抓犯罪分子？而且上次贺宝山就是在我的眼前逃掉的，为了这关超没少说风凉话，这次我要是能把人抓住，就能堵上他那张破嘴。”想到这侯滨松挪动脚步，他悄悄地向村里走去。

这一走，迈开了他精彩人生的第一步，这一走，注定让他走向神奇、走向辉煌、走向悲壮，这一走，也为他人民警察的壮丽生涯定下了基调。

贺午领着警察走进贺宝山家的草房时，贺宝山正蹲在路边的茅房里拉屎，他从茅房木门的缝隙里看见了老叔领着两个陌生人进村，陌生人虽然都是一身便服，但个个都耀武扬威，一看就是警察，坏了，抢表的案子犯了。他等警察过去后，提上裤子就往村外跑，正好跟正往村里走的侯滨松迎面相撞。他一眼就认出了侯滨松是抢表那天绊倒他的那个小个子，他“妈呀”一声转身就往路旁的树林跑去。在这一刻侯滨松也认出他来，他的斜楞眼和高大的身材，还有作案时穿的衣服都没有换掉。一个跑，一个不声不响地紧跟着就追了上去。

侯滨松藏了个心眼。开始他本想大喊一声站住，但他怕不远处鲁俊山他们听见，如果一帮警察都追过来，这抓人的功劳可能说不清了。再说抓住贺宝山也给关超看一看，别小瞧他侯滨松，从今天开始他也是警察了，抓住贺宝山就是他当警察旗开得胜的第一仗。揣着这个小心眼，他一个人闷头追了上去。

贺宝山人高马大有一身力气，可要论速度他比侯滨松得差一大截，刚跑了一百多米就被侯滨松给追上了。还跟上次一样，他吃了一个脚绊趴在了地上。侯滨松冲上去就骑在了贺宝山的身上，一把薅住他的头发骂道：“你这个王八蛋，我看你还往哪跑。”

贺宝山趴在地上喘了一会儿，发现就侯滨松一个人，而且他感到扭住他的双手力量也不大，就猛地往起一蹿，整个人呼的一下站了起来。他往起这一站不要紧，骑在他身上的侯滨松慌乱中扭住了他的脖子，整个人被生生地扛了起来。

“鲁大哥快来人啊，贺宝山在这哪！”在被扛起来的那一刻侯滨松害怕了，他清楚自己远远不是这个大块头的对手，要是对打起来后果不堪设想，情急之下差点没喊出救命来。

贺宝山知道不远处还有警察，就想把侯滨松甩掉逃跑，可没想到侯滨松死死扭住他的脖子就是不松手，万般无奈只好扛着侯滨松撒腿继续跑，一边跑还一边央求道："哥们咱俩没怨没仇的，你干吗跟我过不去？"

"你知道我是干什么的，你干了伤天害理的事就别想在我这过去。""你赶快放了我，你要再不松手我就摔死你。"

"你给我站住，你要再不站住我就掐死你。"

"我摔死你。"

"我掐死你。"

贺宝山被掐得上不来气，脸都憋紫了，再加上他是扛着一个人在跑，最后耗尽了力气一头栽倒在地上。他这一倒把扛在肩上的侯滨松头朝下也摔在地上，他那二百多斤重重地砸在了侯滨松的身上，直到鲁俊山他们赶到，精疲力竭的侯滨松也没能推开砸在他身上的贺宝山。

看着被贺宝山压在身下灰头土脸的侯滨松，关超冲着鲁俊山鼻子一哼："这就是你选的人才，瞧他那熊德行，真给警察丢脸！"

第二章

祸起“降落伞”

一

一片宽阔的水面上映出蓝天上的白云，在这大片水面的岸边，有两个人呆呆地一动不动，岸上不远处就是繁盛的树林，水上的远处是一座雄伟的堤坝，正是这座堤坝造就了这片烟波浩渺的湖泊。

岸边的两个人一个在钓鱼，一个在看书。光着膀子、卷着裤腿的侯滨松在钓鱼，他嘴里叼着烟，眼睛根本就没在鱼漂上，他望着天边白云苍狗，无法预计变幻莫测的世事和飘忽不定的人生。按说侯滨松当警察，满打满算也就五六年的光景，可是让人难以置信的是，在这五六年的时间里，他一路传奇，一路高歌，神话般地成长为小有名气的警察，而且还把劳动模范的奖状和奖品拿回家，让他这个大孝子给父亲的脸上增添了光彩。尤其让父亲激动不已的是他得的奖品，那是一本红色的日记本，在日记本的扉页上有一行王建刚龙飞凤舞的赠言，赠言写道：“为党为民为国家，刑警本色照中华”。这时的王建刚已经是干部科的副科长了。父亲对他说：“王建刚是个优秀的人才，也是你的恩人，做人得讲良心，当警察更得讲良心，你一定要好好干，不然也对不起人家王科长啊。”

鲁俊山没有说错，侯滨松真的是一块当警察的料。他一上来就跟着鲁俊山干，当鲁俊山的助手，虽然是个新兵蛋子，可是在几起大案的侦破中智勇双全，表现出超常的侦查才能，正因为他屡建奇功才被层层评为劳动模范。就在一年前，哈尔滨的扒窃案件疯长，几乎到了失控的状态，刑侦处决定从大案队抽调警力专门负责打击扒窃犯罪，俗话就是抓小偷。反扒很辛苦，是个费力不讨好的活儿，许多人都不愿意干这份苦差事，可侯滨松却乐呵呵地接受了任务。鲁俊山把处里的决定告诉他的时候，他连想都没想就说："只要让我破案，干啥都行，当警察不就是为了破案吗，要是不让我破案，这个警察当不当也就没啥意思了。"

谁也没有想到这个侯滨松把抓小偷这样不起眼的活儿干得风生水起，干出了大成绩，也出了大名。一开始是黑道上有名，哈尔滨的小偷和地痞流氓一提侯滨松闻风丧胆，到后来连老百姓也都传颂有个抓小偷厉害的侯警官。他能把全市几百个惯偷的姓名、绰号、体貌特征、语音特征、作案手段、活动范围、社会关系、结伙情况，甚至连生活习惯、家庭成员和经济状况、身体状况都了如指掌。他还不遗余力地鼓动熟悉的人跟他一起抓小偷。那个被抢了宝石花手表的靳玉兰就是他发展的第一个治安积极分子，她利用在公园、广场照相作为掩护发现犯罪分子，帮着侯滨松抓获了不少扒手。他还发展了清洁工人戴洪岭做他的助手，常常上演这边抡着手铐，那边抡起扫帚斗歹徒的精彩场面。头一年下来，他一个人抓了一百多扒窃分子，稳住了哈尔滨的治安形势。用鲁俊山的说法，小侯子把小警察做成了大侦探。

心事重重的侯滨松直到烟烧到了嘴唇才从心事中醒来。不好，鱼漂不见了，连鱼竿也顺水流去，哎呀，是鱼上钩了，带走了鱼竿。

慌忙的喊声惊动了正在读《刑事侦查学教程》的戴洪岭："师傅别急，看我的。"他扔下书本脱了衣服纵身跃入水中，一番浪里白条，他不但追回了鱼竿，还拎回了一条大鲤子。戴洪岭比侯滨松小六七岁，他是在汽车站扫地时，在侯滨松一对二力擒盗贼的搏斗中当了一次帮手，他由衷钦佩这个英勇无畏的警察，从此跟定侯滨松打现行抓小偷，成了侯滨松编外的得力助手。为了抓小偷，戴洪岭两次负伤，被评为治安积极分子标兵，就像当年鲁俊山推荐侯滨松一样，在侯滨松多次力荐之下，由干部科副科长王建刚出面协调，他成为了大案队的借调人员，就是在环卫局清洁队开工资，在公安局上班，俗称借调警察。

"砰、砰"，大坝方向传来两声枪响，远远望去有个小人影脱掉衣服在使劲挥舞。

"像是水库派出所的小刘，可能是家里来电话有事，咱们赶紧走。"侯滨松喊上戴洪岭两个人穿好衣服，收好鱼竿，拎着大鲤子，急急忙忙地朝大坝方向跑去。

果然是水库派出所的小刘，果然是鲁俊山来电话有急事。小刘说："我跟鲁队定好了，半个小时后他再打过来。"侯滨松和戴洪岭跨上小刘的摩托车赶回派出所。

在颠簸的摩托车上，侯滨松的思绪也在剧烈地颠簸。在这山清水秀的地方已经躲了两天了，在劫难逃啊，看来躲是躲不过去了。

侯滨松和戴洪岭正在茶水摊喝茶，一个服务员过来小声说："电话来了。"

侯滨松走到柜台前拿起电话，里面传出靳玉兰的声音："麻雷子出现，两男一女三个人。"

防洪纪念塔广场游人如织，在一个遮阳伞的边上竖着一块"国营照相"的牌子，靳玉兰戴着遮阳帽在给游人拍照。这时有一个十六七岁的小姑娘站在人群中听一个老工人讲解当年抗洪的故事，听讲的人都穿着工作服，一看就是工厂在搞革命传统教育。小姑娘听得入了迷，她没有发现身后有一只黑手伸进了她的挎包，扒手用两个手指轻盈而敏捷地夹出一只钱包，就像魔术师把扑克牌玩在手上一样。就在扒手得手的同时，侯滨松从人缝中"嗖"地钻了过去，在他完全没有察觉的情况下，一把抓住了他的手腕，又顺势拧过后背向上一托，他的一只手被手铐锁住。扒手不得不弯下腰去，顺从地让侯滨松把他的另一只手也锁住了。这时的戴洪岭正在人群外观察动静，只见一个钱包从人群中飞了出来，一个壮汉快步赶到伸手接住钱包。壮汉没有想到他握着钱包的手咔嚓一声被戴洪岭的手铐给锁住了。原来就在扒手弯下腰的一刹那间，他把偷到手的钱包顺势扔了出去，被早有准备的戴洪岭逮个正着。这时还有一个做掩护的女贼想趁乱逃脱，靳玉兰一把拦住她，把她推到那两个同伙的跟前。刚刚发生的这一切，都是在短短的几秒钟之内结束的，周围的所有人都惊呆了，就连被掏去了钱包的小姑娘也不知道究竟发生了什么。

戴洪岭伸手拦下一辆三轮货车，押着两男一女上了车，那个被盗钱包的小姑娘也跟着爬上车。

被侯滨松擒住的扒手就是麻雷子，但他并不认识侯滨松，他在车厢里坐下后问戴洪岭："戴老弟这位大哥是……"

戴洪岭告诉麻雷子说："这就是我师傅侯滨松。"

麻雷子摇摇头做出一副无奈的笑容，"原来是侯滨松，那我没什么好说的了。"

一旁的小姑娘也笑了："原来你就是侯滨松啊，我今天这钱包丢得太幸运了，这回期末考试的作文题有故事了。”

“我说这位小同学，你把这当成好玩的事情了？”

听了戴洪岭嗔怪的话，小姑娘笑着说：“侯叔叔，我叫迟丽丽，是哈尔滨三中的学生，我的志向是当一名记者，如果我真的能当上记者，我就要好好宣传侯叔叔，我要把你捧成哈尔滨最火的警察。”

壮汉垂头丧气地说：“他们警察火了，我们哥们可就栽得更惨了。”

别看迟丽丽小小年纪，说起话来倒是义正词严：“你们这些个小偷要是都栽了，哈尔滨也就太平了。”

麻雷子叹了口气：“栽在侯滨松手里也不算丢面子。”

就在侯滨松和戴洪岭把人押到江上派出所的时候，听到有人喊“小侯子”，原来是朱大平在叫他。朱大平驾着摩托车停在路边，白衬衫大墨镜风光无限。

“朱警官是不是要破大案了？”侯滨松搭着腔走过去。

“你小子看热闹不怕事大是不是？这起案件都快把大案队压死了你又不是不知道，还在这说风凉话。我问你，你是不是又要窝窝头翻个显大眼啊？”

朱大平这一问把侯滨松给问糊涂了：“我显什么大眼了？你给我把话说明白了。”

朱大平摘下墨镜瞪起眼睛：“你是真不知道啊，还是在这装傻充愣啊？好了，你要是真不知道我还真不敢瞎说，我走了。”

侯滨松一步迈到摩托车前挡住去路：“今天你要不把话说清就别想走。”

朱大平勾勾手指让侯滨松到跟前来说，侯滨松怕一闪开道他跑了，就顺手拔下车钥匙走到他旁边。

“这起大案过去快一个礼拜了，到现在一点影也没有，鲁队都快急疯了。我听说为了加强破案力量，他向上级提出把你从扒窃案件上撤下来，由你来挑大梁侦破这起案件。”

朱大平说得神神秘秘，侯滨松一听就炸了：“这我可不去，这起案子沾上死挨上亡，左了不是，右了也不是，谁摊上谁倒霉，这刀尖上跳舞的活儿还是你朱警官去干吧。”

朱大平一把捂住侯滨松的嘴骂道：“你这泼猴小点声行不行，我看你小子早晚倒霉在这张破嘴上。”

“我得出去躲一躲风头。”

“哼，这可是鲁队请示处里决定的事，你小子就是躲得了初一也躲不过十五。”

“躲一天算一天，我看这案子用不了三五天就能破案，破了案我再回来。”

朱大平的这个消息来得很及时，侯滨松急忙把麻雷子他们三个送进拘留所，又以追捕负案在逃犯的理由打了一个出差报告交给内勤，躲过鲁俊山的视线，他和戴洪岭骑上自行车，走出哈尔滨五十多公里，躲进一个小村庄。

坐在小刘的摩托车上，侯滨松苦笑着叹口气，还真让朱大平给说着了，躲得过初一躲不过十五，这不，鲁俊山的电话追到这来了。

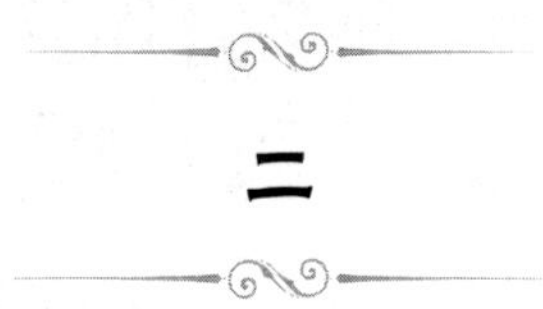

能把天不怕地不怕的侯滨松给吓跑的案子一定不是小案子，一定不是一般的案件。对了，这起案件是哈尔滨当年最大的案件，是一起极其特殊的反革命案件，这案子沸沸扬扬轰动全市，坊间命名“降落伞事件”。

八月初是夏天正热的时候，谁也想不到在七号的傍晚，哈尔滨发生了一件很滑稽的事情，而且由这件事引出了一起轰动一时的反革命案件。

这天傍晚，随着一场阵雨前刮起的一阵风，从天上飘下一个小小的降落伞，降落伞被风吹得晃晃悠悠地落在临街的一家院子里。这家院子并没有什么特别，院子里有一幢小二楼，院墙是砖砌的又抹上水泥，深深的灰色给人以一种压抑的感觉，这就是有名的关家大院。这个所谓的降落伞其实就是用一块白布做成的，直径有五十多厘米，一看就是淘气的孩子玩的鬼把戏，可是这个鬼把戏到哪去玩不好，非得跑到这儿来玩。如果这个小降落伞落到哈尔滨其他任何一个地方，谁见了也不过一笑了之，可它偏偏落到这个有一圈灰色围墙的院子里，于是引爆了一起哈尔滨头号大案“降落伞反革命案件”。祸端就出在这个关家大院的主人身上。这个院落的主人叫关顺利，在动乱的年代里，一提起他就像这深灰色的围墙一样，不仅让人感到压抑，它还带给人们冰冷和恐惧。关顺利是哈尔滨市革命委员会的副主任，是响当当的重量级造反派头目，这时他正担任“深挖阶级敌人清理阶级队伍战斗队”的负责人，在这个向阶级敌人发起总攻的关键时刻，他的家遭到了降落伞的袭击，那不是大案又是什么？不是反革命案件又是什么？

哈尔滨出了大案，打头阵的就是大案队。鲁俊山把手里的案件都撂下了，大案队一窝蜂地扑到“降落伞反革命案件”上来。

此时“文革”动乱的形势达到了最高潮，公安局被摧垮了，从市到区县都成立了“人民保卫部”。遵照革命委员会“砸烂公检法”的总体部署，全市各级、各警种的警察大部分都被强制送到劳动改造集训队去了，鉴于鲁俊山这个人老实憨厚，造反派对他并不反感，还由于大案队担负着保卫全市“文化大革命”运动蓬勃开展和保卫革委会安全的重任，大案队和刑侦处的一些骨干力量被保留了下来。

“降落伞反革命案件”发生后，鲁俊山本想全线压上快侦快破，如果能把这起案件顺利拿下来，大案队就保住了，他本人也就在动荡的政治形势下稳住了脚跟，可是没想到五六天下来，案子摆在那纹丝没动。大案队破不了大案那就是一场灾难，特别是在政治运动的高压之下。每次开会他都低三下四地进去，狗血喷头后出来，鲁俊山这样铮铮铁骨的硬汉就快被逼疯了。

侯滨松！就在鲁俊山快要疯掉的时候，他冷不丁想起了侯滨松。侯滨松也没有送劳动改造，主要是他担负着反扒重任，保卫部怕他一走小偷翻了天。想想侯滨松在宝石花手表案件中的神奇表现，和后来在破案中屡建奇功的趣事，如果在这个关键时刻能起用侯滨松，说不定案件就能在走投无路的绝境中峰回路转。鲁俊山找到王建刚说了他的想法。这时的王建刚已经是市人民保卫部革命委员会的成员，他听鲁俊山这么一说当即拍板，让侯滨松主办“降落伞反革命案件”，力争在关主任下达的破案期限内破案，实在不行也要尽快破获案件，消除社会影响，稳定革命的大好形势。鲁俊山没有想到，让侯滨松主办“降落伞案件”的事走漏了风声，这个满脑袋鬼点子的小侯子闻风而逃了。侯滨松的小九九鲁俊山都能算出个八九不离十，这小子追捕逃犯是假，怕“降落伞案件”弄不好引火烧身玩失踪是真。他在内勤那找到了出差报告，知道了侯滨松的去向，他开始扯起嗓子喊长途，先喊通了县城的交换台，再接着喊乡里的交换台，最后才喊通了水库派出所。

侯滨松刚回到水库派出所，鲁俊山的电话就追了进来。“小侯子你给我听好了，你立即回来到我这报到，我是说‘立即’你懂吗？大敌当前你小子望风而逃躲清静去了？我告诉你当逃兵可不是件光彩的事情。刑警不能破大案，不如回家卖茶蛋。这话不是你常挂在嘴上的吗？你可不能光说不练啊。立即回来上案子，这是命令。”

“我执行命令不就完了，用不着鲁队费口舌做我的思想工作。”侯滨松的话轻飘飘的。

“好，你什么时候能回来？”

“我撂下电话就动身，今天就是半夜我也赶到你的办公室。”

“好，我就在办公室等你。”

侯滨松和戴洪岭骑上自行车就往回蹬，一路上除了歇脚时喝口水，连饭都没有吃，一路猛蹬，他们赶到大案队的时候已经是午夜了。

鲁俊山在办公室里不停地转着圈，他在焦急地等待着，当侯滨松和戴洪岭推门进来时，他忍不住笑出声来：“天下大乱之时，难得你小侯子还能执行命令。”

侯滨松挨了鲁俊山当胸一拳，他假装疼痛地揉了揉说：“队长在上，唯命是从，加强纪律性，革命无不胜嘛。”

“别看你心眼多主意正，你要是敢不回来，我就敢派人去把你给抓回来，你信不信？”

这时侯滨松把藏在背后的鲤鱼拎出来说：“鲁队你要是派人抓我可就吃不着这大鲤鱼了。”

“别别，这大鲤鱼我是不能要，谁不知道你是个大孝子，还是拿回家孝敬你爸妈吧。”

“那好吧，不过鲁队啊，我们俩这肚子可是咕咕叫了。”侯滨松说着拍拍自己咕噜直响的肚子。

鲁俊山哈哈笑着从柜子里拿出两个面包、两根红肠和两瓶汽水：“我就知道你们得饿得够呛，这是我专门给你们俩准备的夜宵，红肠是我找一副食的经理买的，没有用肉票。”

侯滨松双手抱拳：“兵马未动，粮草先行，末将谢了。”他连吃带喝，可不耽误接过鲁俊山递给他的“降落伞案件”卷宗翻阅起来，看到重要的地方想记下来，鲁俊山急忙把稿纸铺在他面前，把钢笔递到他的手里。不一会儿侯滨松看完了也吃完了，他抬起头想说话，可面包还没有咽下去，噎得他直伸脖子，戴洪岭倒了一杯水递给他，他喝了一口才顺过气来。

"鲁队你参加制定这个侦查方案了吗？"侯滨松拿着一份文件问，眼神里满是疑惑。

鲁俊山示意戴洪岭把门关严，又走到窗前探头看看外面关上窗户，这才压低了声音说："咱们现在是旧公检法留用人员，哪里有资格制定侦查方案啊，方案都是那些红卫兵起草，革委会批准的，咱们只有老老实实执行的权力。小侯子啊，让你来主办'降落伞案件'是我的意见，我专门向王建刚委员做了汇报。养兵千日用兵一时，我把这个重担压在你的肩上，不仅仅是因为我对你的信任，最主要的是你有这个能力，就像我当年推荐你当警察又把你调到大案队是一样的。我希望你尽快熟悉案情进入角色，在最短的时间内把这个缠人闹心的案件破掉。还有一个情况你不太清楚，现在破案工作的环境很恶劣，红卫兵组成的群众专政战斗队非常厉害，他们把什么事都说成阶级斗争，把什么人都看成阶级敌人，他们管这叫斗争哲学，在这个哲学的指导下要想专心破案困难重重啊。所以怎样排除红卫兵的干扰，排除政治运动的影响，是破案面临的重大难题。"他从抽屉里拿出一份文件说："你再看看这个。"

这是一份革命委员会的红头文件，转发的是革委会副主任关顺利的一大段批示："此案不能及时破获，充分说明旧公检法还没有真正砸烂，群众专政还没有真正落到实处。为什么迟迟不能破案？我们不能简单地看待这个问题，要用以阶级斗争为纲的理论来指导破案，用阶级分析的方法来研究破案，要警惕隐藏在侦查机关的修正主义分子和那些没有改造好的旧警察的阻挠和破坏。破案还是不破案，这是革命造反派和反革命当权派斗争的反映；破案还是不破案，是革命路线和反革命路线谁胜谁负的反映；破案还是不破案，是无产阶级和资产阶级的分水岭；破案还是不破案，是无产阶级专政还是资产阶级专政的试金石。我以革命的名义要求你们，限期十日内破案。破案之日，就是群众专政胜利之时。群众专政必胜，革命路线必胜。"

侯滨松把文件拍在桌子上发出了"啪"的一声响。"这不是破案，这是扯淡。"

"你小点声我的小祖宗，你这话要是让群众专政战斗队的莫队长听到了，她非要了你的命不可。现在的头等大事是怎么样把案子拿下来，而不是说气话的时候。"鲁俊山的语气中充满了对侯滨松的倚重。

"用'降落伞'投到关家大院的反动标语呢？"

侯滨松这一问，鲁俊山拍了下脑门："你看我，这是让那些红卫兵把我给气糊涂了，你是没见过那阵势啊，特别是领头的那个小姑娘，就是群众专政战斗队的队长，我一见她就头发根发麻，打心里头发怵啊。"

侯滨松见鲁俊山心有余悸的样子忍不住笑了："这场史无前例的运动真能触及人的灵魂？一个红卫兵小姑娘就能吓倒军人出身的堂堂大案队队长，不可思议。"

鲁俊山还是那句话："你是不知道那个莫队长有多厉害啊。"说着从抽屉里拿出那张反动标语来。

这是从中学作文本上撕下来的一页纸，上面写着这样几句话：

西边的太阳就要落山了，

莫斯科郊外的晚上静悄悄，

哪有快刀能劈水，

年轻人就是这样相爱。

这很显然是一首爱情诗啊，虽然写得不太通顺，可它怎么就成了反动标语了呢？侯滨松看着第一句哼出调来："西边的太阳就要落山了，鬼子的末日就要来到……"

戴洪岭接过侯滨松递给他的反动标语说道："这不是电影《铁道游击队》里的插曲吗？歌名叫什么来着，对了，歌名叫《弹起我心爱的土琵琶》。"

鲁俊山靠在椅子上仰脸望着天花板说："这首诗的前三句都是歌词。头一句是电影《铁道游击队》的插曲，歌名叫《弹起我心爱的土琵琶》，第二句莫斯科郊外的晚上静悄悄，是模仿苏联歌曲《莫斯科郊外的晚上》写的，并不是原歌词。第三句哪有快刀能劈水，这是电影《怒潮》中的一首歌，歌名叫《送别》。最后一句年轻人就是这样相爱，在歌本《革命歌曲大家唱》中没有找到，这有可能是当事人自己写的。"

"侦查卷宗里怎么没有现场勘查记录？"

"技术科的人都被戴上了反动权威的帽子，被全体送到海伦河农场劳动改造去了。"鲁俊山说着叹口气。

侯滨松问道："技术科不是留了一个范志成吗，就是那个小饭盒，这个人现场勘查的功底甚是了得，为啥不请他勘查现场？"

"别提这茬儿了，技术科的小范因为散布对革命运动的不满言论，已经被隔离审查了。”鲁俊山越说越丧气。

“不对啊，范志成这个人老实巴交的，一杠子都压不出个屁来，他怎么还散布上反革命言论了呢？”

“谁知道哪杠子压出屁来赶当上了。”

“范志成现在人在哪里？”

“我听说还有十几个人被隔离审查，都关在警犬基地了。你问这干什么？”鲁俊山警觉起来。

“范志成这个人很有本事，许多别人看来平淡无奇的现场，可他来转一圈就会有惊人的发现。我去把他请出来看看现场，听听他的意见，这对破案很重要。不过你得把有关主任批示的那份文件借给我用一下。”

“你又要出什么鬼点子？”

“文件上写得很清楚，关主任的重要指示要传达贯彻到基层，要让全体警察都知道，所以这不是秘密文件，我拿去学习学习也在情理之中。”

“你一定要谨慎小心，千万别惹出什么麻烦来。”

鲁俊山小心翼翼地把文件袋交给侯滨松，他接过来就往外走，刚一出门又猛地转身回来，和跟在他身后的戴洪岭来了个头碰头。

“我说过要谨慎小心，你看你总是不小心。”看着两个不停揉脑袋的年轻人，更加重了鲁俊山的忧虑。

“我还有一个想法请鲁队斟酌。你一再说红卫兵的干扰影响破案，你看能不能这样，你继续在面上应付群众专政战斗队，我和洪岭先不公开露面，秘密进行侦查，等我们把案件拿下之后再向他们汇报，这样一来侦查的行动就绕开了他们，自然也就不受他们的干扰了。这就叫明修栈道，暗度陈仓。”

听了侯滨松的这个主意，鲁俊山没有马上表态：“我再想想是不是稳妥，是不是稳妥啊。”

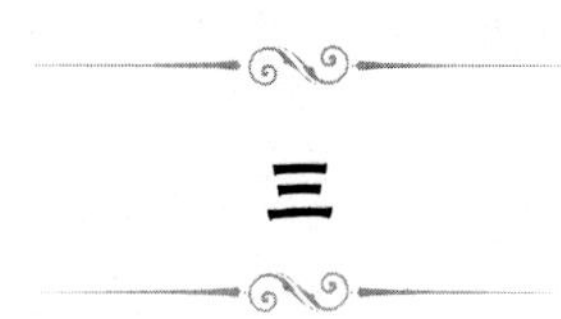

三

范志成比侯滨松早当了一年多警察。他原本是工厂里的技术员，那年公安局面向企事业单位选调一批有文化、懂技术的人才，用来充实刑事技术部门的力量，他听说后就报了名，因为他是中专毕业，没费什么周折就进了公安局。

范志成这些天来睡不好觉，一躺下就瞪着眼睛生闷气，他怎么也想不通，像他这样不招谁不惹谁的人也能成为斗争的对象。事情就发生在“降落伞反革命案件”的当天，他接到报案赶到了现场。这个现场很简单，他拍了几张照片，打开拴在降落伞上的所谓反动标语看了看，自言自语地说：“这几句话没有什么反动的内容啊。”就这么一句话，被身边派出所的人给检举了，群众专政战斗队找他谈话，他又顶撞人家，还说这根本不是什么刑事案件，用不着立案侦查。这不，一句话的事儿，隔离审查了。

被隔离审查的有十多个人，集中住在警犬基地的一间仓库里，仓库里没有床，只在地上铺了一排草褥子，人就睡在上面。范志成正翻来覆去的时候，就听走廊里有脚步声，过一会儿是开门声，紧接着是喊声：“范志成。”

“到。”

“出来。”

“是。”

他爬起来穿上衣服往外走，心里咚咚直打鼓，这三更半夜的，该不是那个群众专政战斗队的女队长提审他吧，我的妈呀，要真是她可就毁了。看管他们的是戴着红袖章的老工人，走到收发室门口时，老工人往黑影里一指，说了句“你跟他们去吧”，咣当一声进屋睡觉去了。这下可把范志成给吓惨了，黑灯瞎火地往哪走啊？他定了定神往外一看，果然黑暗处有两个人影在晃动，还直跟他招手让他过去，借着路灯的微光，他恍惚看见这两个人还戴着红袖章，等他胆突突地走近才长出一口气：“我的妈啊，小侯子怎么是你啊？”

侯滨松正色道：“你给我放规矩点，你现在是隔离审查的坏分子，我现在奉群众专政战斗队之命对你进行审查，委屈你跟我走一趟吧。”

范志成哆哆嗦嗦地问：“是去见那个莫队长吗？”

侯滨松憋住笑说：“正是。”

范志成央求道：“侯滨松同志，我们是无产阶级革命战友，看在我们有深厚的阶级感情的分上，你就把我放了吧，我该交代的都交代了，我该坦白的都坦白了，你就是枪毙了我，我也就这些事了。”

范志成失魂落魄的样子让侯滨松十分震惊，他双手拍着他的肩膀问：“什么情况，你这是怎么了？我是在跟你开玩笑呢，开玩笑你懂吗？洪岭赶快把红卫兵袖章摘下去，我看志成是给吓破胆了。”

侯滨松和戴洪岭把戴在胳膊上的红卫兵袖章摘掉塞进兜里。

“现在是什么形势，是你死我活的阶级斗争，你还开玩笑，我看你这妖猴是没心没肺。我跟你说，你要是有能耐去跟战斗队那个女队长开玩笑去。”范志成翻了侯滨松一眼说。

戴洪岭看两个人没完没了就提醒说：“师傅这不是说话的地方。”

“洪岭说得对，咱们找个地方再唠。”侯滨松拉起范志成往基地大院外走去。

刚走出大院，看见远处一辆吉普车驶来，三个人急忙隐蔽在丁香树丛后面，侯滨松侧耳一听笑了：“出来吧，是鲁队的车。”

“你怎么知道？”

戴洪岭神秘地告诉范志成：“他是听出来的，每一辆车的声音都有自己的特点，都是不一样的。”

刚才侯滨松一出门，鲁俊山又心神不定地转起了圈。他对侯滨松可以说了然于胸，当年的宝石花手表案件他就一眼看准了这个小伙子。侯滨松当了警察之后，更是一步一个台阶，几年的工夫就成了在全局都颇有名声的破案能手。对他的人品、破案的能力，鲁俊山都是坚信不疑的，不然也不会在“降落伞案件”走投无路的绝境中想到他，把破案的赌注押在他的身上。侯滨松胆大心细，智勇双全，这都不用说，但他也有要命的缺点。他敢想、敢说、敢干，胆大得无边，常常敢于打破惯例出奇招、妙招破案，这也是他屡遭非议的原因。刚才侯滨松拿走了革委会的文件，可能是这些天折腾得昏头昏脑，他竟没有问清楚侯滨松拿走这份文件去干什么用。这可是革委会的红头文件啊，要是捅出点娄子来，大帽子要多大有多大，扣在脑袋上就要命。想到这他叫上朱大平开车追到警犬基地，一来是追回文件，二来是想看看侯滨松又使出什么招法来。

戴洪岭跑到马路边一招手，鲁俊山停车下来，当他看到侯滨松和范志成从树丛后闪身出来时吓了一跳，他把侯滨松拎到一旁问：“你是怎么把他弄出来的？”

“这不是有革委会的文件，上面还有关顺利主任的批示，又经过负责看管的红卫兵同意，这不就把人给放了。”

侯滨松解释得越轻巧鲁俊山的气越大：“革委会的文件是释放通知书吗？关主任的批示上说要放人了吗？你这个小侯子，你吃了熊心豹子胆了，你敢拿着革委会的文件假传圣旨往外捞人，这是弥天大罪你知道吗？你不要命了可我们大家还要命啊。”

“鲁队息怒。我们为什么要把范志成解放出来？是为了破案啊，这正像关主任说的那样，是同那些没有改造好的旧警察的阻挠和破坏做斗争。关主任的批示很明确：破案还是不破案，这是革命造反派和反革命当权派斗争的反映；破案还是不破案，是革命路线和反革命路线谁胜谁负的反映；破案还是不破案，是无产阶级和资产阶级的分水岭；破案还是不破案，是无产阶级专政还是资产阶级专政的试金石。这就是说，只要我们是为了破案，那我们就是造反派，就是革命路线，就是无产阶级，就是无产阶级专政。关主任以革命的名义指示我们限期十日破案，现在离破案期限只剩三天了，在这个时候我们让范志成去破案，这就是对他最好的改造，也是他立功赎罪重新做人的最好机会。等我们破了案，那就是群众专政胜利之时，我们所做的一切都是为了落实关主任的重要批示。这有什么问题吗？”侯滨松说完这一大套长出了一口气。

鲁俊山叹口气说：“侯滨松啊侯滨松，别看你说的比唱的好听，你这一套都是些弯弯绕，你在这绕腾我行，可那些红卫兵可不是好绕腾的。说一千道一万还是得尽快把这案子给拿下来啊。”

正说着范志成插了进来：“好啊你个小侯子，你瞒天过海把我弄出来是想让我上‘降落伞案件’啊？我现在就告诉你，你愿意找谁找谁去，反正我不干。”

按下葫芦浮起瓢，真是难为侯滨松了。“你喊什么喊，这样的话你也能说得出口？刑警是干什么的？刑警是破案的，刑警的天职就是破案。刑警不能破大案，不如回家卖茶蛋。我好心好意把你弄出来去履行天职，你可倒好，还撂耙子了。你不干我干，我现在就把你送回去。”

“小侯子你是不知道啊，什么狗屁‘降落伞案件’？这根本就不是刑事案件，那叫什么反动标语啊，就是淘气的孩子瞎胡闹。还有什么降落伞，那叫什么降落伞啊，就是一块白布做的玩具。如果这个案件立案侦查，没等破案就能看出来是一起冤案，谁去破案谁就是草菅人命的害人精，谁就是制造冤案的罪人。”

一顿重火力把侯滨松给打哑了，他没想到范志成这个闷葫芦发起火来如此猛烈。范志成的话也说到了侯滨松的心里，他之所以躲出去不愿参与这起案件，也跟范志成是一样想法，但是他不能拒绝鲁俊山的命令，也不能放弃侦查破案的天职。

“小范你听我说两句，我说完以后，你想留下破案你就留下，你不想留下就送你回去，我绝不勉强。现在我把当前破案的状况向你做一个通报。截止到今天晚上，群众专政战斗队已经抓了二十多人，这些人的材料我都看了，没有一个靠谱的，往往是抓进来就招供，第二天又翻供，翻来覆去地折腾。群众专政那伙人没别的，就是靠打，刑讯逼供。最严重的是他们抓来了一个中学的音乐老师，这个人因为平时散布反动言论被列为嫌疑人，进来两天就承认了全部犯罪事实。专案组开会讨论要上报审判组宣判，我是壮着胆子把案件给拦了下来，我看了审讯材料，生拉硬拽，胡编乱造，所有的证据连一点边都不沾，里面的证言也都是假的。”鲁俊山越说心情越沉重。

“如果都是些不靠谱的证据，他们怎么上报审判啊？”范志成认真起来。

“因为这个小伙子是音乐老师，所以办公桌和家里有许多像《革命歌曲大家唱》之类的歌曲集，还有许多教学和他自己练琴用的乐谱。嫌疑根据就在这些乐谱里，因为在降落伞上拴着的小纸条上有三句歌词都在他的歌曲集里找到了。还有，我刚才出来之前接到群众专政战斗队的电话，最后那句‘年轻人就是这样相爱’也找到了，那是印度尼西亚的一首民歌，叫什么《哎哟妈妈》。这就是说，四句歌词都在音乐老师那里找到了，要真是这样的话，这个年轻人性命难保了。”“你是说那个音乐老师性命难保吗？”

“你想这是什么案件？是反革命案件，而且降落伞直接落到了关主任家的院子里，这性质相当严重了，那些红卫兵非要了他的命不可。”

“那我们现在能有什么办法呢？”范志成沮丧地搓着手说。

夜幕中侯滨松眼睛发亮，劲头十足：“破案。破案是我们的拿手好戏，现在只有破案才能挽救危局，只有破案才能拯救那些蒙冤受屈的无辜的人们。”

这时朱大平提出了一个更加复杂的问题：“你说我们破案是为了拯救那些无辜的人们，可是你有没有想过，如果破案抓了人，会不会又造成了新的冤案？”

鲁俊山斩钉截铁：“不会，我反复研究了这个案件，从爱情诗的笔迹、诗的内容和投放降落伞这种方式来看，这肯定是一个青少年做的事，如果破案了也就找到了那个淘气的孩子，我们就能找到能够证明那个孩子无罪的证据，我们就能证明这不是一起反革命案件，这只是孩子们的游戏。”

范志成耷拉着脑袋说：“鲁队，我说句话你可能不愿意听，我总觉得你有点太乐观了，那个莫队长能听你的吗？”

侯滨松看不得范志成霜打茄子的窝囊样：“那你也不能太悲观失望了，我们是刑警，刑警就要有点刑警的脾气，不能遇到困难就往后退。破案到了最关键的时刻，现在最需要的是证据，你就是专门找证据的，证据是至高无上的，就是群众专政战斗队也不能藐视证据。你就连用证据去证明那些无辜的人们无罪的勇气也没有吗？”

“鲁队我们什么时候开始工作？”范志成终于下了决心。

鲁俊山拍拍范志成的肩膀说：“马上勘查现场，如果天一亮，我们的行动就容易暴露。”

四

黎明前的黑暗中，几个黑影在关家大院周围悄悄地活动着，他们摸着黑四外查看，一会分开活动，一会又聚到一起。

现场勘查进行了将近一个小时才结束，鲁俊山小声把大家叫到一起，决定到关家大院对面一个破败的天主教堂开个碰头会。

勘查现场最有发言权的自然是范志成。“这个现场在发案当天我就来过，所谓的降落伞是从空中飘进院子的，所以在遗留降落伞的地方没有任何足迹和其他的痕迹。院外投掷降落伞的地点无从查找，当然也就不存在任何痕迹。这个现场没有留下投伞人的任何痕迹。请大家注意，我在这里没有用嫌疑人或者作案人，而是用了投伞人，因为这个所谓的案件根本就不是刑事案件，所以只能把我们的调查对象称为投伞人。我被隔离审查就是因为这个观点，但在什么样的压力下我也不会改变我的态度。”

侯滨松及时提醒：“跑题了，跑题了，赶紧话归正传说正题。”

“这个现场虽然没有留下任何痕迹，但是投伞人的活动所留下的信息，却为我们查明这个事件——请大家注意，我在这里使用的是事件而不是案件……”

侯滨松又及时引导：“我们知道，说正题。”

“第一，这个降落伞虽然落在了关家大院里，但是这个院子并不是投伞人的目标，如果一定要分析犯罪动机的话，投伞人根本就没有犯罪故意，也就是说，他投伞的目标不是关家大院，是投伞人不可抗拒的意志以外的原因，致使这个降落伞误落关家大院。”

“根据，根据。”鲁俊山目不转睛地问。

“一、如果有人想用反动标语的形式搞破坏，他为了最大化地实现破坏的结果，最大化地扩大社会影响，那么他采取的方式应该是在大门上，在围墙上书写或者张贴反动标语，这是近年来反动标语案件的主要作案方式。大家想一想，如果把反动标语投到院子里，那就只有院子里的人才能看到，这样的反动标语还有什么意义呢？二、如果是恐吓信或者是敲诈勒索信，确实有许多情况下是投到院子里，也有的从门缝塞入屋内，还有的通过邮局邮递。但是这种形式的作案也可以排除，依据就是已经发现的那四句话，这四句话与恐吓、敲诈勒索、揭露个人隐私和所谓的反革命言论等都没有任何联系。我再把话说得明白一点，正是反动标语的内容，充分证明了投伞人没有反动的反革命的目的。”

“按你这么说，这个降落伞是淘气的孩子乱扔取乐，无意中扔到了关家大院的吗？”朱大平对范志成的分析意见有些怀疑。

“不是乱扔，是有意的，这就说到了现场勘查意见的第二条，投伞人是有投伞的主观故意的，他希望把降落伞投掷到预定目标这种结果的发生。要确定投伞人的动机，还要回到所谓反动标语里的四句话上面。这四句话大家都清楚，我在这里不再赘述。从这四句话的内容看，毫无疑问这是一种表达爱情的方式，这种方式很幼稚，我一会儿还会说到。问题来了，这个投伞人要向谁表达爱情呢？其实这个问题当天就解决了，关顺利夫妇只有两个儿子，一家四口人都不是投伞人表达爱情的对象，这个投伞人一定另有目标。”

戴洪岭憋不住问了一句：“既然他有特定的目标，为什么会把降落伞投到关家大院里去呢？”

“误投。降落伞落入关家大院是误投。这是第三条意见。我再强调一遍，关家大院围墙的高度是一米八，往这个院子里扔反动标语之类的东西，只要一扬手就能完成，根本用不着费这么大劲去做一个降落伞来完成。他一定另有目标，而且这个目标应该在高处。”

侯滨松望着马路对面关家大院周边的环境打开了思路：“关家大院只有东侧与一幢四层的居民楼相邻，你所说的高处也只有这里了。”

范志成用手指着楼房说："这幢楼房就是投伞人的目标。大家看，楼房的西侧一共有九个阳台，二层、三层、四层各有三个，这九个阳台就是投伞人的目标。"

侯滨松跟上了范志成的思路："最重点的目标应该是四楼的三个阳台。"

"侯滨松的思路完全正确。大家看，二楼的阳台很低，扔进去一个东西用不着降落伞。那为什么三楼也不是重点呢？三楼的阳台上面是四楼的阳台，由于四楼阳台的遮盖，即使用降落伞也很难投降到阳台上。所以四楼的三个阳台是调查的重点。投伞人画像就由小侯子说吧，这方面是他的特长。"

"此案的嫌疑人，不，是投伞人，男性，年龄在十四岁到十八岁之间，绝不会超过十八岁，应该是在校的中学生。"

"你怎么就能确定这个投伞人是男性呢？"朱大平一贯对侯滨松的判断表示怀疑。

"这一定是男孩子干的事。一来在学校女孩子主动向男生求爱的情况比较少见。二来即使女孩喜欢小男生，她表达的方式也非常含蓄，不会这样夸张。三是用降落伞投递情书这符合男孩的想象力和冒险精神。所以我判断投伞人为男性。另外从情书由四句歌词组成来分析，这个男孩喜欢唱歌、音乐的可能性很大，可以据此确定大致的调查范围。"

鲁俊山抬头看看已泛出些亮色的天边说："我们今天的工作很有成效，同志们再努一把力，破案还是有希望的。天快亮了，我和大平得回到大队去，我主要是招架群众专政战斗队的那些红卫兵，大平作为联络员，每天下午一点，晚上八点，在这个地方与小侯接头，听取你们破案进展的情况。范志成还是回到警犬基地去，这边我向王建刚汇报一下，由他亲自出面把你放出来，免得这样偷偷摸摸地再惹出什么麻烦来。小侯啊，调查的任务只能由你和洪岭来完成了，要注意保密，否则你那暗度陈仓的计划就黄摊了。另外我可以给你提供一条捷径，你还记得吃的红肠吗？一会儿上班了你就去找第一副食的邱瑞经理，他家就住在这幢楼的四楼，究竟是哪个阳台我记不清了。"

散会分手时，侯滨松把鲁俊山拉到一边小声问道："鲁队，你在市图书馆有熟人吗？要是有的话你给我写一个条子，我想去查几本书又没有借书证，只好走个后门。"

"小侯子总是不打无准备之仗啊。"鲁俊山从工作手册上撕下一页纸，在上面写了几行字交给了侯滨松。

侯滨松正把纸条装进衣兜，朱大平拉了一下侯滨松的衣角耳语一句："你小子要真是顺着鲁队的人脉关系把案子拿下来，那可真是瞎猫碰见死耗子。"

侯滨松很认真地回答说："瞎猫能碰见死耗子，这是件多么不容易的事啊。这是运气啊。"

"什么暗度陈仓，你这是暗中捣鬼，你想一个人把着案子，生怕别人插手抢了你的风头。"

"这怪不着我，你要怪就怪那些红卫兵，要是没有他们胡搅，这案子怎么也落不到我的头上啊。"

难怪别人对侯滨松破案不服气，说他破的那些案件都是瞎猫碰见死耗子，是撞大运撞出来的。眼前的这起"降落伞反革命案件"折腾了六七天破不了案，侯滨松一上来真的就从邱瑞的这条线上，一下子把事情的真相给牵了出来。

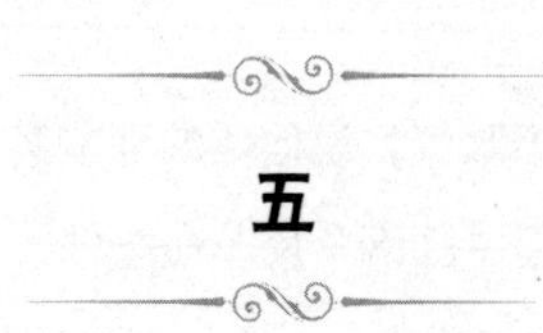

五

上午快到九点了，侯滨松敲开了一副食经理办公室的门，在这里他见到了邱瑞。邱瑞很热情，又是点烟又是倒水的，这不仅仅因为侯滨松是大案队的刑警，还因为他是打着鲁俊山的旗号来的。

侯滨松一落座，邱瑞堆满了一脸的笑容不见了。“小侯同志你来得正好，我这几天就想去找鲁队谈一谈家里的事情，想让他出面帮我解决一点家事，刚好你来了我就不用麻烦鲁队了。”

“我年纪轻没什么经验，不知道能不能帮上你什么忙。”侯滨松的回答很诚恳，但对方的一脸愁容却让他产生了一种兴奋的感觉，这样的预感没有根据也没有理由，但却常常出现，一旦出现就是破案的前兆。

“我有一个女儿正在临江中学读书，前些天老师把我找去了，跟我讲了两件事。一件事是她在学校的毛泽东思想宣传队里犯了一个错误。我女儿喜欢音乐，从小就在少年宫学习小提琴，现在是学校乐队的小提琴手。上个星期乐队练习休息时，她竟然拉了一首《莫斯科郊外的晚上》。这可是苏联修正主义的曲子，老师当时就批评她，可她不服气，和老师争辩起来，没办法老师就把我找去了。另一件事也很严重，按老师的说法，她和一个男同学关系暧昧，有早恋的苗头，希望家长能配合学校引导孩子走正道，树立正确的世界观和革命的人生观。回到家里我跟她一谈，结果两件事都谈崩了。苏联歌曲的事，她认为音乐是艺术，不应该用国界和政治来划分优劣。和男同学的事，她说是正常交往，说老师是神经过敏，没事找事。我就这么一个独生女儿，让我给惯得没个样，我就想让鲁队跟她谈谈，要是吓唬吓唬她肯定能起作用。我知道鲁队的工作很忙，所以就没好意思为这点小事麻烦他。没想到今天你来了，你看……"

这还看啥啊，案子已经露头了，就差一伸手拿下了。侯滨松用发抖的手端起玻璃杯呷了一口茶，他在极力稳定住情绪，以免兴奋的心脏会蹦出来。侯滨松暗暗为自己灵验的预感而扬扬得意："邱经理尽管放心，我会做好你女儿的思想工作。"

"那可太谢谢你了。对了，小侯同志今天到我这里来是不是有什么公事啊，我光顾磨叨家长里短的私事，可别影响了你的工作啊。"

"今天鲁队派我来主要是了解一下你们这里近期的治安形势。"

"我们商店已经很长时间没有发生刑事案件了，这得感谢人民警察，要不是你们把那些坏蛋都收拾起来，那我们就乱套了。"

"要是没有别的事，那我就先去找你的女儿谈一谈，她叫什么名字？"

"邱小妍。"

下午一点，朱大平按约定提前来到天主教堂与侯滨松接头，他足足等了半个小时也没见侯滨松的人影，憋了一肚子气回去向鲁俊山告状去了。鲁俊山一听，眼睛一亮，这个小侯子肯定摸到了线索，他正在穷追不舍，等案子一见亮就该有消息了。

"这小子有了好事专门吃独食，他要是破案谁也别想沾上光。"对朱大平发的牢骚，鲁俊山只当耳旁风一吹而过。

侯滨松和戴洪岭在临江中学大礼堂的后台找到了邱小妍，大礼堂空荡荡的，只有她一个人在这里练琴，琴声悠扬。侯滨松出示证件自报家门，邱小妍警惕地问："警察找我有什么事吗？"

侯滨松谦虚地说："邱小妍同学，你先练你的琴，等你休息的时候我们再谈。"

邱小妍继续拉琴，她很投入，似乎身边坐着的两个谦虚的警察根本就不存在一样。戴洪岭无意间发现谱架上有一页《莫斯科郊外的晚上》的乐谱，他轻轻捻起递给侯滨松。没想到这个小小的动作激怒了邱小妍。

"你们是来搜查的吗？你们是来抓我的吗？你们想拿《莫斯科郊外的晚上》的乐谱给我定罪吗？"

戴洪岭吓了一跳，他像犯了什么错似的缩手缩脚坐在一边。这个小姑娘太猖狂了，他以为侯滨松会发起反击，可没想到侯滨松有滋有味地看起了乐谱。

邱小妍放下小提琴，怒气冲冲地站在侯滨松面前说："我练完琴了，你们有什么事请谈吧。"

侯滨松的眼睛还在乐谱上，好像没有听到邱小妍在嚷嚷什么。"《莫斯科郊外的晚上》是一支优美的苏联歌曲。1956 年苏联拍了一部电影《在运动大会的日子里》，这部电影我看过，这首歌就是电影里的插曲，1957 年在第六届世界青年联欢节上获得金奖。"

正在气头上的邱小妍张大嘴巴愣在那里，她看着侯滨松慢慢坐下，目不转睛。

"在这首歌曲中，词作者马都索夫斯基用朴素的语言描绘了大自然淳朴的美，他把这种美与年轻人的心声、萌生的爱情和黎明前依依惜别的情境交融在一起，把朴素的感情升华成了精美的声乐艺术。"

邱小妍完全忘记了刚才对警察的蔑视，她激动得又慢慢站了起来。这时侯滨松却故意来了一个卡壳："这个作曲家叫瓦西里什么来着？"

邱小妍脱口抢答："瓦西里·索洛维约夫·谢多伊。"

"对，是瓦西里·索洛维约夫·谢多伊。"侯滨松做出猛然想起的样子继续说："他的旋律精巧素雅又意趣生动，仿佛使人置身于莫斯科郊外的晚上。艺术是没有国界的，所以这首歌曲在中国和世界都非常流行。邱小妍同学，你知道他自己说是怎么写出这首歌曲的吗？"

邱小妍有些难为情地摇摇头。

"他说这首歌是顺着字母从笔尖底下流出来的。"

邱小妍几乎要跳起来："他真是这么说的吗？"

"他正是这样说的。他还说，只有当人们在歌曲里寻找自己生活的旅伴和自己思想的旅伴时，这样的歌才会受人欢迎。"

戴洪岭像被冻僵了一样，他跟着侯滨松破案这么多年，想不到侯滨松扮演一个音乐家竟如此出神入化，假的做起来比真的都像。这就是师傅的神奇之处，侯滨松破案永远都让人无法想象。

邱小妍看着这两个警察，又渐渐地冷静下来："警察叔叔，我想问一个问题，你们今天不会是为了《莫斯科郊外的晚上》来找我吧？"

"我正是为《莫斯科郊外的晚上》而来。"侯滨松的脸色严肃起来。

邱小妍后退几步，她拿起小提琴抱在怀里，生怕被抢去一样："这么说你还是来抓我的？"

"不，我们继续来谈《莫斯科郊外的晚上》。"

别说是邱小妍，就连戴洪岭也彻底蒙了。

"在苏联举办的世界青年联欢节结束之后，各国的青年代表在分别的时候，都用俄语唱一句歌，那就是'但愿从今后，你我永不忘莫斯科郊外的晚上'。从此这首醉人的歌曲飞出了苏联的国界，回荡在全世界的各个地方。"

听到这里邱小妍低下头，她抱着心爱的小提琴泪流不止。"可老师说这是修正主义的歌曲，是资产阶级情调，如果我再继续拉这首歌曲，学校就要开我的批判会，请问警察叔叔这样的决定正确吗？"

"这个决定是错误的，是非常错误的，但你要执行，要坚决执行。理解的要执行，不理解的也要执行。"

邱小妍在痛苦中挣扎着："为什么要向错误的东西屈服呢？为什么我不能有独立的人格呢？为什么我不能演奏一首在全世界都流行的歌曲呢？"

"一首受到人们喜欢的歌曲，它是阳光、是月亮、是空气、是流水，当乌云来的时候，就会遮住阳光和月亮，当风暴来的时候，就会污染空气和流水。但是，乌云和风暴总是短暂的，而享受音乐和歌曲的快乐却是永久的。我们现在所做的一切都是为了快乐的永久。"

"你说什么，为了快乐的永久？"邱小妍开始思考侯滨松的话。

"暴风雨袭来的时候，暂时躲避才是聪明的选择，因为只有不被暴风雨淹没才会有后来，才能继续享受音乐和歌曲，才能享受永久的快乐。"

一个天真的女孩跟一个素不相识的警察，终于建立起了信任的桥梁："你是一个警察，怎么跟我爸爸一样想法？"

"我像你这么大的时候，觉得爸爸的话有许多错误，可等我长大以后发现，爸爸的话都是正确的。父辈的经历比我们多，而他们的经历就是财富。"

"我现在应该怎么做？"

邱小妍的信任越来越加深了，侯滨松距破案越来越近了。

"回避眼前的风险，像《莫斯科郊外的晚上》应当把它放一放，还有像《年轻人就是这样相爱》这种非常敏感的曲子也不要再演奏了。邱小妍同学，你不要以为这样做仅仅表现了你特立独行的性格，你这样做在害了自己的同时，还会伤害到别的同学，后果是极其极其严重的。”

邱小妍震惊了：“我还会伤害到别的同学吗？”

侯滨松用手指敲敲谱架嗡嗡响：“由于你的原因，别的同学也喜欢上了这些不合时宜的歌曲，那么他也会受到刁难。想想你现在的处境，你就能想象到别人的处境。”

“这些天来我正为这件事伤心。有一个比我低一年级的男同学，他叫高卫红，他特别喜欢我演奏的《莫斯科郊外的晚上》，还有那首《青年人就是这样相爱》，每当我拉起这些歌曲的时候，他就会在礼堂里，在窗外面静静地听。因为歌曲我们相识了，他跟你一样懂得许多音乐知识，知道许多音乐的故事，我们很谈得来。可是这件事却惹怒了老师们，他们说这是资产阶级情调，说我们是早恋，其实根本没有这么回事，都是别人瞎说的。昨天我看到他，他的脸上有伤痕，我一问才知道他回家挨了爸爸的打。是我害了他。”邱小妍的眼泪滴落在她的小提琴上。

“你终于明白了这个道理。”

“可我还是不明白，我和你并不认识，你今天也不像在办案，那你究竟为了什么来找我谈了这么多话呢？”

“你爸爸和高卫红的爸爸一样，都整天为自己的孩子担惊受怕，可你并不理解爸爸的心情，也感受不到他多么爱你。”

震惊一个接着一个：“是我爸爸让你来找我的？”

侯滨松点点头。

邱小妍想了想，她把书包里、谱架上的十几张歌谱拿在手里说：“都在这。”

侯滨松和戴洪岭迅速扫视那些歌谱，除了《莫斯科郊外的晚上》《年轻人就是这样相爱》之外，还有《弹起我心爱的土琵琶》和《送别》。侯滨松掏出打火机用眼睛在问，邱小妍点点头把歌谱交到侯滨松的手上。

火光中歌谱化作灰烬，侯滨松的话让邱小妍再次泪流。“总有一天你会和同学们一起，围着热烈的篝火再唱起这些优美的歌曲。”

六

离开临江中学，侯滨松骑在自行车上松开双手，他一边玩起大撒把，一边吹起了口哨，《莫斯科郊外的晚上》被他吹奏得婉转悠扬。他的预感告诉他，“降落伞案件”已经十拿九稳地攥在了他的手里，什么时候破案，那就看他轻轻一个动作了。

戴洪岭打断了扬扬得意的口哨声：“师傅你别光顾高兴了，往下咱们怎么办啊？”

“破案就在眼前了，得马上汇报啊。你给队里打个电话，想法找到鲁队，下午两点在兆麟公园的李兆麟纪念碑见面，那里比较僻静。”

联系上鲁俊山，师徒俩找个面馆一人一碗面，吃面的时候戴洪岭问：“师傅，你是什么时候学了这么多的音乐知识，我跟你这么多年怎么从来没发现呢？”

“当个刑警要懂各种知识，特别是当你面对一个精通某种知识的人，你也得懂一点这门知识，这样才能和对方建立信任，便于沟通。可是我并没有念过几年书，不可能懂那么多的知识，怎么办？现在最流行的语录是什么？”

“急用先学，立竿见影。”

侯滨松把面汤喝光，撂下碗说：“上午到第一副食我迟到了一个多小时，这段时间我去了图书馆，鲁队给我写了条子，我在那里看到了几本有关音乐的书，正好就用上了。说句实在的，我就知道这一点点，要是再谈下去就露馅了。不过就这一点音乐知识，破案倒是够用了。”

下午两点，所有人都准时赶到了李兆麟纪念碑旁。当侯滨松把从邱小妍那里获得的情况说完之后，包括鲁俊山在内的所有人都是一个声音—立即抓人，只有侯滨松的意见与众不同。

“我不同意现在就实施抓捕的措施，我们应该想一个办法，让高卫红主动到群众专政战斗队投案自首，这样对他争取从宽处理是有好处的，我们办案人也更有发言权。高卫红还是一个不满十六岁的孩子，我们应该慎重起见，破案不能光站在我们警察的立场想问题，也要多为这个孩子想一想。”

“这风险太大了。”朱大平说这话的时候心里已经充满了畏惧，“我告诉你小侯子，你能想出这样的馊主意来，就说明你根本没有认清当前的形势，这是什么案件？这是反革命案件，只要这件事是他干的，不管他满不满十六岁他都是反革命罪犯。”

鲁俊山转头问一声不吭的戴洪岭：“洪岭是什么意见？”

“我听师傅的，他有他的道理。”

“为了孩子冒险也是值得的，不过你有什么办法能确保高卫红主动投案呢？”鲁俊山虽然同意了侯滨松的想法，但他还是有些担忧，朱大平的话其实不无道理，侯滨松的做法是有风险的，这毕竟是轰动全市的重大反革命案件啊。

侯滨松信心满满：“此事不难，有三个人可以暗中相助，这三人分别是高卫红的父亲、他的老师和他的同学。”

朱大平发出警告：“你别忘了，今天是限期破案的最后一天。”

“这我比你记得清楚。”侯滨松对鲁俊山说，“今天夜间十二点之前我让高卫红投案自首。”

“你说准了？”鲁俊山在做最后的确认。

“一定。”侯滨松郑重承诺。

鲁俊山拍拍侯滨松的肩膀，这事就定下来了。“我和大平回队里等你的消息。”

令鲁俊山没有想到的是，他在办公室一直等到天黑也没有等来投案自首的高卫红，等来的却是戴洪岭的电话。戴洪岭在电话里说还得等，鲁俊山火了，要是再等到明天晚上，黄瓜菜都凉了！他问清了侯滨松所在的位置，带上朱大平开车赶了过去。

鲁俊山能不火嘛，这一天他都没敢离开办公室，左一个电话又一个电话，都是催破案的，就连王建刚也打来好几个电话询问破案的进展情况。让侯滨松负责侦破“降落伞案件”是鲁俊山打的报告，王建刚批准的。侯滨松明修栈道暗度陈仓的计策，鲁俊山也告诉了他，所以他非常希望侯滨松还能像以往那样，上来就能把案子破掉，这样也能在群众专政那伙人面前显示一下警察的破案能力，尽可能打压一下那个莫队长疯狂的势头。王建刚的最后一个电话也很着急，他催促鲁俊山夜长梦多，不能再等了，必须马上动手抓人，要是在革委会要求破案的时限内破不了案，那警察就大祸临头了。

鲁俊山把车停在离松花江边不远的路旁，戴洪岭正在那等着他们。在戴洪岭的引领下，他们来到松花江大堤上的一棵老榆树下，侯滨松躲在阴影里远远地注视着江边，鲁俊山顺着侯滨松的视线望去，只见隐隐约约有几个人影在晃动，还有忽高忽低说话的声音。侯滨松悄声叮嘱戴洪岭继续监视，又示意鲁俊山到路旁的树丛中再做汇报。

为了暗中促成高卫红投案自首，侯滨松最先找到了他的老师，又通过他的老师找到了他的父亲，最后搬出了邱小妍，现在他们已经谈了两个多小时，高卫红已经承认“降落伞案件”是他干的，但是投案自首还在犹豫之中。

一听这个情况朱大平急了，他压低声音说：“侯滨松同志，这是破案，不是过家家玩游戏。犯罪分子就在眼皮底下你不抓，你让鲁队在队里等，你在这里等，万一就在等的过程中出点什么意外，这责任谁能负得起啊？”

鲁俊山的心里比谁都急，今天晚上要是再没有侦查进展情况报上去，明天一早大案队就得挤破门，说不定革委会的人也会来，这劈头盖脸一顿骂是躲不过了。最关键的是，大案队是砸烂公检法以后全市保存下来的唯一一支整建制警察队伍，如果破不了案革委会追究下来，这支队伍也保不住了，也得砸烂。当他得知了高卫红这条线索之后，悬着的心终于落了地，他立即把侯滨松破案就在今晚的消息报告了王建刚，王建刚在电话里说，是侯滨松挽救了大案队，使这几十号刑警逃过了一劫。刚才当他知道了侯滨松为了高卫红能投案自首，竟然在这苦苦地等了两个多小时，他的火腾的一下冲到了脑门上。鲁俊山并没有把这股火发出来，他信任侯滨松，他知道侯滨松这样做一定有道理，再说侯滨松是破案的功臣，在这破案的关键时刻，即使有什么过错也不该跟功臣发火。

侯滨松迎着鲁俊山焦急的目光耐心地说：“鲁队我知道你着急，你不但为了案件着急，你还为大案队的全体刑警着急，其实我也着急，就像大平说的，人就在鼻子底下却不能抓，说句实话我也快挺不住了。可是我得兑现我的承诺，我答应了孩子的老师、孩子的父亲，我不抓他，让他自己到大案队去投案自首，这样能争取一个宽大处理的机会。我还答应了他的同学，就是那个邱小妍。高卫红是邱小妍说出来的，我跟她做了保证，我不能失信于一个可爱的女孩。我爸跟我说过，当警察要讲良心。人民警察说出的话要丁是丁卯是卯，要让人信得过，不能玷污了这身警服和头上的国徽。鲁队等等吧，他如果能投案自首，就增加了坦白从宽的砝码，也为公正处理这个案件提供了有利条件。鲁队你说呢？为了孩子我求你了，再等等吧。”

鲁俊山长出一口气，没有再言语，侯滨松知道可以继续等下去了。

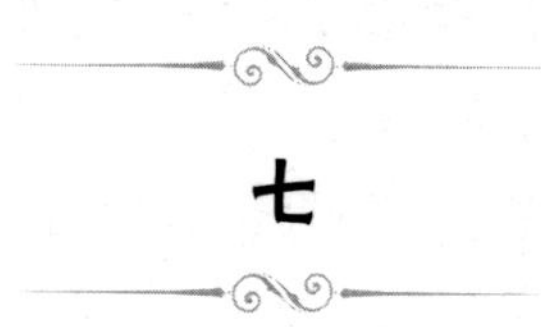

七

高卫红投案自首，“降落伞反革命案件”告破，这一爆炸性的消息在大案队迅速地传播出去。

鲁俊山穿上警服挺起胸膛，他在办公室里转了几圈，心中的郁闷之气荡然无存。

侯滨松当然也喜不自禁，在砸烂公检法的浪潮中，是他侯滨松大长了警察的志气，树立了警察的英雄形象。他穿上洁白的警服，一边吹着口哨，一边对着墙角脸盆架上方的小镜子梳理头发。他正扬扬得意，身后传来朱大平的声音：“你在这臭美什么，是不是想在莫队长面前留个好印象，趁机捞个一官半职的？”

侯滨松反唇相讥：“谁想升官谁心里清楚，但你千万不要用这样的话去嘲讽别人，因为这样会暴露你灵魂深处的‘私’字一闪念。不过向女领导汇报工作印象很重要，她对你的印象好，就容易接受你的观点，采纳你的意见。像我的头发，总体上要整齐，但前面要略微乱一点，这样才显得有风度、有气质。像你那样油光水滑的反倒不能给人以好印象，这里面有学问你不懂。”

“看来你是没见识过莫队长的厉害，你就是捯饬得再有风度、有气质，到了她那就跟砸烂公检法一样，给你砸个稀巴烂。”朱大平说完摇头晃脑转身去了。

“降落伞反革命案件”破获的消息传出去不久，就引起了强烈的反响，还没等到上班的时间，各路的电话就疯狂地打来。鲁俊山在办公室和收发室两部电话之间来回奔跑，接电话接得满头大汗。大案队的人都忙碌起来，擦地的、擦窗的、烧水沏茶的忙作一团。侯滨松擦着地说："刑警不能破大案，不如回家卖茶蛋。只有破大案才能受重视，这不案子一破，乱七八糟的都来了。"

哄笑中鲁俊山也笑了："你好好干你的活儿吧，别胡说八道的。"

八点钟一过，大案队热闹起来，门外挤满了车，屋里挤满了人。会议室本来就不大，挤得连窗台上都坐了人，有的实在进不来就或站或坐地围在门口听会。革命委员会、人民保卫部的领导都来了，大案队和群众专政战斗队的主要人员参加会议。前排就座的有十来个人，其中一个姑娘引人注意。她丰满的身材被一身合体的黄军装包裹，一张红彤彤的娃娃脸在军帽的映衬下活泼可爱，不用说这就是把鲁俊山和朱大平吓破了胆的群众专政战斗队的莫队长。

会议开始后，由各级领导轮流讲话，主要是祝贺、表扬、希望之类的官话、套话，他们在记者拍了照片之后就哩哩啦啦地退场了，只留下革委会管政法的副组长和代表保卫部的王建刚听取案件处理的情况。

在鲁俊山介绍了案件侦破经过之后，莫队长发话了："案件破得好，大长了无产阶级的志气，大灭了资产阶级的威风，是'文化大革命'的又一次伟大胜利。刚才各级领导都充分肯定了，我在这就不用多说了，现在应该研究对这起案件的反革命犯罪分子怎样处理，请老鲁同志说说吧。"

会议开到这会儿才到了较劲的时候，鲁俊山的心里清楚，认为高卫红不构成犯罪的意见别说战斗队过不了关，就是上报保卫部也不会同意的。但是他又不忍心去迎合莫队长，以大案队的名义拿出处理意见，他想尽力躲避政治风险。

"我们在期限之内把案子破了，人也抓到了，下步如何处理请莫队长指示。"鲁俊山说得吞吞吐吐，但意思很清楚，他把莫队长踢过来的球又踢了回去。

"我说说我的想法吧。"侯滨松迫不及待地站了起来。他的心里也很清楚，如果让那个莫队长先发表意见，那一定会把高卫红押起来，得把他当成现行反革命分子严厉打击。她先来个一锤定音，你再进行反驳就会处在更加不利的境地，还不如来个先发制人，或许还能占点上风。想到这，他决定争取主动抢先发言。他故作镇静地抹了一下精心捯饬的发型，站在那等待莫队长的"恩准"。

其实在会议刚开始的时候，莫队长就注意到了这个充满活力的大男孩，她不可想象这个看似悠悠荡荡的人，竟然是一个破案高手。鲁俊山的吞吞吐吐令她心中不快，在她正要点到侯滨松的时候，侯滨松却恰到好处地主动站起来请求发言，这让她兴致勃勃，在这一刻她忽然从战斗队队长变成了一个漂亮姑娘。

“你说你说，你是破案的英雄，你最有发言权。”

朱大平瞪大了眼睛，他不相信自己的耳朵，他不相信莫队长能发出这样甜美的声音。

“我先介绍一下高卫红同学的情况。他今年还不满十六岁，是临江中学二年二班的学生，他的学习成绩不错，期中考试的平均分数达到了九十分，这比我上学时的成绩好多了。”

此处有笑声，特别是有莫队长的笑声，这对侯滨松是极大的鼓舞。“而且高卫红同学还是学雷锋优秀学生，在老师和同学中间颇受好评。他还是学校毛泽东思想宣传队的队员，不但歌唱得好，还会拉小提琴。‘降落伞事件’的发生是一件很偶然的事情。在放暑假的时候，有一天高卫红路过邱小妍的家，他听到邱小妍在阳台上拉小提琴，他突发奇想，他要用恶作剧来捉弄一下女同学。于是他回到家里，找了一块白布做成降落伞，又拼凑了几句歌词写在作文纸上。第二天他带上降落伞，把写有歌词的作文纸拴在降落伞上，然后爬到楼前的一棵高大的杨树上，他本想把降落伞投放到邱小妍家的阳台上，但由于风向的原因，把降落伞误投到了关主任家的院子里。”

莫队长收敛了笑容，胖胖的娃娃脸瞬间变成了狰狞面目。“你先等等，我有三个问题问你。一个是‘降落伞反革命案件’什么时候改成降落伞事件了？这是谁改的，是大案队改的还是你个人改的？还有，作案就是作案，怎么成了恶作剧，这是谁改的？最后一个问题，高卫红投放反动标语这是不争的事实，既有物证又有他本人的供认，怎么到了你这把向关主任家投放反动标语说成误投，这也是你改的吗？”

“是。”虽然只有一个字，侯滨松说得大义凛然。

啪！莫队长拍案而起。“你这是篡改，你这是翻案，没想到在旧公安的队伍里还隐藏着修正主义，而且还敢公然跳出来反对无产阶级革命路线，真是狗胆包天。你今天一开始就美化反革命分子，什么学习好品德好，在老师和同学们中间颇有好评，你这是在放烟雾弹，你想迷惑革命群众，然后慢慢地篡改案件的性质，把案件改成事件，你动了这么多脑筋究竟要干什么？”

“我的发言还可以继续吗？”侯滨松高声打断莫队长的话。

莫队长轻蔑地哼了一声："阶级敌人自己跳出来，这没什么可怕的，这样可以暴露敌人，教育群众，可以推动革命运动向前发展。"

侯滨松知道自己死定了，但他要说下去，就是死也要死个明白："所谓的'降落伞反革命案件'，就是说破大天也不过就是一个有一定影响的事件，它根本就构不成刑事案件，更构不成反革命案件。我刚才说了三个关键词，一个是事件，一个是恶作剧，一个是误投，这三个词都不是凭空而来，都是有证据支持的，所以我的处理意见很明确，不构成反革命案件，对高卫红扰乱'文化大革命'的行为进行批评教育后立即释放，由派出所、学校和家长组成帮教小组，实行群众专政的监督改造，使之改邪归正，成长为无产阶级革命路线的接班人。"

可能是因为天热，也可能是因为情绪激动，莫队长一个扣一个扣地解开了军装："侯滨松啊侯滨松，你这个人很狡猾啊，你说了半天为什么要回避'降落伞反革命案件'中的核心证据，就是反动标语的内容呢？很明显你这是在避重就轻，用一个恶作剧来掩盖反革命分子的猖狂进攻，险恶用心何其毒也。"

侯滨松豁出去了："这就是一个男孩子的恶作剧，所谓反动标语不过是用四句歌词拼凑起来的情书，如果莫队长另有高论，我愿虚心领教。"

莫队长站起来，她裂着怀在地上转圈，两个摇晃的乳房显得不太严肃，但高论确实很高。

"西边的太阳就要落山了，
莫斯科郊外的晚上静悄悄，
哪有快刀能劈水，
年轻人就是这样相爱。

这是反动标语的全部内容，你说得对，这是用四句歌词拼凑起来的，但是它可没那么简单，绝不像你说的那样是恶作剧。我们来一句一句地分析反动标语的险恶之处。

"第一句最为反动、最为恶毒。太阳是伟大领袖，是革命人民心中永远不落的红太阳，它将照耀着社会主义江山世世代代永不变色。可是反革命分子用'西边的太阳就要落山了'这句歌词，污蔑我们心中的红太阳就要落山了，思想何其反动，用心何其毒也，这是反革命分子向革命路线的疯狂进攻，是阶级斗争的新动向，这是广大革命群众坚决不能答应的。第二句暴露出苏联修正主义对我们社会主义国家渗透和颠覆活动的严重性。'莫斯科郊外的晚上静悄悄'，这只是一种假象，莫斯科郊外的晚上绝不会静悄悄，树欲静而风不止，‘苏修’在我们的北面陈兵百万，亡我之心不死，他们无时无刻不在想着吞并我们的社会主义国家。在莫斯科郊外的夜晚活动的是什么人？绝不会是革命群众，只能是利用夜幕掩护干坏事的修正主义分子。哈尔滨已经破获了三百多潜伏的‘苏修’特务组织案件，‘降落伞反革命案件’也一定跟‘苏修’特务组织有关。第三句是电影《怒潮》的插曲，《怒潮》和《海瑞罢官》一样，是为右派分子翻案，向党进攻的反动影片，‘哪有快刀能劈水’，这是公然的叫嚣、挑衅，把它用在这里，险恶之心昭然若揭。最后这句是破坏‘文化大革命’的重磅炮弹。就在‘降落伞反革命案件’发生的前三天，有一个企业俱乐部公然放映印尼影片，俱乐部的主任和放映员都被捕获严惩，这说明阶级敌人的疯狂反扑不是个别的、孤立的，他们相互呼应，有组织、有预谋地向无产阶级专政进攻。‘年轻人就是这样相爱’，这是在宣扬赤裸裸的流氓行为，如果青年一代都像印度尼西亚的反动阶级那样相爱，社会主义江山就会变色，革命人民就会重吃二遍苦，重遭二茬罪，我们坚决站在革命路线一边，和一小撮阶级敌人斗争到底。”

战斗队有人站起来高呼口号，那声音几乎要把狭小的会议室给鼓破。“为反革命分子鸣冤叫屈绝没有好下场！”

“打倒反动警察！”

“革命无罪，造反有理！”

“把反动警察侯滨松揪出来批倒批臭！”

人群如果疯狂起来就像海啸一样谁也没有办法。面对这样失控的场面，王建刚虽然心慌，可他坐在那里不动声色，他知道一切都无可挽回了，莫队长不可能收回成命，侯滨松也绝不会屈服投降，结局也是明摆着的，他能做的就是把严重的后果降到最低，大事化小，小事化了。

啪！王建刚也拍下桌子站起来，他怒不可遏厉声喝道：“侯滨松你听着，你身为人民警察，可是你现在的所作所为已经离革命路线越来越远了，你要再不悬崖勒马，等待你的就是身败名裂粉身碎骨。”

鲁俊山一看也不含糊，他也指着侯滨松的鼻子怒吼：“你要是再敢胡说八道，红卫兵就会砸碎你的狗头。”

王建刚大喊：“来人，把反革命分子侯滨松押下去关起来。”

两个警察上前扭住侯滨松的两只胳膊正要往外推搡，莫队长一手叉腰，一手把军帽摘下摔在桌上："都他妈的别动。"侯滨松抬眼看过去，由于她摔帽的动作很大很猛，两个乳房也使劲地悠荡起来，露出的光头使漂亮的娃娃脸顿时成为怪物。他这时才想起鲁俊山和朱大平把莫队长形容成魔女，叫人望而生畏，现在他终于知道了，这真不是危言耸听。

"革命战友们，像侯滨松这样的坏警察、这样的反革命坏分子不能就这样无声无息地关起来了事，把他从地平线以下挖出来，这是清理阶级队伍的伟大胜利，他是群众运动中最好的反面教材，用他可以动员更多的群众投身到这场运动中来。"

莫队长说着一伸手，有人把一把剃头的推子递到她的手上，她手握推子向侯滨松走去，如同屠夫在走向一头猪。侯滨松的双手被扭住，莫队长咯噔咯噔用推子在他的脑袋上推了三五下，他一侧的头发瞬间就被剃光了。这种剃光一半留一半的发式叫阴阳头，是专门为那些游街示众的走资派、坏分子们设计的，有阳奉阴违进行反革命破坏的含义在里面。今天像侯滨松这样的普通警察能剃成阴阳头，这是很高的政治待遇了。莫队长呼风唤雨，一个电话叫来了一辆嘎斯货车，红卫兵们七手八脚把侯滨松五花大绑，然后拉上车厢，汽车缓缓地在街道上行驶，"坏警察游街示众"的行动就这样开始了。

八

靳玉兰已经好几天找不到侯滨松了，在这社会上一片混乱的环境中，一个人如果两天三天找不到，那就可能是出了什么事了。

靳玉兰到大案队找，人家告诉她追捕逃犯去了，等过了两天再找，有人告诉她人虽然回来了，但有侦查行动没到队里上班。她一听心里又气又急，出去追捕逃犯不告诉一声也就算了，可是人都回来了连个动静都没有，“你的心里还有我这个人吗？”这天上午她骑上自行车怒气冲冲地来到大案队，她要找鲁俊山问一问侯滨松到底跑到哪去了。可是到了大案队还没等进门，侯滨松已经被撕扯着拉上了嘎斯车的车厢，拴在车上的高音喇叭里传出一个女人歇斯底里的号叫。“广大革命的群众，红卫兵战友们，我们是哈尔滨人民保卫部群众专政战斗队，今天我们把混入公安队伍里的坏警察侯滨松揪了出来，把他押上街头游街示众，让革命群众认清这个反革命坏警察的罪恶嘴脸。这是一次革命行动，是深挖阶级敌人的又一次重大胜利！是群众专政的重大胜利！”莫队长可能觉得在驾驶室里喊叫不过瘾，她跳上车厢开始向沿街的群众揭露侯滨松怎样“包庇反革命分子”，怎样为高卫红鸣冤叫屈的累累罪行。

靳玉兰被这个场面吓傻了，也吓晕了，这是怎么了，都说群众运动是天翻地覆的革命，难道真的天翻地覆了吗？侯滨松是个一心保护人民、打击罪犯的优秀警察，他破过多少案，抓过多少罪犯数也数不清，他得过劳动模范的奖状啊，这些都一笔勾销不算数了吗？天翻地覆的革命就是这样的吗？透过一遍遍擦掉的眼泪，看着车上被扭住胳膊剃了阴阳头的侯滨松，她肝胆俱裂，恍惚中跟着游街的队伍走，不知道走到哪里才是尽头。就在她有些踉跄的时候，有人搀了她一把，她回头一看是眼泪汪汪的戴洪岭。见到戴洪岭，靳玉兰哭得更厉害了："洪岭你告诉我，这到底是怎么回事啊？这个世界上还有没有天理啊？"

戴洪岭把她拉出人群，强忍住泪水说："玉兰大姐你一定要坚强，要挺住，在这场革命的运动中我们每一个人都要挺住。你不要问为什么，你就是问也没有人能够告诉你。现在我能告诉你的是不用害怕，不是我一个人在保护着师傅，你看看这四周都是我们的人。"

这时鲁俊山、朱大平和大案队的人都混在人群中，他们不动声色地跟在卡车的周围，冷静地观察着人群中的动向。

有很长一段时间侯滨松的脑袋一片空白，灾难来得太突然了，他只记得莫队长摁着他给他剃头时，那两个硕大的乳房在他脸上蹭来蹭去，等他从惊慌中清醒过来时，人已经被押上了卡车。

在骚乱的人海中，他在极力回忆王建刚紧紧抓住他的手说的话："侯滨松同志，你要正确对待群众运动，要虚心接受红卫兵的再教育，你要勇敢地面对危机，记住，只要能活着就会有机会。"

莫队长机敏得像一只母狼，她似乎听出王建刚话里有话，当即冲过来质问："王建刚同志，你在说什么？你把说过的话再说一遍！"

王建刚故意提高了嗓门："侯滨松同志，你要牢记伟大领袖毛主席的教导，牢骚太盛防肠断，风物长宜放眼量。"

毛主席的话侯滨松没记住，但只记住了"只要活着就有机会"这句话。正是王建刚的这句话让他从惊慌中解脱出来，他稳住了精神，挺起了胸膛，他想到了《红岩》里的江姐、许云峰，想到了《红灯记》里的李玉和，想到了《欧阳海之歌》里的欧阳海，想到了这些他浑身充满了力量，红卫兵把他当成罪人，他自己把自己当成了英雄。他看到了人群中的鲁俊山们，他看到了邱小妍和她的父亲、老师，他看到了高卫红的父亲，他从开始的惊慌、恐惧到愤怒、屈辱，现在突然感到了光荣，感到自己是一个即将英勇就义的烈士。侯滨松啊侯滨松，你所遭受的这一切是为了什么？不过是为了一个道理，为了一个保护人民尊严的道理，你正是为了人的尊严才丧失了人的尊严，这是何等的光荣啊！他也看到了泡在泪水中的靳玉兰，浪漫缠绵的爱情当然美好，可苦难悲壮的爱情更能体味和充实人生。

从驾驶室爬上车厢的莫队长又撅着屁股爬回驾驶室，她看到人群中的朱大平，把他拉上车，喧嚣中听不见她在说什么，只是汽车的速度突然加快了，谁也不知道这个女妖又要什么花样。终于侯滨松发现了莫队长歹毒的计划，她要把他拉到家门口去游街示众，这是红卫兵普遍使用的方法，并不稀奇，没想到这样残酷的事情就要发生在他侯滨松的身上。

震耳欲聋的高音喇叭把爸爸妈妈喊了出来，把邻居们也喊了出来，莫队长又撅着屁股爬上车厢，她手舞足蹈地喊叫着，向围观的群众揭露侯滨松的“罪行”。看见车上剃了阴阳头的儿子，妈妈一下晕过去了，邻居们帮助爸爸把妈妈搀回屋内。

“妈妈，妈妈！”侯滨松要挣脱开双臂，又有几个人上来死死按住他，泪水一串串地流过他的脸颊落到地上。

侯滨松的呼喊和挣扎激怒了莫队长，她放下话筒冲过来，抡起双手左右开弓，侯滨松狠狠地挨了两个耳光。鲁俊山、靳玉兰和大案队的人跑步追赶上来，正赶上这个场面，鲁俊山终于像狮子一样爆发了：“不许打人！”

这困兽般的嘶叫引起了共鸣，人群中“不许打人”的喊声此起彼伏，还有人高喊“要文斗不要武斗”的口号。邻居的几个老人试图爬上车去解救侯滨松。众怒竟然把莫队长给镇住了，她不敢再叫嚣，撅着屁股爬回驾驶室关紧车门不露头了。

侯滨松的妈妈苏醒过来，她被搀扶着走出家门，走到儿子的跟前。“妈妈！”押解的红卫兵在愤怒的人群面前软了下来，他们松开侯滨松的双臂，让他能够到妈妈和爸爸的手。

“儿子，你是一个堂堂的男子汉，不要哭，不要在那些人的面前流眼泪。”爸爸说这话时，刚毅的脸上没有眼泪。

侯滨松擦擦眼泪：“爸妈我不哭。”

爸爸放开嗓门大声问道：“我的好儿子，你现在当着我和你妈的面，当着你们同志的面，当着街坊邻居们的面，回答我一个问题。你当警察的时候我嘱咐过你什么？”

侯滨松高声回答：“当警察要有良心，到什么时候都要有警察的良心。”

“我问你，你干没干过昧良心的事，你有没有丧了警察的良心？”

“爸爸你放心，有苍天做证，你的儿子从没有干过昧良心的事，也永远不会丧了警察的良心！”

人群中爆发出欢呼声和掌声，有人开始往车上爬，想解救侯滨松。莫队长胆寒了，她冲着司机喊：“快开车，快开车。”

嘎斯车撇下围观的人群快速地开走了，只留下侯滨松的余音在空中回荡：“我永远不会丧了警察的良心！”

本来悲痛欲绝的靳玉兰也不再哭泣，在人们的欢呼声和掌声中，侯滨松越来越远了，可在她的心中侯滨松正越来越近，她的心已经和他紧紧地贴在一起，她为侯滨松而感到无上光荣，只要心里有他，这一辈子就没白活。

第三章

戴罪出山

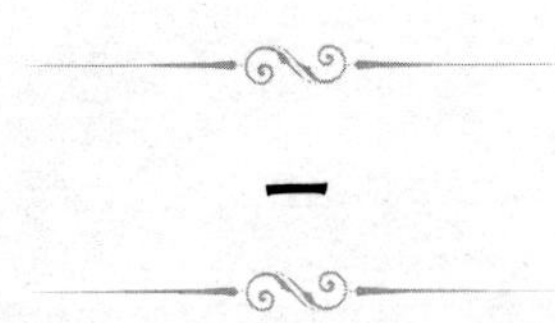

一

在辽阔粗犷的旷野上，一条沙土路蜿蜒挺进，一辆军用吉普车在路上疾驰，飞快的车轮卷起的黄土像燃起的烽烟，装点着东北大地的壮美。

王建刚端坐在车上，雪白的警服和鲜红的领章衬托着英俊的脸庞，一派少年壮志的气象。吉普车的前面飘扬着一面小红旗，上面印着“哈尔滨市人民保卫部”的金色字样，标志着车非大众之车，人非等闲之辈。这是“文化大革命”浪潮席卷神州大地的年代，各级党委和政府都被这史无前例的浪潮冲垮，取而代之的是由造反派团体建立起来的政权革命委员会。王建刚现在的身份就是人民保卫部革命委员会政工组负责人。

“慢点慢点，只有安全才顺利。”由于车速太快发生剧烈的颠簸，王建刚如同一个老者在告诫与他年纪相仿的司机。

无论是公安局还是保卫部政工部门都是管人的，王建刚这一趟长途跋涉是为了一个人而来，这个人就是大名鼎鼎的侯滨松。出哈尔滨往北颠簸了五个多小时，汽车就快驶近海伦河畔的海伦河农场了。此时刚刚入秋，田野上的庄稼和花草，有的黄，有的红，有的还绿着，再加上天上的白云和地上的白桦林，人就像行走在一幅图画里。王建刚喜欢白桦林，也喜欢摄影，他只要有到野外的机会就带上照相机，他看着白桦林想，一会儿把侯滨松接出来一定要在这里照张相。王建刚隔着车前面的小红旗看见了海伦河农场的木牌，刚才还在欣赏风景的心情荡然无存。

吉普车开进农场的大门。所谓的大门其实就是用粗大的木料搭建起来的不很方正的门框，立柱上钉了一块木板，上面有“海伦河农场”几个褪了色的大字。从这里进去不远往右拐是一片低矮的平房，房山头不是宣传画就是标语，内容不外乎“斗私批修！”“无产阶级专政万岁！”和“深挖阶级敌人，清理阶级队伍！”“谁要是不革命，就砸碎谁的狗头！”等等。眼前的情景让王建刚心烦意乱，他不知道侯滨松在这里会是怎样的一种境遇，也不知道侯滨松能不能经受住这突如其来的磨难。

王建刚轻轻摆手示意，吉普车在离一栋比较宽大的平房几十步远的地方停下来。他下车时轻关车门，蹑手蹑脚地向前走去。这栋房子是用土坯垒成的，斜歪着矗在地上，门楣上有块小牌子写着“食堂”，门旁边挂着一块胶合板，上面写着“文化革命整训队”几个大字。

土房里面人声嘈杂，乱哄哄的吵闹声和原野里的幽静显得格格不入。这里正在开批判大会，至于批判什么人、什么内容，只有“批判大会”这四个字的会标并没有说清楚。不过从一阵接一阵的口号声中和与会者的发言当中，都能听出这个批判大会是冲谁来的，是为了什么事。

领头开会的是关超，他在这场革命运动中，凭着“舍得一身剐，敢把皇帝拉下马”的革命精神终于出人头地，他现在的身份是人民保卫部文化革命整训队的队长，是正在进行的批判大会的主持人。关超的情绪很亢奋，他从主席台上站起来，讲话的声音尖厉刺耳，他每跷脚往上蹿一下，把拳头伸向空中时，就会喊出一句口号来，接着满屋子的人也会跟着一块喊。

“为阶级敌人鸣冤叫屈绝没有好下场！”

“侯滨松不投降就叫他灭亡！”

在食堂的一头，打饭的长条桌子就是主席台，关超跟几个神情严肃的人在主席台就座，在靠近墙角的黑影里站着一个低垂着头的小个子，有几个破洞的白背心已经旧得发黄，上面印的“哈尔滨公安”几个字也无精打采地贴在他的胸脯上，王建刚透过脏兮兮的窗户仔细一看，站在那低头挨批判的正是拒不投降等着灭亡的可怜巴巴的侯滨松。

关超喊完口号没有坐下，怒火在刀条脸上熊熊燃烧。他从长桌后绕出来几步冲到侯滨松跟前，用手指着他的鼻子怒斥道：“‘降落伞案件’是哈尔滨的头号大案，是阶级敌人向革命委员会发动的疯狂进攻，是你死我活的阶级斗争。可是你却胆敢冒天下之大不韪，公然跳出来为反革命分子鸣冤叫屈，开脱罪责，你这叫什么？这叫螳臂当车，蚍蜉撼树，革命群众的铁拳必然把你砸个头破血流粉身碎骨！”

“是、是，我一定要头破还得血流，粉身还得碎骨。”侯滨松不住点头，唯唯诺诺，低声下气。

鲁俊山也坐在会场里，他弯腰躲在人堆里，那垂头丧气的样子跟侯滨松差不了多少。由于侯滨松激烈反对把“降落伞事件”定性为反革命案件，顽强抵制关押不满十六岁的少年高卫红，致使这起案件又演化成了另一起严重的政治事件。侯滨松首当其冲被打成坏分子、坏警察，鲁俊山也没能逃脱干系，红卫兵认定他是侯滨松的黑后台，将他打倒了，连大案队全体都受到牵连，被集体送到整训队劳动改造。鲁俊山抬头看一眼侯滨松的狼狈相，心里像有块石头压得他喘不过气来。咳，要不是当初生拉硬拽地非要让人家当这个警察，现在小伙子可能已经是个顶呱呱的七八级大工匠了。如果人家现在拿着高工资孝敬父母养家糊口安居乐业，哪里会在这遭这份洋罪，受这份冤屈！再说了，这个狗屁“降落伞案件”本来跟侯滨松扯不上半点关系，要不是他为了破案把侯滨松扯进来，人家现在正躲在动乱旋涡之外逍遥快活呢，这下可好，一夜之间成了阶级敌人了。鲁俊山越想越窝囊，好像是他害了侯滨松一样。

“降落伞案件”发生以后，侯滨松确实留了个心眼，不能去碰这个弄不好会招灾惹祸的狗屁案件，在全市统一部署的摸排行动中，他只上报了两条模棱两可的假线索应付了事。他心里明镜似的，这样的案件只能装装样子敷衍了事，不能动真格的，谁要是动了真格的就会害人害己，那就离倒霉不远了。正因为留了这个心眼，他才借一起系列盗窃案件需要追捕的机会悄悄地躲了起来。但是当鲁俊山跟他通了电话让他上案子，他二话没说连夜赶回了哈尔滨。

食堂里的批判会进入了高潮，是因为关超的发言进入了高潮。

“侯滨松，你作为一名公安人员，在‘降落伞案件’发生之后，也就是在同阶级敌人的斗争进入到最激烈的时刻，却以办案为掩护跑到外县去了，我看你办案是假，临阵脱逃才是你的真实目的。朱大平站起来，你说说这件事的真实情况，你可要老实揭发，跟侯滨松划清界限，争取宽大处理。”

朱大平失去了以往的潇洒风度，他晃晃悠悠地站起来，那样子好像谁用手指一戳就会一头倒在地上。他勉强站稳了才开始说话，声音只比飞过的苍蝇大一点：“‘降落伞案件’发生以后，侯滨松就跟我说，这个案子太敏感，左了不是，右了也不是，还不如出去躲躲风头。我说那得躲到啥时候啊。他说这案子用不了三天五天就能破，案子一破就回来。他就跟我说了这些，再也没有别的了，我这是实话实说。”

“侯滨松，他说的对不对？”

对关超的大声喝问，侯滨松竟充耳不闻毫无反应，直到关超的手指戳到了脑门子，侯滨松才吓了一跳，像是从梦中醒来一样直愣愣地看着关超。会场里传出窃笑和耳语的声音。

“我再问你一遍，朱大平说的对不对？”会场里的杂音更扇起了关超的火气，他质问的声音都颤抖了。

侯滨松转着眼珠试探着说：“说得对，他说得全都对，我有罪，我罪该万死。”

“鲁俊山站起来。”

随着关超的一声断喝，鲁俊山忽地站起来，他涨红着脸握着拳头，一副随时进入擒拿格斗的姿态。

“侯滨松赤膊上阵反对群众专政战斗队，为反革命分子鸣冤叫屈，这都是你在背后撑腰打气的结果。你虽然没有公然跳出来对抗群众专政战斗队，但你却躲在暗地里扇阴风点邪火，妄图破坏革命的大好形势。你在斗争最关键的时候，偷偷地把侯滨松找回来，让他来充当你的马前卒，充当你的打手，对不对？你们不敢在光天化日下进行破坏活动，就在暗地里搞阴谋活动。但是革命群众的眼睛是雪亮的，在照妖镜的面前你和你的狗腿子侯滨松终于现出了原形。鲁俊山我说的对不对？”

鲁俊山想挥挥拳头但止住了，他梗着脖子争辩道：“侯滨松是我给叫回来的不假，但我的目的是为了破案，不是你说的为了破坏。这案子确实是侯滨松破的，我不认为作为一个刑警破案是什么罪过。”

鲁俊山的话音还没等落，会场里的议论声就嗡嗡地响起来。

受到了顶撞，关超不但觉得面子过不去，也有些心虚，如果不把鲁俊山的势头压住，就还会有人起刺儿、捣蛋，他这个整训队队长的威信就会下降，地位就会动摇，不但没法向上边交代，自己弄个一官半职的希望也就破灭了。于是他把主攻方向转向了鲁俊山。

“我问你，侯滨松回来的当晚说没说三天之内把犯罪分子领到大案队的话？”

鲁俊山想了半天说：“我是共产党员，我得实事求是，他确实说过这样的话。但还有一个事实我也得说，他只用了两天就破案了。”

关超来了劲头，神气十足。

“那我要问问你，他怎么就敢说这样的大话，几十个人的专案组干了一个星期，抓了二十多个人都没有破案，他怎么就能在三天之内破案？难道他是诸葛亮能掐会算？从表面上看，侯滨松这个人的小资产阶级思想严重，在工作中经常显摆卖弄，抬高自己贬低别人，要个人英雄主义。但在‘降落伞案件’中，他就不仅仅是显摆卖弄的问题了。现已查明，侯滨松跟反革命分子高卫红的父亲相识多年，是老熟人，所以在案发后，他跟朱大平说，这个案子左也不是，右也不是。他在专案组和高卫红之间选择了中间道路，耍滑头做了逍遥派。此案还有更关键的要害，那就是这个高卫红的老子也是鲁俊山的老熟人，在群众专政的铁蹄就要踏到家门口的时候，鲁俊山害怕了，他急忙搬来了救兵侯滨松，上演了一幕假破案真破坏的反革命闹剧。但是经过‘文化大革命’风雨洗礼的革命群众，他们个个都是火眼金睛，在他们的眼前，任何阶级敌人都无处藏身，都将被押上历史的审判台。”

主席台上的人鼓掌，下面迎合的人不多，但也有掌声，这叫关超长出了一口气。他问鲁俊山是否知罪，鲁俊山含着眼泪不吭声。问到侯滨松还是老样子，还是神不守舍地“知罪、罪该万死”那一套。这时靠窗户的地方有些骚动，原来有人看见了不远处的吉普车和正在走来的王建刚。

听说王建刚来了，关超和主席台上的那些人忙不迭跑出去迎接，然后簇拥着把他迎到整训队的办公室。说是办公室，其实就是一间乱七八糟的库房摆上几张桌子，关超顺手抓了一条毛巾给王建刚把椅子擦了擦，他这么点头哈腰地一忙活，王建刚的架子也就自然而然地端了起来，有人拍马屁指手画脚才有底气。

“去把侯滨松给我叫来。”王建刚坐下后冷冰冰地蹦出一句话。

“我先向领导汇报一下侯滨松的情况。这小子的问题比较严重，既有当逍遥派消极抵制群众专政的问题，也有为反革命分子鸣冤叫屈的问题，还有与敌特分子长期秘密勾结的问题，不过这都不是关键，最关键的是这小子他态度顽固，抵抗……”

“我让你把他叫来。”王建刚打断了关超的汇报，他黑着脸加重了不容置疑的口气。

关超连说两句“我这就去”，说完赶紧往外退。关超曾是个蛮有气势的人，不管到哪都有一股趾高气扬的劲头，可现在不同了，他自打投机钻营当上了这个整训队的队长，他的气势就没有了，劲头也没有了，想当官就得能当孙子，就得能豁出脸皮来，他只有保住整训队长这个官，才有可能去捞取更大的官。当官改变了他做人的初心。

管事的几个人一出去，会场的气氛就懈怠下来，有的聊天，有的起来伸懒腰，有的往厕所跑，还有的小声打闹起来。鲁俊山和朱大平一屁股坐下来生闷气，侯滨松则溜到长桌后面的主席台上坐下。这时范志成跑上来递给他一支葡萄牌香烟，他有滋有味地抽了一口问：“又是哪个当官的来了？”

“是王建刚。”

范志成因为“降落伞案件”被隔离审查，本来他就是因为说了几句话被莫队长抓住了，隔离几天也就放回来了。可是因为侯滨松这边一炮打响，“降落伞案件”又衍生出“侯滨松为反革命鸣冤叫屈事件”来，案件升级了，所有跟“降落伞案件”沾边的人都成专政对象，全体被送到整训队劳动改造，他也沾了侯滨松的光，两人成了难友。范志成这个人在刑事技术上很有一套，这也是侯滨松非要拉着他破案的原因，但他也有不同常人的性格，学名叫吝啬，东北话叫小抠。他每天上班都拎着一个皮兜，里面有一个饭盒，饭盒里是自带的中午饭，为的就是省下买饭票的钱。他不但自己不下饭店，就是有人请客吃饭他也不去，而且还能说出道理来，我不请别人吃饭也不占别人的便宜。侯滨松给他起外号叫“小饭盒”他也不生气，自力更生自给自足有什么可丢人的？他自己不吸烟却专门为侯滨松买了包烟，足见这个“小饭盒”的深情厚谊。

范志成给侯滨松递上烟后就回到自己的座位去了，可侯滨松却犯了嘀咕。侯滨松和王建刚两人的关系许多人都知道，而且他对王建刚还有感恩之情，“难道他是因为同志之间的友情来看望自己的吗？不，不可能。眼下是什么形势啊？到处抓反革命、抓阶级敌人都抓疯了，他如果在这个时候敢明目张胆地来看望一个坏分子，那断送了他的政治前途不说，还有可能引来灭顶之灾啊。王建刚是何等聪明的人，他绝不会做出这种荒唐的事情而换来无谓的牺牲。可他又真的来了，这到底是怎么回事，难道他非要飞蛾扑火自取灭亡吗？”这时他的思绪被一个声音打断。

“侯滨松你出来，保卫部的领导要见你。”

“我现在正在集中精力反省自己的罪行，我正在深入地理解消化关队长对我的批判，我要把他的话融化在血液中，落实到行动上，我不想有人来打扰我，那样会打断我悔罪自新的思路的。”侯滨松的话引得哄堂大笑，可他却绷着一本正经的脸。他是真的不想跟王建刚见面，范志成说被送到这来是沾了侯滨松的光，这虽然是句玩笑话，可侯滨松心里明白，大案队全体被弄到这来劳动改造都是沾了他的光，他真的不想让王建刚再因为他受到任何的牵连。

“这可是你自己说的，你等着，有你哭的时候可别怨我。”来人气囊囊地摔门走了。

不一会儿，关超在前边引路，王建刚在左右拱卫之下步入会场。侯滨松急忙站在属于他的角落里头不抬眼不睁，王建刚只是看了他一眼就大大方方地落座了。

“全体起立，让我们用热烈的掌声欢迎市人民保卫部的领导检查指导工作。下面请领导做重要指示。”

关超的话音刚落，就是一片热烈的掌声。王建刚伸出双手往下轻轻一压，掌声就被压下去了。

“我先澄清三个问题。第一，我不是市人民保卫部的领导，我现在的职务是市人民保卫部革委会成员政工组负责人；第二，我此行不是什么检查指导工作，只是来落实保卫部领导的一个重要决定；第三，我本人没有什么重要指示，我只是一名坚决执行革命路线的坚定革命战士。”

此处没有掌声使他略显尴尬，好在关超说了句“请领导宣布保卫部领导的重要决定”,这才使他又打起精神。他干咳了两声说:“经哈尔滨人民保卫部研究决定，并上报哈尔滨革命委员会批准，现将保卫部大案队刑警侯滨松立即解除劳动改造，从即日起回到原岗位参加当前的侦查工作。鉴于侯滨松的严重政治问题，建议由所在单位监督改造，反省问题，重新做人。也希望他本人能够戴罪立功，求得人民的谅解和保卫部的宽恕，走从宽处理的阳光大道。我宣布完了，请关超同志协助我立即执行保卫部的决定。”

在一片掌声中，侯滨松摇头晃脑地跟在王建刚的后面向外走去。王建刚的司机陪着他回到宿舍收拾了行李，等他出来上了吉普车，一大帮人围上来跟他握手。

鲁俊山抓住侯滨松的手握得他直咧嘴：“你小子可得稳着点，千万别再惹出什么事来。记着不管有好消息还是坏消息，都要想法打个电话或写封信来。”

范志成什么也没说，只是眼泪汪汪地把葡萄牌香烟塞在侯滨松的手里。

在送别的人群之外，朱大平远远地向这边张望，谁喊也不肯过来。

吉普车缓缓地启动了，侯滨松一边握手一边擦泪，他听不清嘈杂的声音中谁说了什么，只是不断地点头。

吉普车出了农场大门就加快了速度，一团卷起的尘土遮住了人们送别的视线。

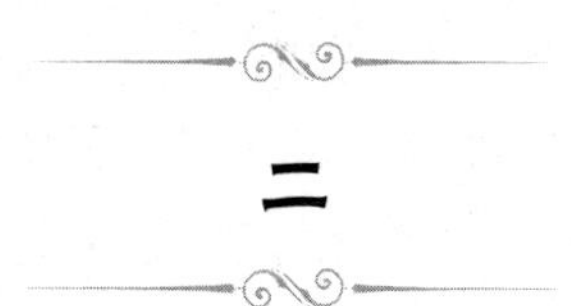

疾驰在沙土路上的吉普车，就跟狂奔的马车一样能把人的五脏六腑都给颠乱了套。侯滨松紧抓住扶手大声问：“你该不是瞒天过海来劫狱的吧？”

王建刚回答得趾高气扬：“你看着像吗？”

“停车，停车！”侯滨松的怒吼把王建刚吓了一跳，司机猛的一脚刹车停了下来。

“你干什么，我看你是在这儿给关疯了！”

侯滨松把脑袋抵在座椅上冷静了一会儿说：“我再问你一遍，你刚才宣布的保卫部的决定是不是真的？今天你要不把这事说清楚，我是不会跟你走的。”

王建刚哭笑不得：“你让我怎么才能证明呢？保卫部的文件就在我的办公桌上，要是不信，再过几个小时你就可以看到的。就你还破案能手呢，你也不动动脑子，我要是拿不到尚方宝剑敢来接你？还说什么瞒天过海，亏你想得出来。”

“可是我怎么也想不通，这到底是怎么回事？”此时此刻的侯滨松一头雾水。

九月十号下午四点多钟，在哈尔滨道里区兆麟公园南侧大门附近，一个梳着长辫子的年轻姑娘在人行道上行走时，突然被人从后面搂住脖子，还没等姑娘明白过来是怎么回事，那个人就撒开手逃跑了。这时姑娘才觉得后脖颈有凉风，用手一摸吓得大哭起来，原来她脑后梳的长辫子没有了。她四外看了看，地上没有被剪掉的辫子，一定是刚才的那个人把辫子剪掉抢走了。气急败坏的姑娘披散着头跑到派出所报了案。这件事确实很蹊跷，也令人气愤，但值班民警认为这很有可能是有人跟这姑娘闹着玩，是年轻人恶作剧，就没有向分局刑警队报告，更没有立案。这件事就暂时平息了。

可是谁也没有想到，过了十多天，在防洪纪念塔北侧的江边甬道间，又有一个小姑娘的长辫子被人给剪掉抢走了。当事人直接向分局刑警队报了案，刑警队对这个案件很重视，向全局发出协查通报，这样一来，九月十号发生的剪辫子案也被收集上来。但是还没等采取有效措施及时破案，剪辫子案竟然又连续发生了四起，这样在一个多月的时间里，总共发生了六起剪辫子案件。这些案件的连续发生搅得人心惶惶，在社会上引起极大的恐慌，再加上谣言四起，那些梳着长辫子的女青年们更是人人自危，有的大夏天竟然把辫子盘起来戴上了帽子。市革委会对这个案件也极为重视，主管政法的关顺利主任专门召开会议部署侦破工作，并把案件定性为反革命破坏案件。

王建刚刚说到这，侯滨松就打断了他：“你把我放出来该不是为了破案吧？”

“是又怎么样呢？”

侯滨松一听，二话没说推开车门跳下车，甩开大步往回走。王建刚跟着下了车，他连喊了几声，一看侯滨松没有停下的意思，就撒腿追上去一把揪住：“你干什么去？”

“我干什么去？我回去，我回整训队劳动改造去，我坦白交代去，我罪该万死去。”侯滨松挥动着手臂咆哮起来。

王建刚用力一推把侯滨松推了个趔趄：“你就是因为害怕破案才要回去的吗？”

“对，我害怕破案，我害怕那些狗屁案件，我就是被吓破胆了又怎么样？我就在这里好好改造，我这辈子再也不去破案了。”侯滨松说完继续往回走。

“好啊侯滨松，你这个胆小鬼、懦夫、逃兵，你原来是这样的人，我当初怎么没有看透你！”

侯滨松停住脚步回过身来：“我就是胆小鬼，我就是懦夫，我就是逃兵，你把什么样的污水扣到我的头上都没有关系，我都不在乎，但是我在乎一个人，任何污水一滴也不能溅到这个人的头上。”

“你说的这个人是谁啊？”

“我爸，我说的这个人就是我爸。想想当初他打心里不愿意我当这个警察，后来是你说的那句话‘为党为民为国家’打动了他，他才同意我当警察。我第一天穿上警服回到家里的时候，他跟我说了一句话：当警察要有良心，不论办什么案子，都不能丧了警察的良心。我干到今天凭的是什么？凭的就是一个警察的良心。可是那些人讲良心吗？他们有半点良心吗？他们不但侮辱我，给我剃了阴阳头，还把我拉到家门口去斗争。你没看见当时的惨状，我妈看我被人五花大绑游街示众，当场就昏死过去，我爸大声问我是不是丧了警察的良心。我当时想，要是不当这该死的警察，怎么会让爸爸受这样的侮辱！我究竟干了什么，不就是端了警察的饭碗去破案吗，凭什么如此对我，我侯滨松何罪之有啊？”

面对侯滨松突发的如此状况，王建刚无话可说。当初鲁俊山推荐侯滨松，王建刚也觉得这个小伙子是个难得的人才，天生当警察破案的料，如果给他机会，他就可能会成为一个出色的警察。为了说服侯滨松的父亲，鲁俊山拉上他去家访，以公安局领导的身份撑场面，终于打动了老人，同意侯滨松跟着他们去当了警察。王建刚一直为他做的这件事而感到骄傲，甚至有一次鲁俊山和他聊起为侯滨松一米六九的身高作弊时，两个人都觉得脸上有光。那时的侯滨松已经是破案能手，是劳动模范了。眼下再看看这个曾让他引以为荣的优秀警察，大声地吼着，绝望地叫着。他在倾诉内心的委屈，他在宣泄淤积已久的愤懑。

“对不起，本来‘降落伞案件’跟你没有任何关系，是我同意把你从反扒案件撤出来主办这起案件，我承认是我害了你。”王建刚说的是心里话，说的也是实情。

这话让侯滨松更加困惑，他怔怔地盯着王建刚，像面对着一个陌生人。“怎么成了你的错，你把我领进公安队伍当了警察，不就是为了破案吗？我这些年风里雨里没日没夜，不都是在破案吗？怎么转眼之间破案就错了呢，破案有罪了呢？良心何在，天理何在？”

侯滨松越是这样，王建刚越是纠结，越是心生内疚的情绪。这次解除侯滨松劳动改造，让侯滨松戴罪立功的动议也是他提出来的。他这样做出于两方面的考虑：一个是剪辫子案件久侦不破，保卫部的压力很大，侯滨松有破案的能力，危难中重用他在情理之中。尽管国家处在动乱之中，可是能够力挽狂澜侦破大案也是实现一个人民警察人生价值的机遇，而且全市扒窃案件大幅上升，已经到了失控的程度，也急需侯滨松出手狠狠打一下才能稳定局面。另一个是心底的感情在作怪，侯滨松太冤了，把一个破案有功的人扔在整训队劳动改造真是天理难容，趁这个机会把侯滨松给放出来，何乐而不为呢？可是眼下的侯滨松心低意沮，毫无激情，侯滨松已经丧失了作为警察的斗志，以这样的心态，再让侯滨松投入侦查破案的行动是不可能的了，如果真是这样，他的精心策划岂不是要落空了吗？而且这是保卫部已经决定的事，他就这样一个人回去了怎么交差呢？可是事到如今也没有别的办法了，他只有再做最后一次努力，成败在此一举。

“好吧，人各有志，我也不能勉为其难，现在是一个路口，上车跟我走，不上车你就回去，一切由你自己来决定。不过我还有话要说，这些话不说出来我觉得对不住你，也许以后你会恨我没有把话说清楚。剪辫子案件在哈尔滨已经造成了严重的恐慌，女孩子上学都要有人接送，女职工上班也要由丈夫接送，没人接送的就由单位派人护送，有的姑娘把辫子盘起来藏在帽子里，甚至有的干脆把心爱的辫子剪掉了。想想吧，这是多么可怕的事情，难道你就无动于衷吗？还有，自从把刑警队的人都劳动改造以后，全市线路上的扒窃案件猛升，犯罪分子越来越疯狂，盗窃不成就明抢，已经有多起群众被打伤的案件，老百姓坐公共汽车都担惊受怕，这已经成了严重的社会危机。你知道我为什么跟你说这些吗？因为你现在还是警察，而且是警察里的破案能手、劳动模范。当然，你可以选择回避、退却、投降，这是你的自由，我不干涉，但是我也告诉你，现在是需要有人挺身而出炸碉堡、堵枪眼的时候，那些被害的老百姓需要你，哈尔滨需要你。你还记得劳动模范的奖品吗？你还记得我在那上面写的话吗？如果你忘记了，我可以告诉你我永远也不会忘记。你刚才说你爸告诉你当警察要讲良心，你知道我当上警察那一天我爸是怎么跟我说的吗？他说警察的良心就是对得起老百姓，对不起老百姓就是黑心的警察。我说完了，你现在如果要回去我不送，如果跟我走就请上车。”

侯滨松梗着脖子站在那里久久不回话，王建刚一咬牙，转身大步流星上了车，丢下侯滨松开车就走。

看着启动的吉普车，侯滨松猛醒过来，他高喊一声：“等一等，我还有话说。”

王建刚从倒车镜中看到挥手追赶的侯滨松，但他没有马上停下来，而是开了很远才让司机刹住车。一个人只有在经历了心灵的伤痛和身体的折磨之后，才能悟出人生的道理。侯滨松踉踉跄跄地跑了上来，他倚在车门上喘息着问：“我是有良心的警察，不是黑心的警察。你在我的日记本上写的话我永远也不会忘记。”

“你现在还是一个警察，是群众需要的警察。”

“我还有条件。”

“说。”

“破案不是一个人的战斗，它是一个团队的行动。”

“你还需要谁？”

“鲁俊山、范志成，还有朱大平这个混蛋。”

“上车吧。”

侯滨松擦擦眼泪上了车，就像一个走失的孩子找到了家。

王建刚没有开车，他递过去一个水壶，等侯滨松咕咚咕咚喝足了，他才看着路边的白桦林说：“我们应该把这难忘的时刻记录下来。”

侯滨松也被这壮美的白桦林所吸引：“是该记录下来，你在这个地方挽救了我。”

“不，是你从现在开始去挽救受害的群众。”

两个人下了车，并肩站在白桦林边，让司机拍了一张合影。

在回程的路上，王建刚又慢慢说道：“我还有两件事没有告诉你，一个是戴洪岭已经被退回了环卫队，有个流氓报复他，把他打伤了。”

侯滨松的眼泪又流下来：“我明白了，受伤害的不是我一个人，我太狭隘了，太软弱了。”

“还有一件事，在发生的六起剪辫子案件中，还有一个你非常熟悉的被害人，她叫靳玉兰。”

侯滨松的头撞在玻璃上：“你为什么现在才告诉我？”

王建刚望着辽阔的白桦林轻轻地说了一句：“我不想让你为了私情去战斗。”

吉普车在原野上狂奔，卷起的沙尘像硝烟弥漫在半空中。

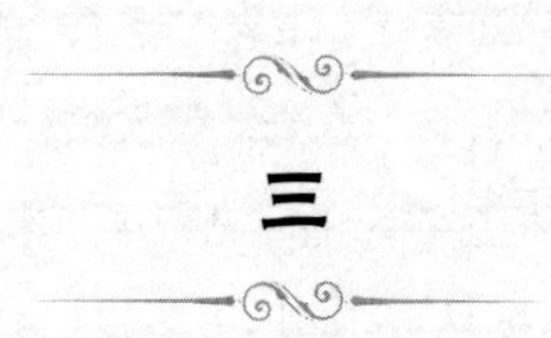

三

吉普车跑了五个多小时回到了哈尔滨，王建刚把车直接开到了大案队，这时已经是下午三点多了。车停稳了，可侯滨松呆呆地坐着一动不动。

“你怎么了？”

王建刚这么一问，侯滨松才慢吞吞地说道：“我有点打怵那个莫队长。”

“以前鲁队和朱大平见了她就打怵，你还不以为然。笑话人不如人，我看你也被她吓破胆了。”

“你说多好看个姑娘啊，胖嘟嘟的娃娃脸，怎么就变成了一个魔鬼呢？”

“不管她是好看的姑娘还是魔鬼，你都见不到她了，你就安心破你的案吧。”

“她去了哪里？”

“就在你被劳动改造之后不久，有一天她正站在台上讲话，有人发现她胳膊上的红卫兵袖标竟然戴反了，这下她可惹了大祸了。当时台下就有人喊抓反革命，还有人冲到台上来把她的红卫兵袖标扯掉，用墨水给她涂了黑脸，剃了阴阳头。就这样她被打成了现行反革命隔离审查，被关在了警犬基地，就是关范志成的那个地方。她多次被拉出去游街示众，光着脚，两只鞋拴起来挂在脖子上，受到非人的侮辱，许多人同情她，可谁也救不了她。她在房间里每天跪在地上请罪，没有几天人就疯了。你不是问她去了哪里吗？她已经住进了精神病院。”

“疯了，她疯了？”侯滨松不禁打了个冷战。

“我昨天得到的消息说，她已经有七八天吃不下饭，每天靠打点滴维持着，估计活不了几天了。”

王建刚的这个消息让侯滨松感慨万千，还有什么可抱怨的呢？还有多大的委屈不能抚平呢？人这一辈子还有什么样的坎不能迈过去呢？一个长着娃娃脸的姑娘，怎么说疯就疯了呢？她那么年轻健康，怎么就要快死了呢？他想起了王建刚的那句话，只要能活着就会有机会，看来莫队长可能没有机会了。侯滨松下车使劲关上车门，砰的一声让他的精神为之一振。他健步走向大案队的门口，就连他自己也说不清楚，是不是那张娃娃脸给了他生活的希望和继续侦查破案的勇气和力量。

大案队会议室的门上贴了一张白纸，上面写着“九一〇案件专案组”。会议室里很热闹，有一伙打扑克的吵吵闹闹，还有一伙围着象棋盘没有太大动静。屋子里只有一个人不太合群，正倚在窗台上查阅卷宗，还不停地在笔记本上做记录，满屋子的人只有他没戴红袖章，看上去有些特别。看见王建刚推门进来，打扑克的和下棋的都住了手，他们站起身来七长八短地用各自的方式表示着礼貌。王建刚小声向侯滨松介绍说：“这些红卫兵战友都是最近补充到群众专政战斗队的新成员，还有一个新警察。”王建刚介绍的新警察就是倚在窗台上做笔记的吴波，他是退役军人。当王建刚介绍侯滨松时，红卫兵们交头接耳：他不是抓进去了吗，怎么又放出来了？吴波起立敬礼，一身板板正正的旧军装充满军人气质。王建刚在宣布了保卫部关于侯滨松同志边工作边改造以观后效的决定后，代表保卫部领导主持案情研究会，点名让吴波汇报侦查进展情况。

莫队长疯了以后，那伙群众专政的红卫兵都吓跑了，革委会又派来的这些红卫兵都是企业的工人，他们都听说了莫队长和侯滨松的故事，都怕再招惹什么是非，不太掺和侦查破案的事，只是有抓捕任务时站脚助威捧个人场。王建刚点将，吴波很受鼓舞，他翻开笔记本有条有理地做了一个详细的汇报。

他首先汇报了六起案件的详细案情，然后就是审查了多少人，基层上报了多少线索，有多少有价值的重要线索，在案发地蹲坑守候的警力有多少，召开了多少各种群众大会，收到了多少举报信等等烦琐的数字。侯滨松一边漫不经心地听，一边拿过革委会的文件看。

“这起案件的性质定为反革命破坏案件的依据如下：

“第一，这是一种特殊的反革命破坏方式。当前许多女青年留长辫子的热潮，是革命样板戏《红灯记》上演之后兴起的，是广大革命群众热爱样板戏，拥护中央‘文革’小组的标志。‘九一〇案件’的犯罪分子的罪行正是恶毒攻击革命样板戏的罪行，也就是攻击‘中央文革领导小组’首长的罪行，攻击首长就是攻击‘文化大革命’光辉路线的罪行，是现行反革命破坏活动的罪行。

“第二，反革命分子用剪辫子的卑劣手段扼杀广大人民群众学习英雄人物的革命热情。梳长辫子之所以在女青年中流行，是因为革命现代京剧《红灯记》中的李铁梅梳的就是长辫子，这是青年人革命英雄主义的最好体现。这恰恰暴露出这个犯罪分子在女青年身上下手，反革命用心何其毒也。

“第三，反革命分子用剪辫子的恶毒手段对革命女青年身心健康进行残酷迫害，是阶级仇恨和阶级斗争的反映，说明帝国主义和修正主义磨刀霍霍，亡我之心不死。

“第四，这个反革命犯罪分子隐藏很深，他能够连续作案，说明他具备相当的反革命伎俩，他心毒手狠，连连得逞，犯罪气焰极为嚣张，说明他对‘文革’首长、群众专政的正确路线和革命群众恨之入骨，暴露了他的险恶用心。

“第五，当前的革命形势一片大好，不是小好，犯罪分子在这个时候急不可耐地跳出来捣乱破坏，这不是偶然的，而是阶级斗争长期性、尖锐性和复杂性的集中体现，他的目的显而易见，就是为了破坏来之不易的大好形势，颠覆无产阶级专政。”

看到这他把文件放下了，莫队长的影子在眼前一闪而过，他禁不住扫视了一圈眼前的红卫兵，漂亮的莫队长不在其中，她疯了，她正住在医院里等待死亡。

“我汇报完了，请领导指示，也请破案能手侯滨松同志多多指教。”从吴波的脸上能看出他对侯滨松的漫不经心非常不满，他开始怀疑用这样的态度进行工作的人怎么可能是个破案能手呢。

侯滨松伸手从桌上拿过一个老红卫兵的烟叶盒和烟纸，他用熟练的手法把烟卷好时，那个红卫兵嚓的一声划着了火递过来。侯滨松抽了口烟津津有味，他似乎忘了吴波还等着他多多指教呢。

“我在来的路上跟侯滨松同志介绍了有关的案情，刚才又听了小吴的汇报，我对破案是外行，下面就请咱们的破案能手给大家讲讲有关破案的问题吧，请大家欢迎。”

王建刚带头鼓掌，红卫兵们稀稀拉拉，吴波冷眼相待。

“红卫兵战友们、革命的同志们，从今天起‘九一〇系列案件’改用‘剪辫子案件’作为代号，无论向上级汇报还是向全市部署各种侦查措施一律统一使用新的案件代号。这起案件确实很严重，也确实有政治影响，我们在座的都是来破案的，案件不破我们这张脸往哪搁？我们怎么对得起那些受害的姑娘和那些成天担惊受怕的姑娘？所以我们必须破案，必须在短时间内破案，这是我的决心，也是我向保卫部领导做出的保证。我不是在说空话，放空炮，我敢这么说是因为这起案件有很好的破案条件，这些条件就是我们破案的关键所在。”

听了侯滨松的开场白，吴波心里的气更大了，“这案子搞了一个月了没有破案，你上来就是必须破案，还有什么很好的破案条件，这不明摆着胡诌八扯嘛！有破案条件破不了案，这不是在讽刺别人都是笨蛋吗？你可别忘了，你现在还戴着坏分子的帽子，还留着监督改造戴罪立功的小辫子，就凭你狂妄自大这一出，往后有你的好果子吃。”

“‘剪辫子案件’从九月十日发生起到今天已经一个多月的时间了，这么长时间没有抓到这个犯罪分子，这对他在客观上起到了一个鼓舞的作用，会产生更加强烈的侥幸心理，在两三天内他还会出来作案，这对我们来说是一个不小的压力，我们必须抢在他的前面抓到他，尽快终结这起案件。”

吴波忍无可忍了：“请问你怎么知道这个犯罪分子在两三天内还会继续作案？”

“我说他会出来他就会出来，我说两三天还稍微放宽了一点，说不定一会儿或者明天就会再次发案。”

吴波虽然没有争辩，但他的怀疑越来越认真起来。

侯滨松没有搭理他，而是进入了一种旁若无人的孤独境界：“我们现在为这个‘剪辫子案件’的案犯还原一个画像，我现在就开始，有什么补充等我说完以后大家再提。”

“什么是画像？”一个老工人模样的红卫兵咣当来了这么一句。

侯滨松皱了一下眉头，他的眼前又闪过莫队长的身影，他没敢发作，而是扮了一个微笑的表情说：“画像就是要分析、判断、刻画案犯是个什么样的人，准确地给案犯画像是破案的前提条件。”

老红卫兵点点头开始注意听讲。

“该人为男性，这一点无论从被害人皆为女性，还是案犯作案的手段等分析都能证明，特别是被害人靳玉兰看到了案犯的面孔和体态，所以确定男性无疑。年龄在二十八到三十五岁之间，身高一米七左右，头发略长，不胖不瘦的身材，肩背一个军挎，这些都没什么特别。这个人的特别之处有以下几点提请同志们注意：一是这个人的性格内向，甚至孤僻，平时少言寡语，不喜欢与人交往，也就是俗话说的不合群，没有太要好的同学、同事，更谈不上有什么朋友了。二是这个人比较懦弱，胆子比较小，从不与人争执，更不敢动手打架了。在一个单位里他可能被人们孤立，甚至被人欺负。三是这个人日常有一个习惯，就是不愿意跟别人打招呼，也不正眼看人，经常是一碰上别人的目光，就会低下头或把眼睛转向一边。四是这个人可能有一点生理缺陷，就是说话的语速比较慢，不排除有口吃的毛病，也就是磕巴，正是他的语言缺陷，使他产生了自卑的心理，这就更加重了我前面说的那些特点。五是这个人的生活状态也比较特别，他可能超过三十岁了目前还是单身，也没有女朋友。他现在可能是一个人独居，即使和父母同住也一定有自己单独的房间，他不讲亲情，从不和父母沟通，而是自己独来独往。他处过多个女朋友都吹了，请注意，这里有一个细节非常重要，在他处过的女朋友里，都是梳着长辫子的姑娘，记住，这一细节对破案极为重要，千万不可忽略啊。”

侯滨松讲到这儿的时候，红卫兵们有点乱，他们面面相觑，有的频频点头深表佩服，有的摇头怀疑满脸不屑。吴波干脆放下钢笔推开笔记本，这不是瞎胡闹吗，简直就是摆地摊胡吹六哨蒙人的算命先生。看来砸烂公检法改造旧警察的运动是有现实意义的，如果刑侦部门都让像侯滨松这样的坏分子把持着是很危险的。现在他明白了，上级对他的警惕是非常必要的，要不为什么对他监督改造呢？想到这里吴波冷静下来，他倒要看看这个侯滨松还会闹出什么洋相来。

“我刚才说的这个人有自己单独居住的房间，这一点也很重要，因为在这个房间里有京剧《红灯记》中李铁梅的剧照，而且李铁梅的画像可能会贴得满墙都是。最后一条更加重要，就是案件的关键证据。‘剪辫子案件’有两个至关重要的证据，那就是被害人被剪掉的辫子和罪犯使用的剪刀，这些关键的物证都保存在这个案犯的家里，可能会藏在柜子里、箱子里、抽屉里，当然也可能就整整齐齐地摆在明面上，但是一定要记住，不管他藏起来还是摆在明面上，一共是六条辫子，一条也不会少。还有作案工具也放在家里，一个军挎，里面是他作案用的一把剪刀。”

侯滨松说完双手捧起一个掉了瓷的茶缸子咕咚咕咚喝了几口水，老红卫兵早把纸烟卷好送上，侯滨松抽了一口烟，他为自己讲话产生的效果而得意。屋子里的十多个人都在做着记录，有两个人挤一张椅子坐的，还有的趴在窗台上把侯滨松的部署记在报纸的空白处。就连吴波也飞快地记录，还在许多话的下面画上横线，有的在后面写下重重的问号。

王建刚看看外面夜幕降临，决定全体回去休息，他连夜向保卫部汇报请示，明天上午八点准时集合。

王建刚宣布散会起身要走，侯滨松喊住他说：“你还得帮我解决个困难。”

“什么困难？”

“我还需要一辆摩托车。”

“你不说我都忘了，早给你备好了，车在保卫部的车库里。”王建刚傲气十足地掏出一把钥匙扔了过去，侯滨松伸手耍了一个圈接住。他眯起眼睛看着吴波说：“你在部队是侦察兵，开摩托车你是行家，去把摩托车开回来。”

车钥匙飞到吴波手里，他脸上的阶级斗争被一阵风吹掉了，露出了孩子般的欢喜。立正敬礼，转身就跑，突然刹车，他回头想问什么。

侯滨松微微一笑：“你想问的问题我以后告诉你。”扭头一看，王建刚也在眨巴眼睛，他做个鬼脸说：“我发现的问题容我过几日再如实禀告。”

四

侯滨松又捅娄子了。王建刚从保卫部造反派头头那里获得了这个消息，他当时并没有感到太吃惊，他已经习惯了，侯滨松要不是时不时地惹出点什么事来，那他就不是侯滨松了。

王建刚开起吉普车就往大案队赶，他得去为侯滨松收拾局面。昨天散会时他讲得很清楚，今天早上八点准时集合，可是现在都快九点了侯滨松还没有到，不但人没有到，摩托车也被他开跑了。这事很快就有人报告到革委会的造反派头目那里，事情通了天，王建刚就不得不亲自来处理这件事。事不算大，可深究起来也不算小。侯滨松的脑袋上还戴着坏分子的帽子，属于监督改造的身份，把他放出来工作是给他一个戴罪立功、争取宽大处理的机会，他这样无组织无纪律放荡散漫的话，如果上纲上线可就不是小问题了。还有侦破“剪辫子案件”是迫在眉睫的大事，要不是为了破案也就没有让他侯滨松戴罪立功这一说，但是如果他吊儿郎当不把破案当成一回事，那可就扯到政治上去了，轻了是工作态度问题，说重了可就是阶级立场问题了。“你说你迟到一会也没什么了不得的，可你不能把摩托车也开走了，你一个带病上岗的坏分子警察，驾着人民保卫部的摩托车招摇过市，这纯粹是没事找事啊。”想到这，王建刚心里的气使到了脚上，他狠踩油门，不一会儿就到大案队门口。

王建刚的车刚一停下，侯滨松的摩托车也怪叫着停在跟前，他没好气地喊道：“你给我上来。”

侯滨松乖乖地上了车，说得很歉意：“就这点小事怎么这么快就惊动到你这了？”

“你说的小事指什么？”

“上班迟到啊。”

“看来你这是明知故犯啊。”王建刚气得一拍方向盘，车喇叭响起了，他熄火拔下钥匙怒气未消，“你给我老实坦白，这一夜你都干什么去了？”

“我一共干了三件事。”

“好嘛，你还挺能忙活，你给我一件一件地说清楚。”

侯滨松叹口气说：“我去找了靳玉兰。”

一听侯滨松把这事说出来，再看他伤感的样子，王建刚的心软了下来：“行了，这件事我知道了，你不用说了。”

“不，这件事我一定要说。昨天晚上我去了她的独身宿舍，我按响车喇叭向她发出信号，把她叫了出来。她的长辫子不见了，梳成了短发，咳，她的样子让我伤心，没有以前留着长辫子好看了。”他忍住了眼泪没掉下来，“她见了我面第一句话就是，‘你是跑回来的还是放回来的？’我说是放回来的，她又问，‘你回来干什么？’我说我是回来给她报仇的。她一听哇的一声哭了，她扑到我的怀里，我紧紧地抱住她。她委屈啊，她委屈的还不只是被坏人剪掉了辫子，还有她受到家人的误解，甚至是仇视。我被游街示众的第二天她爸爸就知道了，他不问青红皂白就逼着女儿不许再跟我来往。他说要是女儿跟一个反革命坏分子搞对象，不但会毁了女儿的一生，连全家人都会跟着遭殃。为了让小兰和我分手，他甚至把菜刀横在脖子上以死相逼。小兰她说一会儿哭一会儿，我就为她擦眼泪，那手绢跟水洗的一样。就这样一直到半夜，我才把她劝回去。”

王建刚把脸转向窗外。这个侯滨松啊，年纪轻轻的就承载了太多的重负，破获“降落伞案件”使他遭受了沉重的精神打击，他能挺住活下来已经足够坚强，可是现在他又必须扛着坏分子的罪名去破案，去戴罪立功，这是对他心理的残酷折磨。面对侯滨松的倾述他无话可说，他湿湿的眼睛望着窗外。远处一队红卫兵撕扯着几个戴了高帽的老人在游街，乱哄哄的队伍过去了，呼喊的声音还在空中回荡。

“第二件事。”王建刚问过后发现侯滨松的眼神掠过一丝慌乱，他预感到侯滨松又惹出什么是非，加重语气追问道：“我在问你第二件事。”

“第二件事是犯纪律的事，也是犯法的事。”

王建刚要不是坐在车里就会蹦起来：“你不看看现在这是什么形势，你还敢犯纪律，还敢犯法，我看你这个小侯子是不是昏了头了？”

“现在是什么形势，现在就是一个无法无天的形势。把一个不满十六岁的中学生当反革命抓起来这是法制吗？把我拉到大街上游街示众这有纪律吗？现在的形势就是造反有理。”侯滨松的情绪激动起来，他在交代这件犯纪律、犯法事件的过程中，也一直充满了慷慨激昂的气势。

侯滨松惦记戴洪岭不亚于惦念靳玉兰，他在海伦河农场整训队的时候，戴洪岭的安危一直是他的一块心病。戴洪岭家住在郊区，侯滨松把靳玉兰送回去就直奔戴洪岭家。他把摩托车停在院子外面，一条大黑狗冲他叫起来。他用喇叭声发出信号，听到信号狗就不再叫了，等到戴洪岭出来它仍然不离左右地监视着侯滨松。侯滨松走上前一句话也不说，他扳着戴洪岭的双肩仔细查看，又用力拽了拽他的胳膊，戴洪岭的脸上有几道划痕，眼睛青肿，胳膊一拽就疼得咧嘴。

侯滨松松开戴洪岭，在原地转了几圈，突然厉声问道：“这是他妈的谁干的？”

大黑狗一听侯滨松吼叫，也冲他狂叫起来，引来周围好几处狗吠之声。

戴洪岭拍拍愤怒的大黑狗说：“那天多亏了它。”

“我没问你这个，我问你是谁干的？”侯滨松要疯了。

“麻雷子。”戴洪岭没办法只得说出实情。

“走。”侯滨松飞身跨上摩托车。

戴洪岭一把抓住侯滨松的手恳求说：“师傅你听我说，你不能去，这会招惹大麻烦的。再说你现在到底是怎么回事我还不知道呢，我不能让你去冒这么大的风险，师傅你为了我这不值啊。”

“我招惹多大的麻烦不用你管，我现在是怎么回事会告诉你的，但是洪岭你一定要记着，我侯滨松为了你去冒多大的风险都是值得的，就是搭上我这条命都是值得的。”

侯滨松强行启动加油，戴洪岭抓住后座跳上车，大黑狗也蹿进挎斗里，摩托车像野兽一样狂奔而去，消失在夜幕之中。

麻雷子行窃被抓拘留十五天，放出来以后不敢在哈尔滨再作案就跑到外地去了。当他听说侯滨松出事了，被送了海伦河整训队劳动改造，就偷偷地潜回了哈尔滨。第二天他就上街观察，公共汽车、无轨电车、广场、商店转了个遍，发现蹬大轮玩活的不少，却一个便衣警察也没有了，只有那些红卫兵咋咋呼呼的没什么用。他四处联络凑了五六个人开始出门作案。就在他们开工的第一天，在哈尔滨火车站前的无轨电车站看见了正在扫街的戴洪岭，麻雷子躲在角落里咬牙切齿地发誓，他不让弟兄们得好也得让他尝尝苦头。当天夜里麻雷子带着他那五六个人摸到了戴洪岭家，大黑狗发现了他们，狂叫着把住院子门。戴洪岭听见动静从屋里出来，他隔着院子看清了来人问道："这不是麻雷子吗？你不是有本事跑路吗，怎么又回来了？"

麻雷子嘿嘿地乐了几声："你这个臭扫街的也有今天，侯滨松这棵大树倒了，你他妈的狗仗人势的好日子也到头了。没想到吧，现在的世道变了，公安局改成保卫部了，群众专政说了算了，人家不要你这个臭扫街的了，我今天看见你抡着扫帚扫街真让我开心解恨啊。臭扫街的，想当初你抓我给我戴上手铐的时候多牛逼啊，你做梦也没想到会有今天的下场吧？"

戴洪岭推开院门走到麻雷子面前怒目而视："你他妈的再说一句臭扫街的，我把你的牙掰下来你信不信！我现在就是一个清洁工人，你要是敢在我的眼前作案我照样抓你，照样把你送进去，你要是不信咱们就试试看。"

"连侯滨松这么大的手都栽了，你一个臭扫街的跟我装什么犊子！"

"你再说一句臭扫街的！"

"你就是一个臭扫街的，是个狗仗人势的假警察。"说着跃跃欲试地要动手。

戴洪岭不含糊，没有一点准备动作就迅猛出手，左一个摆拳，右一个直拳，重击之下麻雷子四仰八叉地躺在了地上，他手捂着眼睛，血从指缝间流了出来。

"给我上，打死这个臭扫街的！"

麻雷子这么一喊，五六个同伙呼啦一下把戴洪岭围住撕打。戴洪岭连踢带打抵挡着疯狂的进攻，虽然寡不敌众，但他的大黑狗扑了上来，吓得这一伙小流氓四散奔逃。

戴洪岭擦擦嘴角的血高声喊道："麻雷子你听着，我明天照常上班扫街，你要是敢在我的眼皮底下作案，我照样抓你！"

麻雷子一伙的窝点在郊外一栋烂尾楼的地下室里。侯滨松咣当一脚把门踹开，里面的人正喝得东倒西歪，被这一声巨响都吓得愣住了，酒也醒了大半，两个衣衫不整的女人尖叫着随手抓起件衣物遮挡身体。麻雷子从床上坐起来，一看是侯滨松，惊得连话都说不成个了。

“你、你怎么又出、出来了？”

“我出来不出来跟你有屁关系，我问你这是怎么弄的？”侯滨松指着他的伤问。

麻雷子的右眼眉弓上包扎着纱布，侯滨松这么一问他不禁用手捂住眼睛说：“这你得问他。”说着他瞪了戴洪岭一眼。

侯滨松一把把麻雷子从床上薅起来，麻雷子浑身颤抖着说：“侯大哥在上，你现在虽然栽了可还是大哥，你可得一碗水端平啊，是戴哥先打了我啊，你看看我这缝了三针呢。”

侯滨松点点头，他小心翼翼地撕下他眼眶上的纱布仔细查看：“一二三，还真是三针。”

“侯大哥你可千万别、别瞎整，兔子急眼了还、还咬人呢，你要是把我逼得没有了活路，我就去群众专政战斗队告你。”麻雷子预感到他的处境不妙，就想以攻为守把侯滨松吓住。

侯滨松一声冷笑：“我现在就是群众专政战斗队的人，我收拾完你再把你送到战斗队去受受教育，到那时候你愿意上哪告就上哪告去。”

“侯大哥我服了，我口服心服，你要是把我送到那去，就等于把我送死去了，大人不记小人过，你就饶了我吧。”麻雷子彻底崩溃了。

“那好，我就从宽处理你，饶你再去缝三针吧。”侯滨松恶狠狠地说完，一拳打在麻雷子的眼眶上，麻雷子惨叫着倒在地上。

听完了侯滨松做的第二件事，王建刚真的害怕了，他用发抖的手指着他吼道：“你彻底疯了，你是个不可理喻的泼猴，这掉脑袋的事你都敢干，你就等着大祸临头吧。”

“你是我的恩人，大祸临头我一个人顶着，绝不牵连你。”侯滨松越是这般大义凛然，王建刚越是气急败坏，但是他已经找不到适当的词句来斥责侯滨松了。

赶马车的吆喝声打断了他们的谈话，往外一看，一挂马车停在门口，上面坐着几个灰头土脸的人。等他们跳下马车拍打净浑身的尘土才看清，原来是鲁俊山、范志成和朱大平他们。正气得脸歪嘴斜的王建刚急忙下车，他像变脸一样换上一副喜出望外的表情去和他们一一握手表达欢迎，那成熟老到的风度简直像个外交家，把一旁的侯滨松看得傻了眼。

“小侯子侯滨松在哪？”

鲁俊山这么一问，王建刚才想起车里的侯滨松，他急忙转身把直眉瞪眼的侯滨松给喊了出来。侯滨松也跟王建刚一样来了个一一握手：“我不是什么领导，没有资格表示欢迎，我要说的是感谢你们，感谢你们拯救兄弟于水火之中啊。”

范志成不解地问：“这话怎么讲啊？”

侯滨松神神秘秘地说：“你们要是不回来我怎么破案啊？”

寒暄之中，王建刚发现戴洪岭坐在摩托车上，他就把侯滨松拉到一边问：“你怎么把戴洪岭也带来了，你这不是胡来吗？他已经被正式退回原来所在单位了，已经不是借调警察了，他已经没有资格再参加大案队任何侦查行动了。”

听王建刚这么一说，侯滨松的眼睛瞪了起来。“这我就不明白了，群众专政战斗队都是普通的工人、农民，他们能参加侦查行动，戴洪岭为什么就不能？再说了，借调警察就是临时警察，能临时退回去就能临时再借调回来，这对于你来说还不是小菜一碟的事？戴洪岭破案的能力你也不是不知道，让他当我的助手对破案有利，这你还有什么不放心的？”

王建刚无可奈何地叹口气说：“你啊，净给我出难题。”

“这有什么难的呢？戴洪岭是纯粹的工人阶级，这符合工人阶级占领上层建筑的时代潮流。”

“还有你现在时时处处都要谨慎小心，你的一举一动革委会那边都知道，你可不能再有什么闪失了，你要是再进去我可捞不出来你了。”

王建刚说完就招呼着大家走进大案队，侯滨松给戴洪岭使了个眼色，戴洪岭赶紧跑过来跟他一起走进大案队。

五

在松花江畔一处偏僻的甬道间，繁茂的丁香树连成一片，在树丛的尽头停着那辆飘扬着小红旗的挎斗摩托车，侯滨松正领着大家勘查现场。从侯滨松接触“剪辫子案件”一开始，就发现了一个奇怪而重要的问题：在案件的全部卷宗里竟然没有现场勘查记录。一问才知道，保卫部的头头认为这个案件的现场不会留下什么痕迹，没有勘查的必要，再说技术科最后一个留守的范志成也进去了，没人勘查现场。勘查现场是破案的基础，是破案的第一个步骤，鲁俊山听了侯滨松的汇报，决定立即弥补这个漏洞。

戴洪岭背着沉重的勘查箱，范志成把本夹子搭在勘查箱上画现场图，侯滨松突然来了灵感，他悄悄从范志成肩上拿过海鸥照相机，“咔嚓”偷拍了一张照片。这时远处传来喊声，是在喊鲁俊山和侯滨松。

“志成你这完了没有，要是完了就赶紧走，又发案了。”

鲁俊山也听到了喊声：“小侯的判断没错，但愿这次能有更好的线索。”

一个警察骑着自行车稀里哗啦地到了跟前：“保卫部的电话打到我们派出所，让我来找你们，刚才又发生了一起‘剪辫子案件’，地点在太阳岛。”

看着侯滨松一脸的傲慢，吴波先前对他的质疑消减了许多，这个其貌不扬的小个子虽然有点吹吹呼呼，但好像有点真本事，他说罪犯要出来作案，这不真的就出来了，难道他真的像社会上流传的那样神奇吗？

一辆摩托车坐着五个人，像演杂技一样在街上飞驰，引来路人好奇的目光。

他们在太阳岛治安执勤室见到了被害人。这人白衬衫灰裤子，戴着墨镜，油光光的小分头比脚上的皮鞋都亮，侯滨松刚一进门他就亮了一嗓子："见了官人哪！"

先进门的朱大平吓了一跳，走在后面的人都停住脚步往里瞧。侯滨松赶紧打圆场说："大家不熟，我来介绍一下。这位京韵十足的师傅姓李，是哈尔滨工人文化宫有名的票友，因为我也常去看戏，和李师傅很熟。这几位是我们单位的同志，我们今天是有任务才到这来的，没想到碰见了李师傅，看来咱们有缘啊。"

执勤室的民警把侯滨松拉到一旁告诉他，这个人就是被害人，他一进门就嚷嚷着要见侯滨松，说小侯是哈尔滨最厉害的警察，破这起案子非他莫属。"剪辫子案件"？李师傅是被害人？蒙头蒙脑的侯滨松听民警介绍了案情才明白了原委。

原来李师傅的戏瘾上来了，就想到太阳岛树林深处没人的地方吊吊嗓子。出门的时候他把戏服装在一个小布袋里，一条假辫子放不下，他干脆就戴到头上，又戴了一顶凉帽和一副墨镜，一路扭摆腰肢男扮女装而来。就在他正要走下江堤进入树林时，只觉得后脑勺一股凉风，"唰"的一声，用手一摸，假辫子没了，再一回头，有个男人正拎着他的假辫子飞快地逃进密林没了踪影。

李师傅越说越来气，他一拍大腿就唱起了《沙家浜》："刁德一贼流氓，毒如蛇蝎狠如狼。"

除了李师傅以外，所有人都紧绷起脸上的肌肉，唯恐笑的浪涛冲破伪装的表情，因为谁都知道，真要是大堤决口，哗啦一下满屋子都是笑，那后果将不堪想象。

只有侯滨松脸上笑嘻嘻的："我说李师傅，四大名旦是什么？那是咱们的国粹啊，可你为什么偷偷摸摸地跑到这来唱，好像干了什么见不得人的事似的。道里、南岗的文化馆、文化宫，还有兆麟公园不有的是地方唱吗？"

李师傅严肃起来："看你说的好像我有精神病一样。要说唱戏，工人文化宫也能唱啊，可那只能唱现代京剧样板戏，不是《红灯记》就是《沙家浜》，不是《智取威虎山》就是《奇袭白虎团》，我这不是想来上几嗓子梅兰芳吗！现在批判'封资修'的斗争正是高潮啊，谁敢唱这帝王将相、才子佳人的戏啊？要是让红卫兵听见了不死也得扒层皮。这不，我还带了李铁梅的戏服作为掩护，没人的时候我就唱梅兰芳，有人的时候我就唱李铁梅，这就连红卫兵也没有办法。"

说到这李师傅自己笑了起来。

“咱们说是说笑是笑，但这个歹徒忒气人了，我是在气头上来到的这个地方，我就是想打电话找小侯给我出出气。可是我到这一提侯滨松，那个小民警告诉我说侯滨松被送劳动改造去了。他这么一说我就跟他戗戗了几句。我说抓小偷、抓坏人的警察怎么能送劳动改造？应该是他抓住坏人送劳动改造才对啊。”

“李师傅您放心，我一定尽快抓住这个剪辫子的坏人，把他送去劳动改造。”

听了侯滨松这句话，李师傅开心地笑了：“我明白，我这就走了，不耽误你们的任务。不过你得赶快抓住这个贼流氓，不然他还得去害别人。”

看着李师傅拧拧扯扯地拎着布包出门，屋里的人始终也没敢笑出声来。

把“剪辫子案件”的全部现场都看了一遍，就到了吃中午饭的时候了，鲁俊山看见一家面馆喊停车:“我请客，每人一碗打卤面，庆祝咱们今天在哈尔滨相聚。不过说清楚，粮票自己拿，饭钱是我的。”

大家往面馆走，只有范志成坐在挎斗里不动弹，大家都知道他那套理论，我请不起别人，也不占别人的便宜。

“不让你吃面条，进来喝碗水总行吧。再说了，你还得给我们讲讲现场呢。”

鲁俊山瞪着眼睛这么一说，范志成才慢吞吞地拎起他的黑皮兜跟着进了面馆。等着上面的工夫，鲁俊山让范志成说说对现场勘查的看法。

“从这六起案件看，对了应该是七起，还有刚才李师傅那一起，这样的案件只要现场没有遗留物，没有作案人与被害人或群众搏斗等过程，一般来说很少能提取到痕迹物证。但这个系列案件的现场却有一些被疏忽的特点。第一，作案现场都是在偏僻的地方，而且没有一个现场是重复的，这在系列案件中比较罕见。而专案组在没有任何规律的现场布置蹲坑守候抓现行，这样的侦查措施不符合这起案件的实际情况，很难收到效果。第二，我们仔细研究会发现，案件现场虽然没有规律，可是这些被害人中有四人在到达现场前路过了霁虹桥、哈一百和兆麟公园，有两人路过了防洪纪念塔，一人路过了江上俱乐部。这三条线路才是作案人寻机作案的地点，他在这里选择被害人，然后尾随至偏僻的地方作案。在这里组织便衣警察设伏才最有可能发现犯罪分子。第三，作案人在寻找猎物的时候，一定是坐在一个什么地方，如，路边的椅子、台阶或花坛的栏杆等，因为这样才不引起别人的注意，所有案件都没有找到目击者也在某种程度上证明了这一点。

最后一点也非常重要，在这之前都认为案犯使用的工具是剪子，但我综合了所有被害人的陈述的过程，我认为作案工具应该是一把刀，一把极为锋利的刀，只有这样才有可能用一个动作就把辫子割断，而用剪刀是很难完成的。我说完了。”

面条还没有上来，范志成从皮兜里拿出一个饭盒，里面是一块大饼子和几片咸菜，朱大平探头看了看笑了：“你这该不是在整训队食堂偷的吧？”

“怎么你又要揭发检举吗？”范志成当起真来。

一句话把朱大平闹个大红脸：“你看你，开个玩笑，怎么又扯到政治运动上去了？”

范志成接过侯滨松为他端来的开水，自顾自地吃起来。吴波看到这个场面大惑不解。干警察之前总觉得警察都是些很了不起的人，像侯滨松，民间还流传着一些关于他的神乎其神的故事。可是走进了这个神秘的圈子，却发现这里面的人并不像传说的那样个个有英雄气概。那个侯滨松整天神神道道，分析案情净说大话，好像是个批八字的算命先生，哪像个侦查英雄的样啊！那个黑脸膛的鲁俊山，看上去就是一老实厚道的乡下人，怎么也想象不出他竟然是大案队的队长。朱大平油头粉面的，举手投足都要讲究个派头，像个公子哥。这个正在吃大饼子的范志成就更不用提了，简直就是一个拎着饭盒到田里拾掇庄稼的农民。

鲁俊山喝了口水说：“小侯啊，你的方案还有漏洞啊，我看志成的意见非常重要，侦查措施要及时调整，从现在开始，案件代号正式改为‘割辫子案件’。”

“要不我怎么会哭着喊着地把他给捞出来，破案离不开这个‘小饭盒’啊。当然也离不开鲁队您啊。”

范志成抬头看一眼正跟他讨好的侯滨松，一声没言语，他又低头吃他的大饼子。侯滨松自讨没趣地解嘲说：“我这是热脸贴了个冷屁股，在他心目中我都不如个大饼子。”

哄笑声中面条上来了，香喷喷地堵住了所有人的嘴。狼吞虎咽之间，侯滨松还不忘死皮赖脸地把范志成吃剩的半块咸菜给要去了。面条吃完了，面馆的角落就成了临时的会场。

鲁俊山压低声音说：“现在最了解情况的就是小侯了，还是让他把下一步的侦查行动布置一下吧。”

“重新勘查现场对嫌疑人的作案过程、行为规律和活动范围都有了更进一步的认识，我也发现了新的破案途径，现在我们需要对原有的方案进行三个调整。调整守候打现行的范围，把发案地的警力调整到被害人行走的路线上。今天李师傅提供的情况很重要，这使见到嫌疑人体貌特征的目击者增加到了两人，我一会就去把靳玉兰和李师傅找到一块，把体貌特征再刻画得详细一些，然后提供给蹲坑守候的同志们，使他们更加明确抓捕目标。走访调查也得调整，派出所民警都离岗改造去了，只能由我们自己去找委主任、治保主任了，看看他们能不能发现线索。最后就是用技术手段摸排扩大线索来源……”

侯滨松刚说到这，就被范志成给打断了：“技术手段摸排，你小子该不是又想出了什么绝招吧？”

“正是，如此高招前所未有。”侯滨松有点扬扬得意。

戴洪岭伸伸胳膊说：“师傅你赶紧布置完了我好去干活儿啊，这浑身是劲，都快急死了。”

“我所说的技术手段不是刑事技术，而是草船借箭，借用别人的技术，这就是照相技术。你们看我画的一张草图，在防洪纪念塔、江堤公园、江上俱乐部、兆麟公园的南北门一共有六个国营照相馆的照相点，每天有二三百人在这照相留念。我仔细观察了这些照相点的位置和取景的范围，正好是这个作案人闲逛和逗留的地方，我的想法是从这些照片的背景中去发现作案人。照相点从拍照到把照片寄给顾客，一般需要一个多月，这样粗略一算，现在他们手里能有两千多张照片，这是个艰苦的工作，只能麻烦两个目击者一张一张地看了。如果发现了这个人，翻拍成照片，找到这个人就是件容易的事了。我说完了，请鲁队拍板定夺为准。”

鲁俊山满意地笑了笑说：“侦查方案越来越周全了，我们分头行动吧。我和朱大平走访群众，小戴和吴波负责守候地点的调整，小戴同时还要继续和秘密力量接头联络，志成就去跑照相点吧，你回去拿上两个放大镜看照片用，小侯去找靳玉兰和李师傅，态度一定要谦虚，破案离不开群众，这可是求人的事啊。”

“鲁队长我还是跟侯滨松同志一起去吧。”吴波脱口而出，想刹住已经来不及了，就好像泄露了什么秘密一样脸色一下子变红了。

“让小侯一个人去吧，跟被害人谈话人多了不方便。”

鲁俊山说完就往外走，大家紧随其后，朱大平故意落后拉住侯滨松说：“兄弟给你赔罪了，有些事情我也是没有办法，你千万不要记恨我。”

“别娘们唧唧的，我若是记恨于你，你现在还能跟我联手出击共斩凶顽吗？”两人抬手击掌，笑着走出面馆。

六

侯滨松破案不但有独到之处，还往往披上了一层神秘的色彩，外界传得神乎其神的倒没什么，可圈里的警察们看他破案也常常为他的奇思妙想和天赐良机而感到不可思议。

李师傅和靳玉兰加夜班看照片，看得眼冒金星泪流不止，不得不用眼药水来缓解疲劳，硬撑着每天晚上都看到后半夜。干到第三天晚上，侯滨松一边为靳玉兰上眼药水，一边心疼地说："从现在开始停止看照片。"

"为什么，如果现在停下来，那前两天不就白干了吗？"

靳玉兰这一句话，侯滨松的眼泪差点没掉下来。这个姑娘啊，简直就是深山老林里挖出来的一块玉，她的心灵洁白纯净，找不出一点瑕疵。想想这些年她几乎成了女刑警，已经记不清帮助他破了多少案。有几次她甚至冒着风险把罪犯作案的实况偷拍下来送给他，在那个没有视频监控的年代里，他就拥有了最先进的技术破案手段。有一次朱大平和关超抓了一个盗窃犯，审了一夜拿不下来，第二天早上侯滨松来了一看，正是靳玉兰偷拍了他的作案照片。侯滨松笑嘻嘻地找到朱大平，说他只用一分钟就能让这个家伙低头认罪。一旁的关超摇着拨浪鼓似的脑袋一百个不相信。最后关超以请客为赌注，侯滨松以一分钟拿下盗窃犯为条件成交。众目睽睽之下，侯滨松走进审讯室把门关上，他从兜里掏出盗窃犯作案时的照片让他看了看，盗窃犯说了句“侯大哥我服了”，侯滨松拍拍他肩膀回了句“一会我给你买点吃的”，说完就走出了审讯室。正在门外掐表的朱大平说了声“二十三秒”，满走廊的人看着侯滨松个个都傻了眼，关超小声骂了句“这个妖猴简直不是人”，周围的人听了忍不住笑起来。他把这件事绘声绘色地讲给靳玉兰时，险些把姑娘笑得岔了气。

面对靳玉兰，侯滨松一言难尽，因为在这个时候，那座隐隐约约的高山已经真真切切地横在了他们两个人的中间，她是一个叫李萍的姑娘。李萍是乡下老家父母定下的娃娃亲，侯滨松的父亲和李萍的父亲是把兄弟，侯滨松出生的时候就说定，只要李家生个女孩就做侯家的媳妇。这件指腹为婚的往事侯滨松曾听说过，当时不过一笑了之，没有当回事，可是当他这次回到家里见到了这个姑娘才知道，这已经是无法改变的事情了。他把自己当下的处境告诉她，本想能把她吓回去，可没想到姑娘羞羞答答地给了他这样一个的回答：“我生是你的人，死是你的鬼，这辈子就是侯家的媳妇。我爸正是听说你被抓进去了才领着我到你家，说做人要讲良心，不能因为侯家的儿子遭了难就毁掉婚约。别说你成了反革命监督改造，就算是红卫兵一枪把你给崩了，我也是你们老侯家的寡妇。”侯滨松直愣愣地望着这个叫李萍的姑娘就像面对一座山，他知道这座山是无法搬掉了，他心上的小兰就只能放在心上了。靳玉兰这边也在做着最后的努力，她回家把侯滨松被释放的消息告诉父亲，她多么希望父亲能够容得下这个了不起的人民警察啊，可是父亲还是坚定地摇摇头：“他就是被释放了也是在历史上有污点的人，有前科劣迹的人，况且他现在还是监督改造，监督改造就是无期徒刑，就连后代人政审的时候都是污点啊。”父亲的话让靳玉兰绝望了，她面前也是一座无法逾越的大山。就这样两座大山把两个年轻人隔开了。

“小兰你听我说，我们的工作没有白干，我正是通过前两天的工作才意识到，这条侦查措施有不切合实际的地方。你看，犯罪分子经过的路线都是繁华的景区和商业区，这里每天都有上百万人经过，这个犯罪分子就隐藏在这人山人海之中，他怎么可能会留在这小小的照片之中呢？”

侯滨松绕了一圈也没有动摇靳玉兰，他是真不想再让她为破案吃这么大的苦挨这么大的累，在他们的爱情已经走到了尽头的时候，这是他内心无法承受的痛苦。

靳玉兰揉揉红肿的眼睛说：“对任何一条线索，只要有百分之一的希望，就要尽百分之百的努力。这不是你经常说的话吗？”

侯滨松躲闪着靳玉兰的眼睛，但他还是不肯放弃自己的解释：“我的意思是，在侦查过程中对制定的所有侦查措施，要有轻重缓急，要把有限的侦查力量用在最有价值的线索上，用在主攻方向上。我们现在这么大的案子，这么大的工作量，就这么几个人，所以要合理地布置力量。看照片是发现嫌疑人可能性最小、成功率最低的方法，就凭你和李师傅两个人，用这放大镜去看好几千张照片，破案的机会太渺茫了，或者说几乎是不可能的。”

“别忘了你有狗屎运啊。”靳玉兰说着笑了笑，但她的笑明显是挤出来的。

“你一定要坚持吗？”

“为了你能破案，我一定坚持，坚持看完最后一张照片，到那时就算破不了案也不留遗憾。我这已经洗出来的照片看完了，我到李师傅那边去接着看，他的眼睛挺不住了，已经看不清了。”

侯滨松只好开着摩托车把靳玉兰送到另一家照相馆。李师傅确实累得不行了，他躺在长椅上用热手巾敷在眼睛上休息，听到有人进来他一动没动说：“小靳姑娘你接着看吧，我的眼睛可能要瞎了。不过不要紧，眼睛瞎了不影响我唱戏。”

靳玉兰没有言语，她坐下来拿起放大镜一张一张地看照片，好像她和侯滨松之间的事情根本就没有发生一样。侯滨松给她倒了一杯水端过去，然后就静静地坐在旁边，就这样他看靳玉兰，靳玉兰看照片。

突然靳玉兰趴在桌上哭了起来，侯滨松慌了手脚，不知该怎么办，李师傅一骨碌爬起来问个不停，过了一会儿她抬起头来把一张照片递给侯滨松说：“还真的找到了。”

侯滨松接过照片说：“你是为了我，我忘不了。”

靳玉兰擦擦眼泪捋捋头发说：“从今天开始我们可是革命情谊了。”

李师傅把照片拿过去看清后，他清清嗓子两眼放光，一声高音唱起了“李铁梅”。“……我爹爹像松柏意志坚强，

顶天立地是英勇的共产党。

我跟你前进决不彷徨，

红灯高举闪闪亮，

照我爹爹打豺狼，

祖祖孙孙打下去，

打不尽豺狼决不下战场。”

在李师傅唱得起劲的时候，侯滨松把电话打给了鲁俊山，当鲁俊山在电话里听到李师傅在唱戏时，他也兴高采烈地跟着唱了起来，他明白这是侯滨松发出的胜利信号。侯滨松放下电话，可李师傅的戏瘾上来收不住了，他嘴里的鼓点一阵紧似一阵，一个接一个的“小翻车”，那难度很大的“卧鱼儿”，真的是要掌声的，只可惜鼓掌的只有侯滨松和靳玉兰两个人。

第二天上午捷报频传。先是朱大平从一个卖冰棍的老太太那里了解到，有一个背着军挎的小伙子经常坐在花坛的栏杆上卖呆儿，因为他买过几次冰棍，而且两眼发直，所以老太太记忆很深，但又说不清具体的相貌。当把放大的嫌疑人照片给她一看，老太太当场叫准，就是他。

紧接着，戴洪岭用自行车驮着麻雷子来到专案组。麻雷子的线索也很有价值，他发现的这个人跟照片上的人很相似，四处闲逛有点傻乎乎，更重要的是，他知道这个人可能住在太平桥那一带的棚户区里。由于兴奋，侯滨松紧绷的脸放松了许多，拍拍麻雷子的肩膀：“伤好点了吗？”

麻雷子摸摸眼眶上的纱布苦笑着说：“没事，我这人不记仇，就怕你往心里去。”

戴洪岭把他拉到边上小声问道：“你的弟兄没有被狗咬伤的吧？要是有千万得去打狂犬疫苗。”

“有句话说了你可别生气，你的那条大黑狗干叫唤不真咬，哪像你那侯大哥，没说上几句话就下死手。”

侯滨松听见走过去说：“背后讲究人可不仗义啊，这是我的一点意思，买点好吃的补一补。”说着掏出五元钱塞过去。

麻雷子连连谢绝：“不敢不敢，侯大哥我万万不敢。”

侯滨松眼睛一瞪说：“怎么的，难道还得我拎着四合礼登门慰问你吗？”

“侯大哥我领情了。”麻雷子说完被戴洪岭领到别的房间详细询问去了。

鲁俊山听完情况，用手指在桌上有节奏地敲打着，把发光的眼睛盯向了侯滨松：“集中所有的人进入太平桥的棚户区，一定要把嫌疑人从这里挖出来。”

指挥部的门开了，朱大平以为是风刮的，正要关上，原来是王建刚推门进来。

“鲁俊山同志你们有行动？”

王建刚一脸的严肃也感染了鲁俊山："是的，我们的侦查行动正要开始。"

"你们按计划行动吧，但侯滨松得留下来，我要代表保卫部政工组跟他谈话。"

一阵沉默被侯滨松笑呵呵地打破："这案子眼瞅着就拿下来了，我看吴波研究案件很动脑筋，明天就由你来起草破案报告，我想一定会很精彩。"

吴波一碰上侯滨松热情的眼光就躲闪过去，但他还是故作镇静地问了一句："为什么是明天？"

"因为明天一早嫌疑人就会被捉拿归案，保卫部急得要命，破案报告总不能拖得太久吧。"

鲁俊山焦急地伸出手腕给王建刚看看手表，王建刚明白他的意思挥了挥手，鲁俊山立即带上人呼啦一下都走了。会议室里就剩下散乱的椅子、凳子，还有王建刚和侯滨松两个人。侯滨松点着一支葡萄牌香烟喷云吐雾："领导我是不是又犯什么事儿了？"

王建刚被烟呛得咳嗽了几声，侯滨松急忙把烟掐了。

"你的头脑中一定要紧绷阶级斗争这根弦，你是什么？你是斗争的对象，你是接受监督改造的坏分子，你头顶上的帽子还没有摘掉，这你都应该懂得啊。你现在虽然暂时解放出来侦破案件，可你属于控制使用的表现较好的坏分子，让你破案是将功赎罪，以观后效，你得争取宽大，从新做人。"

侯滨松有些不耐烦："这些大道理我都懂，你就说具体什么事吧。"

"你对鲁俊山张口闭口鲁队长，这事有没有，这是不是问题？鲁俊山和你是一样的，也是还没有结束改造的坏分子，他的队长职务已经撤销，你却口口声声叫鲁队，这是复辟资本主义，是刮回潮风，是严重的政治问题。还有，你能不能离那个靳玉兰远一点，现在可好，有人揭发你利用破案的机会勾引女青年，这事要是上纲上线说大就大，就你现在这糟烂身板能扛得住吗？我说小侯子啊，我满打满算就比你大了两岁，你让我跟你少操点心行不行啊！"

一看王建刚真的动了气，侯滨松的心也软了下来，他站直身板郑重地说："报告领导，我向毛主席保证，再也不给你添乱添堵了。从今天开始，保卫部会收集到关于我的正面反映，让你也脸上有光。"

王建刚警惕地看着侯滨松说："你可不能再耍鬼点子，你要真的再捅出什么娄子来，那你就只有……"

"回农场种地。"

王建刚笑了笑问："'割辫子案'怎么样了？"

"你先回办公室等着，用不了一天我会将破案的情况如实禀报。"

"你真的这么神吗？"

"神不神且让战果说话。"

"有人在背后说你有狗屎运。"

"这没办法，不瞒你说我真的有狗屎运。这很奇怪。"

要说侯滨松神就神在这里，走运就走运在这里。王建刚走后指挥部就剩侯滨松一个人，因为刚才走得急，戴洪岭并没有说清嫌疑人住处的确切位置，太平桥一带有好几片棚户区，冒蒙去找也得费点工夫，再说他们把摩托车开走了，坐公共汽车或骑自行车一时半会也赶不到。就在他急得团团转的时候，就听走廊有人喊："群众专政那屋有人吗？"

"有人，有人。"

"侯滨松在吗？"

"我在我在。"

侯滨松忙不迭地应答着跑过去，从传达室门口的墙上抓起话筒。

"案子拿下来了，我们一会儿就回去了。"是鲁俊山的声音，浑厚而平静。

"你们找到割掉的辫子了吗？"侯滨松多少有点不放心。

听了这话，鲁俊山乐出声来："你这个小妖猴不是能神机妙算吗，怎么也有心里不托底的时候啊？"

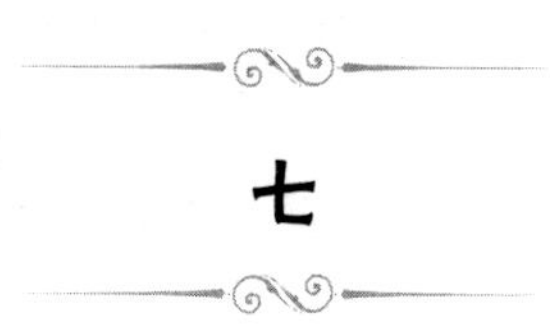

七

案件就是一层窗户纸，捅破了就不值钱。这是鲁俊山常说的一句话，也是刑警们体会最深的一句话。可是这起“割辫子案件”在吴波看来简直就是一个神话故事。特别是这个不被他看好的侯滨松，他破案比所有反特电影里的侦查员都神，甚至比他刚刚看过的手抄本《一双绣花鞋》更活生生地吸引人。

嫌疑人叫蔡择芳，进屋抓他的时候朱大平揪住脖领子骂道：“你这个混蛋，你叫什么名不好非得叫蔡择芳，就冲你这名字抓你就错不了。”

蔡择芳的眼珠滴溜乱转，但不正眼瞅人：“你们是干什么的？”

朱大平的手没有松开，他使劲晃了晃蔡择芳，回答响亮：“警察，你就没有想到警察会有一天来找你吗？”

蔡择芳的衣领被揪得很紧，他说话时有点喘不过气来：“早晚的事，早晚的事。”

鲁俊山制止住朱大平，把蔡择芳解脱出来问：“蔡择芳我问你，你既然知道我们是警察，那你现在是不是应该有点态度啊？”

“我明白，我明白。”蔡择芳嘟囔着低头走到一只木箱跟前，他打开箱子拿出一个布包，再把布包打开一看，整整齐齐七条大辫子一条不少。接着他就没完没了地咒骂世上的女人都是毒蛇，是她们害得他走上了绝路，直到戴洪岭让他闭嘴，有话到刑警队再说，他才不情愿地把满肚子的怨恨咽了回去。

吴波环顾四周，只见满屋子里都贴着“李铁梅”的剧照和水彩画，就连木箱子上也贴了一张，这和侯滨松说的一模一样。他的父亲病故，母亲是纺织厂的工人，已经退休了，他自己住一个房间，处了两个对象都黄了，而且这两个姑娘都梳着长辫子，这也和侯滨松说的一模一样。吴波又问了他的母亲，老太太说她的儿子失恋以后班也不上了，白天出去闲逛，晚上回家就躲在屋里不出来，他不跟别人来往，没有好朋友，老太太以为他得了精神病，还带他到专科医院去看过病呢。除了看精神病之外，这些也都被侯滨松说着了。

蔡择芳被押回来，侯滨松连看一眼都没看，就好像这个案件和他一点关系也没有一样。鲁俊山正在给朱大平布置审讯任务，就觉得后腰被人捅了一下，回头一看是侯滨松在勾他，他就跟着侯滨松来到外面的自行车棚里问：“又出什么事了？”

侯滨松摇头晃脑地笑着说：“队长你放心，金猴奋起千钧棒，玉宇澄清万里埃，只要有我小侯子在，白骨精也翻不起大浪来。”

鲁俊山一把捂住侯滨松的嘴，把他按倒在地上：“我看你是疯了，你不胡说八道能把你当哑巴给卖了啊？”

侯滨松挣脱鲁俊山的手站起来，拍打着身上的灰尘说：“你这个老侦察兵怎么下这么重的手啊，我这不是说着玩嘛。”

“说着玩？别忘了隔墙有耳啊，这可不是闹着玩的，一旦出了事不是掉脑袋，也得扒层皮啊。”

正瞪起眼睛吓唬人的鲁俊山，抬头看见吴波就站在自行车棚外边，着实吓了一跳。就在这时，一串铃声伴着王建刚的自行车唰地停在跟前。

“侯滨松啊侯滨松，不怪鲁俊山同志管你叫小猴子精，这‘割辫子案’说破就叫你给破了，我看你真要成精了。”

王建刚兴高采烈，鲁俊山却转脸向侯滨松投去追问的目光，侯滨松一脸严肃地说：“把破案的进展情况及时向保卫部汇报，这不仅仅是一个路线问题，也是对革委会的态度问题。”

“我接到侯滨松的报告就往这跑，我先了解一下情况赶紧回去向革委会首长报告。”

王建刚说完就跟着鲁俊山进屋去了。吴波平静地说了句：“我有几个问题请教。”

侯滨松谦恭地回了句：“岂敢岂敢。”然后两个人的对话慢悠悠地开始了。“你怎么知道这个蔡择芳是因为失恋而仇视女性？”

“仇视女性的犯罪很复杂，由于案犯的生活经历不同，有的仇视老年妇女，有的对中年女性恨之入骨，而这起案件的被害人都是年轻女性，那么案犯也是年轻人的可能性就很大。因为这个年龄段的青年人正值谈婚论嫁的年龄，那么案犯就有极大的可能性是因为恋爱受挫产生了一种仇视女性的变态心理，做出了用割辫子这样极端的方式报复女性的行为。”

“可你是怎么知道他胆子小，不敢跟别人动手，而且还知道他说话不流利，不敢用正眼看人这些习惯和小节？”

“这很简单，他要是个脾气很大、敢作敢为的人，对象吹了大不了吵一架，绝不会去找不相干的姑娘割辫子报复的。”

“他家满屋子都是‘李铁梅’的剧照，割掉的辫子都留在家里，见到警察就主动交代罪行，这都是你在破案前就告诉我们的，而且破案后印证了这都是正确的。”

侯滨松点了一支烟说：“案子见得多了，经验就多一些，变态犯罪的人差不多都是这样，我不过记性好而已。就好比你们侦察兵，枪打得准是子弹喂出来的，熟能生巧不足为奇。”

“你一见面就说我是侦察兵会开摩托车，这跟熟能生巧没关系吧？”

“你的这件军裤洗得干净熨得板正，可是我注意到大腿内侧和裤脚有缝纫机补过的痕迹，并有油渍，右脚解放鞋的前端有明显的磨痕，说明你经常骑摩托车，而在部队里，只有侦察连才有摩托车，所以我就顺口说出来了，没想到还真叫我给蒙对了。”

说到这侯滨松笑起来，吴波不自然地笑了笑，他的眼睛不敢直视侯滨松。

侯滨松的笑容像一道幕，说拉就拉上了。“吴波啊，其实我也有一个日记本，那是我当上劳动模范的奖品，我不是用它来记录成功经验的，我的笔记本封皮上有三个字—‘我之错’。‘割辫子案件’有两个失误我会记在这个本子里。”

吴波简直要惊掉了下巴：“这，这案子谁不得竖大拇指啊，怎么会有失误？”

“失误之一：‘割辫子案件’总共有七名被害人，包括李师傅的那条假辫子。在制定侦查方案的时候，我也曾想过从梳长辫子的女青年中进行排查，从中发现嫌疑人的踪迹。后来考虑到哈尔滨梳长辫子的姑娘成千上万，排查的范围太大，就把这项侦查措施放弃了。现在看来这是重大失误，因为我忽略了一个重要的排查条件，那就是虽然梳长辫子的人很多，但绝大多数都是梳两条辫子，真正像‘李铁梅’那样梳一条辫子的并不多，而案犯侵害的恰恰是梳一条辫子的姑娘。如果一开始我们就集中力量查一条辫子的姑娘，就会缩小排查的范围，极大地减小工作量，节省时间，这样很快就能反推出这个蔡择芳。失误之二：在搜查蔡择芳住处的时候，发现了精神病院的病历本，他母亲也证实了曾经领儿子去看过病。这是多大的一个漏洞啊，你也帮我想想看，如果没有这个漏洞，这个案件会是什么样的结果呢？”

吴波的下巴像脱臼了一样说不出话来，他甚至不知道应该怎样面对这个高深莫测的警察。

侯滨松提高了声音问：“喂，你没事吧？还有什么问题？”

侯滨松这么一问，他才把下巴收回来：“我、我还有一个问、问题。”

“无论何事，但问无妨。”

“是、是有关‘降落伞案件’的。”

“这个案件也破得很精彩。”

“这起案件一发生你就有意逃避了。我知道你在逃避什么，可你后来为什么又主动担当起可能给你带来灾难的任务呢？”

这时王建刚走过来，他已经听见了他们的话，不禁眉头紧锁。他暗暗地给侯滨松使个眼色，示意他停下来，可侯滨松不管不顾，洋洋洒洒，滔滔不绝。

“我是逃避过，但我怎么也无法永远逃避下去，为什么？就因为我是个警察。‘降落伞案件’发生之后，群众专政战斗队抓了几十人，有许多人屈打成招，特别是那个音乐老师不堪忍受折磨招供了。眼看着一个人数众多的反革命集团就要定案了，又一起冤案就要手起刀落了，在这千钧一发的关头，我侯滨松不出来担当谁但当，我侯滨松不担当谁能担当得了？我上案子两天就拿下来了，什么叫破案能力？这就叫破案能力。”当说到少年高卫红一家含冤入狱的时候，他沉默了，低下头掏出烟来。

吴波把一只打火机递给他，他点了烟要还回来的时候，吴波眨眨眼睛说了句：“送给你的。”

侯滨松把打火机在手里摆弄着继续说：“我只是个普通的刑警，天地那么大我管不了那么多，我能做的就是在我办的案子里，所有人都能得到公正的对待。

在‘降落伞案件’中，我以我之力所能及，解救了一大批人，特别是那个年轻的音乐老师，正是我的努力才使他能够活下来。但是高卫红一家我却无能为力了，我跟所有人都一样，只有期待明天了。”

“明天的事明天再说，我着急的是今天的事。”忍无可忍的王建刚劈头盖脸地打断了侯滨松的话。

“不知所急何事？”

“你给我好好说话。”

“啥事这么急啊？”

侯滨松这一出，不但把王建刚逗乐了，连吴波也跟着笑起来。

“案件的情况我全都清楚了，我得赶紧回去报告，不过我想听听你的意见，这次破案落到谁的头上呢？”

侯滨松想都没想就脱口而出：“报吴波，这案子报吴波最合适。”

“怎么能报我呢，这案子是侯滨松破的，这是明摆着的事，要是把我报上去那不成了闹着玩吗？”

“事关重大，岂能儿戏！现在群众专政洪流滚滚，‘横扫一切牛鬼蛇神’，吴波是刚刚转业的解放军侦察兵，在破案中又表现突出，树立这样一个先进典型，是当前斗争形势的需要，是群众专政路线的伟大胜利啊。”

王建刚上去就是一拳，正夸夸其谈的侯滨松根本没有防备，这一拳就岔了气。王建刚已经兴奋地顾不上蹲在地上不吭声的侯滨松了。

“吴波你抓紧去写破案报告，同时把你的简历写一份给我，你的事迹材料我一并报上去。”

见吴波愣愣地不挪窝，侯滨松蹲在地上厉声道：“你还愣着干什么？这已是决定的事了，理解的要执行，不理解的也要执行，嗨嗨，在执行中还要加深理解。”

见吴波转身走去，王建刚拍拍侯滨松说：“起来起来，别装了。我问你，你是什么时候发现的？”

“我俩见面的第一眼就看出来了。”

“怎么看出来的？”

“这很简单，他没有伪装好自己的眼睛。”

“那你打算怎么办？”

“这件事没什么，我能看得开。现在正是政治运动的高潮，我又是被监督改造的坏分子，革委会派个人来监视我是情理之中的事。吴波这个人很正派，初来乍到的，没有坏心眼，时间一长就会成为我的兄弟，你就放心吧。”

王建刚端详着侯滨松无限感慨：“你呀你，你可真是一个妖猴，如果不给你戴个金箍，你要是真来个金猴奋起千钧棒，就是我也挡不住你啊。”

“看你说的，你是我的恩人，我哪敢啊。”

王建刚正色道：“对了，还有件事呢，差一点让你蒙混过关。你说从海伦河回来那天夜里一共干了三件事，你只交代了两件事，还有一件事没有如实交代。”

侯滨松笑了笑说：“我真服了你了，你还当真穷追不舍啊？”

“别忘了你现在的政治待遇是监督改造，就是革委会不派人监视你，我也得监视你。”

“我回家去看看爸爸妈妈，这也有错吗？”侯滨松趾高气扬。

“我说你有错你就有错。”

“洗耳恭听，何错之有？”

“你最先看情人，然后看战友，最后回家看父母，这可有损你大孝子的名声啊。”

“我是有意把回家安排在最后的，因为那时天亮了，遛弯儿的、锻炼的、买菜的都出来了，满街是人。我骑着挂了人民保卫部的摩托车回家，这就等于是向左邻右舍的人们宣告，我侯滨松出来了，我还是一个人民警察。我骑上摩托车，拉着我妈上市场买菜，又拉上我爸去打太极拳，等我风光够了才发现，大事不好迟到了。”

王建刚发自内心地笑了：“破格让你当上了警察，这是我一生的杰作。”

侯滨松嘿嘿一笑：“那当然了。”

第四章

六字秘钥

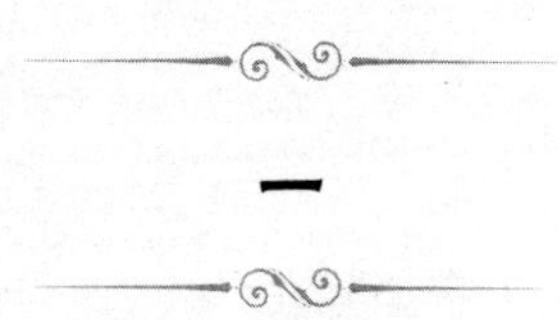

差十五分半夜十二点，古人称之为正子时。郝大妈从家里偷偷溜出来，她一路小跑来到了离富贵家园北边不远的一幢正要拆迁的破旧楼房旁边，这里地处城区的边缘，再往北是一个下坎，一片散漫的榆树林下是一哄而起的乱草。这里人去楼空没有光亮，四处黑黢黢静悄悄，就像一个死人听不见呼吸和心跳。郝大妈在工地围墙外的一个马葫芦边上停下来，她拎着的一个布袋，从里面掏出一个小布包放在马葫芦旁边的地上，又点燃一支香拿在手上，她踏上马葫芦盖跪下连连磕头，她虔诚地祷告以至浑身颤抖。就在这个时候，轰隆一声马葫芦盖塌了，正在磕头的郝大妈不见了，几声微弱的呻吟之后，一切又恢复了刚才的死寂。死寂中有一个黑影飘过，像一阵风一样卷走了郝大妈放在地上的那个小布包。

郝大妈出事了，靳玉兰撂下派出所的电话就开上面包车直奔现场。现场上除了已经塌方的马葫芦什么也看不到，打捞上来的郝大妈的遗体用一块白布遮盖着，民警用警戒带围出了一块空地，民警问遍了所有围观的群众，没有人能提供出有用的线索，只有一个富贵家园的保安员能够证实郝大妈是他们那里的清洁工。

郝大妈落入马葫芦不幸身亡，最先赶到现场的派出所民警做出了非正常死亡的初步判断，把它当作一般治安事件处理，所以通知了死者单位协助善后处理。郝大妈退休前是服务局下属的一家旅社的职工，派出所这才把电话打到了道里区服务局。这时的靳玉兰已经从照相馆经理升任服务局的工会主席，又兼管着保卫科的活儿，她得到消息赶到这来是职责使然。当她来到民警跟前的时候，听见一个小保安正喋喋不休地跟民警解释他的判断。

“我说警察同志，你们不能这么简单地认为是非正常死亡，郝大妈的死还有疑点没有查明，万一这是一起刑事案件呢？那你们可就放掉了一个杀人犯啊。”

老民警看上去快到了退休的年龄，在他眼里多大的事都让他打不起精神来。“去去，你一个保安管什么闲事，老老实实看你的大门去得了。”

小保安正要继续争辩，靳玉兰上前把他拉到一边问：“这位小兄弟怎么称呼你？”

“我叫梁风，在那边富贵家园当保安员。”

“我姓靳，是服务局的，郝大妈是我们的退休职工，我想听听你对郝大妈的死亡有什么看法。”

穿着保安制服的梁风给人的感觉比那个老警察顺眼许多，因为他一心想解开郝大妈死亡之谜,对发生的一切都全神贯注。“我就是对派出所的工作态度有意见，他们来了以后根本就没有认真地勘查现场，只是简单地看了看就说是非正常死亡。福尔摩斯办案可不是这样的，他对所有的案件都要详细地勘查现场，就是一根头发、一个纸团都从不放过，这才是职业精神，可他们差远了。郝大妈的老伴儿说她是昨天半夜从家出来的，就连这么重要的情节派出所都没有认真调查清楚。”

靳玉兰围着现场转了一圈，然后她向老民警提出了一个问题:“警察同志你好，我是服务局的，接到你们的电话就赶紧过来了。”

老民警一听服务局来人了，立刻换上笑脸说：“你是靳主席吧，刚才的电话就是我打的。郝大妈是你们单位的退休职工，我们已经认定郝大妈的死亡是非正常死亡事件，目前警方已经不需要进行调查了，就请靳主席尽快协助家属做好善后处理，你看怎么样？”

“警察同志我还有几个疑问向你请教。”

听了靳玉兰的这句话，老民警收起了笑脸冷冷地回了一句：“有话你就说呗。”

“郝大妈已经六十多岁了，她为什么在深更半夜一个人出门，她莫名其妙地跑到这里究竟是干什么来了？”

“她为什么跑到这来我怎么知道？要问你得问她。”

老民警的话音刚落，在人群里惹出一个女高音冲他喊道：“如果死人能说话还要你们警察干啥？”

说话的是哈尔滨日报的记者，她在前些天曾采访过郝大妈助人为乐的事迹，今天她有采访任务路过富贵家园，就想顺便来看看郝大妈，没想到郝大妈却出事了。

老民警让她戗了一句不是心思，就拦住要上前拍照的记者说：“你是干什么的？不要干扰我们执行公务。”

“我是哈尔滨日报的记者迟丽丽，我要对郝大妈死亡之谜进行跟踪采访。”她看民警不再说话就转身端详着靳玉兰问：“这位阿姨怎么有些眼熟？”

靳玉兰认出了迟丽丽：“你真的当上记者了，你不就是那个立志要当记者的小姑娘吗？我记得你说过要把侯滨松捧成哈尔滨最火的警察。”

迟丽丽想起往事高兴得直蹦：“我想起来了，那年就是你帮助侯叔叔抓住了偷我包的小偷。”

女人总喜欢和女人搭话，而且这个小姑娘又是记者，靳玉兰就把她拉到一边说：“我觉得郝大妈的死亡有很大的疑点，她的家离这有两公里，她一个人半夜三更的怎么会走到这里来？她到这里干什么？马葫芦早不塌晚不塌，为什么她到这就塌了呢？再说了，她就是正常走路，为什么非要去踩马葫芦呢？”

迟丽丽的脾气上来了：“我去问问派出所的民警，这件事他们是怎么调查的，如果他们还是马马虎虎定性为非正常死亡，我就直接向市局反映。”

“你不用去问他们了，我这就跟市局大案队联系，让侯滨松来调查这个案件。”

“太好了，我这就向主编汇报，我要对这起案件进行跟踪采访。”

靳玉兰打通侯滨松的电话，把郝大妈意外死亡的事件和其中的疑点简单说了一遍，侯滨松听了回答很干脆：“只要你认为有疑点，那就一定有疑点，我马上就过去。”

迟丽丽一听侯滨松要来，不禁有些激动，在这一刻她已经下定决心要实现当年的诺言，要为侯滨松写一篇有分量的报道，尽管案件到底是个什么样她还不知道。

时间不长，那辆熟悉的吉普车急匆匆地来了，靳玉兰迎上去，可是从车上下来戴洪岭、吴波，没有看见侯滨松的身影。戴洪岭和她打过招呼后，又把一同来的中国刑警学院实习生赵冬介绍给她。

“侯大哥怎么没来？”靳玉兰跟着戴洪岭往马葫芦那边走的时候小声问了一句。

戴洪岭被问得一愣：“鲁队找他有急事，他让我们先过来看一看。”

靳玉兰虽然觉得戴洪岭说话有些闪烁其词，但进入现场以后她也不好再追问了。现场除了坍塌的马葫芦引人注意外，再就是马葫芦周围土地上有杂乱的脚印，戴洪岭边看边听靳玉兰分析可疑之处，他也认为派出所的定性草率了一些。

这时梁风也凑到跟前来把他的想法说了一遍，为了证实他的正确性，他在结尾时说道："对于这个现场，派出所的人是在看，而我是在观察，这是有明显差别的。"

穿一身警服，像个娃娃兵一样的赵冬对梁风的这句话很感兴趣："你看过'福尔摩斯'？"

"看过一点。"

"怪不得这么有想法。"

戴洪岭和吴波神神秘秘地嘀咕了几句就要走，靳玉兰下意识地觉出不对劲，她喊住戴洪岭问："洪岭我再问你一句，侯大哥到底为什么没来，他是不是又出什么事了？"

侯滨松果然又出事了。有一个叫乔大年的老工人以玩忽职守的罪名把他告到了检察院，就在刚才他要来现场正要上车的时候，被一个小姑娘检察官给拦住了。

"请问您是侯滨松警官吗？"检察官说起话来是幼师对待小朋友的口吻。

侯滨松打量了半天才回话："我是侯滨松。"

"我是市检察院侦查监督处的检察官，有人控告你渎职犯罪，我们决定对控告的事实进行调查，请你跟我回检察院接受询问。"

"我说小同志，你是不是忘记带法律手续了？"

小姑娘侃侃而谈："我们处长说了，像你这样大名鼎鼎的警察最好不用传唤手续，那样对你和公安机关都会产生不良影响，所以还是请你主动到检察机关配合调查比较好。"

侯滨松一听笑了："我得先谢谢你们处长，我现在就跟着你走，去协助调查。"

就这样，侯滨松从大案队刚一出来就被检察院的人给带走了。

"那我们现在怎么办？"靳玉兰有些着急了。

"我们现在就去找我师傅汇报，听听他的意见。"戴洪岭说着就去开车。

"我也和你们一起去。"

靳玉兰也跑着去开车，当她正要启车时，迟丽丽开门蹦了上来说："我得跟踪采访。"

靳玉兰紧跟着戴洪岭的车很快就到了检察院，而且见到了把侯滨松带到这来的检察官。

“小检察官同志，我们是大案队的，来找侯滨松警官。”

戴洪岭毕恭毕敬的话音刚落，小姑娘就笑了起来。“你们大案队的警察真神，我刚来了没几天，连检察院的人还都不认识我，你怎么知道我姓肖？”

“肖检察官同志，这个问题我以后再答复你，现在最要紧的是我得见到侯滨松。”

“侯滨松是正在接受调查的犯罪嫌疑人，现在不容许跟任何人接触，这你应该比谁都清楚啊。”

吴波忍不住插嘴说：“什么犯罪嫌疑人，别说得那么难听好不好。”

“我知道他是有名的破案能手，可按照法律的规定，他现在的身份就是犯罪嫌疑人。”小姑娘有点要来劲。

“犯罪嫌疑人也好，破案能手也好，肖检察官同志，你知道我们来找他干什么吗？”

吴波的这句话小姑娘很感兴趣：“是啊，在这个时候你们找他干什么呢？该不是给他通风报信干扰我们调查吧？”

吴波的语气庄重起来：“我们是来向他汇报案件的。”

听说这几个警察是来找侯滨松汇报案件的，小姑娘惊呆了。这几个警察都是些什么人啊？侯滨松是正在接受调查的嫌疑人，是死是活还说不定呢，这又来了几个不知死活的警察，还要找侯滨松汇报什么案件，这不是没心没肺的人吗？她倒要看看他们说的是真是假。

“好吧，我可以让你们见面，但要规定一条纪律，只许谈论与案件有关的事情，如果你们要是耍花招，我可对你们不客气。”肖检察官很认真、很严肃。

其实小姑娘并不相信警察的话，她赌气让他们见面是想揭穿他们的谎言，然后再把他们驱除出去。警察可以和侯滨松会面，可靳玉兰和迟丽丽也要进去时肖检察官又挡了驾。

“你们俩是干什么的，该不会也是来汇报案件的吧？”

“我是服务局保卫科的负责人，我们单位的退休职工郝大妈昨夜意外死亡，我怀疑她的死亡是一起刑事案件，所以来向侯警官汇报。”

“我叫迟丽丽，是哈尔滨日报记者，我正在做跟踪报道。”

肖检察官想了想说：“你们俩也跟警察一样，谁要是说了跟案件无关的话，我就立即驱逐你们。”

正躺在沙发上睡觉的侯滨松被开门声惊醒，当他睁开眼睛看见戴洪岭他们时，一骨碌爬起来问："案子怎么样？"再看后面还有靳玉兰和一个小姑娘时，他显得有点迷惑。

三位警察果然对侯滨松眼下的处境无动于衷，见了面就开始汇报案件，在他们的眼里检察院的询问室和大案队的办公室没什么两样。

"这个郝大妈不像是非正常死亡，仅从现场反映出的一些迹象就有可疑的地方。先看看她出门的时间，午夜十二点之前，这太不符合常理了，一个六十多岁的老人选择这个时间出门一定有不同寻常的事情，也正是这不寻常的事情给她惹来杀身之祸。还有她死亡的地点也无法用常理来解释。根据派出所了解的情况，郝大妈的小孙子正在发烧，她是背着老伴儿偷偷出门的，老伴儿说她的身上肯定有钱，但在现场没有发现有钱，这又是一个疑点，她身上的钱哪去了呢？"

听完戴洪岭的汇报，侯滨松问："你是什么意见？"

"这不是什么非正常死亡的意外事件，很有可能是一起刑事案件，我们几个的看法是一致的。"

"那你们来找我干什么？马上提请技术部门勘查现场啊。"

吴波为难地说："问题是派出所不认为这是刑事案件，而只是一起非正常死亡的治安事件，所以他们认为没有必要勘查现场。"

"我看他们的脑袋是进水了，我给'小饭盒'打电话，让他马上赶到现场。"侯滨松伸手摸手机，这才想起手机已经被肖检察官给保管起来了。"你们马上找他，就说是我说的，这个案子必须马上勘查现场，不得有误，不然等我出去了饶不了他。"

戴洪岭出去给范志成打电话去了，这个时候侯滨松才想起问了靳玉兰一句："你怎么也来了？"

吴波说："要不是玉兰大姐到现场发现了疑点给你打电话，这案子差点就被掩盖下去了。"

"不不，还有一个叫梁风的保安，他也发现了许多疑点，我到现场的时候他还跟民警争吵起来。"

迟丽丽行了一个礼说："侯叔叔你咋不问问我呢？"

"你不用问我也知道，你叫迟丽丽，那年在防洪纪念塔广场你被偷了包，还是我从小偷手里给你抢了回来。"

"你竟然能记住我？"迟丽丽说这话时显得很兴奋。

“我还记得你当时跟我说要当记者，现在真的当上了哈尔滨日报的记者。”

迟丽丽伸了伸舌头没再说话，这时进来的戴洪岭听见这对话才想起来，这个眼熟的小姑娘是迟丽丽。戴洪岭告诉侯滨松已经通知到范志成，他又对肖检察官说：“你看能不能通融一下把手机还给侯警官，这样便于他指挥破案。”

“这可不行，嫌疑人在被询问期间不能使用手机，这是规定。”她接了一个电话后说：“你们几位先请回吧，我们处长要亲自和侯警官谈话。”

侯滨松站起身要出门时对迟丽丽说：“记者同志你千万别把我被检察官给逮到这来的事给捅出去，拜托了。”

迟丽丽迫不及待地上前追问：“请问你怎么知道我现在是哈尔滨日报的记者？我并没有告诉你啊。”

“你看你，肩上背着照相机，脖子上挂着胸卡，你的胸卡虽然掖在衣服里面，可挂胸卡的红色线绳露在外面，这一下就暴露了你的身份。”

“为什么？”迟丽丽大惑不解。

“因为其他报社记者挂胸卡的线绳多数是蓝色的，还有白色的，只有哈尔滨日报是红色的。”

迟丽丽目瞪口呆，再也没有话说。

侯滨松跟着肖检察官走在走廊时还不断回头叮嘱勘查现场要仔细，还要对现场周围进行走访调查，不要放过任何疑点。肖检察官显然被感动了，她停住脚步很认真地说：“侯叔叔我有一个问题一定要问你，不然会把我憋死的。”

侯滨松笑了：“孩子你快问吧，要不这后果我可承担不起啊。”

“我想知道你的脑袋里现在在想什么？”

“我在想那位已经死亡的郝大妈，现场遗留的信息说明她绝不是死于一场意外事件，不是什么非正常死亡，这里面很有可能隐藏着罪恶的秘密。不过你不用担心，他们用不了太长的时间就会给我一个准确的答案。”

前面不远就是处长办公室，肖检察官伸手拦住侯滨松说：“等等，你刚才说什么，你叫我不用担心？我的警察叔叔啊，你什么情况啊，你现在已经被人控告正在接受调查你知道吗，你怎么就没想到为自己担心呢？”

“有你们检察官在我有什么好担心的，可是哈尔滨的大案要案如果没有我侯滨松的话，那可真有点叫人担心啊。”

侯滨松说得很认真，不像是开玩笑。

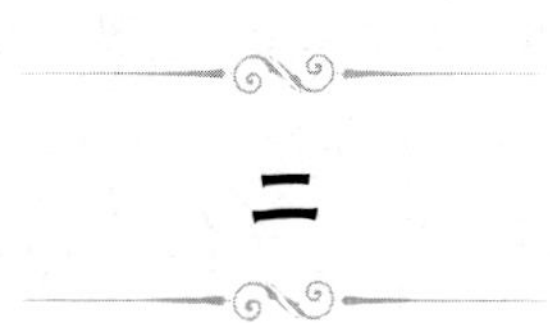

怎么能成为一个有钱人呢？开公司、包工程、炒股票能挣钱，还有去偷、去抢、去骗也能弄到钱，可这些通向财富的大门都在他的面前紧紧地关闭着，就连一扇也打不开。

做生意、开公司，这都是痴心妄想，就他这样一个连高中都没考上的穷小子，要本事没本事，要本钱没本钱，拿什么去赚钱呢。正门不行就走偏门，可是去偷、去抢虽然来钱快，但是风险太大，他没有胆量去干这玩命的营生。有一次他到银行门前转悠，在心里踅摸着怎样抢银行，是用刀还是用枪，是劫运钞车还是直接冲进柜台去抢，可是这些火爆的想法刚在脑子里露出来，他就禁不住要找个地方撒尿，这真刀真枪玩命的买卖他连想都不敢想。

鞠万金是个普普通通的农村小伙子，十几岁就下地拾掇庄稼，长大了一点跟着村里的大人到城里打工，直到现在快三十岁了还是轱辘棒子一个。爹妈给的模样不受看，尤其是他的脸长得有点偏，越是情绪激动的时候就越偏得厉害。可就是这样一个庸庸碌碌的年轻人，却在一瞬间骤起杀机，而且不像以前那样只是毫无边际地胡思乱想，在这一瞬间，为了钱他不但动了杀机，而且痛下杀手，作下了让人难以置信的大案。

俗话说月黑杀人夜，风高放火天。这个偏脸子鞠万金自己也没有想到，他心生杀机却是在大夏天一个闷热的中午。

鞠万金在县城里的富贵家园当勤杂工，他刚干完活儿从车库出来就听有人喊他。喊他的人是个胖乎乎的老太太，姓郝，人们都叫她郝大妈，从前在旅社当服务员，退休以后到小区干清扫工。她姓郝，人也好，冬天她看见哪块有冰怕人滑到，就往地上撒沙子，夏天地上存了雨水，她就是冒着雨也得把水清扫干净。有一次，一个孩子从儿童乐园的滑梯上掉下来摔破了头，她背起孩子就往医院跑，结果把腰间盘的老病累犯了，好几天起不来床。迟丽丽听说这件事找上门来，她只能趴在床上接受记者采访。她说了句话，“我不过是个好心肠”，结果迟丽丽把这句话当成专访的标题登在了哈尔滨日报上。郝大妈做好事惊动了记者，自然也给小区物业争了光，物业经理也登门慰问，还发了二百元奖金。一时间郝大妈成了小区里的名人，谁见了她都会打招呼问好，她也是美滋滋的，干起活儿来更是劲头十足。

一听是郝大妈在喊他，鞠万金就心生厌烦，这个多事的老太太不知道又要做什么好事，一个人弄不了才来喊他，可郝大妈喊得紧，也就只好跟她向憩园跑去。在甬道的转弯处有个女人倒在地上，鞠万金一看吓了一跳，出了什么事，该不会惹上什么麻烦吧？

“是她自己拎着这个大旅行袋累得一头栽这了。天太热了八成是中暑了，先把她抬到椅子上歇一歇就会好的。”郝大妈倒是镇静，她架起女人的胳膊，鞠万金搬起腿，两人合力把她抬到椅子上。两人用力这么一抬，女人的露脐装被扯得成了露乳装，乳房下方露出了一块红痣。鞠万金的心猛地一沉，是她？再仔细看看脸，真的是她！

郝大妈把她的衣服往下拉了拉，把红痣遮掩住了，鞠万金也稍稍冷静了下来。“这就是命运吗？命运到底是个什么东西，它让我再次撞上这个该死的娘们儿是什么意思？是福是祸？去他妈的吧，是福不是祸，是祸躲不过。”他的目光转向扔在一旁的旅行袋，这个娘们儿拎的什么东西累成这个德行？他顺手拎了拎竟没有拎动，再用力一拎才感到很沉。出于好奇，他要看看里面到底是什么东西，可拉锁刚刚拉开条缝，他就像被火燎了手一样又拉上了。

钱，是钱啊！我的妈呀，这么大的一个旅行袋竟然塞得满满登登的都是钱。

女人在椅子上躺了一会儿慢慢睁开眼睛，看着正把她扶起来的郝大妈和守在旅行袋旁的鞠万金，她明白了刚刚发生的事情。

“谢谢你们，你们是好人。”

郝大妈搀着她，鞠万金栽楞着肩膀拎起旅行袋，把这个女人送回了十二层高的家里。她显然没有认出鞠万金的这张偏脸子，她说了许多感谢的话，还好像拿出两张一百元的票子作为酬谢，被郝大妈回绝了。鞠万金的心被那塞得满满的一旅行袋钱给塞满了，他恍恍惚惚地从楼上下来，郝大妈干她的活儿去了，他独自一人来到刚才那个女人躺过的长椅上躺了下来。他的耳边回响着那女人刚才的话音：“我叫妙妙，你们以后有什么困难可以来找我，我会尽力帮你们的。”呸！他一听这个名字就不禁恨从心中起。“去你妈的什么妙妙，不过就是夜总会里那些翠翠、洋洋、咪咪们一样的婊子。可是这婊子哪来这么多钱呢？她凭什么能住上这样的房子呢？不就凭她是建筑公司经理祁大管子包养的二奶吗？这钱、这房子的来历还不是秃脑袋上的虱子吗？天注定这一袋子钱让我给撞上了。祁大管子也该轮到你倒运了，谁叫你送我进拘留所？谁叫你打碎我的饭碗？不是不报，时候不到。”他从长椅上一打挺坐了起来，他握紧拳头把手指攥得嘎嘎直响，抬头望望十二层的高处，从胀满的心中长叹出一口气来，好像那满满的一袋子钱已经是他的了。

他的脑袋渐渐冷却下来，他终于意识到把这么大一笔巨款弄到手并不是件容易的事。他最先想到的是偷，但这个想法刚一冒出来就被他自己抹掉了。富贵家园安装了最新款的防盗门，撬门进去根本不可能。要是从窗户进就只能从楼的外墙爬上去，虽然干过架子工，可他不是蜘蛛侠，干不出这玩命的事来。偷不成就只能抢，可动刀动枪他没那个胆量，别说去干，就是想想后脊梁都直冒凉风。他伸出刚刚拎过那一袋子钱的手在眼前晃一晃，无论如何这笔伸手可得的钱是不能放过的。智取，他想到了智取。抬头看见一辆警车在小区外停下，他知道这是警察在例行巡逻。他突然想到自己想要干的这一切，都必须得绕开警察，去偷、去抢是绕不开警察的。这时他坚定了智取的决心，智取就可以绕开警察。

贪欲能使一个人失去理智而变得疯狂，对钱的欲望最终战胜了对警察的畏惧。为了钱必须真正行动起来，而且要快，那些钱绝不会永远在十二层高的地方等着你去拿。为了达到智取巨款的目的，他决定先要弄清这满满一旅行袋钱的来历。既然这个妙妙是祁大管子包养的情妇，那就要先摸一摸祁大管子的底细，然后再想智取的办法。下了班，他骑上自行车一路猛蹬回到村里，找到一个在建筑公司干活儿的同学一打听，一切都明白了。原来祁大管子出事了，有人举报他贪污受贿，县纪委的人已经把建筑公司的账都拿走了，现在祁大管子不知去向，一直给公司送沙子、号石的鞋拔子也跑了，据说是他俩内外勾结贪污公款。

祁大管子和鞋拔子犯事了，这个妙妙是祁大管子包养的二奶，她正在帮助他们转移赃款。这大笔的钱就在妙妙的房间里，只要拿下了妙妙这个骚娘们，就能拿到那笔巨款。可是，不偷、不抢、不绑架人质敲诈勒索，怎么能拿下这个婊子呢？

贪婪不仅让人丧失理智而疯狂，也会激发潜能，让人转眼间变得狡诈多端。鞠万金经过一夜的苦想终于想起了一个人，一个能帮助他把巨款搞到手的人。

鞠万金在富贵家园当勤杂工，是他的亲戚在他出事拘留以后托人给找的活儿。他每天不但要清扫停车库和小区的花园，还要干维修栏杆和健身器材、换灯泡、维修门窗和水管等等杂活儿。他的亲戚磕头作揖好说歹说，物业才同意他在锅炉房搭个地铺，晚上就住在那里。这时的他心灰意懒，闲着没事就蹲在路边阴凉里看热闹打发日子。所说的热闹就是一个干瘦老头在路边坐个马扎，地上铺着一张纸，四角用小石头压住，上面是一幅八卦图，还有密密麻麻的天干地支、阴阳五行和六十甲子等表格，不过是个招揽行人算卦的地摊儿。没几天他看热闹就看出了门道，趁着没人的时候，用手指点着瘦老头的鼻子三声冷笑："好你个胡仙，我看你这算卦相面之术不过是蒙人骗钱的鬼把戏，就这套我也会。"

瘦老头姓胡，有个外号叫胡半仙，叫来叫去被省略成了胡仙。胡仙也笑了笑，"你会？哼，这可是门学问，周易八卦你懂吗？天干地支你懂吗？纳音五行你懂吗？干这行可不是张嘴胡咧咧，得有点真本事才行。"

"你少忽悠，你把天干地支和六十四卦背下来我听听，你要能背下来我就算你真有本事，你要是背不下来，就别在这蒙人骗钱了。"

胡仙摇头晃脑一声长叹："你也别把这算卦相面之术看得太简单了，如果不是精通六字秘钥的人还真干不了这行。"

"你少念叨你那套鬼嗑，我可不上你的当，你的那套鬼把戏我也看个八九不离十，你信不信？"

鞠万金说得活灵活现，胡仙没了底气，他摸摸索索地掏出根烟点着，眯起眼睛，腮帮子鼓动了两下，吐出两个烟圈来。

"咱先说说这算卦的人。凡是来的都是迷信的人，要是不信这个他也就不来了，这样你就占了上风，可以满嘴跑火车地骗人了。我现在就把骗术给你叫开，我让你心服口服。老头老太太来算卦，多数是问儿女的学业、婚姻，望子成龙，盼子富贵；中年人多数是来算仕途、生意，心里想的是官运亨通，财运大发；女人来给老公算卦没别的，都是疑神疑鬼怕老公有外遇；学生算卦最简单，考试能不能及格，能不能考上大学。到你这来的这些人，都是有什么坎过不去，有什么事想不开的人，因为不会有人顺风顺水地来算卦找麻烦。而你的骗术很简单，就是三招。第一招是好话奉承，一口一个严父慈母、忠孝子孙，再不就是模范丈夫、贤妻良母，这就把人给夸得舒舒服服，给摩挲住了。第二招就是吓唬人，不是血光之灾就是大难当头，这一棍子下去谁都得给打蒙。最后一招就是让人明白破财免灾的道理，你帮他消灾避难，他自然得花钱买平安了。你就是这样把钱骗到手的。我说得对不对？哎哎，你倒是说话啊。"

胡仙低头不语，他把地上的八卦图叠起来塞进布兜里嘟囔了一声："走，到对面的吊炉饼一人整一瓶二两半。走啊，我请客。"

两人喝酒的时候，鞠万金还时不时嘲讽胡仙算卦骗钱是小把戏，胡仙则说他的六字秘钥也是科学，不能小看。鞠万金听了哈哈大笑说："我可不干这坑蒙拐骗的缺德买卖，什么六字秘钥，还是留着你自己用吧。"

胡仙就是鞠万金想到的那个人，那个能帮助他把巨款弄到手的人。这看来是绝无可能的天方夜谭，鞠万金不但做了，而且做得很认真。这回该轮到他请胡仙喝二两半了，他要趁着酒劲把六字秘钥学到手。

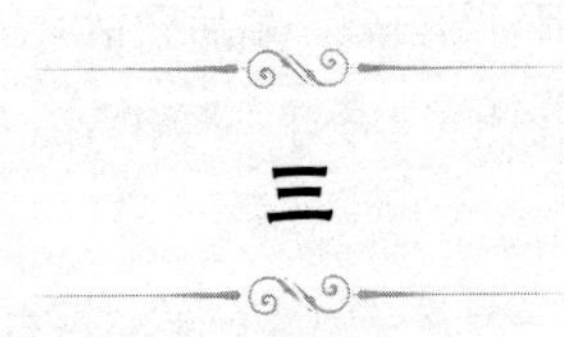

三

侯滨松请范志成立即勘查现场的意思是戴洪岭打电话转达的，既然侯滨松有话，范志成自然不能怠慢，他从另一个案件现场下来就急急忙忙赶过来了。

到了现场，范志成先听了靳玉兰和梁风的分析意见，也听了派出所老民警的看法，然后才开始勘查现场。他勘查得很细，不放过任何一寸地面的痕迹，他反复观察马葫芦四周地面纷乱的足迹，从不同的角度拍照固定。他围着马葫芦转了一圈，最后蹲在坍塌的马葫芦边上细细查看，又向马葫芦的底部查看，当他站起身来，周围的人都等着他的意见时，他却对戴洪岭说："去给我找一根结实点的绳子来。"

"你要干什么用？"

"我要下去看看。"

范志成的决定让人们更加坚信这是一起刑事案件，他一定是发现了重大的疑点，不然他也不会非要下到马葫芦里去看个究竟。派出所的老民警很快找来一根绳子，大家七手八脚地把绳子捆在他的腰间，然后把他一点一点地放下去。当他的头进入马葫芦时，他喊了一声停，然后就吊在空中转来转去地查看，他用放大镜看，用照相机拍。过了一会儿他又喊再把他往下放，把他一直放到马葫芦的底下。就这样折腾了好一阵子才让人把他拽上来。他拍打着浑身的泥土说："小侯子怎么还不来？”

戴洪岭赶忙把他拉到一边，把侯滨松被检察院带走的事告诉他，范志成听完叹气道：“我就知道早晚有这一天，那个乔大年不会放过他的。”

“那现在怎么办？”

“去找小侯子啊，这可不是什么非正常死亡，这是一起命案啊。”

迟丽丽一听精神振奋，可赶上大案了。

侯滨松陷入的官司也不是小事，案由也是一起命案引发的。八年前在一个军工厂的工人居住区发生了一起杀人案件，女青年乔秀珍在一个星期天的大中午，就在自己的家里被杀了。案件发生后不长时间就被邻居发现了，接到报案的侯滨松最先赶到现场，紧接着范志成和大案队的人都到了，在现场勘查的同时走访调查迅速展开，案件嫌疑人很快就浮出了水面。原来死者有一个男朋友叫罗琦，他们是在一个工厂上班的同事，两个人自由恋爱，已经相处一年多了，双方的老人正要会亲家商量结婚的事，可就在这个时候，两个年轻人闹起了纠纷，发生了多次吵架，女方甚至扬言要分手。在死者身上发生了这样的事情，她的男朋友就会天经地义地成为嫌疑人，人人都会这样想，当然警察也会这样想，侯滨松也不例外会这样想。一看案情明朗了，侯滨松当即向死者的父亲乔大年夸下海口，两天内破案，抓获凶手为他的女儿报仇申冤。因为是星期天工厂休息，侯滨松喊上戴洪岭直奔罗琦家轻松将他拿下。一审，罗琦对杀害乔秀珍的犯罪事实断然否认，不承认有作案动机，再一查，侯滨松傻了眼，因为有确凿的证据证实罗琦没有作案时间。对于犯罪嫌疑人来说，否定了作案时间就否定了一切。再接下来查什么？只能查死者的接触关系，工厂的同事、上学时的同学都翻了一个个，没有查出任何人跟死者有恩恩怨怨，更没有足以杀人泄愤的仇家。侦查走进了死胡同，找不到出路，侯滨松也陷入泥潭不可自拔。乔秀珍被杀这看似简单的案件成了疑难案件石沉大海，到现在案件挂在那里整整八年了还是无头案。把侯滨松告到检察院的是被害人的父亲乔大年，他状告侯滨松玩忽职守、草菅人命，让杀害他女儿的凶手逍遥法外，要求公安机关尽快破案，把侯滨松这个骗子绳之以法，为女儿申冤，还世间公道。

在检察院，侯滨松仍然享受着人民警察的待遇，范志成他们进门时，他已经把一大盘自助餐吃了一半。虽然一下子来了好几个警察，还有记者，肖检察官不但不烦，还张张罗罗地为他们沏茶，她把茶送给侯滨松的时候说：“侯叔叔，这不是公款招待，这可是我自己的普洱。”

范志成起身双手接茶点头哈腰，像探监的家属恭维管教一样。等小姑娘出去了才小声说：“你这妖猴就是不一样，都落到这步田地了还能摆谱呢。”

“少跟我扯没用的，快说说现场勘查的情况。”

还没有吃饭的范志成眼巴巴地看看桌上的饭菜说：“你吃饱喝足了，我们可还都饿着肚子呢。”

“这是犯罪嫌疑人的待遇，你还不够格，想吃饭赶紧把现场给我说清楚了，你自己找地方吃去。”

范志成无可奈何地开始汇报现场勘查情况：“这是一起抢劫案件，凶手以抢劫为目的杀死了被害人。根据有三。第一，被害人老伴儿提供的情况证明，郝大妈在出门时可能带了一些钱，因为他们家零用的钱都放在一个小钱匣里，经清点少了五六百块钱。我仔细地检查了马葫芦底部遗留的物证，有打火机、香、黄纸和一个布包，但布包里没有现金。问题来了，这钱哪去了？我对现场周围进行了搜索，没有发现散落的现金，如果有钱的话，昨晚无风，吹散的可能性较小，而且即使有风，现场周围杂草丛生，会有钱散落在草丛中。所以这个钱，除非被贪小便宜的人在警察到达之前捡去了，那就只有被杀人者拿走了。第二，据郝大妈老伴儿说，他们的孙子发高烧已经两天了，她三更半夜到这样一个偏僻的地方去很可能是为孙子避难消灾，这个猜测从现场发现的物证可以证明。但是有个情节总让人觉得不符合情理。从她家出来到现场差不多有两公里的距离，在这一路上有许多道口、空地和小花园，可她为什么非要跑到这么一个隐秘的地方去呢？这在本案中是一个很重要的问题，难道被害人受到了什么诱导吗？如果真是这样，诱导她的是什么人呢？我们是不是可以这样判断，引诱她的人就是杀害她的凶手？第三，这也是本案最关键的地方，就是那个马葫芦，它被人做了手脚。我看了它坍塌的地方，所有的砖被人事先松动了以后又虚摆上的，然后再把马葫芦盖搭在摇摇欲坠的马葫芦壁上，只要人往上一站就会立即掉下去。被害人在黑夜中走了两公里来到这个偏僻的地方，到了这里又能准确地踏上这个一定坍塌的马葫芦，这同样是受到了诱导。法检要下午才能做完，到时候我会把鉴定结论送过来。”

“看来这个作案人是煞费苦心啊。”

范志成深有同感地说：“你说得对，从案件现场就能看出来凶手是动了很大心思的，这是一起经过精心策划的案件。可是问题来了，这起案件的性质是抢劫，不要忘了他杀人的目的是为了钱，而且他又不是临时起意抢劫的，是有预谋的抢劫杀人，郝大妈的身上只带了五六百块钱，大家想一想，为了几百块钱动这么大的脑筋，花这么大的精力，冒这么大的风险，值得吗？”

赵冬说道："这个案件确实有许多不好解释的地方，破案应当多考虑嫌疑人的想法，多想想他为什么要这么干，而不是光想着我们怎么干。”

侯滨松想了想拍板定案："现在顾不了那么多了，当务之急是要把这个足智多谋的凶手找出来。”

“我总隐隐约约地感觉到这个凶手非同一般，想得复杂一些没有坏处。”说服不了侯滨松，范志成有些不死心，但他又拿不出更令人信服的判断和思路，只好郁郁不作声罢了。

“怎么把凶手找出来，想必师傅的心里已经有谱了。”

戴洪岭这句话侯滨松听了很受用，他的脸上浮出得意的笑容："志成兄多虑了，在我看来此案并不难，只需我略施小计，明察暗探，不出三日，杀人真凶必手到擒来。”

看着眉飞色舞的侯滨松，范志成心里这个气啊，乔大年到检察院告他的罪状就有一条，吹牛两天破案，结果八年没有破案。这下好，关在检察院的问询室里又吹上了，这可真是个没心没肺的泼猴。他凑上去揪着侯滨松的耳朵小声说："你这个泼猴，你长点记性行吗，不吹牛能死啊？”

侯滨松把范志成推开，自顾自地趾高气扬。他从桌上的便签盒里抽出一张便签，龙飞凤舞地写下几行字后交给吴波说："你把它交给此人，然后每天按约定的时间地点见面，按他给我们提供的线索，案件会很快破获的。”

范志成撇撇嘴："你小子破案改用鸡毛信了？”

“用鸡毛信也是他们检察院给逼的，谁叫他们非要替我保管手机呢！”

迟丽丽瞪大了崇拜的眼睛看着侯滨松，激动的心情难以自制。

侯滨松又对戴洪岭说："你和赵冬去找那个叫梁风的保安，多听听他对这个案件的分析会对我们有帮助，还有他工作的地方离现场很近，也可以通过他多收集线索。”

一提起这个梁风，赵冬很感兴趣："别看这个保安不起眼，他还是个福尔摩斯迷呢。”

“那就更要找到这个梁风，他是我们需要的人。”

侯滨松把大家送到走廊上摆摆手告别，他转身看见肖检察官坐在沙发上打起了瞌睡，就轻声跟靳玉兰说：“你不用为我担心，现在是法制社会了，一切都得按法律程序进行调查，不像过去时兴游街示众，还剃阴阳头。”

靳玉兰笑着抹抹眼泪。

四

范志成的研判准确无误，郝大妈的意外死亡确实是一起精心策划实施的杀人抢劫案件，凶手正是偏脸子鞠万金。

杀死郝大妈让他第一次尝试六字密钥的神奇，有了它，实现自己一夜暴富的计划就会得心应手。顺利，超乎意料的顺利连他自己都难以想象。这六字密钥真是能打开人脑的密码，让好端端的人转眼之间就变成一个弱智儿，一个大活人会老老实实地按照你给他画好的路线图一步一步走向死亡。

马葫芦坍塌的声音在鞠万金听来是那么美妙无比，他迅速地从黑暗中冲过去，捡起一个小布包又消失在黑暗中。回到锅炉房躺在地铺上，他打开小布包，这个小布包实际是用一件儿童内衣卷成的，他数了数里面的钱，嘎嘎新，一共六百元。包里还有一张活蹦乱跳的胖男孩的照片，他一把火点着照片扔在地上，火苗中那男孩刚一挣扎就剩下一缕灰烬。这个胖男孩是郝大妈的宝贝孙子，鞠万金的霍霍杀机就是从这个胖男孩的身上开始的。郝大妈还没到下班的时间就急三火四地往家跑，他就远远地跟到她的家认准门，他正要离开时，就见郝大妈背着一个胖男孩从家里出来往离家不远的门诊部走去。看到这个情景，鞠万金差点没乐出声来，郝大妈的孙子偏偏在这个时候生病，这是天意啊。兴奋让他失眠了，他翻过来调过去地折腾了一夜，夺取那满满一袋子钱的计划渐渐在心中成形，他横下一条心，憋足一身劲，他雄心勃勃地向成功迈出了脚步。

第二天一大早，他在社区门口瞄着郝大妈跟她走了一个碰头："哎呀，郝大妈你怎么了？"

"没怎么呀。"

"不对吧，你肯定是遇到灾厄之事，而且此事缠身，一时半会难以解脱。"

"你这没边没沿地净瞎嚼舌头，呸呸呸，一大早晨撞我一头晦气。"

郝大妈没好气儿地一扭头过去了。鞠万金风平浪静，他心里有数，这一敲是敲准了，她的心再宽也憋不过今天晚上。到了晚上十点多钟，就听拖拖沓沓的脚步声停在了锅炉房的门口："有人吗？"

"来了。"鞠万金一骨碌从地铺上爬起来，又突然放慢了动作，尽量把气喘匀，然后懒懒地问了一句："谁呀？"

"你在这啊，是我是我，我是你郝大妈。"急匆匆话到人到，可到了跟前又干张嘴说不出话来。

鞠万金给她一个小板凳扶她坐下："大妈呀，你今天晚上就是不来，我明天也会找你的，因为我已测出你有灾厄之难，像你这样有名的大好人，我要不说出来对不起良心啊。"

郝大妈瞪着眼睛，她只是一滴一滴地落泪，说不出话来。

"大妈呀，今早上咱娘俩在门口打个照面，我一看你就心里一惊，你的面相告诉我你家里有难了。晴转多云天庭阴，三阳如烟有暗色，此兆儿孙灾厄故，大难临头躲不过。大妈，你的孙子病了，而且这病来得突然，去之不易啊。"

"那怎么办啊，我的孙子就是我的命啊。"郝大妈说着低头擦泪。

鞠万金让郝大妈报上孙子的出生时辰后，就闭上眼睛拧紧眉头慢慢地把遥测到的内容很费劲地挤出来："你孙子是昨天上午发的病，药也吃了，针也打了，可就是不见好。你孙子得的不是病，而是被魔鬼缠身，他现在每到晚上就又哭又闹，那就是在挣脱魔鬼的纠缠，但他人小力弱，根本无法逃过这一劫，我看是凶多吉少了。"

他一点一点地往外挤，郝大妈点一下头，他就挤一点，他挤一点，郝大妈就点一下头，等说道凶多吉少时，郝大妈扑通跪倒，连连磕头："你一定要救我的孙子，哪怕是卖房子卖地，哪怕是用我的命去抵他的命，我都心甘情愿，只要你能救我孙子的命，我忘不了你的大恩大德，我给你磕头了。"

鞠万金盘腿打坐，架势比胡仙还端得住：“你有一个大慈大悲的心肠，这辈子做好事无数，走到哪里都是有口皆碑，正因为你的造化才使你的孙子还没有命丧魔爪。”

“你是说我的孙子还有救？”

“只要你能按我说的去做……”

“能能能，我会按你说的每一句话、每一个字去做，一分一毫都不会走样。”

“魔鬼来自西北角，你明天正子时到北下坎的工地，在围墙外有一个马葫芦，你在那个马葫芦盖上跪下，烧五支香磕三个响头，默念九遍‘我孙平安’，天上的星星听见你说的话就会眨眼，这时你就可以走了。”

“就、就这些？”

“还有在出来之前，用你孙子贴身的衣物包上六百块钱，用它镇灾驱鬼最灵，记住把钱放在马葫芦边的地上，不要放在马葫芦盖上，走的时候把钱拿走，你用这个钱再买药，你的孙子吃了就会好的。”

窗外有几只野猫叫成一团，鞠万金正往兜里揣钱的手有点软，这一叠钱上面留有郝大妈的汗味和温度。

鞠万金杀死了郝大妈，抢走了六百元钱。当然为了这六百块钱去杀人得不偿失，何况杀的是一个万般慈祥的老太太。谁也不会料到，鞠万金并不是为了这点钱来的，也就是说，杀死郝大妈根本就不是他作案的最终目的，而只是实现他计划的第一步，只有郝大妈去死，才有可能进入计划的下一个环节。郝大妈不过是他接近妙妙的通行证，征服妙妙的迷魂药，没有郝大妈的死就杀不了妙妙，这是一个环环相扣的计划。就在杀死郝大妈的前一天，他就已经神不知鬼不觉地把妙妙跟郝大妈的死拴在了一起，而且是个紧紧的死扣，想拆都拆不开。

“郝大妈，我们应该去看看那个妙妙，问问她身体怎么样了，看还能帮她做点啥。”

“你这小伙子还真是个好心肠。”郝大妈夸鞠万金的口气简直像是在夸自己的儿子。

“你是上了报纸的活雷锋，我得向你学习呀。”

“也不知道她在不在家。”

“她的车在库里，人就一定在。”

妙妙果然在家，一按门铃就按出来了，一见是这两位，高兴地请他们进屋。

郝大妈连连往后使劲:“不了姑娘,我们这些干粗活儿的人衣服脏,不进屋了。”

鞠万金站在郝大妈的背后说：“郝大妈可是个菩萨心肠的大好人，她这几天就惦念你，不知道你的身体怎么样了，还需要我们做点什么事帮帮你，这不非得让我陪着她来看看你，看你挺好的也就放心了。”他一边说着，一边冲妙妙又是挤眉弄眼又是筋鼻子咧嘴，还在下面不停地摆手。妙妙一直把他们送到走廊里，看着电梯关上了，疑惑的心也没有放下。过了不一会儿，她就撵出去在憩园的假山旁向鞠万金问个究竟。

“我没什么别的意思，只是想阻止她迈进你的家门。”

“笑话，她曾经帮过我，是我的恩人，我本来还想请她到我家里吃饭呢，你怎么还不让她迈进我的家门呢？”

鞠万金的神情庄严起来，声音也沉重了许多：“我做的这些都是为了你好，至于为什么，我不便跟你说，你也就别问了。”

一听这话，妙妙也来劲了：“那不行，你跟我说话不能藏一半掖一半的，你非得给我说清楚不可。”

“那好。不过话不能外传，天机不可泄露。”

“行了行了，别装神弄鬼的了。”

鞠万金往前凑了凑，压低声音说：“这个郝大妈别看她白白胖胖的，可她有躲不过的大灾大难，也可以说她大难临头，危在旦夕，这一劫我看她是躲不过了。”

“这话你可不能张口就来啊，你有什么根据这样恶毒地诅咒一个心地善良的老人？我问你哪！”

“耳焦眼赤祸难当,唇青年上生黑子,满面白色恰如泥,暴卒大殃主路死。你看,相术中预兆凶灾的面相她一个人同时占了三项，这是罕见的面相，她必大难临头，不出两日必横死在路边。”

鞠万金说得有板有眼的，妙妙可沉不住气了：“你太缺德做损了，等着遭报应吧。”说完扭着怒气冲冲的屁股把鞠万金甩在那里。

就在第二天的上午，妙妙一走出单元门，就见有十几个人围拢在一起议论什么，见鞠万金也在其中，她顿生厌恶，可她看见人堆里还有一个警察就警觉起来，小区里出什么事了吗?

“是这样，昨天夜间小区的清洁工郝大妈意外死亡了，我是派出所的民警，来了解一下她最近有没有什么反常的迹象。”

妙妙一阵眩晕，鞠万金急忙伸手扶住她才没有倒下，她顺从地倚着鞠万金回到高高的十二层。进了门她就蜷缩在沙发里，目光散在虚空：“郝大妈是怎么死的？”

“听警察说是掉在路边的马葫芦里摔死的。”

“你那天是怎么说的？”

“暴卒大殃主路死，不出三日必横死于路边。”

“她的死你怎么会事先知道？”

“因为我精通占卜之术。”

“你从哪学来这么大的本领？”

“祖传。”

妙妙散射的目光突然聚焦在鞠万金的脸上：“你能不能预测我的未来，预测我有没有灾难，预测我什么时候死？”

鞠万金诚惶诚恐地退到门口：“我还有事，咱们改日再谈吧。”

“不行，我现在就让你算算我的命运。”

见妙妙急了，鞠万金也慌忙开门退到了走廊，他弯下腰，双手合十鞠了一个躬：“对不起，实在对不起，我确有急事先告辞了。”

鞠万金进了电梯，把妙妙的喊声关在了走廊里。

五

吴波没有想到侯滨松的“鸡毛信”竟然碰了钉子，不管怎么解释甚至央求，收信人就是一句话，这张小纸条不足为凭，一定要面见侯滨松本人才能提供破案线索。吴波急得团团转，他把情况和戴洪岭沟通之后，戴洪岭想了半天才冒出一句话：“没有别的办法，只要师傅能从检察院偷偷地溜出来，一切问题就都不是问题了。”

吴波和赵冬都对这个办法表示怀疑，只有戴洪岭信心十足，他掏出电话就把肖检察官给叫了起来。

肖检察官一听是戴洪岭，差点没哭了起来：“我说戴警官啊戴警官，你也不看看这是几点了，一会天就亮了，有多急的事等天亮再说不行吗？”

“不行，夜长梦多，我现在必须面见我师傅汇报破案工作，破案可是个争分夺秒的活儿，如果错过了时机就会给破案带来很大困难，有的甚至永远也没有机会了。”

“你们过来吧，我下去给你们开门。”

听了汇报，侯滨松什么都没说，他看了看一旁的肖检察官像被瞌睡虫迷住一样昏昏欲睡，就悄悄把自己的外套脱下来给戴洪岭穿上，他又把戴洪岭的夹克衫穿在身上，然后示意戴洪岭躺在沙发上假扮他在睡觉，吴波去跟肖检察官告辞，他则在赵冬的掩护下逃出了检察院。

侯滨松紧赶慢赶还是晚了一步，就在他面见收信人获得了重要线索秘密潜回检察院之前，鞠万金的计划又向前迈进了一大步。

夜深了，鞠万金躺在地铺上瞪着眼睛，他紧张地听着窗外野猫的叫声，妙妙真的会自投罗网吗？他没有十足的把握。脚步声告诉他妙妙来了，他的心里一阵狂喜，他向那满满一袋子钱又迈近了一步。但是人一进门，鞠万金又不禁一阵慌乱，他没想到妙妙把祁良祈大管子也带来了，好在那只有十五瓦的灯泡像鬼火一样照不清他的脸，慌乱也就在昏暗中很快平静下来。这时野猫突然不叫了，能听出来是被人冲散了。谁能躲在窗下偷听呢？他自然心知肚明，不过他不露声色，他要恰到好处地在审敲之后把这个人给狠打出来。

“这是我的表哥，请你无论如何也要给他算算眼下有没有什么过不去的坎，有没有躲不过的祸，你看行吗？我求你了。”

鞠万金盘腿静坐一言不发，祈大管子把这看成默许，往前凑了几步恭恭敬敬地报上了出生日期，又缩头缩脑地退了几步，他诚惶诚恐，不知道能算出个什么结果来。而此时鞠万金盘坐在地铺上，他冷眼看着祁大管子弯在那一副奴才相，不禁在心中骂道：“我不就是偷看了一眼那个下贱的娘们吗？有什么大不了的非把我送进拘留所？为了给那娘们出气，又把我赶出建筑公司砸了我的饭碗，你真他妈的狠啊。现在轮到我狠的时候了，我要骑在你的头上拉屎撒尿，我要让你尝尝做牛做马的滋味，我要让你去死，去死吧！”鞠万金虚起眼睛把祁大管子变幻成一条丧家犬。他四平八稳轻敲急打隆卖齐施地慢慢出千了。

“这位老兄一脸官相，定是个有官位在身之人。”

祁大管子直了直腰：“不是什么大官。”

“老兄还是一个腰缠万贯的富贵之人。”

祁大管子的脊梁骨又缩了缩：“哪里哪里，只是有点小钱，算不上富贵之人。”

鞠万金咳了一声提高调门：“难道我会看错吗？看你印堂宽正，准头有光，五岳分明，头圆面方，在我眼里你的脸就是一本账，你有多少钱都在脸上写着呢。”

祁大管子大气都不敢出，也不再言语，妙妙把手伸过来，他紧紧握住像是找到了依靠。“辛苦你给算算我有没有什么不顺心的事。”

“你现在可不是什么顺不顺心的事，而是逢凶遇难的大事，说白了吧，你有牢狱之灾，血光之灾，是大灾大难，你现在正一脚门里一脚门外，进笆篱子是早一天晚一天的事。”

祁大管子一屁股坐在地上，干张嘴说不出话来。妙妙扶着他又是摩挲胸口又是捶背，一双哀求的眼睛却一直看着鞠万金："大灾大难是免不掉了，那你给算算有什么破解的法子呀。”

“我先问你，今夜来此是否诚心？”

“我绝对有诚心。”

“不不，我看你细眼斜视飘忽不定，目光怪黠心术不正，我看你言必有诈。”

“不敢不敢，冲天发誓我绝对不敢。”

“那窗外有耳你怎么解释？”

祈大管子扑通跪下，紧接着外面又连磕带绊地跪进一个人来，二人异口同声："我们知罪，我们知罪，大师饶命，大师饶命啊。”

后进来的人正是鞋拔子，看着他在脚下捣蒜，鞠万金身子一挺，四仰八叉地躺在地铺上说："其余人下去吧，我只对一人面授天机。”

祁良一甩手，妙妙和鞋拔子急忙出去哐啷啷关上大铁门。两个人出来后，把耳朵紧贴在门缝上，可是只听到嘀嘀咕咕，所谓天机一句没听清。

第二天早上，侯滨松刚吃完肖检察官送来的早餐，忙了一夜的弟兄们又都来到了检察院的询问室，在这里侯滨松将指挥郝大妈被杀一案的破案行动。侯滨松今天凌晨面见了算卦先生胡仙，在向他介绍了郝大妈被杀的案情之后，他稍一思索就提出了一个重大嫌疑人，这个人就是鞠万金。他认为鞠万金可疑的依据很简单，因为鞠万金在郝大妈被杀前两天，主动请他喝酒，软缠硬磨地要去了六字秘钥。

迟丽丽正在做笔记，她抬起头问道："什么是六字秘钥？”

虽然迟丽丽在问，其实所有人都不知道六字秘钥是什么东西。

侯滨松兴高采烈地卖弄起来："这六字秘钥是算卦相面这一行当的骗钱秘籍。所谓六字秘钥就是审、敲、打、千、隆、卖六个字。审就是察言观色，一见面就能把人的心思看透七八分。敲就是敲山震虎，把人心里的秘密给敲出来。心思看出来了，秘密敲出来了，紧接着就是一个打字，打要打得狠，打中要害。经过一审二敲三打，什么人都差不多蒙圈了，这就该出千了，啥叫千？千就是骗。第五个字叫隆，就是捧的意思，把人捧得越舒服，他就越相信骗局。最后是卖，卖讲究响卖，就是让你心甘情愿把兜里的钱掏出来。”

看着听众们目瞪口呆，侯滨松更加得意扬扬。

“审、敲、打、千、隆、卖，虽然是六个单个的字，但它们不是分散地单打一，而是你中有我，我中有你，是一个不能拆招的套路。要审其一而知其三，先千后隆，无往不利；急打慢千，轻敲响卖，隆卖齐施，敲千并用；有千无隆，帝寿之材；无千不响，无隆不成。如果一个图谋不轨的人熟练掌握了六字秘钥，那他将要钱得钱，要色来色，要命害命。”

侯滨松正说到兴头上，范志成和戴洪岭的手机同时响起，两个爆炸性的消息使询问室里的空气紧张起来。范志成得到的消息是，今天早上，有一个名叫祁良的中年男人在醉仙山服毒自杀了。这个人是邻县建筑公司的经理，因贪污和受贿被举报，在纪委开展调查时去向不明。他的经济犯罪问题与两个人有牵连，一个是他包养的情妇妙妙，一个是公司的建筑材料供货商，外号鞋拔子。戴洪岭接的电话是梁风打来的，他报告富贵家园有一个叫妙妙的业主，昨天夜里去了鞠万金住的锅炉房，同去的还有两个男人，但不知道姓名。这两个消息把侯滨松给震晕了，他一屁股坐在沙发上，刚才的神气劲荡然无存，他在心中暗暗叫苦，他知道大事不好了。

“你马上问问这个鞠万金现在在什么地方。”侯滨松慌不择路。

“我已经问过了，去向不明。”

“赶快动手，越快越好，这个鞠万金是个要干大案子的人，慢了就来不及了。”侯滨松有点慌，刑警们也慌慌张张地起身就走。

“我得抓紧去处理郝大妈的后事。”靳玉兰说完也走了。

问询室里安静下来，侯滨松闭上眼睛不再说话，看得出来他的心情很坏。迟丽丽静静地坐在他的对面，心里忐忑不安，她甚至开始担心这次跟踪采访该怎样进行下去，她构想的长篇报道还能不能写成。他们就这样默默地坐着，在这一个多小时的煎熬中，侯滨松像是自言自语地说了句话：“这个鞠万金胜我一筹啊。”过了一会儿，他把这句话又重复了一遍。

终于范志成的电话打到了隔壁的办公室里，祁大管子的情况有了眉目。祁大管子死在离建筑公司不远的土山上，山不大也不高，其实算不上是山，说是个大土堆也未尝不可。土山上绿草繁茂，树木葱茏，倒也有几分景色。几年前，祁大管子在山顶上修了一座小凉亭，取名醉仙亭，慢慢地这座土山就成了醉仙山。祁大管子就死在醉仙山上他自己修建的醉仙亭里，他是服毒而死，死前喝了酒，还留下遗书。但是范志成的结论很明确，这不是自杀，是他杀。

紧接着戴洪岭把电话打进迟丽丽的手机，问他怎么知道的号码，他急促地回答一句“报社问的”，就喊着让他师傅接电话。

祁良涉嫌贪污、受贿和乱搞两性关系违法违纪案件，已经从纪委那里得到了证实。目前祁良已经死亡，两名重大涉案人员妙妙和鞋拔子去向不明。纪委的办案人员推测，由于现在没有找到赃款，不排除这两个人把赃款隐藏起来以后逃跑了。

侯滨松放下电话点上烟，他吐出的烟雾在“禁止吸烟”的警示牌四周缭绕。他神情黯然地对迟丽丽说：“祁良虽然死了，可这不算完啊，为了这笔赃款而进行的残杀可能还会继续下去，可能还会有人成为刀下之鬼。昨天那个新来的小赵有一句话说得非常好，破案要多从罪犯的角度考虑问题，多想想他为什么会这么干，不能光想着我们自己怎么干。记者同志啊，看来是我把对手想得太简单了。”

迟丽丽无论如何也想象不到侯滨松会当着她这个小萝卜头说出这样的话来，她也无法想象一个大名鼎鼎的破案能手，转眼间就失去了往日的英雄气概。

“鞠万金这小子的计划很完美，他一步一步都达到了目的，而我却一步赶不上步步赶不上，你只要不撵上他，拿下他，他就会继续杀人。在我已经知道了他从胡仙那得到了六字秘钥的时候，我还在犹豫，虽然这是一条很有价值的线索，但线索不是证据，鞠万金能为了六百块钱去杀人吗？没想到这个鞠万金跟祁良和妙妙也扯上了关系，那么郝大妈被害就不是一起孤立的案件了，而是犯罪计划的一部分。这恰恰是我侯滨松没有想到的，所以我才说鞠万金胜我一筹。”

迟丽丽本来信心十足地要写出一个神机妙算的破案高手，没想到威风八面的侯滨松却陷入到如此窘境之中。本来是去勘查现场，可刚出门就被检察官给逮到检察院来了；手机被没收，传递信息用上了八路军打鬼子时的鸡毛信；晚上出去侦查还得使出金蝉脱壳的伎俩，简直成了地下工作者；好不容易确定了犯罪嫌疑人，又陷入了跟在罪犯后面步步赶不上的被动局面。看到侯滨松愁眉不展，她也心痛不已，在她的心目中破案英雄应该是智勇双全、无往而不胜的强者，她怎么也想不到侯滨松会抵不过罪犯的诡计。她紧盯着侯滨松，她要看看在眼下不利的情况下他会怎样扭转颓势，郝大妈的这个案子他到底能不能破得了。

肖检察官进来笑呵呵地说：“侯叔叔，我们处长已经吩咐下来了，你和美女记者可以到我们食堂去吃饭，请吧。”

侯滨松刚一起身，肖检察官就没了笑容，她直愣愣地围着侯滨松看了一圈说：“我说警察叔叔，你什么时候换的衣服啊？”

她这一问侯滨松才想起来，他是穿了戴洪岭的衣服偷偷溜出去的，可是潜回以后一忙活，忘了把衣服再换回来了，现在被发现了，只好装傻充愣蒙混过关了！“怎么了，有什么不对的地方吗？你好好想想，你把我逮来的时候我不就穿的这身衣服吗？”

“不对，你一定背着我搞了什么小动作。”

侯滨松跟着肖检察官往食堂走的道上谦卑地说：“那哪能呢，你看我是那样的人吗？”

六

一连几天，鞠万金都沉浸在设计死亡的快乐之中，他不知道警察们正加快脚步走到他的跟前，他在加快脚步去完成自认为完美无缺的夺命计划。

其实他的计划之所以环环相扣，不全是他的智慧，如果没有死者们自己伸着脖子往套里钻，而且自己给自己系上死扣，那他不可能凭着三寸不烂之舌就置他们于死地。

昨天晚上祁大管子走后不久，妙妙一个人又溜了进来，她这次不是要保佑祁良，而是想保全自身。鞠万金给她指了一条遇难成祥的西南大道，道边有个叫狼洞砬子的地方，相约第二天上午到那见面。妙妙刚走，更奇葩的事情发生了，鞋拔子敲敲咚咚响的铁门挤了进来，他和妙妙一样，也想让大师作法逃过一劫。鞠万金也给他指出一条逢凶化吉的西南大道，所不同的是见面时间定在了第二天的下午。看着一个又一个人按照他用六字秘钥画定的轨迹走向死亡，他禁不住心花绽放。

“芳龄命苦犯冤魂，身弱最怕鬼缠身，大病大祸躲不过，大灾大狱在眼前。枯木逢春命不绝，遇难成祥在今天。虽然今天云遮月，救星就在云后面。驱魂驱鬼请救星，静心净身拜神仙。你……心静否？”

黑暗中直挺挺地跪着一个女人，她两手作揖，双眼紧闭：“我心已静。”

“你……净身否？”

“现在就净身。”

“脱。”

女人甩去了短得不能再短的连衣裙。

“脱。”

摘去乳罩。

“脱。”

褪下内裤。

伸臂不见双手的黑夜，所有的光亮好像都来自周围沙沙作响的玉米秸。鞠万金递给女人一炷香，替她点燃。

“一叩首，夫妻本是同林鸟，大难当头各自飞。黄泉路上你走好，莫再惊扰阳间人。妙妙是你心头肉，财运转她你心安。”

鞠万金念叨着，点燃一张黄表纸在空中画个圈，然后一撒手，灰飞烟灭。

“二叩首，一颗红痣在前胸，财运转来遇灾星，如不马上克凶兆，竹篮打水一场空。”

随着鞠万金哧的一声又划着一根火柴，微弱的火光中他看到妙妙的头磕到地上。妙妙的那颗红痣长在双乳的下方，是绝不会被人偷窥到的地方，而鞠万金恰恰一语道破，他的法术之高深已不容半点质疑了。

“三叩首，遇难成祥在今天，阴阳相济过大关。以你一个弱女子，血光之灾眼眉前儿。我身自有神附体，阳刚之气补心田。子时已过正补阳，阴有阳气克灾殃。”

火光中鞠万金没有把燃烧的纸撒手风中，而是紧紧地攥着，他希望那火苗能引燃他的手指，让他也能熊熊燃烧起来。这是仇恨之火、贪婪之火，他感到空气也在跟他一起燃烧。

“你仰面躺下，心里想着天上的神灵，闭上眼睛，意守丹田，排除杂念，接受神力无比的阳气注入你的体内吧。”

鞠万金扑向妙妙的瞬间，她被惊醒了，但是已经晚了，太晚了。鞠万金死死地扼住那柔软的脖颈，双手变成铁钳的齿夹，两臂变成助力手柄，用力，嘎嘣一声一条鲜活的生命被掐断了。

“你这个臭婊子。”咒骂伴着一口唾沫吐向已经断了气的妙妙。

这边掐死了妙妙，那边鞋拔子一鼓作气挖好了一个整整齐齐的长方形土坑，他坐在土坑的边沿上点了根烟歇口气，不停地张望，等着鞠万金的到来。他盼望的人终于来了，还背着一个沉甸甸的旅行袋，肩膀被压得弯向一侧。

“这是什么？”

鞠万金把旅行袋从肩上顺下来蹾在地上，然后拉开拉锁。鞋拔子掏出手电一照，满满的一袋子成捆的百元大钞，他浑身一抖，熄灭的手电滑落了，他扑通一声跪下，头匍匐在地，那般虔诚跟刚刚失去生命的妙妙一样。

“我早就说过，我不求官，不求财，既然神仙附体，我只有顺应天意普度众生，为人消灾解难。今天我为你做完法术，你就带着这一袋子钱，和已经属于你的妙妙去享受一世荣华吧。”

鞋拔子把头杵在地上说：“我的一切全听大师您的。”

这是一处两个小山坡交会的沟壑，人迹罕至，杂草茂盛，在这已经挖好了一个长方形的坑。“按您的吩咐，正好是长两米，宽一米半，不会差的。”听声才知道，鞋拔子的头还杵在地上呢。

“好，先用黄表纸把坑底铺满……再把这一袋子钱放进去……点着一炷香……我让你带的木方子带来了吗？给我……你现在可以面向正南跪在坑沿，双手举起香火，闭上眼睛，排除杂念，心想神灵……”

鞋拔子按照口令一一做完，一动不动地跪在那等着法术开始。这时鞠万金就站在他的右后侧，手里抄起的木方子有一米多长，水曲柳的材质坚硬如铁，岔开的双腿和握紧木方的姿势活像正要大力击球的棒球手。

“一叩首，牢狱之灾到门口，祸从天降压在头。心诚则灵神保佑，逃过一劫磕个头。”

鞋拔子已不是在磕头，而是在捣蒜。

“二叩首，黄纸铺就逃生路，木方挡住牢狱门，百万重金镇住祸，保住财运守女人。”

鞋拔子已经捣不动蒜了，他把脑袋撂在地上，整个人也瘫在那。鞠万金举起木方比量了几下，觉得这个角度使不上劲，又拖起长声喊道：“跪天跪地跪神灵，趴在地上大不敬，直起身来。”鞋拔子晃晃悠悠地挺起腰跪得直溜溜的。

“三叩首，恶人该当恶人运，自己挖坑我来填，魂断阳间时辰到，老子送你上西天。”

鞠万金早已没了耐心，把木方子高高抡起狠狠落下，西瓜摔在地上的一声响，鞋拔子老老实实地一头扑进他自己挖好的土坑，趴在那乖乖地一动不动。鞠万金跳进坑里又狠砸了几下，已经摔烂的西瓜再砸时，声音就不如开始时脆生。

“狗卵子，你他妈的也有今天啊！”

轻松地连杀了两个人，接下来可就都是力气活儿了。他以最快的速度跑到距这不远的妙妙躺着的地方，收拾起散落一地的衣物，把她背过来也扔到土坑里，再把他们埋严实了，用荒草和树枝伪装一番，最后把那一袋子钱扛在肩上一路飞跑，抢在天亮之前回到富贵家园他寄住的锅炉房，进了门身子一软瘫在地上，连把砸在脖子上的旅行袋推开的力气也没有了。

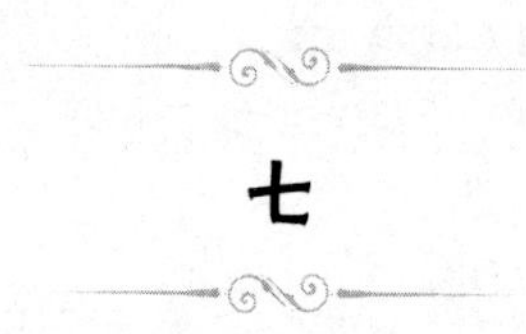

七

鞠万金杀人杀出了一片好心情，甚至觉得杀出了一种高人一头的境界。他使劲把压在脖子上的旅行袋推开，头枕着鼓鼓囊囊的一袋子钱，真有点豪情万丈。

想想这小半辈子，活得那叫寒碜。数理化整不明白，高中没考上，只得夏天蹲市场卖菜，冬天戳大岗干力工，都是叫人瞧不起的活儿，再加上他天生了一张两边不对称的偏脸子，更是一副活该挨欺负的倒霉相。有一次在市场卖菜，鞋拔子一走一过看他不顺眼，上来就是两个大嘴巴子，他眼前一黑满天星斗，回去后两只耳朵嗡嗡了好几天，就这他连个扁屁也没敢放。嗐，马善被人骑，人穷被人欺，认命吧。后来一个亲戚托关系找到镇里建筑公司的经理祁大管子，让他到那去上班，因为当力工不用考试，挣的是苦力钱，所以他顺利地在镇里上班挣钱了。活是够累，没黑没白的，一个月一千多块钱还是觉得够本。可是好景不长，就在刚开了一个月的工资没几天，他就出事了。

在他施工的那个工号旁边，有一家洗浴中心。他在白天干活儿时突然发现女浴池的窗户就冲着工地，由于窗户很高，如果旁边不盖新楼根本不用遮挡，可这楼一层一层地往上长，浴池就暴露了出来。他发现了这个秘密，揣着乱蹦的心苦苦地挨到了天黑，色胆包天的行动开始了。他趁黑夜遮着，悄悄爬上脚手架，找了一块跳板搭在浴池的窗台上，他就这样冒着生命危险从空中摸上了女浴池的窗台。他往里一探头，妈呀，心差点没蹦出来。他看到了一个艳女，这跟杂志、挂历上的艳女不同，这可是个热乎乎的活物。就在他激动万分的时候，恰恰艳女抬头，被这狰狞的偏脸吓得尖叫了半声就晕过去了。眼看人躺在了地上他都没有动弹，他看到了乳房下边的红痣。很快保安和警察都来了，把他从上面喊下来塞进警车里。在派出所他听见祁大管子来了，在走廊里嗷嗷叫着要拘留他，要把他一脚踢出建筑公司。抓他的保安偷着告诉他，这个女人是祈大管子的小姘。

鞠万金枕着满满的一袋子钱，想着这几天完成的连环妙计，此时此刻他真的相信自己已成了一个法术无边的大师，凭着这超人的本领，何愁没有滚滚的金钱源源而来！他一骨碌爬起来，他要数一数这一袋子钱到底能有多少。外面瓮声瓮气的闷雷提醒他现在还不是享受成功的时候，眼下最要紧的就是马上带着钱离开这个鬼地方，然后远走高飞。

富贵家园的夜里灯光幽暗，偶尔从街上传来汽车的声响，更显得这里的寂静。有两个黑影从大门进来，他们快速地在甬道间穿梭，隐蔽在丁香树丛中的梁风闪身出来和戴洪岭、吴波会合一处，快速接近小区角落里的锅炉房。

锅炉房是两扇铁门，敲起来也是闷响，开始以为是雷声，当鞠万金意识到有人在敲门时，他激灵一下子，本能地把那一袋子钱塞到一堆杂物后面。

“有人吗？”

“谁呀？”

“我是你不认识的朋友。”

随着威风凛凛的声音，吴波大摇大摆地走了进来，鞠万金伸长脖子细看看，果然不认识，不过来人脸上的气象告诉他，这是个惹不起的主。

“别看你与我素不相识，可我对你却了如指掌。”

“愿听指教。”

“因为我精通占卜相面之术。”

鞠万金有些慌，这是来砸场子的？来人的高傲之气压得他喘不过气来，难道他跟那几个冤魂死鬼有关？他可能是摸到点须子来试探我的，如果被他识破可就难逃一劫了。

“你是一个心高气傲雄心勃勃的人，按眼下时髦的话叫有理想有追求的人。但可惜的是心比天高命比纸薄，谋事求财运不通，手拿草把去撞钟，竹篮打水一场空。”

鞠万金的心一阵紧似一阵地颤抖，这会不会是一场敲诈，他是不是为了那笔巨款而来？

“我看你脸颊左右不匀，眼内赤脉贯睛，定是个图财害命的杀人之徒，而且你还杀了不止一条人命。”

话音刚落，窗台下群猫乱叫之声骤起，鞠万金顿感毛骨悚然，再看眼前的中年人，眼睛一闪一闪地放出逼人的光芒。我的妈呀，该不是个警察吧：“你、你、你到底是干什么的？”

“你不是精通占卜相面之术吗？怎么就没看出来呢？难道我一点都不像吗？”吴波的声音在空旷的锅炉房里嗡嗡地回响。

汽车灯的光亮从窗户晃进来，紧接着是刹车声和纷乱的脚步声，好几个警察鱼贯而入，有的扛着相机，有的牵着警犬，在噼里啪啦的闪光灯下各忙各的。戴洪岭从煤堆里找到了郝大妈孙子的背心，赵冬又从墙角的杂物后面拎出了那个装满钱的旅行袋。迟丽丽也忙着四处拍照，她掺在警察堆里多少有点狐假虎威的架势。

刚刚和鞠万金过了几招的吴波微笑着走到他的跟前，却发现他浑身在颤抖，而且有一股异味直呛鼻子：“喂、喂，你是不是尿了？”

八

完了，什么都完了，偏脸子心里明白，坐在铁椅子里，尿湿的裤子和严肃的铁板凉在一处，然后又循环向上，把心都凉透了。死是逃不掉了，死期也不会太远，死虽然恐怖，但事到临头反而平静了。警察很快就会进来审讯，其实人赃俱获，已没有什么好审的了，隐瞒也没有意义，他现在最想知道的是警察是怎么找到他的，这么周密的计划怎么会泄露呢？

吴波匆匆而来，他的后面还跟着迟丽丽，可惜此时的鞠万金对漂亮女孩已经没有兴趣了。吴波把一个面包、一根香肠、一包榨菜、一瓶矿泉水放到他的面前："先吃饭，吃饱了咱们再聊。"

鞠万金本想站起来鞠个躬，可人被锁着只好哈哈腰："没事没事，边吃边聊吧。"

"别，一边吃饭一边说话会影响胃肠的消化功能。"

鞠万金笑了，这一笑脸偏得很厉害："我的命都没了还保养哪门子的胃呀！"

吴波一本正经地说："可也是，像你这种有今天没明天的人也就用不着太讲究了，那咱们就边吃边聊吧。"

鞠万金不像在供述犯罪经过，滔滔不绝地像在演讲。鞠万金从发现妙妙的那一袋子钱开始，到连夜打听到祁大管子正在受到纪委调查，再从他和鞋拔子勾结侵吞公司财产的事已满城风雨，因此断定他包养的二奶妙妙正在转移赃款，从而顿生杀机讲起，一直讲到先杀郝大妈再诱杀祁良，最后要了妙妙和鞋拔子的性命。杀郝大妈和祁大管子用的是心理诱导，是他们一步步心甘情愿地走向死亡。杀妙妙和鞋拔子他亲自动手是为了复仇，他要看着他们死在自己的手里来解脱心中的压抑。“这占卜相面的六字秘钥帮了我也害了我，没有这玩意把人迷住，我根本就不敢下手杀人，可祁大管子他们一旦入了这个道，那真是鬼迷心窍，伸长了脖子让你杀呀。我把他们引上死路，到最后我也走上了死路。”

“你还有什么补充吗？”

鞠万金接过香烟，享受着警察给点烟的待遇：“在我临死之前就有一个愿望，我想知道你是怎么发现我的。”

“这对你很重要吗？”

“我这辈子就这么一个愿望了。”

“你是不是觉得自己真的做得天衣无缝滴水不漏？难道你真的以为神不知鬼不觉吗？其实完全不是这样，你作案的过程到处是破绽，到处露马脚，你今天坐在这里是一个必然。”

鞠万金把脸正了正：“警官先生，胜者王侯败者贼，事已至此我也无话可说了。”

“你好像不服啊。好吧，我就把破案的过程跟你聊聊，也让你死个明白。就说你杀害郝大妈的案件，你本想制造一个意外事件，可是现场遗留的信息告诉我们，这是一起有预谋的杀人案件。郝大妈半夜三更地到这么一个偏僻的地方烧香祈求神灵保佑必有人指点，而这个人又必是个会占卜算卦的人。再看现场勘查的结论，破损的马葫芦边沿，有被人为破坏的痕迹。用我们的话讲，案件性质是他杀无疑，案件的侦查方向已经很明确了。让你绝对想不到的是，就在这个时候，你就已经纳入了警方的侦查视线。”

“我不信，这是欺骗，你想贬低我来抬高你自己，你是在糟践我来取乐。”

“别急，听我慢慢聊。等我们看到祁大管子自杀的现场，你暴露的痕迹就更多了。”

“那个现场我压根就没去。”鞠万金有些失控。

“你是没去，但祁良把你犯罪的证据带到了醉仙山上的醉仙亭。他带去了什么呢？一瓶安眠药，两瓶‘二两半’和一封遗书。安眠药他只吃了五片，虽然药瓶扔得很远，但还是被我们找到了。再说尸检也证明胃内安眠药的含量不高。第二件东西是那两瓶‘二两半’，我们可是没少费功夫，终于在其中一个酒瓶的瓶盖上提取了半枚指纹，经省公安厅的专家鉴定，这半枚指纹与你的指纹认定同一。最后一件是那封遗书。遗书写得很长，密密麻麻两片纸，看似要死要活的，可许多话都不着边际。遗书我看了好多遍，从中抠出这么一句话来，他是这样写的：‘我将铭记大师的教诲，痛改前非重新做人。’这是什么意思？他根本就没想死啊，既然没想死又为什么会服毒呢？有证人可以证实，祁良在死前的头一天晚上去过你的住处，你用六字秘钥对他进行了心理暗示，诱骗他一步步自己走向死亡。其实你一定是用假自杀蒙骗了他，使他相信这样就能逃过一劫，所以才仅仅吃了五片安眠药来演戏。但他做梦也想不到，是你在酒里下了农药，这才一命呜呼。”

吴波把鉴定书一一放在桌上，迟丽丽抻着脖子看，她的眼睛和鞠万金一样，都快要瞪出来了。

“不瞒你说，在你供述杀害了妙妙和鞋拔子之前，我还不知道发生了这起案件，我只是想尽快终结你的罪恶来挽救他们的生命，遗憾的是我没能抢在你的前面。但我劝你平心静气地好好想一想，这两条人命你能瞒得过去吗？”

“我不相信你们在第一起案件时就盯上了我。”

“这并不难。你看郝大妈在现场留下了纸钱、香火和火柴，这些封建迷信活动常用的物品，自然会引导我去调查与封建迷信有关的人。我很容易就找到了一个人，一个瘦瘦的老头，人称无所不知无所不晓的胡半仙，也叫胡仙。胡仙和我的老师很熟，这你就不知道了吧。”

“胡仙和你的老师很熟？”

“对，你再看看这个，这是郝大妈死后第二天我的老师写给胡仙的一封信，要是有兴趣你可以看看。”

吴波把信放到桌上，他看了看开头胡兄和落款处侯滨松几个字说：“侯滨松，就是那个大名鼎鼎的警察吗？啥也别说了，这就是命。”

吴波又给了鞠万金一支烟，他抽了一口问：“警官先生你怎么不抽？”“我不会抽烟，这是专门为你准备的。”

“我还有最后一个问题。”见吴波点头他才问：“那满满的一袋子钱到底能有多少？”

“我们的人正在清点，不过到现在还没有点完。”

鞠万金叹口气又问：“我能见见侯滨松吗？”

吴波的回答充满安慰的语气：“侯滨松那么大的一把手怎么会见你？不过你死在他的手里够有面子了。”

就在吴波转身往外走的时候，鞠万金突然大叫起来：“你去把侯滨松叫来，我有话跟他说。我没罪，我没罪，我是见义勇为，我是替天行道。我杀妙妙因为她是一个败坏社会风气的婊子，我杀祁大管子因为他是一个贪官污吏，我杀鞋拔子因为他是一个欺压百姓的流氓歹徒，我杀他们是为民除害，是为了伸张正义，是为了净化社会，是为了……”

听鞠万金叫得声嘶力竭，已经出门的吴波又转头回来做了个嘘的手势：“你他妈的叫什么叫，郝大妈的死怎么解释？你觉得这样有意思吗？”

鞠万金泪如雨下：“如果他们不是那样迷信，不是那样容易地上钩，我也不会得手，也就不会有今天啊！”

吴波口气软下来：“咳，你没想到吧，你用六字秘钥去杀人，可最后，你也用六字秘钥为自己打开了通向地狱的大门。”

鞠万金停止了哭泣，他深吸了一口气，尽量在铁椅子里把腰身坐直：“其实侯滨松并没有什么了不起，他不过是利用胡仙的告密才发现了我，这小手段也太简单了点。”

“案件就是一层窗户纸，捅破了就不值钱。罪犯总是在被抓获时才恍然大悟，原来破案这么简单。”

侯滨松走出检察院时多少有几分风光，肖检察官护送出来，鲁俊山亲自带队在大门口迎接，当看到十几个人在向他敬礼时，侯滨松的眼睛湿润了，在一旁拍照的迟丽丽不停地擦着模糊的眼睛还不停地按快门。

鲁俊山很官场地上前握手：“侯滨松就是不简单啊，鞠万金系列杀人案件破得漂亮。”

朱大平也凑上来跟侯滨松握手：“你小子真是一个不食人间烟火的妖猴啊。”

“何出此言？”

“你说你能把检察院询问室当成了破案指挥部，在那里遥控破案，你简直就是个没心没肺的人啊。”

“服不服吧？”

关超在朱大平身后插了一句："好人不跟猴，我们都服。"

鲁俊山兴高采烈地说："既然大家都服气，那我就给侯滨松同志打报告请功了。"

"千万别给我请功，这都是范志成、吴波跟戴洪岭他们干的，而且这个案件的首功应当记在靳玉兰的名下，要不是她当时在现场发现了疑点，这案子差点漏过去。"

侯滨松走到迎接的队伍里向靳玉兰伸出手说："谢谢你又一次帮助了我。"

靳玉兰跟侯滨松握过手说："你出来了就好，我该回去了。"

靳玉兰刚走了没几步，迟丽丽就追了上来问："阿姨你怎么走了，你不是跟侯警官很要好吗？"

"我和他不是要好，我们是革命友谊。"

"革命友谊，这太奇葩了吧？"

"你们这个年纪的人没有经历过那个时代，所以你们不懂。"

"如果是革命友谊，那你就更不能走了，何况在这么令人感动的时刻。"

"信我的小姑娘，你千万不要被他感动了。"

"那不行，我如果不被他所感动，怎么能写他呢？"

肖检察官高声喊迟丽丽过去给她和侯叔叔照张相，迟丽丽只好往回去了。

范志成握着侯滨松的手对鲁俊山说："这个连环命案破得漂亮，小侯子遥控指挥能破案，我服，我是真服。"

"'小饭盒'你不用恭维我，这案子没啥漂亮地方，依我看这案子的失误倒是不少，应该好好总结一下教训。"

鲁俊山听了侯滨松的这句话，气得恨不得一把掐死他，抵近他的耳朵小声呵斥道："你这个泼猴能不能给我省点心啊？这乔大年告你的事还小吗，你这么胡说八道的，你就不怕再惹出什么官司来？"

肖检察官跟侯滨松拍完照片，又找到戴洪岭问道："戴警官你还欠我一个问题没有回答。"

"我欠你什么问题没有回答啊？"

"你第一次见面为什么就知道我姓肖？"

戴洪岭故作神秘地说："我当时管你叫的是小检察官，大小的小，你姓肖是你自己告诉我的。"

在一片欢笑声中，迟丽丽对侯滨松说："请侯警官侯叔叔接受我的采访。"

"记者同志费心了，请你一定把侯滨松同志的事迹写好。他正在接受检察官的调查，这事影响很大，你得为他正正名，有什么困难跟我说，大案队全力支持。"鲁俊山说得很严肃。

迟丽丽雄心勃勃地高声回应："鲁队你就放心吧。"

第二天哈尔滨日报就登出了迟丽丽的大作《哈尔滨大侦探智擒连环杀手》，从此"哈尔滨大侦探"一炮打响。

第五章

香露山迷雾

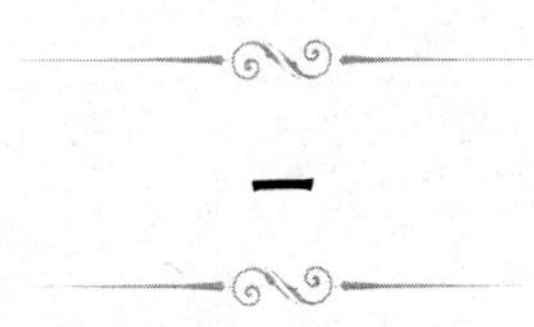

一

发现了广富银的消息，侯滨松并没有在第一时间告诉广富银的妻子谷香飘，因为得到的是广富银在香露山山间别墅被杀的死讯。

秋天的山野，到处是金黄和火红的树叶，还有的残留着绿色，透过树叶稀疏的地方能看见褐色的山体和灰色的岩石，在这斑斓的山野间，看哪都会是好心情。在颠簸的吉普车中，侯滨松却没有一丝好心情，他的思绪正沿着弯弯曲曲的山路延伸，他不知道将要面临的是怎样一起或简单明了或错综复杂的案件。戴洪岭全神贯注，尽量把车开得快一点，他知道师傅想尽快赶到现场的心情。吴波和赵冬靠在后座上睡得一塌糊涂，他们为了一起盗窃案折腾了两天两夜，刚把人押起来就出现场,就是铁人也挺不住了。在车的后座上又多出了一个小男生,他叫李光韬，是哈尔滨警校的毕业生，平时大家都叫他小李子。把李光韬分配到侯组，朱大平的意见老大了，也为他一直认为鲁俊山偏向侯滨松找到了佐证。

香露山离哈尔滨有七十多公里的路程，还没有被大规模地开发，人为的破坏不多，还能看到许多原始生态的景色。因为这里号称天然森林氧吧，所以吸引不少游人到这来休闲度假。在山脚下的一处溪流旁，精致的木板墙围出一个偌大的院落，在院子里坐落着三间欧式风格的别墅，远远望去那红色的屋顶掩映在树木花草之中，既幽静别致，又神秘莫测。车到跟前才看见，院门旁竖着一块石头，上面刻着“山间别墅”几个字。

还没等戴洪岭按喇叭，电动的院门就敞开了，一个服务生和一个更夫诚惶诚恐地把他们迎进大院，服务生本想把他们让进离大门不远的餐厅，侯滨松说了句：“我要先看现场。”然后就随着服务生来到了一号别墅。

院子里一共有三幢别墅，一号叫临风阁，二号叫望岚阁，三号叫赏月阁，二号、三号是二层楼,只有一号别墅是一幢平房。进门的地方有一个不大的入户花园，经过室外的走廊进入房间。进入房间是很排场的客厅，里面是卧室和卫生间。死者广富银直挺挺地躺在客厅的门口，圆滚滚的肚子显得夸张，脖子上勒着一根电线。他上身的白衬衫凌乱不堪，显然是临死前挣扎的痕迹。他在照片上的样子就有些臃肿，现在躺在地上显得头更大，眼睛瞪得像金鱼，他是带着对死的恐惧和求生的欲望死去的。沙发和茶几上的茶具还有写字台上的台灯、花瓶、电话都很整齐，没有任何毁坏的痕迹，只是写字台上的座机电话下面有一汪水的痕迹，在阳光的照射下很明显。卫生间的一扇窗户是开着的，纱窗也被打开，窗台上有人翻越的迹象。

侯滨松站在房门外把现场看了一遍，然后看看表说：“技术科的人怎么还没到？磨磨蹭蹭耽误事儿。”

“我已经跟范科长联系上了，他正往这儿赶，估计快到了。”

戴洪岭的回答令侯滨松不快：“你别一口一个范科长的，拍什么马屁！”

吴波见侯滨松脸色不对，急忙插话：“侯老那边有一座亭子，我们过去坐坐吧。”

“走吧，我正想享受享受香露山的清风。”

这座木结构的亭台建在一条小溪旁，虽然没有画栋雕梁，但也算玲珑雅致，不过这种中式古典建筑与其他俄式风格的别墅凑在一起不太协调。侯滨松刚一落座，服务生就一路小跑地把暖瓶和茶壶、茶碗都搬来了。侯滨松品着茶，赏着景，那做派不像是来办案的，倒像是来这休闲度假的。

戴洪岭见服务生沏茶倒水忙活完了，就例行公事开始询问：“你们经理怎么还没到？”

“我已经向经理报告了，他让我先报警，他马上就到。我估摸着他正在道上，很快就会赶到。”

“死者叫什么名字？”

服务生赶紧递上住宿登记簿回答说："广富银，男，五十一岁。"

戴洪岭接过登记簿交给正在记录的吴波说："这个广富银原来躲在这里，他可真会找地方。"

侯滨松眺望群山，听着脚下潺潺流水和林间鸟鸣，他的内心并不悠闲，他的思绪在飞快地运行。其实早在四天以前他就知道了广富银这个人，而且知道了这个人生活中一些不被人知的状况和这状况的许多细节，所不知道的就是他身在何处。

那天难得能按时下班，就在他收拾完办公桌准备回家时接了一个电话，电话里是一个中年女人，自报家门谷香飘。这个女人的口气神神秘秘，声称有重要的情况要向哈尔滨大侦探反映，并一再恳求晚上在华梅西餐厅面谈，不见不散。

找哈尔滨大侦探提供案件线索的事情家常便饭，侯滨松从来没有回绝过，或在办公室等人家来，或按对方的请求去赴约。来到中央大街上的华梅西餐厅时，天色已经暗了下来，暖色调的装饰灯光和窗户里透出的金黄色墙壁，给人一种华贵温馨的感觉。他按照谷香飘在电话里说明的位置，进门就朝着一个角落走去。远远地他看见迟丽丽坐在那里，旁边还有一个陌生的胖女人，不用说那就是谷香飘，而谷香飘能找到他，不用说也是迟丽丽给提供了情报。

一番介绍和寒暄之后，谷香飘冲服务员高喊一声："上菜。"

迟丽丽双手作揖满脸堆笑："大侦探，小的给您赔罪了。"

侯滨松也笑了："老夫愚笨，不知你这无冕之王何罪之有啊？"

"今天这件事情是这样的，谷香飘女士在报纸上多次看过我写的关于你破案的故事，早就知道哈尔滨大侦探其人其事。她是外省人，最近她的家里发生了一件可怕的事情，她的丈夫突然失踪了，她预感到丈夫可能凶多吉少，所以就找到我……"

还没等迟丽丽说完，谷香飘就抢过话头："您的大名我如雷贯耳，我跑到哈尔滨来找您也是慕名而来，如果哈尔滨大侦探能接手调查我家里的这件事，我的心里才托底啊。"

侯滨松一听严肃起来："俗话说铁路警察各管一段，我这哈尔滨的警察就是有天大的本事也管不了外省的事啊。这可不是我推卸责任，刑事案件的管辖法律上是有严格规定的，不是哪个警察都可以随便受理案件的。我说迟大记者，你多年跑政法口，该不会忽略了这样常识性的问题吧？"

“当然不会，我已经详细地问过了事情的经过，她的丈夫是在哈尔滨失踪的。”“有证据证实吗？”

“有，有，有实在的证据。”谷香飘正说着，见服务员过来上菜，就忙不迭起身把一盘盘菜肴接过来尽量往侯滨松的跟前放。火锅里脊、奶油鸡脯、奶汁鳜鱼、俄式沙拉和红菜汤，一道道菜往上端，又听见侯滨松一个劲说“破费了”和“不好意思”之类的谦辞，她言语之间显得自信起来：“侯警官你看喝点什么酒？”

“我是开车来的，酒是不能沾，不过盛情难却，来两瓶格瓦斯吧。”

谷香飘摆摆胖手招来服务员：“给我来两瓶格、格……”

迟丽丽对服务员笑笑说：“两瓶格瓦斯。”

“其实你完全没有必要把我约到这里来，到我的办公室去谈岂不既方便又省钱？”侯滨松仍然觉得过意不去。

迟丽丽急忙解释说：“我本想领谷大姐去大案队找你，可她执意让我找一家上档次的饭店把你请来，和大侦探头回见面，只有这样她才觉得是对你的一种尊重。”

侯滨松端起格瓦斯喝了一口：“那就别浪费时间，我们谈正事儿吧。”

谷香飘的丈夫广富银，是在前天与家里失去联系的。广富银从前在国营工厂当技术员，改革开放以后下海自己开起了生产电线的小工厂，就叫富银电线制造厂。后来工厂的规模越来越大，为了开拓市场，就到哈尔滨设立了一个销售处。这几年哈尔滨的生意好，他一年得有半年在哈尔滨跑业务。男人在外做生意，女人自然不放心，不管有事没事差不多每天都要和丈夫通个电话。可是就在前天晚上，广富银的电话突然关机，直到现在也没有打开。这种情况从来没有过，谷香飘有些心慌，她等了一天还没有动静，就跑到哈尔滨直奔广富银的那个销售处。所谓销售处无非就是在建材市场里租了一个小门面，在这里接待客户、办理业务。销售处人去屋空，她只找到了两页通讯录，上面有几十个人的名字和电话号码。她还知道一个叫郭强的人，因为广富银曾经提到过这个人，是哈尔滨松江电线厂的工人，也是广富银在哈尔滨生意上的主要合作伙伴。于是她就去了松江电线厂找郭强，但郭强休病假没有上班，再问他家的住址，传达室的人说不知道。就这样广富银失踪了。

侯滨松接过那张破旧的通讯录说：“这上面的人你都打电话问过了，没有人知道你丈夫的下落？”

"是啊。"谷香飘怔怔地点了点头。

"只有郭强和燕秋波没有找到，因为他们的手机关机？"

"对、对啊，你是怎么知道的啊？"谷飘香张大了吃惊的嘴巴。

侯滨松抬抬眼皮平淡地说了句："你这上面不都挑了钩吗，只有这两个人还没有挑上。"

迟丽丽尽量按捺着内心的兴奋对谷香飘说："怎么样，哈尔滨大侦探名不虚传吧，你只要找到他就没有解不开的谜团，没有破不了的案件。"

"你可别再捧我了，那个乔大年都把我告到省厅去了。"

迟丽丽怕谷飘香听见急忙遮掩道："大侦探破案的事迹都报到省公安厅去了。"

谷飘香站起来恭敬地给侯滨松倒格瓦斯："我说嘛，只要找到您，我家老广就有希望了。"

侯滨松像贪吃的孩子似的连吃了几口肉说："千万别见笑，我多吃点是怕夜里饿。"说着他站起身来。

"你要干什么去？"迟丽丽和谷香飘齐声问道。

"我得赶紧去找这个广富银啊。"

谷香飘："你下班不回家了？"

"你的丈夫已经失踪三天了，我怎么回得去家？"

从华梅出来，夜色中的中央大街流光溢彩，悠闲的人们在街上悠闲着，悠扬的音乐在空中悠扬。侯滨松脚步匆匆地奔向他的吉普车，他在开车回大案队的路上给戴洪岭打了个电话，让他把侯组的人都给叫回来。

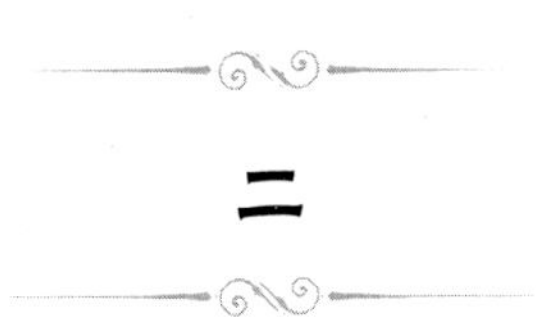

侯滨松回到大案队，他的人马都到齐了，案情分析会也就开始了。

“有这么一个案子，我先把情况跟你们介绍一下，然后商量一个行动方案，今天必须连夜开展侦查。”对全体临时加班这样的事情，他一点歉意都没有，更不用说有句客气话了。

在侯滨松介绍案情的同时，赵冬已经打开电脑，等他讲完了，郭强和燕秋波的户籍资料就打印出来送到了他的手里。“情况就是这么个情况，说说你们的想法吧。”

“广富银失踪的背后很有可能是一起重大的刑事案件，现在要紧的是尽快找到郭强和燕秋波，他们是广富银失踪前联系密切的人，而现在又失去联系，如果他们的失联和广富银的失踪有因果关系的话，找到他们就找到了广富银。”吴波分析案情总是很自信。

戴洪岭看过户籍资料说：“我同意吴波的意见。你看郭强是松江电线厂的司机，燕秋波是电线厂的仓库保管员，这个广富银又是做电线生意的，这电线就是一条线，把三个人给串联起来，他们之间的关系也一定非同一般，找到郭强和燕秋波就有可能找到广富银。”

“英雄所见略同，就按你们说的办。这样吧，我们分头行动，你们一路去松江电线厂，一路去郭强家，我去找燕秋波。”

戴洪岭听侯滨松说要亲自去找燕秋波，不屑地说了句：“这点小活儿还用得着师傅您亲自出马？”

“燕秋波家我得亲自拜访啊！”侯滨松说着心情沉重地走出门去。

燕秋波的母亲叫刘雅琴，人长得白白胖胖的，总是笑容可掬，可当侯滨松见到她的时候，她的脸上阴云密布，常流泪水的眼睛留下了红肿的痕迹。在这一刻侯滨松的心里明白了，这个燕秋波真的惹事了，而且必是惹上了跟广富银失踪有关的大事。

“大姐啊，这么晚了打扰您真是不好意思。您现在身体怎么样啊？”

“我的身体倒是没什么问题，就是这心里堵得慌啊。”刘雅琴说着用手拍打前胸。

侯滨松连忙扶着她坐下说：“大姐啊，在我的印象里你可从来都是开朗乐观，是什么事能让您这样烦躁呢？”

“小侯你别跟我兜圈子了，你就是再想大姐也没有这么晚了登门问好的。你是有名的大侦探，我明白你来干什么，有什么话就直说吧，你是不是为了我女儿的事来的？”

刘雅琴把话挑开，这正是侯滨松求之不得的。“正是如此。您的女儿燕秋波已经有好几天没回家了吧，而且到现在还杳无音讯，这样的事警察可不能坐视不管，所以我才登门拜访。”

“小侯不瞒你说，我这几天来吃不下睡不安，总想把家里发生的事情找你说一说，可一想到你工作那么忙，不好意思打扰，再说我也没脸去见你，家丑不可外扬，有些话我真说不出口啊。”

见刘雅琴伤心落泪，侯滨松对燕秋波的怀疑更加坚定了，广富银的失踪与燕秋波必有关联，他清楚已经揪住了一条线索，只要顺着这条线索摸下去，那个石沉大海的广富银就会被慢慢地拖出水面。刑警就是这样，哪怕是当事人在呼天抢地的悲痛中说出的话，只要与案件有关，他就会禁不住心中暗喜，因为他从中发现了破案的线索。

侯滨松掩饰住欣喜，脸上塑出同情的神色，用此时此刻刘雅琴最需要的安慰的口吻说：“大姐你不要过于伤心，现在的孩子个性强，有主见，对家长说的话往往有逆反心理，这是常见的事。就说我那儿子吧，前些天我媳妇批评了他几句，结果就离家出走了，多亏他的一个同学给我们打来电话才找到他。你看家家都有本难念的经，现在的孩子管也不是，不管也不是，咳，做父母的难啊。”

侯滨松的话打开了刘雅琴感情的闸门，她把满心的郁闷都倾诉出来：“我这个女儿不大听话，我们俩总是三句话不来就顶牛。这我也没太往心里去，俗话说女儿大了不由娘，慢慢地我也就不去管她的事情。去年她处了一个男朋友，领回家来见了面，是个出租车司机。女儿的婚事由她自己做主，小伙子叫潘大勇，虽说没什么大本事，但身体挺好，有眼力见儿，会来事儿，整天辛辛苦苦地赚钱，对这门婚事我没有意见。为了结婚他们买了房子，还带我去看过，两屋一厨挺好的。我一直以为这间房子是潘家买的，心里想男方家的经济条件好，再加上小伙子能吃苦干活儿，女儿就不会过穷日子了。可是后来发生的事情让我做梦都想不到，无论如何都无法接受。大约在十多天以前，我接到一个男人的电话，他说他是秋波的男朋友，家在外省，在哈尔滨做电线生意已经多年，秋波正在装修的那间两屋一厨的房子是他花十六万买的。我当时就在电话里跟他说，我的女儿有男朋友，正在收拾房子准备结婚了，他要是胆敢造谣诽谤败坏我女儿的名誉，我就向公安机关报警。可是这个男人却发出怪笑，他说他也要报警呢，他要告秋波诈骗了他十六万，还说这足够她坐十年牢。这可把我吓坏了，我马上就打电话把秋波叫回来，问她这到底是怎么回事。她满不在乎地跟我说，这事不用我管，她自己能处理好。可我对那个男人是不是真的给她买了房子心里没底，就反反复复地追问，把她问急了，她气急败坏地说，‘他给我买房子怎么了，那是她孝敬老娘的，想占便宜还不想舍银子，美出他大鼻涕泡来了’。小侯啊，你知道我当时是多么想听到女儿说这是一个无赖在造谣诽谤啊，可是当我听秋波这么一说，心都凉透了。我的女儿在外面究竟做了什么，这已经没有必要再去追问了，我也没有勇气再去追问了，我害怕知道详情，一个二十多岁的大姑娘，竟然接受了一个男人花十六万买的房子，其中的事情还用问吗？能做出这样的事情来还有什么道德廉耻可言啊，我这个做了一辈子教师的人还怎么有脸见人啊？这不连你这大侦探也给惊动了，我看这就离惊动全哈尔滨不远了……”

在听刘雅琴这番叙述时，侯滨松悄悄地四处观察，终于解开了一个疑问。在墙角的一个茶桌上有一盒打开的香烟，烟灰缸里有新鲜的烟蒂和烟灰，这就是他在一进门时闻到的烟味的来源。可是这个疑问又生出另一个疑问：刘雅琴是不抽烟的，是谁在这里抽过烟呢？刘雅琴说到最后一句泣不成声，侯滨松给足了她擦眼泪的时间才静静地问道："这个人还来过电话吗？"

"从那以后他就经常来电话，翻来覆去的就是那些话，后来我一看是他的电话就不再接了。"

"他最近来电话了吗？"

"好像有三四天没来电话了。"

"你女儿燕秋波失踪有几天了？"

"今天是第三天了。"

"你没有找过她吗？"

"给她打电话她关机，到她的单位去找过，单位的人说她没上班，我没有办法找到她。"

"他的男朋友潘大勇呢？"

"我也联系不上。"

"当务之急是必须马上找到你的女儿，我怕夜长梦多会发生危险啊。"

"这倒不会，因为她跟男朋友在一起，过些日子可能就回来了。"刘雅琴在说这句话时的平静让侯滨松多少有些意外。

"要是这样的话可就太好了，我马上把这个情况向领导汇报。"他掏出手机看了看，"真不巧，我的手机没电了，用一下你家的电话吧。"他拿起床头的电话打给戴洪岭说："燕秋波是和男朋友一起出门了，很快就会回来，请领导放心吧。"

刘雅琴一把拉住侯滨松的手说："小侯啊，每次在报上看到你破案的事迹，我是一边为你骄傲一边为你担心啊。你是哈尔滨的大侦探，需要你帮助的人多，就别为了我们家的事多操心。我女儿秋波一有消息我就告诉你。"

这时侯滨松突然起身快步向外走："这样最好，时候不早了，我也该告辞了。"

"你看你说走就走，咋这么急呢？"

急自有急的道理，侯滨松在回来的路上还不断回味着那种清香的烟味。

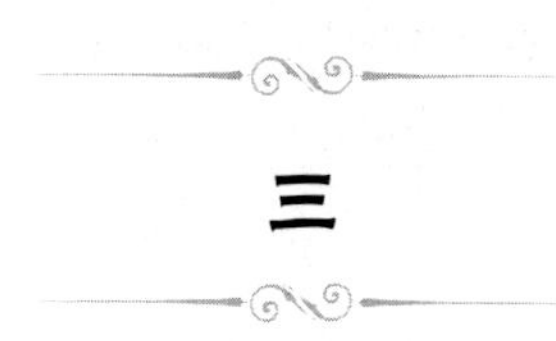

三

侯滨松回到大案队，其他的人还没有回来，他躺在椅子里把脚垫在小凳上，然后点上一支烟。他虽然闭着眼睛，可并没有倦意，平静往往是破案前的一个过程，就像战士进入阵地，运动员要进入赛场。过了好长时间，先是大门咣当响，然后是走廊里咚咚的脚步声，人回来了，侯滨松睁开眼睛说："你们满载而归啊。"

"你怎么知道我们满载而归啊？"吴波绷着脸掩饰着兴奋的心情。

侯滨松慢慢坐起来说："把车装满得需要时间，你们用了这么长时间还不把车给我装满了？"

戴洪岭说："赵冬记得很详细，让赵冬说吧。"

赵冬掏出工作手册谦虚了一句："还是你说吧，我可以补充。"

"我和赵冬直接去了松江电线厂，非常凑巧，工厂保卫科的吴科长值班，吴科长在工厂干了一辈子，快到退休的年龄了，对工厂的情况非常了解，他给我们介绍的情况也非常详细。郭强是工厂运输队的司机，今年三十五岁，性格比较古怪、偏执，至今没有结婚成家。他追求燕秋波有许多年了，可燕秋波却没这个意思，属于单相思。不过这两个人也是一绝，男方死乞白赖地追，女方却爱搭不理，像没事人似的，绝就绝在两个人还形影不离，燕秋波走到哪，郭强就像影子一样跟到哪。有一次下雨，仓库门口有一小汪水，这个郭强怕燕秋波的高跟鞋沾上水，竟当众把衬衫脱下来垫在地上。要说这个燕秋波更绝，她就在众目睽睽之下，踩着地上的衬衫走过去，连正眼都没看郭强一眼。郭强从地上捡起湿漉漉的衬衫穿上，紧赶慢赶地跟在燕秋波的后面。当时在场的人没有人敢笑，也没有人敢议论，大家都悄悄地散去。等到去年，这件事就绝上加绝了。人家燕秋波有男朋友了，是个出租车司机，最近正在装修房子准备结婚了，可这个郭强是一如既往，照常每天在食堂把饭菜打好，把筷子毕恭毕敬地送到燕秋波的手里，然后坐在一旁陪着她吃饭，吃完以后把碗筷收拾干净。

“再说燕秋波，她长得不算漂亮，但一双眼睛会勾人，由于皮肤较黑，所以在社会上有个外号叫‘黑豆蜜’，是个有一定活动能力、善于交际的人。最近她和郭强两个人都请假没有上班，工厂里议论纷纷，有人甚至预感要出点什么事。吴科长还告诉了我们一件事。前一段有一个外地的生意人，到工厂来找燕秋波，这人有四十多岁，身材肥胖，说话时气急败坏的，一看就是跟燕秋波有矛盾。门卫告诉他燕秋波没上班，他又要找郭强，当他听说郭强也没上班非常生气，认为是门卫在糊弄他，吵闹了一阵子就走了。当时门卫给吴科长打电话，他让问问这个人叫什么，但这人没有留下名字就走了。另外，吴科长还听说燕秋波已经有了未婚夫，叫什么名字不知道，只知道是个出租车司机，最近正收拾房子准备结婚呢。”

侯滨松插话说：“燕秋波的未婚夫叫潘大勇，他现在跟燕秋波在一起。”

“这么说我们要找的三个人都失踪了。”

侯滨松纠正赵冬的话说：“是四个人，还有广富银呢。”

吴波给侯滨松点上一支烟，把打火机啪地关上。“郭强不在家，我们通过社区干部找到他的邻居了解情况，证实他已经有三天没回来了。我们又找到他的一个初中同学，他虽然有些日子没有见到郭强，但他也听说过郭强正在追求一个外号叫‘黑豆蜜’的女人。”

侯滨松从仰身躺着的椅子里坐起来说：“我们现在回过头来把今天晚上，不，天都快亮了，是昨天晚上到今天凌晨所获得的情况梳理一下。先是谷香飘从外省来到哈尔滨报警，说她的丈夫广富银失踪了，根据她提供的线索我们去找郭强和燕秋波，结果这两个人去向不明。在调查中，我们又了解到燕秋波的未婚夫是出租车司机潘大勇，而这个潘大勇跟燕秋波在一起，不用问也失踪了。广富银失踪之后，这三个人同时失踪，让我们能够轻易地得出一个判断，这三个人很可能与广富银失踪有关。广富银失踪的背后，很可能隐藏着一起刑事案件，这里有几个疑点应当作为下一步调查的重点。一是这几个人之间的经济利益关系。广富银是做电线生意的，而郭强是松江电线厂的司机，燕秋波是厂里的保管员，谷飘香说郭强是广富银的生意伙伴，他们之间会不会因利益冲突产生经济纠纷呢？二是燕秋波的母亲跟我说，有一个外省来哈尔滨做电线生意的老板，给燕秋波花十六万元买了一套房子。这个老板在前一段时间经常给燕秋波的母亲打电话，扬言要告燕秋波。三是电线厂保卫科的吴科长也证实有个外地的生意人曾经到工厂去吵闹。燕秋波母亲刘雅琴和吴科长说的这个人，有极大的可能就是广富银，广富银的这些言行证明他和燕秋波之间的矛盾已经激化，在这种情况下燕秋波和潘大勇会做出什么事情来呢？总之，广富银失踪和燕秋波等人相继失踪，一般情况下，这之间一定有因果关系，这就是下步侦查工作的重点。”

吴波把一张纸递给侯滨松，这是所有失踪人员的手机号码和固定电话的号码。按以往侦查中的惯例，特别是这种多人同时失踪的案件，毫无疑问应该立即调取这些电话的通信信息，从中排查出可疑的线索，同时采取技术手段对这些电话进行监控，寻找嫌疑人的蛛丝马迹。“我认为从通信信息入手是眼下最实用的侦查措施。”

侯滨松武断地摆摆手否定了吴波的建议：“你去查一下广富银的电话信息，主要是他最后一次通话的具体位置，为我们的搜查确定一个方向和范围，甚至可能寻找到发生案件的现场。除此之外所有嫌疑人的电话都不许查单子，更不许上手段。刘雅琴大姐已经答应我了，只要一有女儿的消息就马上告诉我，我预感不出今天就会有消息，只要找到燕秋波，这个案子也就轻松拿下了。”

吴波嘴上没说什么，可心里画了一个大大的问号。这个案子如果不及时使用技术手段获取通信信息，很有可能会贻误战机，不但会延误破案的时间，更重要的是可能会对收集犯罪证据、锁定犯罪嫌疑人的犯罪事实造成无法弥补的损失。其实吴波想到的这个措施不是什么高深的谋略，而是在侦查实践中一个基本的、常规的侦查措施。侯滨松这是怎么了，连侦查破案的常识都忽略了吗？

戴洪岭也跟吴波一样，对侯滨松的这个决定感到不可思议，于是忍不住说道：“师傅你看，燕秋波最有可能联系的人就是她的母亲刘雅琴，要不我们就只给她上手段，这样一有动静我们就能快速反应，何必被动地等她跟我们来电话呢！”

“刘雅琴是优秀的中学教师，我和她是同一届的哈尔滨市劳动模范，我们一起戴着大红花登上友谊宫的舞台接受市长颁奖。她是我尊重的好大姐，是个品德高尚的人。没想到啊，她的女儿竟然一脚迈进了罪恶的深渊，这么大的打击我怕她承受不住啊。我说的话你们听懂了吗？”

戴洪岭和吴波同时回答“听懂了”，其实他们不但没有听懂，反而被侯滨松这所答非所问的一番话弄得摸不着头脑。这时戴洪岭想起刚才师傅用刘雅琴家座机给他打的那个没头没脑的电话，更觉得师傅今天有点怪异。“师傅你刚才在刘雅琴家给我打电话说的那些话，到底是什么意思啊？”

侯滨松翻翻眼皮说：“该告诉你的我会告诉你，不该告诉你的别瞎打听。”

四

范志成带着刑事技术的人赶到了山间别墅，他们先是摄像、拍照、固定现场，然后大箱小包地翻出各式各样的仪器来，提取指纹、足迹，绘制现场图，勘验尸体，忙作一团。侯滨松在一旁看了直咂嘴：“技术科又添家什了？真叫人羡慕啊，范大科长不但升了官，还鸟枪换炮了。”

范志成把侯滨松从屋里推出来说：“我说你这个人还懂不懂点规矩，没看见都在干活儿吗？你在边上瞎叨叨把脑袋都给搅乱了。”

“你看看，这当上科长才几天啊，劲头就不一样了，张嘴闭嘴地学会教训人了。”

“我说你小子可真是小肚鸡肠，我不就是论资排辈熬上了一个副科长吗，就这芝麻大的小官至于让你这么嫉妒恨吗？”

“芝麻大的小官也没落到我的头上啊。”

“我说小侯子，咱把话说清楚，我可不是抢了你的位子，我走的是刑事技术口，再说我是大专文凭，哪像你上个技校还没毕业。”

“少给我扯没用的，这个现场你给我看仔细了，要拿出过硬的勘查意见来，我到那边去品品茶、看看风景，等你这边的活儿完了我再听详细的汇报。”

范志成看着侯滨松离去的背影嘟囔着：“你小子要是真的当上官，别人就没活路了。”

现场勘查还不到一个小时就结束了。范志成带着他的两个人来到凉亭，只见亭子旁边一条溪水，周围绿树环绕，石头桌上摆满了水果、饮料、香烟和茶壶茶碗，侯滨松正往小溪中投食，津津有味地观赏着小鱼争食。

范志成坐下叹口气：“我说小侯子，你这哈尔滨大侦探是不是有点作威作福了？我们辛辛苦苦地干活儿，你可倒好，在这有山有水有吃有喝地享受上了，我看就差有美女相伴了。”

侯滨松回头正色道：“当着瘸子别说短话，我倒霉就倒霉在这生活作风上了，闹了半天都是你在暗处给我制造的流言蜚语啊。”

“这你可别往我头上栽赃，这次提拔领导干部有人反映你和靳玉兰的事，我冲天发誓，这事跟我一点关系都没有。”

“我当上警察那天我爸就教育我要讲良心，可是给我下脚绊的人他有良心吗？你说说大案队的人谁不了解我，我跟靳玉兰过去的那点事能叫作风问题吗？你倒是说话啊！连你都不敢站出来讲真话，我侯滨松这辈子上哪讲理去啊！”

“你看急了不是，真是属猴的，脸说变就变。”

周围的人连吃带喝，一个个低着头憋住笑。

侯滨松叹口气严肃起来：“闲言少叙，书归正传。”

本来范志成想让助手来汇报现场勘查情况，一看侯滨松绷起脸来，不愿意招惹他，只好自己来说：“这个现场看似简单，其实并不简单。死者的基本情况已经清楚，我就不再赘述。这是一起凶杀案件的现场，嫌疑人用电线勒住被害人的咽喉造成被害人窒息死亡，这一点应该没有异议。我所说的不简单，是指案件现场遗留的痕迹和现场信息之间有相互矛盾的地方，一时还很难做出合乎逻辑的解释。比如死亡时间，初步推断应在六十个小时左右，当然这还需进一步尸检，从胃内容物消化程度、血管网腐败程度等来确定。从这个时间来推断，死者应该在九月十七日晚上八点，或最晚九点之前已经死亡，可是我问过那个服务生，他证实死者在十七日晚上十点钟还活着，是他亲眼看见的，这就给死亡时间的确定造成了麻烦。还有作案人数，从现场提取的足迹分析，除了死者之外，还有一个人进入了现场，表面上看这好像是一个人作案，但这个人进入现场之后的行为却非常诡异。我总是隐隐约约地感觉这个人跟这起杀人案件的逻辑关系有些模糊，但我现在还无法梳理清楚模糊在什么地方。至于案件的性质，我可以确定是有预谋的故意杀人，留在死者脖子上的电线可以充分地印证这一点。你看电线的两端制成了便于用力的环扣，而且制作得很精心、很牢固，绝不会在用力时脱手。还有一个问题，死者在生前可能接触过成年女人，我仔细闻过，他的身上有女人用的香水的味道。还有他衬衫的衣襟上有一小块红颜色的痕迹，用肉眼看不像血迹，倒有点像口红的痕迹，这还有待于进一步的化学检验。”

“请范科长务必注意，在现场桌子上的电话机下面留有一小片水痕，这是怎么形成的呢？它跟这起案件有什么联系吗？”

范志成在回答侯滨松的问话时很谨慎，他放慢了语速说：“我也注意到了那一小块水痕，至于它是怎样形成的，是否与本案有关，这都需要进行深入的研究，我现在还不能给出满意的答案。”

侯滨松倒了一杯饮料递给范志成说：“那你什么时候能把满意答案拿出来？”

“我争取今天下午把鉴定结论拿出来。”

侯滨松兴奋起来：“你真是太有才了，要不上级怎么会提拔你当科长呢，这就叫知人善任。你赶紧回去忙你的，我留下进行现场调查，然后把我们两方面的情况进行综合，还原现场的作案经过，准确刻画犯罪嫌疑人。而且我还透露个消息，我已经获得了有价值的情报，犯罪嫌疑人在今天下午就能落入我的手心。”

“我就管干好自己的活儿，没有闲工夫听你云山雾罩地瞎吹，哪天吹不好再遇上一个乔大年告不死你。”院子外面传来汽车鸣笛的声音，范志成急忙起身离去，没走几步又回头叮嘱说：“老侯啊，这个现场要严格地封闭起来，随着侦查的进展，这个现场很可能得反复进行勘查，一旦破坏了就会使证据永远灭失了。”

范志成带着他的人拉上死者的尸体走了，侯滨松这边的现场调查也开始了。吴波把那个服务生找来问话，戴洪岭在石桌上做笔录，侯滨松倚在凉亭的栏杆上欣赏着庭院里的花草、山坡上的树木和天上的云彩，有一搭无一搭地听着身后的询问。

小服务生也就是十八九岁，虽然穿了一身白色的工作服，可一眼就能看出是常年干农活儿的庄稼人。摊上这么大的事害怕是不用说了，好在吴波和颜悦色地一番安慰，小伙子才渐渐平静下来。根据他的回忆，发案前后的一些情况也渐渐清晰起来。广富银是三天前，也就是发案的当天下午入住到山间别墅的，是山间宾馆的前厅经理孙萌派车把人送来的。晚间在别墅的食堂吃的饭，喝了两瓶啤酒。在吃饭的过程中，广富银的情绪很低落，很少跟服务生交谈，只是一杯一杯地喝酒。本来他要了四瓶啤酒，可刚喝了两瓶时接了一个电话，他听对方讲了半天，不断地说“这事跟你没关系，你管不着”之类的话。后来他撂下电话，酒也不喝了，气囊囊地回临风阁去了，回去以后就再也没有出来。等到晚上八点多钟，山间宾馆服务台来电话，说临风阁的电话占线，问服务生客人是否还在房间里，服务生回答客人应该在房间。放下服务台的电话，服务生也好奇地给房间挂个电话，他想告诉客人有人找他，结果也是电话占线。他当时还想，这些有钱人真是吃饱了撑的，花这么大的价钱住到这山里来成宿成宿地挂电话。服务生迷迷糊糊睡过去，大约在晚上十点他被尿憋起来，农村孩子习惯在外面撒尿，他就推门站在花坛边上撒了一泡尿，正想往回走的时候，就看见一个人影从临风阁出来快步出了院门。大院的门在里面有一个开门的按钮，按下按钮，门就自动打开；外面有叫门的按钮，有人来时一按按钮，服务生就能听见开门。所以看见有人往外走，那就一定是客人自己出去了。为了验证他的判断，回到屋里他又给临风阁打电话，电话没人接听，这就可以确定住在临风阁的客人出去了。山间别墅有一个规定，就是如果客人不提出要求，服务生不许去房间打扫卫生，所以一连两天他都没有再去管临风阁的事，直到今天早上孙经理来电话，让他确认一下临风阁的客人是否真的走了，他就去打开门查看，这才发现客人已经死在了房间里。

“从客人吃完晚饭回到临风阁再到他离开，这中间有多长的时间？你不用紧张，慢慢地回忆，把时间说得越精确越好。”吴波办案从来不放过任何细节，对这样重要的时间节点他自然要精确再精确。

“我平时没有看表的习惯，让我回忆时间可能不太准。我记得吃晚饭是晚上五点多钟，客人吃晚饭的时间还有一个人能说清，就是上灶的厨师。按我们这旮旯儿的规矩，有客人过夜，厨师是不能离开的，他得随时给客人做夜宵。那天他接家里的电话说有事就走了，走的时候还给我留下电话号，让有事叫他。他家就住在这附近，一叫就能马上赶过来。”服务生说着从兜里掏出一个小纸条递给吴波。

“那你看见他走出去是几点？”

“我出去撒尿时外面黢黑，要不是客人出去时穿了件白色衬衫，我都不一定能看见他，你问我几点我真的说不清。对了警察同志，我给你们出个主意，你们可以查他最后一个电话的时间，也可以查他的座机占线的时间和无人接听的时间，这样就能估摸出他出去的时间了。”

听了这话不但吴波笑了，连正在看风景的侯滨松都转过脸来冲服务生笑了一笑。

“你能看清走出去的这个人就是住宿的那个客人吗？”

可能是警察给了他笑脸，消除了紧张的心理，服务生说起话来顺畅了许多：“住宿的客人穿了一件白色衬衫，而且我看个头也很像，再说了，那天夜里临风阁只住了一位客人，所以走的人不可能是旁的人啊。”

“这个人走出大门以后，你看见外面有汽车吗？或者你看见有汽车灯的光亮、听见有汽车的声音吗？”

服务生摇摇头：“没有，什么也没有看见，什么也没有听见。”

这时外面响起喇叭声，服务生听出是老板的汽车，掏出遥控器把院子的电动门打开，一辆轿车唰地进来停在了花坛前的空地上。一个圆滚滚的中年人从车门里挤出来，不用问这就是山间宾馆的经理，紧随其后下车的一个年轻女人，刚一露脸就在侯滨松的脑海里激起一道闪电，他认出了这张冷艳的脸庞和这双清冽的眼睛。

服务生跑过去引路，胖老板直奔凉亭握住侯滨松的手说：“想必您就是大名鼎鼎的大侦探侯滨松先生，应该叫侯滨松同志，久仰久仰，幸会幸会。我叫隋海洋，是山间宾馆的总经理，出了这样的事情是我们的安全工作没有做好，给政府添了麻烦，特别是惊动了侯滨松同志，真是不好意思。来，我介绍一下，这是宾馆的大堂经理孙萌女士。”

隋经理闪开身把孙萌让到侯滨松面前。跟刚才和隋经理那种夸张的握手不同，侯滨松和孙萌握手不过是用四个手指在她伸出的指尖上一碰而已。落座以后，侯滨松就专心听隋经理介绍宾馆的相关情况，再也没去留意身边的这位美女。

“我们这家宾馆建在山区，所以叫山间宾馆。为了增加宾馆的服务项目，去年又在这儿建了三栋别墅，虽然挂了山间别墅的牌子，其实还是隶属山间宾馆，或者说就是山间宾馆的三套房间。不怕大侦探见笑，有了这三套房间，宾馆的档次就提高了，许多有钱的、有权的、有地位的人，节假日或闲暇时到这住几天，既舒适又有面子，还能保护隐私。现在的世道虽然对找情人、包二奶之类的事情见怪不怪了，甚至许多当官的都把挎个小妹妹抛头露面当成一种时尚，但是要真的找个地方缠绵几天，在这儿才是最佳的选择。就说这位做电线生意的老板吧，也是想在这儿过几天两人世界的生活，可是没想到遭此杀身之祸。我冒昧地问一句，这个案子能破吗？”

“你把吗字去掉就是我的回答。”侯滨松不喜欢有人质疑他的能力。

隋经理低头想了想试探着问：“你是说这个案子能破？”

“对，但是需要有人帮助我。”

侯滨松的回答很轻松，但他能明显地感到孙萌身体里散发出的嫉妒和愤懑的气息，甚至听到了她的高跟鞋在石板地面上滑动的声音，就像要驰骋的烈马被紧紧地勒住缰绳一样。

“侯警官放心，我一定竭尽所能给您帮助，包括办案所需要的食宿和修车烧油的费用。不过我也恳请您能给我们宾馆一些关照。”

侯滨松点了一支烟露出怪笑：“请你放心，尸体我们已经运走了，除了临风阁暂时封闭起来，其他两栋别墅你可以照常经营，我们的人不开警车、不穿警服，所有的侦查活动都会秘密进行，绝不会肆意张扬影响宾馆的正常经营。我想除此之外你不会再有别的恳求了，我也给不了你别的关照。”

“大侦探为人豪爽名不虚传，我服了。告诉宾馆那边派个厨师过来，吃什么让侯警官点，只要他能点出来，就得给我做出来。不打扰了，我就在餐厅等候，随叫随到。”

隋经理起身要走，自然又要握手，可这次侯滨松跟他握完手后，却不能再次慢待孙萌，而是实实在在地用手掌跟她握了手，因为她的手心里暗藏了一张名片。

五

侯滨松比孙萌约定的时间早十分钟赶到了哈尔滨江上俱乐部，他在别致的回廊边选了一个座位，远看松花江北岸金黄中透出红色的树丛和静静流淌的江水，他预感孙萌会如约而来，也预感到离破案不会太远了，所以他才有赏景的心情。

正好中午十二点，孙萌长裙飘飘款款而来。侯滨松站起来躬身让座，两人落座后服务员上菜，他还连连谦让："为了节省时间，我先点了几道菜，也不知道是否适合美女的口味，真是不好意思，好在今天是一顿工作餐，以后我再正式请客，孙经理可得赏光啊。"

"没想到堂堂的大侦探，人前一样人后又一样，不知道哪个是人哪个是鬼呢？"

孙萌说这话时有点趾高气扬，而侯滨松却脸上堆满谦恭。"此话怎讲？洗耳恭听。"

"你在山间别墅用那样傲慢鄙视的姿态对待我，不留一点情面，完全丧失了作为哈尔滨大侦探这样有影响的公众人物所应当具有的风度和气质。可是现在你又如此能放下架子，用尽方法来讨好一个比你年轻许多的女人。我实在弄不懂你在人前人后的表现，哪个是在演戏，哪个才是真实的你。"

"一个人无论他怎样标榜自己纯洁和坦诚，只要是人就一定有他虚伪的一面。比如说你，其实你提前了一会儿就到了这里，不过你躲在了不远的地方在观察。

你这样做有三点考虑，一是看我能否赴约，二是看我是不是守时，三是想比我晚到一会儿压我一头争个面子。”

“你说话这样轻率，不觉得有失你的身份吗？”

“一点都不失身份，因为我说的都是事实。你看，这个地方是汽车禁行路段，也就是说，无论你是自己开车还是乘坐出租车，都要在二百多米外下车步行到这里。今天中午的最高气温是零上二十五摄氏度，而且天气晴朗，阳光充足，你如果直接走到这，即使不会气喘吁吁大汗淋漓，也绝不会呼吸均匀平静如水。所以我断定你是躲在很近的地方，看我到了以后才出来的。当然还有第三种可能，就是你骑自行车来的，但从你今天穿的长裙和像你这样女人的出行习惯分析，这个选项一开始就被我给画掉了。”

孙萌有些气急败坏：“你在偷换概念，回避我提出的问题。”

“实在对不起，我忘了你的问题，请再提示我一遍。”

“我问你在人前人后判若两人，究竟哪个是在演戏，哪个是你的本色？”

侯滨松像有什么短处落在了别人手里一样，低头想了想说：“这个问题等我侦破了杀人案之后再回答你，你看行吗？我想有你的帮助，破获这起案件不是太大的困难，也不会费很长的时间。”

说着他掏出一盒圣罗兰牌香烟递过去，又把打着的火也送过去：“这是女士喜欢的烟，也是你最喜欢抽的烟。”

孙萌熟练地弹出一支烟叼在嘴上，在侯滨松送过来的火苗上点着抽了一口问：“你怎么知道我喜欢圣罗兰的牌子？”

“昨天晚上我去刘大姐家的时候，屋子里有一股清淡的略带薄荷的烟味，可刘大姐并不抽烟，而茶几上却放了一盒黑色的圣罗兰牌烟盒，烟灰缸里有新鲜的烟灰，这说明有人正在抽烟，而且是个年轻的女人，听见来人躲开了。当时你在卧室里把门开了一道缝偷听我们的谈话，我走的时候起身很突然，使你来不及把门关上，我就这样意外地看见了一个美女的半张脸和一只眼睛。烟是女士烟，不是你抽的还能有谁呢？”

侯滨松虽然还是敛声屏气的样子，可孙萌却再也撑不住虚张声势的高傲表演，用谦和的语气问道：“你说我能为你破案提供帮助，你所需要的帮助是指什么呢？”

“如果我没有记错的话，是你约我到这来面谈的，怎样帮助我你早就心中有数，又何必问我呢？”

孙萌不想再玩了，也玩不下去了，她开始从头谈起有关广富银被杀案件的来龙去脉。

孙萌是燕秋波的表妹，两人同岁，只是生日差了几天。其实在燕秋波的生活圈子中，孙萌也陷入得很深，就连燕秋波和广富银的关系也是她给扯上的。当然，一开始她是想帮姐姐抓住一个做生意赚钱的机会，就把在宾馆住宿的广富银介绍给了燕秋波。谁知两人只吃了一顿饭就打得火热，难解难分。燕秋波又拉上郭强，真的做起了电线生意，而且赚了钱。他们赚钱的方式来源于燕秋波的心计。有一次在饭局上，广富银说他的产品的质量跟大工厂生产的没有多大的差距，就是因为品牌不行，所以在市场上没有竞争力。一句话让燕秋波脑洞大开，她发现她和郭强虽然只是国营工厂的普通工人，但他们这一身工作服就是丰富的资源和商机。她是保管员，有的是包装袋和包装箱，郭强是工厂运输公司的司机，他开的汽车上印着“哈尔滨松江电线厂运输公司”的标识。这样用松江电线厂的包装袋装上广富银厂里生产的电线，再由郭强用松江电线厂的汽车送货，而且郭强每次送货时都穿着工厂的工作服，戴着胸卡，这样的骗局可谓是天衣无缝。

置身于江上俱乐部欧式的外飘式回廊，看着松花江的美景，并没有给孙萌带来好心情，她反而眼里闪出泪水，话语间流露出越来越多的悲伤：“我帮姐姐结识广富银完全是一片好心，为了能做生意赚点钱，可是事情的发展一开始就失去了控制，任何人都无法挽回这场悲剧的结果。我没有想到，由我张罗的第一次饭局上广富银就像一只色狼盯上了燕秋波。我想到了去制止他们，而且我也这么做了，我不但警告了燕秋波不要玩火，不要毁了自己的生活和幸福，我还找过广富银。我找广富银那次吵了起来，我气急了扇了他一个嘴巴。就这样也没能把他们拆开，万般无奈之下，我把这件事告诉了燕秋波的男朋友潘大勇。我以为潘大勇知道了这事会火冒三丈，没想到他闷着头不出声，被我追急了才说这事他知道，还说他相信燕秋波不会做出什么出格的事来。咳，男人没有一个好东西，对不起，我在气头上说的话你别在意。有的为了情欲抛开妻子儿女去追逐别的女人，像没有廉耻的动物。还有像潘大勇这样为了金钱而心甘情愿出让自己女朋友的懦夫，他没有人格、没有尊严，他是行尸走肉。”

侯滨松恭恭敬敬地给孙萌倒了一杯饮料，还从桌上抽出一张餐巾纸递给她：“孙经理息怒，气大伤身啊。”

孙萌擦擦眼泪，长长地叹了口气说：“我也恨我的姐姐，她为了金钱就如此轻易地出卖了自己的青春。我开始并不知道她接受了广富银花了十六万为她买的房子，等我知道这件事的时候，他们已经为这房子发生了纠纷。广富银这个色狼为燕秋波买房子是想金屋藏娇，想把她包养起来，当他知道燕秋波已经有了未婚夫，而且想用这套房子结婚时，他忍无可忍了，他认为燕秋波把他给涮了，他到处找燕秋波，燕秋波自知理亏就避而不见。我没地方躲，广富银就经常来找我，软缠硬磨地让我给他找燕秋波，说这事不能就这么糊里糊涂地算了，要有一个说法，要有一个了结。咳，我也恨我自己，当初不该给他们牵这个线搭这个桥，不但害了姐姐，也害得我陷入其中扯上了干系。就说广富银被杀吧，虽然在你去我姨家调查他失踪的时候，我还不知道他已经死了，可我已经预感到要出事，要出大事。我当时就想跟你谈谈，但没有机会，等广富银被杀后我不能再等了，我必须把我知道的一切都告诉你，这才把你约到这来。”

“你这样做非常明智，因为广富银被杀案件你是重要的知情人之一，你必须把所知道的一切如实告诉警方，要知道这不是闹着玩的事情啊。”

侯滨松的话像一张慢慢撒下来的无形的网，孙萌置身其中就像一条鱼，无处可逃。她喝了一口橙汁稳定一下情绪，迎着侯滨松那审视的目光说：“广富银和燕秋波最后这次在山间别墅见面，也是我给安排的，本来是想让他们好好谈一谈，但没想到燕秋波竟然把他给杀了。”

这时侯滨松的手机响声打断了孙萌的话，但他没有接听，而是直接把来电摁掉了。紧接着电话又响，他又摁掉了。他揣起电话说：“我们只能谈到这了，我得马上走。”

“什么事这么急？我的话还没有说完呢。”

“燕秋波找到了。”

“怎么找到的？”

“怎么找到的并不重要,重要的是广富银被杀一案很快就会有眉目了。对不起，你吃一点东西，我已经买完单了。再见。”

看着匆匆离去的侯滨松，孙萌的心像荡起的秋千，她开始担心起自己的命运，这可是人命关天的大案子啊，这可是哈尔滨大侦探亲自办的案子啊！他们找到了燕秋波，这不会有诈吧？她掏出手机给燕秋波打电话，手机关机，再给潘大勇打，也关机。她咬咬牙豁出去了，拨出了那个绝密的固定电话号码，电话无人接听。侯滨松真的这么神吗，他究竟是怎么找到的燕秋波呢？

六

警察破案总要时不时地设计出一点神秘的气氛，这样对嫌疑人乃至涉案的所有人都会产生莫名的压迫感，许多人忽略了这一点，而这对破案是非常有利的。

刚才那个电话是刘雅琴打来的，而且电话持续打进来，这一定是有急事。在这个时候刘雅琴的急事就是她女儿燕秋波的事，而且她和侯滨松有约定，只要女儿一有消息就立即告诉他。所以这一定是有关燕秋波下落的电话，这个电话他不能当着孙萌的面接听，他就借故先离开了。至于为什么谎称燕秋波已经找到了，这无非是给孙萌造成一个心理上的压力，她是这起案件的重要证人，给她一定的心理压力，这对侦查案件是有帮助的。

侯滨松出了江上俱乐部快步走到停车场，钻进车里就给刘雅琴回电话。果然是燕秋波有消息了。“小侯啊，你怎么不接电话呢？快到我家来吧，我女儿有消息了。”

一个小时以前，刘雅琴接到燕秋波给家里打来了电话，说今天下午坐长途客车回哈尔滨，当被问到广富银失踪的事时，她说这事跟她没有任何关系，她有证据证明自己的清白。

“刘大姐，你女儿的事情非得调查不可，只有我们公安局拿出调查的结论才能证明她的清白。这件事就交给我吧，请你放心。”

听了侯滨松的话，刘雅琴又抹起了眼泪：“小侯啊，我老伴儿死得早，我就这么一个女儿相依为命，她要是出点什么事，我也活不下去了。她这次回来的消息可是我向你报告的，你可得松一松手给她个出路啊。”

“大姐放心，有我小侯在，你的女儿冤不了。”

从刘雅琴家出来，侯滨松先通知侯组全体在客运站会合抓捕燕秋波和潘大勇，又向鲁俊山汇报了案件的进展情况。鲁俊山考虑到客运站的环境比较复杂，想调集朱大平过来增援，侯滨松一听赶紧回绝了，案子搞到了要出成果的时候了，可不能让这小子来沾光。

燕秋波和潘大勇根本就没用抓，他们一走出站台就被戴洪岭拦住了，出示了警官证之后，两个人乖乖地跟着进了旁边的贵宾室。这是侯滨松事先跟客运站联系好的，以防止旅客太多发生意外。

一行人刚走进贵宾厅，客运站的经理就跑进来跟侯滨松一个劲地握手：“欢迎欢迎，哈尔滨大侦探能用得着我们这一亩三分地来办案是我们的光荣，您的到来让我们蓬荜生辉啊。”

侯滨松示意带进来的是嫌疑人，现在不是说话的时候，经理连忙附着他的耳朵说:“我不打扰了，外面已经给您安排了警卫，改日请您吃饭可一定得给面子啊。”

经理蹑手蹑脚，轻轻地把自己关在外面，隔着宽敞的玻璃能看见两名保安神色紧张地把在门口。这阵势正求之不得呢，等破了案该请人家经理吃顿饭才对。侯滨松转过身慢慢地向燕秋波和潘大勇逼近，就像猎人在悄悄接近猎物。把嫌疑人带到这里是为了安全起见，躲开客流高峰，他并不会在这儿进行审讯，但他要用眼睛审视他们一番，把他们心里的秘密透视一番，再问不冷不热的问题，在模棱两可的暗示中给对手施加心理压力。可就在这个时候，门外爆发出嘈杂声，还没弄清是怎么回事，有人一头撞了进来，小李子手疾眼快，一个标准的擒拿动作就把这个人摔倒在地。门外的两个保安也冲进来把这个人从地上拉起来。这个人一边蹦着高地胡乱挣扎，一边扯着嗓子高叫：“人是我杀的，跟他们两个无关，你们警察不能乱抓人。广富银这个畜生该杀,是我杀的,是我杀了广富银这个畜生！”

事发太突然了，看着这撕打成一团的混乱场面，连侯滨松也一时不知所措。戴洪岭上前一把揪住这个狂喊乱叫的人一看，所有人都愣住了，这不是郭强吗？

侯滨松虽然表面镇静自若，可心里也不免一阵慌乱。案情突变完全出乎他的预料，这半路里杀出个程咬金来可不能等闲视之，难道对案情的判断出了错误？如果真的发生了重大失误该如何补救？

侯滨松走到郭强的面前轻轻说："我知道有这么一个郭强。"

"对，我就是郭强，你们抓他们两个抓错了，你们要抓的人应该是我。"说这话时他挺起胸膛，用目光扫射一旁的燕秋波，只是他周围的人都把手撒开了，这让他有些泄气，似乎这时被五花大绑他才觉得过瘾。

侯滨松眯起眼睛问了一句："人是你杀的？"

"好汉做事好汉当。"

吴波给他戴上手铐："委屈你了好汉。"

果然郭强被戴上手铐后精神焕发，忍不住又瞥了燕秋波一眼，而刚才被惊得呆若木鸡的燕秋波则变得坦然起来，虽然一脸疲倦，但她的眼睛里充满了镇定的神色。

侯滨松做出一个收队的手势，虽然动作还是那样利落潇洒，可他的心情并不轻松，他知道这个案子遇到麻烦了。

把人带回大案队根本没用审，这个郭强就主动供述了杀害广富银的案子，而且供得有板有眼的。按照他的供述，作案过程是这样的：他想杀掉广富银已经有些日子了，只是没有适当的时机下手。九月十七日这天傍晚，他给广富银打电话想找他谈一谈，广富银同意了，他就去了山间别墅。他是摸着夜路上的山，到了山间别墅已经快十点了，他看见临风阁的灯光还亮着，估计广富银还在里边，就从一棵歪脖老榆树爬上去跳进大院。他在黑暗中悄悄靠近房子的背面，发现有一扇窗户开着，探头一看原来是卫生间。他在窗下竖起耳朵听了半天，静悄悄的一点声音也没有，难道屋里没人？不能放过这次机会，他决定跳进去看看究竟。他拉开纱窗跳进卫生间，这里出去就是卧室，广富银就在卧室里睡得像死猪一样。郭强就掏出事先准备好的一段电线，跳上床骑在他的身上，用电线勒住他的脖子，他开始连蹬带踹的，不一会儿就不动弹了。郭强看他死了就把他拖到客厅的地上，然后就打开房门逃离了现场。

侯滨松冷冷地听着郭强坦白他杀人的过程，还顺手拿过一张报纸漫不经心地浏览，这叫郭强大失所望。这时侯滨松的心情平静下来，因为他已经断定郭强说的是假话，他为刚才被这个混蛋给吓了一跳而感到好笑。

回到办公室，侯滨松见所有人的目光都盯着他，每张脸上都写着怎么办。

"你们还记得那个偏脸子鞠万金吗？侦破鞠万金杀人抢劫案件的教训都还记得吗？"

大家面面相觑，在侦查的紧张时刻怎么又翻出陈年旧案说事，是不是有点跑题了？侯滨松虽然看出大家的疑惑不解，但他还是自管说下去："这个案子的失误，鲁队是不许我乱讲的，但我也要讲。鞠万金就是个普通的农民，文化也不高，就是个初中生，可是他作案的计谋之高、胆量之大、手段之诡秘都超出了我们的想象。现在的社会经济发展了，人们的生活水平提高了，金钱对人的腐蚀却越来越严重了，人们对金钱的欲望也越来越疯狂了，许多刑事案件也越来越超出了我们的想象，越来越对我们的破案能力提出挑战。一开始我对鞠万金为了六百块钱杀人感到不可思议，等到祁良被杀我才恍然大悟，预料到妙妙和鞋拔子可能会成为被杀的目标。但是晚了，我没有追上鞠万金杀人的脚步，不然他也成不了连环杀手。为什么会出现失误呢？那是我的侦查意识落后了，老一套的经验不灵了，我们的对手不像以前那么简单了。"

"侯老完全没有必要过于自责，当时你在检察院接受调查，行动受到限制，这才造成了侦查中贻误战机的失误。"赵冬对侯滨松把失误都揽在自己名下的做法并不认可。

"不能强调别人的问题，我的问题出在哪里我自己知道。"

吴波想起了侦破割辫子案件时侯滨松对失误的反省，他在心里感叹，哈尔滨大侦探就是这样练成的。想到这，他提出问题时更多了几分尊敬："这么说你对香露山案件又有了新的想法？"

"我昨天晚上见到燕秋波母亲刘雅琴的时候，就预感到燕秋波与广富银失踪必有关联，等到发现广富银被杀，我以为这是一个简单的案件，燕秋波为了一套十六万的房子，勾结未婚夫杀了广富银。直到她母亲劝她回来投案自首，我还乐观地以为案件到此就破获了。可是我错了，我小看了燕秋波这个女孩子。"

"现在有三个嫌疑人都掌握在我们手里，只要严加审讯，把案子拿下来应该不成问题。"戴洪岭倒是充满信心。

"洪岭啊，你还是没有看到案件的复杂性。我刚才和燕秋波打了一个照面，就算打了一个无声的回合，我们的目光碰了一下，我没有占到上风，只打了个平手。回想一下燕秋波在案发前的所作所为，不难看出她是个颇有心计的人，她绝不亚于那个鞠万金。你刚才说三个嫌疑人不对，嫌疑人只有燕秋波和潘大勇两个人。"

侯滨松的话让吴波疑惑不解："那郭强呢？"

"郭强与本案无关，案子是燕秋波和潘大勇干的，但是关键在于我们能不能拿到作案的证据。你们俩分头去审讯，要详细记录他们的无罪辩解。”

赵冬问道：“为什么只强调无罪辩解？”

“因为他们不可能供认不讳。”侯滨松说完往椅子上一靠，戴洪岭顺手把一只凳子推过来，把他的脚垫起来。

既然燕秋波是主动回来投案自首的，那她为什么会不做有罪供述呢？所有人都对侯滨松的预判半信半疑，可等到审讯结束后才发现，让他给说着了。

戴洪岭快步走进审讯室。燕秋波没事似的倚在窗前看着外面过往的行人和车辆，听见声音回过头来：“请问这位警官，侯叔叔怎么没来？”

“他很忙，有更重要的事情需要他去办。”

“这么说我的事情就不重要了呗？”

“你所涉及的案件也不是不重要，希望你能如实地把事情讲清楚，接受法律的公正处理。”

燕秋波露出微笑的样子问：“我从外地回来是配合警方调查广富银失踪的事情，可刚才在客运站郭强说他把广富银给杀了，他这个人我了解，说话云山雾罩的没个准，我猜想他是在吹牛，他可没有杀人那个胆。”

“他有没有胆量杀人现在还不好说，不过广富银确实被人给杀了。”

燕秋波猛地站起来：“广富银他死了？”问这话时燕秋波有些做作，故作惊讶的表情实在是很难拿捏。

“广富银真死了，而且是死于谋杀，你现在需要解释的是广富银被杀跟你有没有关系。”

“没有，他死不死跟我没有半点关系。”燕秋波有些按捺不住焦虑的情绪，说话时不断地挥动手臂。

戴洪岭轻轻做个手势说：“请坐，请坐下讲。”

燕秋波坐下后思忖良久，然后开始诉说她和广富银之间的事情，她说得很详细，也很真实，这一点孙萌的证言可以证明。本来在十七号这天的晚上，她是可以和广富银见上一面的，可是这一面却没有见到。她跟广富银闹翻了以后就整天躲着他，有时就把手机关掉玩失踪。广富银找不到她就整天到宾馆去磨孙萌，还找到她的单位去闹过。事情闹到了这个程度孙萌就劝她，说这样闹下去也不是个办法，对她、对广富银都没有什么好处。广富银是个舍命不舍财的主，躲是躲不过去的，她就劝燕秋波跟他见一面，管它能唠出个什么结果来，唠一唠总比不唠的好。孙萌甚至还跟她说，要是实在不行就把钱给他退回去，可燕秋波一口回绝了："房子都买了怎么退？他给我补偿是天经地义的事，想占着便宜还不舍财，天下的好事都是他的了。再说了，没有我，他做生意也赚不了这么多钱，买套房子算不了什么。"燕秋波把孙萌顶了回去，又关掉手机躲了几天，广富银找不到她就给她母亲刘雅琴打电话吵闹。这下她挺不住了，就找到孙萌说同意跟广富银唠一唠，孙萌就把双方约到山间别墅去见面。

"你接着说，时间、地点和见面的过程都要说，而且要尽量说得清楚、说得详细。"戴洪岭知道离发生案件越来越近，他提醒燕秋波别想耍花招蒙混过关。

到了紧要的关口，燕秋波也警觉起来，说起话来越发谨慎，说起她和广富银见面的经过显得小心翼翼："我们见面是孙萌给联系的，她告诉我广富银住进了山间别墅，让我给他打电话，约定个见面的时间。可是我给他打电话他却关机，我就往他的房间打电话，房间的电话占线。我当时老大不乐意，这个王八蛋，是他要找我又不是我找他，还把手机给关了。当时是在山间宾馆的大堂，孙萌让服务台给临风阁打电话，结果还是占线，她又打电话给山间别墅的服务生，问临风阁的客人是不是在房间，服务生说客人在房间没有出去。孙萌就跟我说，房间的电话占线说明广富银在用座机通话，让我去找他。我虽然憋了一肚子的气，可想一想孙萌的话也有道理，见个面把话说开，总比这么拖着强。退一步说，就算他胡搅蛮缠撕破脸，我就到他老家去找他老婆孩子，把他这点砢碜事都抖搂出来，他能折腾我，我也折腾折腾他，看看到底谁怕谁。为了防止一旦打起来我一个人吃亏，我就和潘大勇一块开车去的。可到了山间别墅，服务生说客人已经走了。我说'这不可能，他的房间刚才还电话占线，你还告诉孙经理说客人就在房间里'。服务生拿起吧台上的电话挂临风阁，电话里传出无人接听的长音。当时服务生还说，客人出去是他亲眼看见的。你说广富银他是人不是人，开始是他到处找我，这次约好了坐下来好好唠一唠，可他又躲了不见。我真是要疯掉了，在电话里跟孙萌一顿喊，然后就和大勇到外地旅游去了。今天早上我给妈妈打电话，才知道广富银失踪了，公安局正在调查，我就和大勇回来协助调查。我要说的就是这些，还有什么要问的吗？"

"你和广富银约定见面是什么时间？"

"只是约定十七号晚上，没定具体时间，是我到了山间宾馆孙萌才给他打电话，时间好像九点多一点，我记得不太准。"

"你是什么时间到的山间别墅？"

“去山间别墅虽然是山路，但路很好走，开车也就是半个小时，我到那有十点了。”

“你到山间宾馆是九点，到山间别墅是十点，路上需要半个小时，这中间怎么少了三十分钟呢？”

“因为广富银的手机关机，我很气愤，就不想跟他见面了，孙萌劝了我半天，这中间可能耽误了一些时间。”

“你的陈述已被如实记录在案，但愿它真实可靠，符合事情的本来面目，不给你我添麻烦。”戴洪岭说完这句话，站起身走了出去。

戴洪岭和吴波差不多同时完成了讯问来向侯滨松汇报。戴洪岭先说，说完后吴波沮丧地丢出一句话来：“我就不用汇报了，潘大勇说的和燕秋波说的跟录音一样，几乎一句都不差。”

转眼之间香露山案件的两个重大嫌疑人竟然没有了作案动机，也没有了作案时间。案情突变，侯滨松心生烦躁，因为他知道案件现场并没有找到燕秋波和潘大勇留下的任何痕迹，如果再没有作案时间，这个案子可就骑虎难下了。

就在侯滨松愁眉不展的时候，吴波问了一句：“这案子能是郭强干的吗？”

侯滨松的回答斩钉截铁：“香露山案件与郭强无关。虽然现场留有他的指纹和足迹，但他不是杀死广富银的凶手。我们可以回顾一下现场，死者的尸体倒在客厅的门口，而郭强是从卫生间的窗户进入现场的，这就给我们提供了这样几条现场信息。第一，我们已经知道，广富银在回房间的时候神志非常清醒，服务生还证实他当时接了一个电话，是气囊囊地离开餐厅的。我们还知道，在这个时候他正等着跟燕秋波见面。我们完全可以断定，广富银在这个时候绝不可能上床睡觉，只要他不是处于熟睡状态，郭强跳窗进入他就不会没有警觉。如果他发现郭强要把他置于死地，凭他的身体状况绝不会束手就擒，一定会激烈反抗，可是现场没有激烈搏斗的迹象，郭强和死者身上都没有留下搏斗的痕迹。第二，房间门铃的按钮上留下了郭强的指纹，在这也可以断定，按门铃肯定是在跳窗入室之前，那么广富银听见门铃声为什么没有开门呢？”

吴波试探着说：“这个时候广富银已经死了。”

“对，完全对，广富银这个时候已经被杀身亡。还有第三，死者脖子上的电线是从后面勒上的，这是一个人不可能完成的。最后一条就是‘小饭盒’临走时说的那句话。”

赵冬想起了这句话："他说跳窗入室的人所留下的痕迹，与死者的逻辑关系有些模糊。"

"对，这小子就是这么说的。什么逻辑关系模糊，就是这个人跟杀人没关系，之乎者也地摆他专家的臭架子，才当上副科长就跟我打官腔。"

"现在怎么办？"戴洪岭有点急。

"你赶紧把孙萌给我找来，越快越好。"侯滨松也有点急。

"哈哈，听说侯大侦探又要破大案了，能不能先透露点消息让我先知为快啊？"朱大平打着哈哈进来冲淡了沉闷的气氛。

侯滨松没好气地当头一棒："你小子是听说我遇到麻烦了来幸灾乐祸的吧？"

跟在朱大平后面的关超阴阳怪气："怎么样朱头，我说你别过来，你说你热脸贴个冷屁股，这不是自讨没趣吗？"

朱大平压低声音说："我还听说鲁队要让我增援，被你一口回绝了，是怕破大案我沾你的光吧？我说你这个小心眼什么时候能改一改呢？"

侯滨松正气凛然："你这是听谁说的？哪有的事，我侯滨松是那种人吗？"

"不开玩笑了，说点正经事，案子怎么样了？"

侯滨松轻描淡写："还能怎么样，困难面前总有我，我的面前无困难，案子到了我侯滨松的手上从来都是迎刃而解，这你也不是不知道啊。"

"大侦探该不是又自个给自个限期破案了吧？"

侯滨松明知道关超这是在挖坑让他往里跳，可他却抬腿就跳不当回事："我这正要向鲁队报告，明天早上报捷，报纸、电台、电视台，能来的尽管来，也欢迎二位来看热闹啊。"

打发走了这两个来搅局的，经过了难耐的一个多小时，终于等来了孙萌。她详细地回放了九月十七号那天晚间事情发生的经过。

十七号晚上快到九点的时候，燕秋波和潘大勇来到山间宾馆，一进大堂她就指着墙上的电子钟对孙萌说："我可是绝对守时，不知道那个王八蛋讲不讲信用。"

孙萌就怕燕秋波惹出什么事来，急忙把她拉到角落里说："我已经跟他谈好了，他也同意把这间房子作为对你的补偿送给你，但你得有句感谢的话，不能就这么把房子硬吞了，把他当成了冤大头，他其实就是咽不下这口窝囊气。"

听了孙萌这番话，燕秋波愣怔了半天才冒出一句话来："他要是早有这么句话，事情还至于闹到今天这个地步吗？这个害人害己的王八蛋。"

“现在不是说气话的时候，你赶快去跟他谈谈，无论如何也要化解矛盾，然后你俩大路朝天各走各的，再也别往一块掺和了，从此相安无事，这我也就算省心了。”

刚才愣怔的燕秋波仍然没有清醒过来，潘大勇过来拍拍她的脸提醒她说：“你还不给广老板打个电话？咱们马上就过去。”

“你打吧。”

孙萌拉过来一把椅子让燕秋波坐下，正听见潘大勇说广富银的手机关机，就喊吧台的服务员给临风阁打电话，服务员回答说，房间的座机占线。

这时燕秋波的脾气又上来了：“你看看他有诚意吗？这个时候又关机了，他的座机占线，是不是又跟哪个女人扯上了？”

孙萌一个劲地劝说：“他要是万一手机没电了呢，你不就冤枉人家了吗？他现在房间的电话占线，说明他正在等你，你就赶快去吧。”

两个人走了有半个多小时，燕秋波给孙萌回了个电话，告诉孙萌广富银在她到山间别墅之前就走了，她也不想再见到他了，和大勇到外地散散心，过些日子再回来。从此她和潘大勇就关机失踪了。

听完了孙萌的陈述，又看天色暗淡，侯滨松面带惭愧地说：“我们就谈到这儿吧，又让孙经理辛苦了一趟，我于心不安。这样吧，我请孙经理跟我们一起吃晚饭吧，但愿赏光啊。”

“不是我辛苦，而是你们太辛苦了，就请到山间宾馆就餐吧，我请客表达一下心意吧。”孙萌虽然心力交瘁，但仍不失风雅。

“不不，你们那里太奢侈了，我们只是去吃顿涮羊肉。”

“侯警官实在对不起，我身体不舒服，我先回去了。”

送走了孙萌，吴波兴冲冲地说：“师傅你们先去吃羊肉，我去把所有涉案人员的电话单子调出来，这样就能锁定嫌疑人在发案时间段的准确位置。”

侯滨松冲着正要出门的吴波大喝一声：“你给我站住。”

这一声怒吼把人吓了一跳，吴波更是惊得呆若木鸡。

“从一开始我就说过，这个案子中所有的通信工具都不许上手段、调单子，难道你把我说的话当成了耳边风吗？难道你吴波非要跟我侯滨松对着干吗？每一部手机、每一部座机都有通话记录功能，你就去看一看能费什么事呢？我正告你吴波，你如果非要跟我作对我侯滨松不怕你，我奉陪到底。”

猛烈的摔门声把吴波彻底摔蒙。

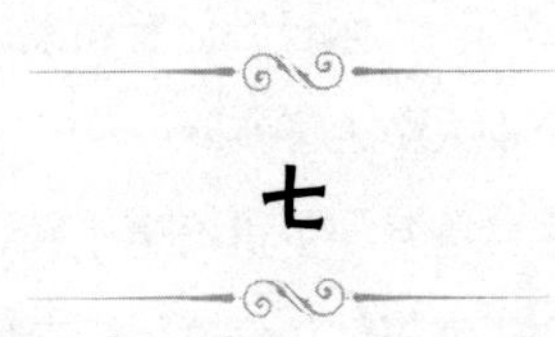

七

到了火锅店，侯滨松的怒气已消，但脸色依旧阴沉，虽然鲁俊山追问他什么时候破案时，他仍坚定地答复明天上午，但侦查陷入困局他也不免忧心忡忡。

火锅咕嘟咕嘟地烧开了，羊肉也下锅了，侯滨松宣布今天每人一瓶啤酒后，吴波战战兢兢地给他倒满了一杯酒。

戴洪岭担心地问："鲁队在电话里还说了什么？"

侯滨松喝了口酒说："鲁队在省厅开完会，明天一早就回来，他一再强调有困难说困难，千万别嘴硬，这是对我不放心啊。"

"案件到了这一步还有什么纰漏呢？"赵冬端起杯又放下了。

侯滨松举杯说："纰漏一定是有的，不然就破案了，可是纰漏出在哪里呢？我们今天就来个煮酒论英雄，每个人都谈一谈，集思广益嘛。来，喝一口。"

"在这个案件发生过程中，有一个细节有些不符合逻辑。既然孙萌跟广富银和燕秋波约定了见面的时间和地点，双方也同意坐到一起谈一谈，妥善解决两个人的纠纷，可是到了见面的时候广富银却突然把手机关掉，这才有了燕秋波到宾馆去找孙萌的一幕。其实她完全可以直接到山间别墅去找广富银，没必要舍近求远去找孙萌啊。"赵冬的分析很严密，侯滨松认真地听，又认真地点着头。

吴波瞄了侯滨松一眼说："我也说说？"

侯滨松一挥手："不用看我，但说无妨。"

"现在我们梳理一下，在宾馆大堂这一段的核心事件是什么呢？是用大堂的座机给临风阁打电话。这个电话在案件中有什么作用呢？临风阁的电话占线能够证明在燕秋波和潘大勇到达山间别墅之前，广富银仍然活着，等他们赶到山间别墅，广富银已经离开，他们根本就没有见到广富银，这样也就没有了作案时间。"

"可是电话占线就能证明广富银一定还活着吗？比如电话没有放好也能产生占线的效果。"戴洪岭说着又给侯滨松倒了一杯酒。

侯滨松没有去端酒杯，而是又点了一支烟："你们不要忘了，我们到达现场时，电话是放得好好的，如果按照正常的逻辑来分析，那只能是有人曾用这部电话长时间通话，然后又把电话放好。在这个房间里只有广富银一个人，那这个挂电话的人就只能是他了。再往下就顺理成章了，当燕秋波和潘大勇没到山间别墅时，广富银是活着的，而在他们到达之前有人把他给杀了，事实真的是这样吗？"

赵冬："还有一个细节，燕秋波在进入山间宾馆大堂时，用手指着墙上的电子钟说了一句，'我可是守时的'，我认为这句话是她在强调时间。"

小李子："这该不会是故意设计的吧？"

侯滨松听得津津有味，他问大家还有什么想法，见都在摇头就说："我刚才把所有的对话一句一句地筛了一遍，有一句话让我心动，这句话是燕秋波说的，她万万想不到在不经意之间泄露了天机。当孙萌告诉她，广富银已经答应把房子作为给她的补偿时，她说了这样一句话：'他要是早有这个意思，事情还至于闹到今天这个地步吗？这个害人害己的王八蛋。'请注意'害人害己'这四个字，这是有感而发啊。"

侯滨松的电话响，是范志成打来的："你小子是不是又在吃涮羊肉？有案子的时候你狼哇地找我，涮羊肉的时候你就把我忘了。"

"你赶紧过来吧，还是老地方。"撂下电话，侯滨松乐得手舞足蹈："赶紧再上一盘极品羊肉，我跟鲁队打了保票，太阳升起来，案件拿下来，现在看来胜券在握了。"

不一会的工夫范志成上气不接下气地跑进来，戴洪岭递给他毛巾擦汗，他坐下来拿起筷子就要开吃，侯滨松伸手挡住："且慢，先说案子后吃羊肉。"

范志成毫无怨言地撂下筷子说："从目前掌握的情况看，把燕秋波和潘大勇列为重大嫌疑人这没有问题，虽然我们还没有拿到确凿的证据证实二人有罪，但这正是需要我们来做的事情。现在对嫌疑人来说，最有力的解释就是有不在现场的证据，可我总觉得这个证据是精心设计出来的，你又找不出它的破绽所在。但是我找到了一处破绽，我说老猴子，能不能让我先吃口肉，再把我的想法告诉你？”

“不行，咱们有言在先，先谈案件后吃肉。”侯滨松一脸严肃，绝没有开玩笑的意思。

范志成无奈地看了看桌上的羊肉继续说：“我今天下午又去了一趟山间别墅，再次对现场进行勘察和研究。犯罪嫌疑人的入口就是榆树墙的那个豁口，当然了，郭强也是从那个豁口进去的，然后从大门出去了。我在那个豁口的树枝上发现了两根灰色的棉布纤维，应该就是嫌疑人进入现场时留下的。但是请各位注意，从调查的情况看，所有人都证实燕秋波那天晚上穿的是白色连衣裙，而潘大勇的裤子和T恤衫都是白色的，因为很显眼，所以在场的人都记忆深刻。还有那个郭强，他穿的是蓝色裤子白衬衫。好了，问题来了。像燕秋波的那一身打扮，要想从榆树墙的豁口进去是很难做到的，再说了，穿成这样去杀人也会在身上留下许多痕迹，而且夜间也不利于隐蔽。”

侯滨松噌地站起来：“你是说在这中间他们换过衣服？”

范志成也精神抖擞：“对，他们一定换过衣服。他们在作案的时候穿着灰色衣服，杀人后他们扔掉灰色衣服，为了制造假象换上白色的衣服去了宾馆大堂，这样一来就迷惑了所有的人，包括我还有你哈尔滨大侦探侯滨松。”

“这衣服会在什么地方呢？”

面对吴波的疑问，范志成斩钉截铁：“只有一个地方，就在山间别墅和山间宾馆之间的山路上。他们只能在山路上扔掉作案的衣服，因为如果在公路上扔衣服会引起人们的注意，再说山路旁草木茂密，也不易被发现。”

侯滨松用力给了范志成一巴掌：“范大科长，你给我连夜调警犬搜山。”

范志成不解地问：“为什么要连夜，等明天白天视线好的时候再搜也不迟啊！不对，让我想想，好啊，你小子又跟鲁队吹牛说明天天亮就破案！”

“现在你可以吃肉了。来、来，这是专门为你点的极品羊肉。”

就在范志成刚要伸筷子吃羊肉的时候，侯滨松却又拦住范志成的手，喊了一声“停”，他直愣愣地看着那盘极品羊肉发呆：“刚才还是上尖的一盘羊肉，怎么就剩这么一点了？”他大叫一声喊来服务员：“你把同样的羊肉再来一盘。”

转眼工夫羊肉就上来了，羊肉摆成漂亮的形状，果然是上尖一盘。正端着酒杯的侯滨松把满满的一杯啤酒浇在自己脑袋上：“侯滨松你这个天下第一笨蛋！”

戴洪岭兴高采烈：“师傅，这案子破了？”

“范科长没喝酒负责开车，我们马上去山间别墅。”就这一嗓子，全体撂下筷子往外跑，可到了车上侯滨松却没了踪影，等了好半天他才手捧着一个罐头瓶从火锅店跑出来，范志成逗他说：“你这一泡尿赶上小河流水了。”侯滨松回了一句：“好好开你的车得了。”

到了山间别墅，走进了临风阁，侯滨松把手里的罐头瓶晃了晃，里面装了好几块冰块，哗啦哗啦直响。就在所有人都面面相觑的时候，范志成已经快步走到客厅的桌子前面，他伸手拿起电话听筒，侯滨松也走到桌前，从罐头瓶里倒出一块冰块放在电话机的插簧旁边，范志成轻轻地把听筒放下。这时电话机听筒被冰块支撑，并没有完全放牢。看到这里戴洪岭明白了，他掏出手机：“山间宾馆吗？请给我接山间别墅临风阁房间的电话。”然后他把电话高高举起，里面传出电话占线的忙音，“嘟、嘟、嘟”，这声音在寂静中回荡，所有人都在这声音中长吁了一口气。

三十分钟后冰块化尽，电话听筒落下，再拨通电话自然变成了无人接听的长音。到了这个时候侯滨松开始说话了：“香露山的迷雾终于被我们拨开了。燕秋波下定了要杀掉广富银的决心之后，她就开始了精心的策划。所有的罪犯想摆脱警察的追踪，他们最先想到的就是用没有作案时间来迷惑警察，燕秋波也不例外，她用尽心机设计了没有作案时间的假象。她和潘大勇趁着夜色潜入山间别墅，由燕秋波叫开房门，她走进房间吸引广富银的注意，隐藏在门外的潘大勇悄悄接近，从广的后面猛地将他的脖子勒住，杀人的工具大家都看到了，广富银在劫难逃。在广富银挣扎的过程中，燕秋波紧紧地抱住他，这样就在死者白衬衣上留下口红痕迹。杀死了广富银，燕秋波关上了广富银的手机，又用一块冰块把电话机的听筒支起来，制造了电话占线的假象。二人迅速开车返回山间宾馆，在大堂里上演了一出精心策划的证明他们没有作案时间的表演。这出表演当初还真的把我们给迷惑了。但是燕秋波的表演无意中暴露了她作案的动机和杀人后真实的心理状态。在宾馆大堂，孙萌怕燕秋波当众惹事，就把她拉到角落里说：‘我已经跟他谈好了，他也同意把这间房子作为对你的补偿送给你，但你得有句感谢的话，不能就这么把房子硬吞了，把他当成了冤大头，他其实就是咽不下这口窝囊气。’

孙萌此话一出，燕秋波愣住了，她愣了半天才说了这样一句话，‘他要是早有这么句话，事情还至于闹到今天这个地步吗？这个害人害己的王八蛋。’大家注意，这个时候她已经杀完人了。郭强是在燕秋波第二次到达山间别墅之前到了这里。他先跟广富银通了电话，然后就到了这里，他先按门铃，没有回音，就跳窗入室，结果看见广富银已经死亡就匆匆离开了。由于他穿的也是白衬衫，服务生就把他当成了广富银。”

侯滨松说完，所有人都长长出了一口气。

天刚蒙蒙亮的时候，燕秋波和潘大勇作案时穿的工作服和脚套，被警犬从山沟里的草丛中扯了出来。在朝阳升起来的时候，侯滨松带领他的小组平静地走进审讯室，物证被一件一件地摆在桌子上，最后侯滨松拿出一块冰块，咣当丢在玻璃杯里。审讯室里异常寂静，燕秋波在叫了一声“侯叔叔”之后，也同样平静地供述了杀害广富银的全部过程。审讯潘大勇也非常顺利，他的供述跟燕秋波的录音一样，几乎一句不差。

香露山的迷雾终于散去，一起扑朔迷离的谋杀案终于露出了本来面目，侯滨松又成了众多媒体关注的红人。市局宣传处的人领着各家媒体早早地就等在大案队，等着哈尔滨大侦探隆重出场。

破案是件麻烦事，可是破了案以后，特别是复杂一些的大案破了以后，麻烦事更多。第一件麻烦事就是接待媒体采访，这件事很敏感，弄好了没成绩，弄不好上下左右都不满意。侯滨松一看宣传科的人领着记者们蜂拥而至，就想趁乱躲起来，就在他偷偷躲到走廊拐角处的仓库时，却被尾随而来的迟丽丽逮个正着。

“侯大警官，我看你往哪躲。”

“我这不是躲，我要到仓库拿东西。”

“我看你躲在这里更好，今天咱们就在这来个独家采访。”

迟丽丽说着就要关门，正巧关超路过往里看了一眼，吓得侯滨松连连告饶。“迟大记者你行行好，咱换个地方，到会议室或者我的办公室都行，我答应接受你的独家采访，我求你了。”

“不行，你只要一出去，那些记者就把你给围上了，我的独家采访就泡汤了。”迟丽丽说着咣当一声把仓库的门给关上了。

眼看着无法脱身，侯滨松只得央求道：“我接受采访，只求你能快点结束，放我一条生路。”

“好吧。”迟丽丽掏出录音笔放在货架上，又拿出笔和本，她一边忙，一边还不忘发泄对侯滨松的不满：“香露山案件这么精彩，就冲咱俩的交情，你事先一点都没透露，你也太不够意思了，想想都叫人伤心。”

“我说迟大记者，这个案子你可不能再跟上回似的，把功劳都贴到我一个人身上，这起案件真是‘小饭盒’，不，案件是范科长破的，跟我没什么关系，你去找他采访吧。”

“侯警官你就不要推辞了，宣传科的领导明确说了，对外宣传要突出侯滨松。”

“你们当记者的可不能睁着眼睛说瞎话，你把范志成的成绩戴到我头上，这不是让我不好做人吗？那些攻击我的人找碴还找不着呢，你要是这么写就是授人以柄，懂吗？”

侯滨松正说着，鲁俊山的电话进来了：“我说你这个老妖猴躲到哪去了？你赶快回来接受采访，这里一帮记者在等着你呢。我可告诉你，破了案你也别给我翘尾巴、耍大牌，要好好配合媒体的采访。宣传科的领导刚跟我通过电话，说宣传你不是突出你个人，而是宣传人民警察为党、为民、为国家的精神，哈尔滨大侦探是哈尔滨人民警察的光荣代表，是人民警察精神的代名词，这话可不是我说的，这是建刚同志的指示。”

“鲁队你听我说，我一定好好配合媒体采访，但为范志成请功的事你得一碗水端平。”

鲁俊山的声音拔高了好几度：“我管的事不用你操心，你就老老实实地接受采访吧。”

迟丽丽一派胜利的姿态：“怎么样大侦探，老老实实地坐下来接受本记者的采访吧。在正式采访之前，我先问你一个问题，在香露山案件的侦破中你遇到的最大的困难是什么？”

侯滨松想了半天说：“一块冰块遮住了侯滨松的眼睛。”

迟丽丽脱口而出：“漂亮。”在她的眼里，侯滨松就是一个传奇，他不但破案神奇，而且只要张口说话往往语出惊人。

第二件麻烦事也很难缠，它发生在迟丽丽采访之前。天刚蒙蒙亮，孙萌就找上门来，要他解释为什么对待女人在人前一样，人后又一样，哪个是在演戏，哪个才是真实的侯滨松。侯滨松对这个问题的解释非常诚恳：“我在有些场合对女性的冷漠和慢待是为了工作，比如那天在山间别墅，如果我不是傲慢地对待你，怎么会激发你一定要约我见面的迫切愿望呢？我那是在演戏，而且我深信，我的戏演得恰到好处。当然我还是一个极为尊重和理解女性的男人，这一点不用我说，我想你一定已经深有感触了。实际上人生就是一个大舞台，每个人在这个舞台上都有一席之地，有的在重要的位置，有的在不太重要的位置，有的舞台大一点，有的舞台小一点。在这个舞台上每个人都有表演的机会，有的机会多一点，有的机会少一点，有的有机会，有的没机会。总之每个人都在表演，每个人表演结束了都要离开这个舞台。我说的可能啰唆了一点，不知道孙经理是不是听得明白。”

孙萌紧紧盯着侯滨松无话可说，她的心里就像刚刚升起的太阳明亮起来。采访刚刚结束，戴洪岭进来说：“刘雅琴大姐来找你。”

侯滨松的心咯噔一下翻了个个，每当破获案件之后，他最揪心、最打怵的就是接待嫌疑人的家属，这就是第三件麻烦事。这些嫌疑人的亲人，有的默默流泪，有的号啕大哭，有的苦苦哀求，还有的撒野谩骂发泄不满。那些对警察有偏见，甚至有仇恨的人倒没什么，警察惩治犯罪，罪犯敌视警察，这是很正常的现象。可是那些父母失去儿子，妻子失去丈夫，还有幼小的孩子失去了父母，他们找到警察是乞求放了他们的亲人，再给他们一次重新做人的机会。

一见到刘大姐，侯滨松不禁心头一震，才两天的时间就好像过去了两年，大姐一下子苍老了许多。刘雅琴是在孙萌的搀扶下来到大案队的，见了面，侯滨松无言以对，他上前扶着大姐坐下，搜肠刮肚地找不出一句适合此刻情境的话来。大姐渴了，倒一杯水，大姐热了，紧忙打开吱吱扭扭的电扇。

“大姐啊，孩子的事……”刚一开口，侯滨松就恨不得抽自己的嘴，孩子的事还有什么可说的，还能怎么说？就算能说得清楚也是往大姐的伤口上撒盐啊！

“孩子的事不用你来告诉我，我都清楚，我今天是为我自己的事来的。”刘雅琴在说这句话时眼里满是泪水，但她的神情却透出一种不易被人察觉的悲壮。听了这话，侯滨松紧张起来，他预感到事态的严重，他的大脑在飞速地运转，他必须防止事态的恶化，防止危险的发生。

“我是来谢罪的。”

危险在步步逼近，侯滨松提高了声音打断了刘雅琴的话：“我的好大姐啊，你是一个德高望重的劳动模范，是人们学习的榜样，是我最尊敬的人，你没有做错什么，你何罪之有啊？”

侯滨松急得眼泪都快掉了下来，可他仍然没能拦住刘雅琴，她声泪俱下地说："我对不起你啊小侯，我从一开始就没有对你说真话，其实我知道女儿在外地的一个电话号，但我却没有告诉你，我撒了谎，我辜负了这么多年党对我的教育和培养，这是我的罪过啊，我今天来就是向你这哈尔滨大侦探来谢罪的啊。"

一旁的吴波猛然醒悟，他急忙把没有关好的房门关严。戴洪岭也想起了那天师傅在刘雅琴家用座机打的那个奇怪的电话，他把一杯水端给老人，想堵住她的嘴，但她已经把话说完了，泼出去的水收不回来了。他焦急地看看侯滨松，师傅一定有办法。

过了一会儿，刘雅琴激动的情绪稍微平静了一些，侯滨松开口说话了："大姐啊，你是叫孩子给气糊涂了，在我第一次到你家里时，你就已经把燕秋波在外地的电话号码告诉了我，这件事难道你忘了吗？"说着他从桌上拿起工作手册翻开给刘雅琴看，"你看这是我当天做的工作记录，上面清清楚楚地写着这个电话号码。那天夜里我去的时候你家还有一个人，她可以证明这件事啊，这个证人就是你的外甥女孙萌啊。"

侯滨松的表演看得孙萌眼花缭乱，她怔在那里不知如何是好。

"孙经理，那天晚上的事情你总不会忘吧？"

面对咄咄逼人的侯滨松，孙萌如梦方醒："我记得，我记得。"

"小侯啊，你说我现在该怎么办啊，女儿成了杀人犯，我还怎么有脸见人啊！我真的活不下去了。你的工作很忙，就不打扰了，我回去了。"刘雅琴边说着，边起身往外走去。

孙萌搀着摇摇晃晃的刘雅琴走出大案队的时候，她回过头来向侯滨松问了一句话："我敬重你的为人，也佩服你的胆量。不过你敢这样做在法律上能说得过去吗？"

侯滨松挠了挠脑袋说："不说就过得去。"

郭强被戴洪岭连推带搡地撵出门外，他不断地争辩说人是他杀的，跟燕秋波无关。戴洪岭把他推到远一点的地方，看看四外没人就骂了句："滚。"戴洪岭话到拳到，郭强一个后仰摔在地上，他爬起来还想争辩，一看戴洪岭又要挥拳，扭头跑掉了。

大案队门庭若市，路过的乔大年正看见关超开车要走，就上前问："又发什么大案了这么热闹？"

“是记者来采访哈尔滨大侦探侯滨松的。”

“什么，小侯子又在吹牛啊？我家的案子他说两天就能破，到现还没破，连杀人犯的影也没见着啊。我得去见见记者，好好抖搂抖搂这个小侯子的底，告诉记者他这个哈尔滨大侦探是假的，是骗人的。”

这边早有小李子快马来报：“不好了，乔大年又来了。”

“赶快躲起来。”

听众人异口同声，侯滨松双手一摆，说了句老电影的台词：“一个乔大年就把你们吓成这个样子。”说完他四平八稳地出门，一看走廊里没人，撒腿就跑，他慌不择路一头钻进男厕所，觉得不放心，又把自己插在了里边。

文脉中国 小说库

wenmaizhongguo xiaoshuoku

哈尔滨大侦探（下）

温宏声 著

中国文联出版社

第六章

半截钥匙

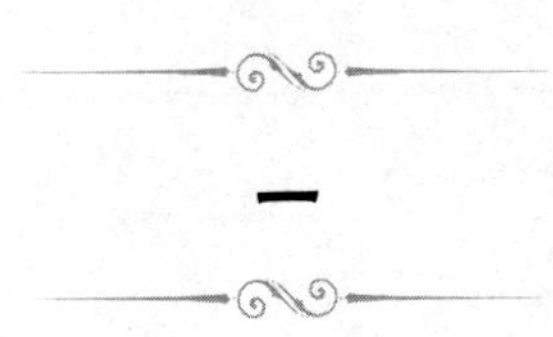

一

银行发生了案件，别管是什么性质，损失了多少真金白银，哪怕是撬开金库一分钱没丢，那也是大案、要案。哈尔滨惠民银行道外支行被盗的消息传来，方方面面的警察很快就红灯闪闪地聚集到了这里，本来就不大的门脸儿被横七竖八的警车堵住，让人一看便知这儿出事了。

这家银行确实出事了，出大事了。今天早上发现金库被人打开，里面有二十万元人民币被盗，不用说这是特大案件了，大案队自然责无旁贷。侯滨松闻讯赶到时现场勘查和初步盘点已经结束，案情研究会就要开始了。

银行不算宽敞的会议室里挤满了警察，鲁俊山阴着脸坐在长桌的一端。侯滨松弯腰进来坐下，抽出一支烟正要点上，就见鲁俊山用手指敲敲桌子指指墙面，墙上是“禁止吸烟”的警示牌，他急忙把烟和火都收了起来。

鲁俊山简单的几句开场白之后，范志成正要开讲，银行经理亲自跟员工一起搬进一块写字板来，他接过经理送上的碳素笔，在写字板上写写画画地讲了起来。

这家银行是一座临街的老楼，楼上是民居，一层的东侧是银行，也是案件的中心现场，西侧是一家副食品商店。出于安全考虑，这两家单位都在楼后圈起了一个院子，院子里建有房子当仓库或单位的活动场所用。银行的安全防范措施非常严密，所有的窗户都安装了坚固的铁栏杆，前后门都是防盗门。经过详细的勘查，所有的门窗都没有破坏的痕迹，后院的院墙和铁门也没有发现有人攀爬翻越的迹象。作为一起盗窃案件的现场，这是一个非常罕见的现象，没有找到犯罪嫌疑人潜入现场的入口。银行室内现场所反映出的犯罪信息也同样不可思议。这家银行使用的虽然是老旧的房屋，但安全防范的硬件措施比较完善，除了门窗坚固，存放现金的库房修建得更加牢靠。金库后墙原有的两个窗户都被砌死，而且中间加了钢筋，防盗门是指定厂家定做的，安装了报警器，安全性能很高。嫌疑人是用钥匙开门进入的库房，又用钥匙打开存放现金的金柜，然后盗走了里面的二十万元现金。这个现场还有令人难以置信的地方，据朱大平同志对昨晚值班的三名银行员工的询问，三个人都没有听见和看见任何异常的情况，而且三个人都没有离开过银行，刑警们对银行进行了仔细的搜查，没有发现被盗的二十万元人民币，这笔巨款哪去了呢？这个现场还有更加离奇到匪夷所思的现象，在金库防盗门的钥匙孔里留下了折断的半截钥匙。这半截钥匙无疑是作案的人留下的，无疑是作案人利用能接触到银行金库钥匙的条件偷偷配制的，这个持有钥匙的作案人无疑是在发生案件的时间内进入银行的人。

范志成在连续指出案件现场存在的四个不解之谜后说："我们技术部门还将进一步对现场进行研究，特别是要对遗留的作案工具，也就是那半截钥匙进行研究，提取微量物证，这项工作我们会尽快完成，为破案提供技术支持。需要提醒大家的是，这半截钥匙是谜中之谜，也可能是破案的关键，能解开半截钥匙的谜团也就解开了全部谜团。我们技术部门会抓紧物证的检验鉴定，也希望侦查部门把调查的进展情况及时向我们通报，我们会随叫随到，全力为破案服务。"

"大平，把现场调查的情况介绍一下。"

朱大平见鲁俊山点到自己,就正了正身子侃侃而谈。"现场周边走访没有收获，没有人听到异常的声响和发现形迹可疑的人。我们现在正面接触到的有四个跟案件有联系的人。"

他说着，站起来走到写字板前，在上面龙飞凤舞地写下了四个人的名字—王安宁，哈尔滨惠民银行道外支行经理，案件的发现人和报案人。

黄杉，银行专职警卫，发案时间值班。

章云松，银行职员，发案时间值班。

郑有粮，银行聘用的更夫，发案时间值班。

"刚才范科长讲到现场勘查中存在的四个不解之谜，我认为谜底全在这四个人身上。"

银行经理王安宁今年五十岁，他每天上班都来得很早，今天也不例外。他来到银行的时候刚刚七点半钟，而且进了门就发现了金库的防盗门有异常，经查看断定发生了盗窃案件，他喊来值班的三个人，看住前后门，看住金库门，然后抓起电话就报了案。这个王经理对银行的安全很自信，银行的所有安保措施都是在他主持下完成，安保先进单位的奖状就挂在前厅，直到现在他还不住地叹气，说这是不可能发生的事。但是银行安保的漏洞也是显而易见的，这次盗案犯使用了偷配的钥匙作案就是证明。而且在调查中也了解到，库房的钥匙管理比较松，王经理经常把库房的钥匙扔在他的桌子上。这样一来就可以围绕王安宁管理的钥匙展开排查，找出了偷配钥匙的人，也就找到了作案人。

黄杉是最重要的涉案人之一，他即使不是盗窃案件的嫌疑人，也是涉嫌玩忽职守的嫌疑人。他是银行专职的警卫人员，是昨天晚上唯一佩带一支五四式手枪的值班人员，这起案件的发生可以肯定地说与他有因果关系，把他掌握在手里，破案就有了先决的条件。

章云松今年三十二岁了，还是独身一人，他是信贷科的业务员，昨天按照银行行政值班表轮到他值班，他不但有接触到金库钥匙的机会，也有足够的时间完成作案过程，他的嫌疑目前无法排除。

最后是更夫郑有粮，他的身份虽然不具备作案的条件，但他是发案时间在场的重要证人，同时也不能排除和作案人勾结做假证包庇犯罪的可能性。所以绝不能忽视郑有粮的证言，它对破获案件将起到重要作用。

"此案的现场如此封闭，而在这封闭的现场中又只有三个人，据此推断，作案人就在这三个人之中，这样来看破案的难度大大下降了。"

朱大平之所以对案情这么清楚，是因为他昨晚在大案队审理一个系列抢劫团伙案件，一直工作到早晨才结束，正在这时银行被盗的电话打进来，他就在第一时间带人赶到了现场，并立即投入调查。

"你说完了吗？"鲁俊山问这句话就是准备分配破案任务了。

"案件的情况我们已经基本查清了，鲁队你看是不是就由我一包到底吧，你只要给我一天时间，也就是明天晚上八点，我一定把这个金库大盗和二十万元人民币交到你的手上。"

鲁俊山皱皱眉头说："你们手里的系列抢劫案还没四脚落地，如果再接了这个案子，你可别贪多嚼不烂啊。"

说到这，鲁俊山转向侯滨松问："老侯，你能不能把这个案子接过去啊？"

侯滨松挪挪屁股，一脸苦相地说："我们刚把省厅挂牌督办的两起大案破掉，已经连续干了十几个通宵了，现在人困马乏干不动了，着实无力再战。"

朱大平站起来抢着说："我们组可是兵强马壮干劲十足，再上案子没问题。"

鲁俊山看了看肉笑皮不笑的侯滨松，又转头对朱大平说："那就大平多受累了，记住不能空口说白话，明天晚上天黑之前把破案报告送到我办公室。不过你说的用一天时间破案这不够准确，应该是一天半。"

朱大平笑呵呵地说："你就饶我半天，我立军令状。"

这可真怪了事了，朱侯相争是公开的秘密，也是大案队的保留剧目，上演至今二十多年了，常演不衰。可今天这是怎么了，侯滨松怎么会突然谦让起来了，这绝对不符合他的猴脾气，他刚才藏在肉里的笑已经透露了心怀诡计。散会往外走的时候，鲁俊山小声说："你是不是又要什么心眼儿了？你说你都五十岁的人了，都该管你叫老妖猴了，可你怎么还没个正形？"

"已到知天命之年的人，不能事事总是你争我夺的，大平能力强热情高，让他一案又何妨。"

"你这猴尾巴藏也藏不住，明天晚上就变成旗杆。你那点小心眼是司马昭之心路人皆知。"鲁俊山说完，上车走了。

其实鲁俊山乐于大案队形成朱侯相争的局面，这是天然的不用引进的最好的竞争机制，朱侯相争对他这个刑侦处副处长兼任大案队的队长有利，对侦查破案有利。

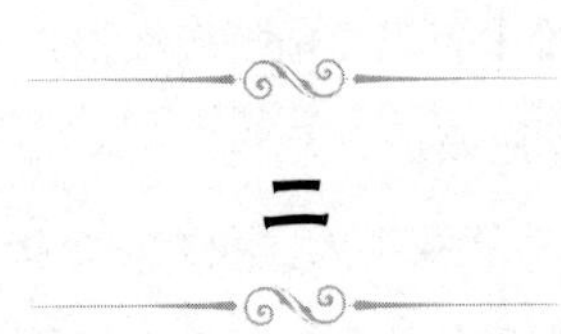

二

侯滨松刚走出银行大门，就被戴洪岭拦住去路，回头一看，兄弟们把他围成了一圈。

“师傅，这是怎么回事，白捡的案子怎么就让给朱组了呢？再说了，鲁队明明是想把案子交给咱们，你可倒好，愣给推出去了，这不是我们侯组自毁形象嘛。”戴洪岭说得急赤白脸的。

“怎么，你们也跟猪脑一样把这起案件看得如此简单？动动脑筋想一想，这个作案人应该不是一个弱智之人，与其说等在这里坐以待毙，还不如主动投案自首，如果作案是为了坐以待毙和投案自首，那就不如不作了。听好了，全体放假一天，都给我养足了精神，明天晚上七点集合，有好案子让你们去破。”

侯滨松话音刚落，见小李子高兴得直蹦又笑着说：“你那个世界杯不是开始了吗？你好好地在家看它一宿。”

打发走了弟兄们，侯滨松紧跑几步挡住了正要开车的范志成。

范志成从车窗探出头问道：“我的活儿干完了，剩下的活是你们大案队的，你还缠着我干什么？闪开闪开。”

“我说你小子不能官升脾气长啊，你是领导，对待基层的同志有点耐心好不好，你刚才还口口声声地讲服务，可等到普通民警向你请教问题的时候你又端起架子，你这不是口是心非吗？”

“老妖猴，我求求你了，那边还有现场在等着我呢，我可没工夫在这跟你磨豆腐。”范志成说着，就把火打着了。

侯滨松一把抓住车门不撒手：“我就问你一个问题，这半截钥匙到底说明了什么？”

“我不是说得很清楚嘛，半截钥匙的检验鉴定是我们的活儿，围绕它开展调查是你们的活儿，当然了，我们双方的结论还要在一起碰一下。”

“鉴定你抓紧做，我今天晚上就要结论。”

“这案子不是交给朱组了吗，你还跟着忙活个什么劲啊？”

“这不用你管，今天晚上我请客，想吃什么？”

范志成撇撇嘴，大大方方地说：“烤肉。”

侯滨松狠狠地说：“你小子这是利用职权敲诈勒索。”

侯滨松闪开道，启动的面包车里传出范志成的声音：“晚上烤肉，不见不散。”

不知从什么时候开始，哈尔滨兴起了烧烤，大街小巷到处都有烧烤店，范志成家楼下就有一家挺不错的，请他吃烤肉自然就在这了。

他们来得晚了点，只有最里面的角落里有一张只够两个人的小桌还空着，两人落座点菜。就在等菜的时候听见外面一桌子人喝酒谈天，侯滨松侧耳细听后，一脸苦笑，一声叹息。

“一壶浊酒喜相逢，谁想侯滨松，也付笑谈中。”

范志成也竖起耳朵，听得津津有味。

正讲段子的是个很精干的中年人。“我刚从哈一百出来，就听有人高喊站住，人们都朝喊声的方向看。只见一个年轻人在前面跑，后面有一个握着手铐的中年人在追，不用说这是警察抓罪犯。紧接着上演的一幕好戏，那叫一个绝，你就是在舞台上和电影里也看不到。只听那警察又喊了一声站住，手一甩，手铐可就飞出去了，再看那罪犯扑通一声栽倒在地，等便衣警察追上来把他从地上薅起来的时候，你们猜怎么着？那手铐早就戴在了罪犯的手腕上了。我急忙左右一打听，有人认得这警察，他就是大名鼎鼎的哈尔滨大侦探侯滨松。我可真开眼了，那侯滨松小个不高武艺高超，他可是哈尔滨最牛的警察。”

一时间，有人信有人不信乱成一团，精干男人举杯发誓：“这可是我亲眼所见，有半句假话我是你儿子。”

"侯滨松破案神了，我还知道一件事……"可能是出于保密的需要，声音下调到了听不见的程度。

这边的酒菜也上齐了："第一杯走一个。"侯滨松说完，两个人都干了。

"我说老妖猴，刚才的那个故事真有这么回事吗？"范志成笑嘻嘻地问。

侯滨松把脸色严肃了一下说："事情是这样的，那年抓捕逃犯，还没等靠近就暴露了，这小子撒腿就跑。我不怕他跑，前面有人堵截，再说我那时年轻，天天练长跑，撵上他没问题。果然这小子跑了二百多米就趴地上了，我跑到跟前把手铐子往地上一扔，他自己就戴上了。当我把他拉起来的时候，围观的群众一看，我去，这手铐是什么时候给戴上的？从此后就有了侯滨松能飞铐抓人的美丽传说。"

范志成正好喝一口啤酒，听到这忍不住乐，一家伙把酒呛鼻子里了，侯滨松赶紧上前给他捶背，范志成咳了半天才缓过气来。

"我的好兄弟啊，你咋就这么多故事啊。"

"这都是些善意的传说，这都是老百姓在捧我啊，我一年一年没黑没白拼死拼活地破案，不就是为了创个好名声，在老百姓那讨个好。现在我是名声满城没有退路，要是大案、要案、疑难案件拿不下来，就连我自己都觉得对不起侯滨松这三个字。"

范志成起身为侯滨松倒酒说："你的心思我懂得，这也是我这么多年钦佩你的地方。我看咱们就言归正传吧，你的烤肉我也不能白吃啊。"

侯滨松竖起大拇指说："讲究人，干杯。"

连干了几杯，范志成红了脸，他往前抻着脖子说："半截钥匙的检验有结果了。"

侯滨松也抻长了脖子问："什么结果？"

"在章云松的衣兜里检出了半截钥匙留下的金属粉末。"

啪！拍桌子的声音和餐盘掉到地上摔碎的声音惊动四座，侯滨松歉意地帮助闻声过来的服务员打扫地面，服务员刚离开他就又抻着脖子问："能认定他兜里的金属粉末与半截钥匙是同一种金属吗？"

"已经送省厅技术处鉴定了。"

"朱大平知道这个情况吗？"

"已经通知他了。"

“我说句话你信不信，他朱大平对这半截钥匙的重视程度不够，也就是说，他没有弄清楚半截钥匙在破案中的作用。”

“他何止是重视不够，是很不够。我刚才给他打电话的时候听出了他的思路，他是想把这案子愣审下来，我看他有点想简单了。”

侯滨松哼了一声说：“他如果真想简单了，那我就有戏了。”

“你小子能请我吃烤肉，我就知道你又在跟老朱较劲。”

侯滨松又给范志成倒了一杯说：“你说说这半截钥匙是作案人在开门时折断的，还是离开时想拔出钥匙时折断的？”

“你提出的这个问题是案件最关键的核心问题。这半截钥匙在案件的过程中有三个环节可以形成：一是开门没有开开就把钥匙折断了，二是在打开门的同时折断了钥匙，三是盗窃得手之后关门拔钥匙时折断的。从案件的全部过程看，第一种情况可以叉掉了，后两种情况的前后顺序现在还无法确定，但有一条可以确定，那就是作案人明知盗窃案件已经无法隐瞒，仍然铤而走险盗走二十万元。我的问题是，他哪来的如此惊人的胆量和强大的定力？”

侯滨松从烟盒里抽出一支烟却忘了点上：“这半截钥匙是作案人意志以外的原因形成的，是个意外事件，这一点毫无疑问。我的问题是，如果没有这个意外事件呢？也就是说假如钥匙没有折断呢？这个案件最后会是一个什么结果呢？”

“大侦探就是大侦探，看来你不光会飞铐抓人啊。”范志成对侯滨松那是打心里头佩服，因为他分析案件往往是一针见血，一语中的，能在纷乱复杂的案情中理出脉络、发现本质、切中要害。这么多年来两个人形成了一个习惯，只要遇到疑难棘手的案件就会凑到一块，他们惺惺惜惺惺，都需要对方的帮助。眼下的这起盗窃案貌似简单，作案人又在现场留下了半截钥匙这么重要的物证，嫌疑人的范围极小，疑点集中，但是这些恰恰都是表象，只有侯滨松看透了这个作案人的心机。

“你别给我打岔，把我的脑袋弄乱了。且说本案如果没有这半截钥匙，就是说钥匙开门或关门时没有折断，那结果如何呢？案犯采用秘密手段事先配制了库房和金柜的钥匙，然后选准最佳时机作案。作案顺利完成后，请注意，我指的是钥匙开锁非常顺利，没有留下被盗的痕迹。想想往下会发生什么呢？王行长在上班之前来到银行，他先在银行巡视检查一圈，没有发现问题，一切都和往常一样。

上班时间到了，银行工作人员打开库房取款，然后开门营业。到这个时候，我设想的情况出现了，一起特大案件在一片平静之中沉入水底了，连一点波浪都没有。其实这不仅仅是我的设想，作案人在预谋的时候也一定是这样设想的。作案人选择的目标也用尽心机，他选择了平时没有大额款项业务时很少用的现金，这样只要不打开这个金柜，案件就不会被发现。这案子干得简直太漂亮了。如果案件当时不被发现，而是过去一段时间被发现，那就连发案时间都无法确定，破案的难度就可想而知了。”

“可是事实上在作案过程中钥匙意外折断了，半截钥匙打破了完美的计划，这个时候作案人为什么不停下来，为什么还要继续下去呢？这可不符合一般的作案规律啊。”

“所以这不是一般的案件，当然了，这也不是一般的警察就能破获的案件。”侯滨松说着说着就有点趾高气扬。

“侦破这起案件你有什么招法，说出来我听听。”

“预知后事如何，请听下回分解。”侯滨松一大杯啤酒一口闷，满心喜悦溢于言表，就好像案件已经被他拿下了一样。

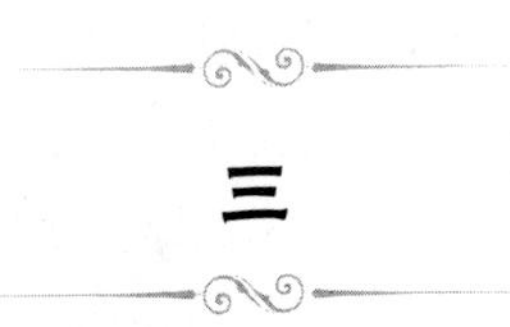

三

侯滨松头天晚上喝多了，一觉睡到中午才起来。媳妇上班前把饭菜做好了放在桌上，他用微波炉热一下胡乱吃饱，然后就是打开电视转着圈换频道，看那些百无聊赖的节目。他越看越不耐烦，就像足球队里的候补队员上不了场一样心急火燎的。

侯滨松这个人紧张惯了，常年快节奏，过不了悠闲自在的生活，对他来说，只有侦查才是幸福，只有破案才是快乐。下楼开车到队里，好不容易挨到傍晚，朱组那边的情况一无所知又不能问，心里横七竖八的一团乱草。七点到了，人来齐了，可是没有来自银行的任何消息。该不是把这案子看走眼了吗？绝不可能。侯滨松对朱大平那种硬打硬冲的破案套路再熟悉不过了，而且他昨天在会上已经表示，这个案子趁热打铁就能审下来，这就是明显的失策，一旦审不下来，破案的期限又到了，那就再无机会了。可是为什么现在还没动静呢？这要是老朱已经破了案，他这边还在傻等，那丢脸可就丢大了，就是关超的口水也能把他淹死。

“来、来，斗地主。”

侯滨松张罗打牌这可是破挺大一天荒，戴洪岭跟着他快三十年了，还头一次见他张罗打牌。侯滨松的办公室一下热闹起来，连别的组值班的都过来看热闹。戴洪岭有一搭无一搭地打着牌，可心里明白，今天晚上集合绝不是为了斗地主。

师傅昨天说有好案子让我们破，估计好戏就要开场了。眼看快八点了，办公室的电话突然响起，正在出牌的侯滨松一甩手跑去接电话。

“鲁队你好，你怎么知道我这个时候会在队里？”

“我不但知道你在队里，我还知道你正在等我的电话。就你那点小聪明还能瞒得过我吗？你听着，赶紧带上你的人到银行来，越快越好。”

侯组的人到了银行门口，正赶上朱大平和关超带着他们的人往外走，侯滨松又是摆手又是点头，可是没人搭理他，自讨没趣的他只得讪讪走进门去。

鲁俊山端坐在行长的位子上，王安宁则在一旁忙活着端茶倒水，一抬头看到侯滨松进来，忙上来倒水点烟，然后退出房间轻关房门。

“滨松你给我听好了，大平已经败下阵来，现在就看你的了。这起案件影响很大，已经惊动了省厅，市局领导的压力也很大，如果我们不能及时破案，方方面面的话就难听了，我们没有退路，只有破案才能堵住他们的嘴。案件的所有材料都在这，银行的职工也全在这，你必须在最短的时间内，揪出这个就在眼前的银行大盗。不过你没有太多的时间，银行的职工是由行长出面做工作主动留下配合调查的，但时间拖得太久群众会有意见，而且在法律上也有问题。你看怎么样？”

“没什么怎么样，就是破案呗。”侯滨松说得很轻巧。

侯滨松满不在乎的样子让鲁俊山放心不下，他加重语气说：“建刚同志也来电话过问案件的侦查情况，明确要求大案队快侦快破。现在建刚同志在市里的排名又往前挪了，他说的话要引起重视，要作为重要指示来落实。”

侯滨松拍拍胸脯说：“请鲁队放心，我在明天晚上天黑之前把破案的消息向您禀告。”

“你可别学朱大平，再给我放一个空炮。”

“我侯滨松什么时候放过空炮啊。”

“你是煮熟的鸭子就是嘴硬，你要是不放空炮，那乔大年能折腾我们十年？”

“你真是哪壶不开提哪壶。”

“你要借鉴大平的教训，这个案子表面看似乎很容易侦破，深入进去才发现并不简单，你千万不能轻敌，朱大平就是前车之鉴。”

侯滨松把鲁俊山送出大门上了车，临走时鲁俊山又摇下车窗叮嘱道：“你要是连坐在面前的大盗都认不出来，你这哈尔滨大侦探可就倒牌子了。”

送走了鲁俊山，侯滨松回到银行会议室，只见全组的人都在埋头看案件卷宗，戴洪岭眼睛不离现场勘查记录对他说：“这都是朱大平留给咱们的全部案件资料。”

吴波把一份刚刚看过的材料送到面前，侯滨松接过来一看标题就愣住了，《关于银行盗窃案件侦查情况的简要说明》，再看落款是朱大平。这份简要说明并不简要，它不但介绍了侦查的阶段性进展，而且详尽地刻画了对三名嫌疑对象的审查情况，最后强调指出了侦查中存在的严重失误，还有对下步工作提出的参考性意见。侯滨松把材料看过后依次传下去，很快所有人对案件的情况就了然于胸了。

在三个嫌疑人中，银行警卫黄杉被列为首位。黄杉在银行当警卫快十年了，从来没有出过什么差错，还被评过先进工作者。这个人在案件中处于非常重要的地位，因为他是当夜金库安全的责任人，金库里的现金被盗无论如何他也脱不了干系。发案的当夜是他值班，随身配备一支五四式手枪，他值班的位置在库房门的边上，那里一到晚上就会放上一把椅子，警卫必须在这里守卫金库，要枪不离身，人不离门。这是王行长制定的硬性岗位责任制，按他的说法，只要这个警卫还活着，金库里的钱就一分也少不了。当然，警卫在值班的时候都会靠在宽大的椅子里休息，这也是王行长对警卫们的照顾。黄杉自己讲，他在晚上五点多钟去饭店吃完饭就回到银行，时间不到六点，在这之后到第二天发现金库被盗之前没有出去过。他说的话得到了另外两个人的证实。

但是黄杉身上有两大疑点无法解释。一是该人的情绪特别反常，在回答问题时前言不搭后语，在叙述的过程中逻辑混乱，有时神志恍惚无法正常交流。在询问中多次表现出恐惧感，精神压力很大。虽然当事人遇到严重的案件，又要面对警察的盘问产生紧张情绪是一种正常现象，但像黄杉这样反应强烈的情况却极为少见，说明他除了对发生案件负有责任外，很可能与案件有某种关联，甚至有利害关系。黄杉的第二个疑点在现场中有明确的体现。银行金库的大门位置在营业厅后面走廊中间，它的南面是一个过道，通往后院的大门。警卫值班时的位置在库房大门和后院大门的交叉处，这就是王行长说的，只要警卫没不了，银行的钱就没不了。这虽然是王行长的一句玩笑话，但却反映出一个无可争辩的事实，那就是，只要警卫不离开他值守时规定的位置，那么任何人都无法躲开警卫的视线打开大门进入库房。根据现场实验可以确定，此案或是黄杉自己干的，或是他离开了岗位另有人乘机作案。

章云松是二号可疑人，可是他发案当夜的活动情况说得很清楚，无懈可击。他是五点钟准时到岗值班，五点钟之后，他和警卫黄杉轮流到出门不远的五七饭店吃饭，章云松先去吃饭，然后换黄杉，等黄杉吃完回来，正好走廊上的挂钟敲响六点整的钟声。从这时到第二天早上王行长来上班，他一直在银行里，用他自己的话说，没有迈出过银行半步。他从半夜十一点开始在会议室里看世界杯，一直看到凌晨三点多。足球结束后他回到值班室睡觉，听到挂钟响了六下，就喊老郑起床。章云松叙述的这些过程有更夫郑有粮和警卫黄杉证实，他们都证实章云松没有出去过，也没有接触过金库的大门。

更夫郑有粮也是按照规定晚上五点准时接班，而且他还提前了七八分钟，有两名银行的员工能够证实。银行下班后他关闭了大门，然后进行例行检查，在接受询问时他非常肯定银行所有的门窗和安装的铁栏杆都没有发现任何异常。他一整夜没有外出，只是跟章云松一起在会议室看足球，他的活动情况黄杉和章云松能够证实。郑有粮是早上七点半听见王安宁敲门才醒来，行长来了不一会儿就发现了库房门的钥匙孔里留下的折断的钥匙，于是喊来三个人保护现场，不许外出，随后就报案了。这一过程王安宁可以证实。

朱大平在说明中做了一个小结，承认有轻敌思想，认为嫌疑人就在三人之中，只要分头进行审讯就会发现证言之间的矛盾之处，就能攻破嫌疑人的心理防线，供述犯罪事实。但是三个人的口供相互印证无懈可击，再回头采取其他侦查措施已错过一天破案时限，只得退出侦查行动。在说明的最后朱大平提出下步侦查的两个要点，一是围绕半截钥匙对全案进行重新思考，二是围绕三名可疑人开展外线侦查。

朱大平的这个情况说明让侯滨松看得心里发虚头上冒汗，他忽然觉得自己机关算尽反丢了堂堂侯滨松的风范，丢了大丈夫的义气。侯滨松啊侯滨松，难道你这个哈尔滨大侦探就指着飞镑擒贼的段子享受虚荣吗？难道你就会捉弄别人投机取巧破案吗？看看人家朱大平能把侦查成果毫无保留地给你，你为什么却隐瞒对半截钥匙的判断眼看着他陷入误区呢？你贬低人家是猪脑，可人家胸怀坦荡，不像你这猴脑，里面装的都是摆不上台面的小心眼。这份情况说明成了一个证据，证明他朱大平是正人君子，而我侯滨松则成了市井小人。咳，侯滨松自己恨起自己来了。

“师傅，这活儿怎么干？”

戴洪岭的话让正走神的侯滨松回到了现实，他拿起朱大平的情况说明说：“朱大平的这份情况说明大家都看了，写得何等好啊，它给我们下一步的侦查确定了一个基本的思路，情况说明就是侦查计划，我们按照这个计划干就能破案。”

“老朱说的围绕这三个人开展外线调查这一点好理解，可他说的围绕半截钥匙对全案进行重新思考，这一点我们应该怎样理解？”

侯滨松很欣赏赵冬提出的这个问题，因为他看到了问题的核心和本质。侯滨松把桌上的碳素笔递给赵冬，让他把重点写在写字板上。

“这两天这把半截钥匙就一直拴在我的心上，范科长在案情研究会上对半截钥匙有过分析，但被朱大平忽视了。现在老朱的判断是从失败中总结出来的，对此我有如下的理解：我首先设想这把半截钥匙如果不存在会怎么样。作案人用事先配好的钥匙打开金库大门，作案后顺利把门锁上，拔出钥匙脱离现场，然后把赃款隐藏起来继续值班。看看这个设想会是怎样的结果？案件有可能当时发现不了，这个案件如果过了两三天，甚至更长的时间才爆发出来，那结果是难以想象的，绝不排除这个作案人成功地把二十万元窃为己有。”

小李子突然感慨起来：“这案子干得漂亮啊。”

“大家还记得吧，鞠万金抢劫杀人案给我们的最大教训就是小看了作案人。金钱能让人疯狂的同时，也能激发人的智慧。”

吴波的心中充满疑惑：“可是这半截钥匙已经决定了作案人不可能成功啊，他为什么还会在犯罪的道路上继续走下去呢？”

“因为他停不下来，这就是我思考的第二个问题。由于发生了折断钥匙的意外情况，摆在这个作案人面前的只有三条出路，一是投案自首，这是最积极的一条出路，但是他没有选择。二是破罐子破摔，一不做二不休，携款潜逃亡命天涯。这是一条最符合常理的道路，他也没有选择。最后一条路就是孤注一掷死扛到底，求得绝处逢生。我们所面对的作案人选择了最后这条路，这才跟我们狭路相逢了。”

“这不是自己找死吗？”戴洪岭觉得不可思议。

“他既然敢死守，敢跟我们打阵地战，那是因为他自认他的堡垒坚不可摧，他的防线天衣无缝。我继续说我思考的第三个设想，你们就明白了。他的堡垒和防线是什么呢？没有作案时间，没有赃款，没有这两个硬件我们拿什么破案，拿什么定罪？如果真的走到了这一步，我们的无可奈何就成了他的希望所在。我思考的最后一个问题是这样的。半截钥匙证明案件已经发生，金库里的二十万元不翼而飞证明作案人的犯罪活动已经完成，赃款就在他控制之下的某个地方隐藏，这是无可置疑的事实。那么以这一事实为依据，我们可不可以设想，所有三个可疑人的口供都是假的，无论是证明自己还是证明别人，都与半截钥匙所证明的事实不相符合，如果我们按照朱大平的思路在外线侦查上下点功夫，能把所有的假口供揭穿，这个解不开的谜也就迎刃而解了。”

小李子兴奋不已：“这案子作得漂亮，破得更漂亮。”

戴洪岭白了他一眼说：“你臭美什么，这案子还没破呢。”

“侯老一出手就知有没有，破案也就是一两天的事。”

侯滨松站起来郑重地说：“小李子你说错了，不是一两天，而是一天，我已经向鲁队打了保票，明天天黑之前破案。你们可得给我好好干活儿，别让我侯滨松放了空炮。”

侯滨松的话鼓动着每一个人，他们摩拳擦掌，好像出了门就能把这个罪犯伸手拿下一样。

四

破案就是这样，说不开一壶也不开，说开提哪壶哪壶开。

缺口最先从黄杉身上打开。“黄杉这个人老实厚道，在银行里人缘也不错。家里老婆孩子三口人，算是个小康人家。他的社会关系比较简单，除了单位的同事就是有几个要好的同学。在发案的时间段里他没有用手机打过电话，但细看他的通话记录我发现了一个可疑的号码。这个号码没有添加联系人，但却在最近两个多月里通话频繁，而且通话的时间较长，每次都在十分钟以上，最多的一次竟超过了三个小时。”

赵冬刚说到这，侯滨松漫不经心地插了句话：“这一定是个女人。”

“你咋说得这么对呢，”赵冬越说越兴奋，“我查了这个号码的机主，确实是个女人，名叫闵花，是黄杉的高中同学。问过王经理和警卫组的另一个警卫，他们都知道这件事。闵花是去年离婚的，现在一个人居住。大约在两个多月前，在一次同学聚会上两人勾搭到一起，后来闵花就经常到银行来找黄杉，王经理就曾经遇见过。”

侯滨松又问：“你们马上查一下黄杉和闵花通话的日期，然后对照银行的值班表，看看他是不是在值班的时候跟闵花通话。”

“侯老真神，为了避免被妻子发觉，他确实是利用值班的时间与闵花通话，但是他偏偏在六月十日发案时没有与闵花通话，这有些不符合情理。”

赵冬说到这，侯滨松又插话了：“于是你就去找到闵花。”

“太对了，我找到了闵花。这个女人很率真，她承认黄杉前天夜里给她打过电话，不仅如此，她还证实黄杉当晚到她家去过。”

“什么？”侯滨松的双脚搭在桌子上，听到这个消息他本能地抬脚想站起来，结果身子一斜歪，要不是戴洪岭手快扶了他一把，差点就摔倒在地了。“时间核实了没有？”侯滨松还没有站稳就急着问。

“黄杉是二十二时十五分给她打的电话，使用的是银行的电话，这在她的手机上有来电记录，确实是银行的座机，他进门时不到二十三点，离开的时间是凌晨两点整。”

闵花的出现颠覆了所有人的证言，验证了侯滨松的设想，每个人的心里都清楚，破案只是时间的问题了。

“我们就从黄杉这个缺口打进去。”所有人都明白侯滨松的意思，他要先拿下黄杉。

此时的黄杉正蜷缩在一间办公室的墙角，王行长也坐在角落里，他一边唠唠叨叨地用大道理劝黄杉说实话，一边警惕地察言观色，防止他做出什么不理智的行为。开门声把他们两个都吓了一跳，是吴波推开的门，随后是侯滨松走进来，再后面是戴洪岭一手端着茶水一手拿着烟盒，小李子把一个椅子推过来，待侯滨松坐定，赵冬把厚厚的卷宗摆在他的面前，然后站在他的身后。王行长一看这阵势，赶紧退下去忙着沏茶倒水去了。

侯滨松燃起一支烟说道：“从昨天早上发现案件到现在已经两天了，黄杉你信不信，在这短短的两天时间里我对你已经很熟悉了。比如你是个诚实的人，我敢说在今天之前你是一个很少说假话的人。”

在这样的处境之下，黄杉对这样的赞扬很感动，他不知道该怎样回答，只是茫然地点点头。啪的一声响吓了他一跳，他惶恐地看着脸色说变就变的警察又摇摇头。

侯滨松真的怒了，怪不得他拍案而起的样子吓着了黄杉。“但是现在你却说了假话，你面对法律、面对警察所说的一切都是弥天大谎。你敢再说一遍你在发案的当夜没有擅离职守吗？你怎么哑巴了？抬起头来看着我的眼睛。”侯滨松坐下喝了一口茶，他的语气也缓和下来。“我真的不喜欢用你与闵花床笫之间的龌龊之事来逼着你说出真话，这样既伤感情也伤面子，我喜欢用证据来揭穿你的谎言。你是在六月十日夜间十点十五分用单位的座机给闵花打的电话，这很准确，毋庸置疑。你可能很震惊，因为你是有意用单位的电话跟闵花通话，目的就是要掩盖通话的痕迹，可是怎么就被警察发现了呢？这不是警察有多大的本事，也不是动用了什么高科技的手段，你猜我是怎么知道的呢？这很简单，因为我找到了闵花，更简单的是她的手机上有你跟她通话的记录。揭穿你的谎言如此之简单，可你却敢在警察面前撒谎，你这是找死啊。你很聪明，你害怕在你的手机上留下痕迹，却忽略了在对方的手机上一样会留下痕迹，你在这里犯了一个顾此失彼的小错误。可是你还在继续犯错误，你以为只要你守口如瓶就不会暴露你擅离职守到闵花家去幽会的事实吗？”

黄杉低下头说：“我承认说了假话，我承认离开岗位去了闵花家，我错了。”“我还有问题要问你，不过你千万别告诉我，你是一个人偷偷从单位出去的。”

黄杉哭出声来，哭得万般无奈。“你们别再逼我了，我真的是一个人偷偷出去的，我谁也没告诉，谁都不知道，谁都不知道啊。”

这时侯滨松的脸色又变成了微笑：“你还在犯错误，怎么能谁都不知道呢？那天夜里的事情你就瞒不了我，你都干了什么我知道啊。”

黄杉被带到银行的前厅，王行长也被叫来作为现场实验的证人。侯滨松说了声开始之后，就见戴洪岭从走廊里出来走到大门前，他拉开门闩，按下暗锁的转动把手，轻手轻脚地推门出去，大门的暗锁在弹力的作用下又关上了。这时吴波也从走廊里出来，他悄悄地把门打开，戴洪岭又走了进来。

侯滨松走到黄杉和王行长跟前说：“你们看清楚了吧，戴警官刚才演示的就是黄杉，吴警官演示的是另外一个人，这个人或者是郑有粮，或者是章云松，到底是谁，只有黄杉你的心里最清楚了。在你用谎言掩盖别人的罪恶的同时，你也犯下了罪恶。”

黄杉慢慢地跪在地上，或者说他是瘫在了地上，他用几乎垂危的声音吐出了紧咬了两天的真相。

黄杉跟这个闵花不是一天两天的事了，他们在春节时的同学聚会当天就黏糊到一起了。聚会结束了，黄杉送闵花回家，这一送把自己送进了一个女人的怀抱。闵花是离婚独居的女人，也是一个激情若渴的女人，她在高中的花季和黄杉曾缠绵过一段朦朦胧胧的时光。朦胧的感情往往在记忆中最为清晰，当年的记忆被酒精点燃，这火只有燃尽，不能扑灭，黄杉完全迷失在了大火之中。他利用夜间值班的时间跟闵花幽会也不是一次两次了，因为这样的事要瞒住妻子必须要有冠冕堂皇的时间做掩护，这个时间就是值班的时间。但是在值班时外出还必须有一个同谋，这样才能遮人耳目。他的这个同谋就是平静如水的章云松。

平静如水是朱大平在情况说明中介绍章云松时用的一句话，用他的话说，黄杉惶恐万状可疑，章云松平静如水更可疑。银行盗窃案发生后，章云松是作为可疑人接受警察询问的，他自始至终没有那种常见的焦虑情绪，而是心平气和，对答如流，平静得就像没有一丝涟漪的水面。他白净脸加上一副眼镜，平日里说话办事温文尔雅，举手投足文质彬彬，在银行很有人缘。他自述的没有作案时间和其他人的证言都足以排除他的嫌疑，要不是侯滨松大胆设想所有嫌疑人的证言都是假的，他几乎就可以回家了。现在黄杉牵出了章云松，使他的嫌疑骤然上升，侯滨松的心里有了底，转机终于出现了。

“打道回府。”侯滨松一声令下，银行门前的面包车、吉普车、摩托车都打起火、亮起灯，刑警们扯着嫌疑人鱼贯而出，把他们一个个塞进车里。一阵喧嚣过后，银行的门前又恢复了往常夜间应有的寂静。

刑警的车队虽然像杂牌军，可每辆车都打着双闪，在深夜的马路上显出一种神秘的气势。章云松坐在吉普车的后座上，他借着窗外晃进来的灯光瞥了几眼副驾驶位置上的侯滨松，虽然他知道这个如雷贯耳的人物，但他的心里一丝不慌，所以他的脸色才平静如水。侯滨松看上去昏昏欲睡，其实也没有睡，他从倒车镜里扫了章云松一眼，他预感到碰上了难缠的对手，突破黄杉不难，拿下这个章云松绝非轻而易举。干了快三十年的刑警，还头一次遇到作了案不走静候警察来调查的大盗。拿下这个敢于瞒天过海直面警察的有胆有识的年轻人，免不了要打一场硬仗了。

五

回到大案队，鲁俊山早已在侯滨松的办公室等候，他是接到黄杉被拿下的消息匆匆赶来的，足见在本案中黄杉的口供非同小可。

“这么晚了你来干什么，信不着我？我不是已经立下军令状，你就等着明天晚上破案吧。”侯滨松说着给鲁俊山打开一瓶矿泉水。

鲁俊山摆摆手说：“我怕就怕你用这种轻敌的态度来对待这起案件，他朱大平就是因为轻敌吃了亏，我是怕你再重蹈覆辙啊。”

“我的老队长，你还是对我不放心啊。”

“不是我不放心，是各级领导都不放心啊。我刚得来的消息说，如果这个案件在短时间内破不了，省厅就要挂牌督办，有关专家担心这个案子会成为一锅夹生饭，犯罪嫌疑人抓在手上，可是找不到赃物破不了案。外地曾经有过这样的先例，把人押起来了，可是判判不了，放放不了，最后形成超期羁押久拖不决的疑难案件。”

鲁俊山说着拿起桌上一个小镜框，那是侯滨松和王建刚在白桦林的合影，王建刚洁白的警服英姿勃发，侯滨松一身破工作服像个劳改犯。“市里的领导也关注这起案件，建刚同志刚来过电话问情况，还特意让我转告你，尽快破案挽回影响。咱有话说在明处，我可不是来督战的，上级领导的担心也是我的担心啊。”

“我现在就向你汇报一下整个侦查工作的态势，了解了这些情况你就不会担忧了。”

鲁俊山连连摆手说：“你用不着长篇大论地汇报，还是抓紧时间破案吧。”

“不用长篇大论，你只要三分钟就一目了然。”

侯滨松说着把鲁俊山引到赵冬的办公室，只见赵冬正把一幅图表挂在墙上，标题是“半截钥匙案件侦查态势图”，这让鲁俊山来了兴致：“这有学问和没学问就是不一样啊。”

侯滨松冲着赵冬一摆头说：“给鲁队展示一下。”

图表的第一单元是黄杉、章云松、郑有粮的照片、基础情况和三人的证言要点，结论是三人均无作案时间。第二单元是黄杉的供述要点：1. 案发当夜约二十二时三十分至次日凌晨两点三十分外出；2. 证人闵花作证，证据有通话记录；3. 黄杉外出回来时是章云松给开的门；4. 黄杉回来时章云松在会议室看世界杯，但郑有粮不在会议室。第三单元是章云松和郑有粮证言的破绽。一是章云松：1. 不知道黄杉曾离开银行外出；2. 没有给黄杉开门；3. 和郑有粮一起看世界杯存疑。二是郑有粮，他自称和章云松一起看足球，但黄杉只看到章云松没有看到郑有粮。

侯滨松突然用手势打断赵冬，他拿起笔在郑有粮的名字旁边写了“小李子”三个字，然后示意继续。

第四单元,综合分析三人证言得出阶段性结论:1.黄杉玩忽职守行为成立;2.黄杉没有看见有人盗窃金库；3. 章云松和郑有粮具备作案时间。第五单元是下步侦查方向：1. 揭穿章云松和郑有粮的假证言；2. 调查章、郑二人的社会关系；3. 查找配制钥匙的地方；4. 查找赃物去向；5. 根据侦查进展再次勘查现场。

“好，好啊，真是一目了然，你这个老妖猴有了小赵这样的助手就是如虎添翼啊。”鲁俊山兴致勃勃赞不绝口。

“鲁队，你这话要是让赵冬一分析那就是自相矛盾。”

“有什么矛盾？”

“那我到底是猴还是虎啊？”

鲁俊山开心地说：“我不管你是猴还是虎，关键是尽快把案子拿下来。不过你不用过于看重什么军令状，只要能把案件办成铁案，三天五天我都不急啊。”

“三天五天，那我还叫侯滨松吗？”

“你先别吹，你要是明天晚上真能把案子拿下来，我请你喝啤酒。”

“这酒我是喝定了。”

鲁俊山满意地往外走，戴洪岭把门推开一条缝，想跟侯滨松说什么，可紧张地张张嘴没有把话说出来。侯滨松见他脸色苍白头上有汗珠，不觉心惊肉跳，抢先说道：“洪岭，是不是哪不舒服啊，快坐下喝口水，我送送鲁队去。”

鲁俊山说了句：“你忙吧，我得去看看大平啊。”

“老朱怎么了？”

“他一直躺在车里没有回家。”

侯滨松把鲁俊山送出大案队大门，转身往回跑，他急的是戴洪岭到底出了什么事。

“师傅，出大事了，黄杉他跑了。”戴洪岭的紧张情绪比刚才缓和了一些。

“不是小李子死看死守吗？”

“小李子也不见了。”

这个消息把侯滨松吓得几乎要屁滚尿流了，这破案的大好态势就要断送在小李子的手里了。他掏出烟，戴洪岭点火，两个人的手都有点发抖。一旁的赵冬提醒先看看现场，这才使侯滨松从手足无措中解脱出来。

黄杉吐露真情之后，侯滨松专门交代不要关在审讯室里，也不要戴手铐，责成小李子一对一盯人看守。这样做主要是为了减轻他的精神压力，便于继续配合侦查工作。关押黄杉的办公室里没有什么变化，只是一张办公桌有些移动，再看下面，桌腿和横梁之间被解体了。毫无疑问，这是小李子把黄杉锁在桌腿上，但他拆开桌腿上的横梁，把手铐从桌腿上顺了出去，人就是这么跑的。在办公桌的一张废纸上有几个潦草的大字：“不是我干的，相信我。”

直到这时，侯滨松才稳定了下来：“此事不要声张，一切由我来处理。”

“现在最要紧的是把黄杉抓回来。”戴洪岭急得火上房了。

“小李子去向不明这也是天大的事啊，案子没破，警察又失踪一个，这大案队的天都得塌下来，这事鲁队要是知道了还不把咱们给吃了。”赵冬满腹愁肠。

侯滨松完全恢复了状态，沉思间竟然露出了以往那种常见的似笑非笑的自信脸色。“少安毋躁，吾自有处。”

在一间门上写着“仓库”字样的屋子里，货架上堆满了杂乱的物品，每一件物品上都有纸条标明是哪一起案件的赃物或物证。仓库里没有打灯，昏暗角落的窗台上有一台小电视机在闪着雪花点，透过茫茫雪花点能看见一场足球赛正在进行。小李子撅着屁股手舞足蹈，但他不发出一点声音，像一只在黑暗中飘动的幽灵。

侯滨松悄悄摸到他的身后轻轻问道："这球踢得太精彩了，这一定是那个罗纳尔多吧？"

"你别山炮了，罗纳尔多是巴西的，这个球员叫冈波斯，是巴拉圭国家队的绝对主力，中国球迷对他很熟悉，他跟卡西亚诺还有西班牙的安德雷斯号称三个火枪手，曾经横扫中国足坛。"小李子说着扭着，突然他从足球的魔力中挣脱出来，他回头一看，我的妈呀，他忙不迭转身一个立正等着挨训。

"你给我说说，黄杉如果逃跑了，他能往哪跑？"

小李子五雷轰顶一屁股坐在地上："黄杉跑了？"见侯滨松点头，他哭了，哭得稀里哗啦。

"你先别哭，我在问你他能往哪跑？"

小李子盘腿坐在地上，止住哭声开始想："我想他一定是跑回家去了，因为他一直都在说对不起媳妇孩子，是他毁了这个家，也毁了自己。他还哭着说过，就是枪毙之前也得向媳妇赔罪。所以我猜测他回家的可能性最大。"

"你分析得很好。"侯滨松把他拉起来拍拍肩膀，把他领到会议室打开电视，又把遥控器递给他说："你把这场球看完吧。"

"不、不敢，我、我不看了。"

"我让你看完你就看完。"

侯滨松说完就往外走，他喊来戴洪岭说："你看好家，要进入高度戒备状态，可不能再有半点闪失了。"

侯滨松安顿完就带上赵冬奔向银行。在出门的时候，他把在车里睡觉的朱大平喊了起来，仔细一看原来关超也在车里，侯滨松口口声声请二位帮助研究现场，朱大平这才开上车跟着来到银行。路上他又用电话把范志成也叫了起来。赵冬边开车边揣测，这深更半夜地去银行干什么呢？直到范志成也来到银行，侯滨松说明了他的意图之后，赵冬才豁然顿悟。

"没有大事不会这么晚把你找来，所谓大事就是那半截钥匙，我对它又有了新的认识，而且有了更极端的设想。"

本来无精打采的范志成来了精神："大侦探又有什么高见，赶快拿出来吧。"

“由于有这半截钥匙的存在，能够证明现场三个人的证言都是假的。比如已经供述了犯罪事实的黄杉，他开始也是山盟海誓地没有离开过值守的岗位，但这半截钥匙证明他一定离开过，不然这半截钥匙就无法形成。他说假话是出于什么样的主观故意呢？他不是为了包庇其他的什么人，而是为了掩盖自己的罪行。注意，他的这种心理被人利用了，他在客观上帮了真正的作案人。如果这样推论，眼前这三个人都说了假话。我找你来的目的就是要以所有的假话为前提来重新勘查现场，找出推翻假话的证据，如果假话都推翻了，案件也就破了。”

“以假话为前提勘查现场，这可真是高论。你小子真的不光会飞铐擒贼啊。”

侯滨松没心思搭理范志成的调侃：“我把大平和老关都找来了，目的就是一定要把发案时间内的所有细节都提供给范科长，不能有半点遗漏。记住，这个案件的特殊性就在于，越是看似准确的证言越是假的，我们的任务就是配合范科长把这些假证言都揭穿。”

巴拉圭和保加利亚的比赛离终场哨声已经不远，但场上仍然是零比零，比赛仍然激烈火爆。小李子埋头趴在桌子上，他看着两个队踢得你死我活，心里想，你们两家没有输家，这场球是我李光韬的滑铁卢啊。“想想吧，为了看足球擅离职守，造成重大犯罪嫌疑人脱逃，这该是个什么罪，这跟黄杉又有什么两样呢？正越想越怕时有人拍了他一巴掌，抬头一看又是侯滨松，他急忙立正。你这个哈尔滨大侦探啊，别说是那些犯罪分子，就是我也早晚得吓死在你的手里。”侯滨松摁住他的肩膀，两人一块坐下，再看银屏，裁判员三声长哨，比赛结束了。小李子的心里七上八下，他知道闯了这么大的祸处置一定轻不了，当然他最怕的还是侯滨松一怒之下让他滚蛋。

“侯老，我没有什么可说的，就有一句话，不管给我什么处分我都接受，就是求你千万别把我赶出侯组。”

侯滨松摆摆手拦住了小李子的话说：“怎么收拾你小子那是后话，现在咱们得好好研究研究这个足球。”

本来就惶惶不安的小李子一脸茫然，心中更加没底了。

侯滨松看着电视问：“刚才这是哪跟哪踢这么热闹？”

小李子眨巴着眼睛回答说：“这是巴拉圭和保加利亚的比赛。”

“你刚才说的那个球星叫什么来着？”

小李子实在沉不住气了：“您老就别逗我了，我这辈子再也不会犯这样的错误了，您就饶了我吧。”

侯滨松却非常认真地说：“我可是认真地在跟你谈足球，你也得认真起来。”

“我说的那名球员是巴拉圭的冈波斯，他虽然不像罗纳尔多、齐达内、贝克汉姆、巴乔是世界级的大牌球星，但他在去年参加了中国的甲级联赛，而且有出色的表现，所以中国的球迷都知道他。”

“你看，球迷都知道他我就不知道，这足球我就听说过有个罗纳尔多，而且这个罗纳尔多是哪国的，长得什么样我也不知道，就是在大街上碰到我也不认识。哎，那个巴拉圭的球员叫什么来着？”

“豪尔赫·冈波斯。”

“豪尔赫·冈波斯？这名字真难记。”侯滨松嘴里叨咕着，眼神却转向了小李子，把小李子给盯得直发毛。“我现在交给你一个重要的任务，由你再去跟郑有粮谈一谈，不谈别的，就谈足球，重点就是他那天晚上看足球赛的全过程。我的意思你一定明白了，因为你懂足球，你就会从中发现疑点，这对破案很重要。切记，半截钥匙的存在决定了所有证言都是假的，怎样证明它是假的就在于有罗纳尔多的那场足球了。”

“你说的，我懂的。”小李子神采飞扬地立正敬礼，然后转身跑了出去。

侯滨松往后一仰双脚就上了桌子，他拿起遥控器关掉正在评论比赛的孙正平，没有了孙正平的深夜立刻平静了下来。

六

小李子在郑有粮面前坐下，顿生一种天降大任于斯人的豪情。来到大案队两年多了，这还是头一次独立担当特大案件的审讯任务。刚才还在为能不能留在侯组担心，转眼就挑起了破案的大梁，看来大侦探还是信任他的，这就叫因祸得福。

“老郑头，我是大案队的刑警姓李，我有几个问题要问你，你看行吗？”

“小伙子你尽管问，我一定如实回答。”

“老郑头，我敢说你以前的证言都是假的，你信不信？”

“警察大老爷啊，我说的都是实话，我从接班到第二天行长来发现被盗，一宿都没有离开过银行半步，章云松和黄杉两个人都能给我打证明。他们俩换班吃晚饭回来，我就前前后后地检查了一大圈，然后就把前后的大门都插好。到了夜里，小章喊我看世界杯，我就到会议室跟他一起看足球。看完球我回到收发室，过了一会儿天就蒙蒙亮了，我就躺在长椅子上睡着了。我是被小章给喊醒的，他喊太阳都晒屁股了还不起来。我坐起来伸了个懒腰，就听见走廊里的挂钟响，打的是六点钟的点。这个时候我们三个人都在。我说的话要是有一句假话，天打五雷轰。”

“我问你，这场足球比赛是谁跟谁啊？”

郑有粮一愣，想了想说：“是巴西跟苏什么，对了，是苏格兰。”

“最后谁赢了？”

“巴西，巴西二比一赢的，赢了两个球。”

“巴西队是不是有个叫马拉多纳的？”

“有、有，是有个马拉多纳，是球星。”

“巴西队穿什么颜色的球衣啊？”

“绿色，深绿色。”

“你对场上的裁判有印象吗？”

“别看这是世界比赛，一开始裁判还用一枚大钱往地上扔，看字看背来分场地，怪逗乐的。”

“你认真回答我的问题，我问你对裁判员还有印象吗？”

“有，是个脸色挺黑的小个子。”

“看来你还是说了假话啊。”

郑有粮情急之下站起来说：“我说的话句句属实，没有一句谎话，你们要是查出我有半点假话就枪毙了我。”

小李子一拍桌子吼道：“你坐下，说没说假话你心里清楚，枪毙你白浪费一颗子弹，你还是等着天打五雷轰吧。”

侯滨松预料到小李子会有战果，所以当小李子绘声绘色地把郑有粮的证词说完后，戴洪岭和吴波都眼睛放亮了。“这个老郑头他根本就不懂足球，巴西二比一胜苏格兰，他愣说是赢了两个球，我说巴西有个马拉多纳，他就顺杆爬说有个马拉多纳。”小李子一兴奋半天静不下来。

侯滨松慢慢走到那张图表前，用笔在章云松的名字上狠狠地画了一个圈。“小李子，你把郑有粮证言的要点标在图表中。”

小李子用笔标注要点的同时，讲解也很清楚：“1. 巴西队是黄色球衣，郑有粮说是深绿色；2. 裁判员普瑞斯特是泰国人，个子不高，而巴西和苏格兰的比赛是由乌兹别克斯坦人伊尔马托夫担任裁判员，该人是个大个子；3. 我敢肯定地说，郑有粮和章云松一起观看的不是巴西对苏格兰的比赛，而是在世界杯开幕式上巴西和苏格兰首战之后的摩洛哥对挪威的比赛，时间是六月十一日凌晨三点。”

侯滨松在地上转着圈说：“这就是为什么黄杉在凌晨回来时只看到章云松在看球，而没有看到郑有粮的原因。”

吴波抑制不住兴奋的心情：“这就是说，在黄杉离开到回来这段时间里，郑有粮并没有跟章云松在一起，章云松有充足的作案时间。”

“那郑有粮为什么要夸大跟章云松在一起的时间呢？”戴洪岭觉得这个郑有粮不可理喻。

侯滨松伸个懒腰说：“他不过是怕那个王行长罚他的款，咳，他给我们添完了乱也就没用了。”

不知不觉窗外的阳光照了进来，天已经大亮了。

决战章云松刻不容缓，这是鲁俊山下达的命令。放下鲁俊山的电话，侯滨松却不急于执行这个命令，刻不容缓也得缓，因为决战的时机还不成熟，他还在等，他在惴惴不安中等待着范志成、朱大平他们的消息。已经三个多小时过去了，等待，在焦急中若无其事地等待。年龄不饶人啊，毕竟五十多岁了，熬一夜眼皮就沉重起来，可他刚想闭上眼睛歇一歇眼皮，戴洪岭又急急忙忙地把他推醒了。

“小李子开车出去了，说是要把黄杉给抓回来。”

侯滨松像是被炸弹崩起来一样，他气急败坏地跺着脚喊道：“你去，你去把这个小兔崽子给我抓回来，现在就抓回来。”

戴洪岭一看侯滨松真的急了，就转身跑了出去。小李子不用去抓，戴洪岭只是给他打了一个用词激烈的电话，小李子只好一脚刹车，然后掉头，无可奈何地又回来了。虽然对于侯滨松不许他去抓黄杉心生不满，但他做梦也想不到侯滨松竟然暴跳如雷，指着他的鼻子吼道：“你能在这干你就得听我的，不想在这干你就他妈的收拾铺盖卷滚蛋。你要是瞧不起我就明说，别在背后做手脚。我告诉你，就是天王老子的圣旨到了侯组，也得听我的，我的话就是圣旨，一滴唾沫一颗钉，谁要是踩上就扎谁的脚。你个小小的李光韬尾巴翘到天上去了，你想干什么，你说你究竟想要干什么？”

面对这一通劈头盖脸的狂风暴雨，小李子没有任何心理准备。到底做错了什么呢？擅离职守放跑了犯罪嫌疑人不用说这是大错，可是为了挽回过失去抓逃犯这也错了吗？蒙头转向的小李子看着戴洪岭就像看见了救生员的落水者。戴洪岭先是递给侯滨松一支烟点上，然后推着小李子出了门。

电话，又是鲁俊山的电话，又是来催审讯章云松的电话。

“审讯章云松开始没有？”

“马上开始。”

“你好像是在有意拖延。”

"鲁队，我比你还着急，怎么会拖延呢？我现在正在往审讯室走，就要进门了。"

"有情况及时报告。"

电话的那边关掉了，侯滨松拿着电话静静地听着里面嗡嗡的忙音，他许久才撂下电话，他双脚又上了桌子，双眼却望着天花板直勾勾地半天才眨一下。他在等，他心急如焚地在等范志成的消息。突然外面车响，果然是范志成他们回来了，果然带回了振奋人心的消息。

范志成再次勘查现场时发现了两个重要的线索，一个是银行前厅的挂钟有人为移动的痕迹，一个是章云松自行车上的指纹能够证实，他在凌晨六点之前曾经从银行出去过。

侯滨松扮出怪相问："你这个'小饭盒'是不是又想吃烤肉了？"

范志成的回答特别诚恳："你要是请客那最好了。"

侯滨松忘乎所以，他开始发号施令了。"来人啊。我们现在分成两个组，我带一组决战章云松，大平带一组待命，随着审讯进展进行查证核实行动。章云松啊章云松，你的演出该落幕了。"

别看水面上风平浪静，可水下却暗流涌动。章云松在这两天的时间里一直在平静地等待着，他知道跟警察的真正较量还远远没有开始，他也知道这场较量正在悄悄逼近，不会拖得太久。在这平静等待的时间里，他一遍一遍地回想着作案的全过程，一遍一遍地在每一个细节面前停下来，他反复地推敲这些细节是否完美无瑕，只要这些细节没有缺陷，那么他精心构建的防线就无懈可击。当然半截钥匙是整个防线中最大的漏洞，警察也一定会顺着这个漏洞摸进来，然后把防线扯断撕碎。但是他不怕，他有一整套补救这个漏洞的手段，只要施展开这些手段，他就能把警察堵在这个漏洞之外，就算警察认准了就是他干的，只要拿不到证据也拿他没办法。守住，只要死死守住这个漏洞，二十万元就到手了。

章云松想干这起大案不是心血来潮的仓促行为，他从制订计划到最后动手，整整用了一年的时间。他先利用行长王安宁经常把金库钥匙随便扔在桌上的习惯，就在他的办公室偷偷把金库和金柜的钥匙摁了印模，配制了钥匙。把钥匙拿到了手里，他开始寻找时机，半年过去了，他没有找到下手的机会。他不气馁，他有足够的耐心继续等，终于他发现了黄杉的婚外情，他在黄杉的身上发现了天赐良机。到了六月十日的晚上，黄杉终于在他暗中的精心设计下离开了值守的岗位，在闵花那里厮混了三个小时，给足了他作案的时间。开库房的门很顺利，开金库的门也很顺利，二十万元现金装进帆布包拿出来后意外发生了。他无论如何也没有想到，那把配制的钥匙在开门时非常顺利，可当他把库房门锁上之后，却卡在钥匙孔里怎么也拔不出来了。情急之下一用力，啪的一声钥匙折断了，一半拿在手里，另一半留在了钥匙孔里。天啊，他的脑袋像受到了重击一样，轰的一下天旋地转，他膝盖一软坐在地上，那二十万元的帆布包也重重地摔在地上。完了，一切都完了，一年的心血完了，二十万元完了，小命也玩完了。跑，这是他大脑中冒出的第一个强烈的念头。拿着这二十万元跑路，亡命天涯。可是这个念头一闪很快熄灭了，钱花完了怎么办？到头来还是完。跑不是办法，还有一条路就是把这二十万元交给王安宁，或者干脆交给警察，然后去蹲监狱。但是他不甘心走这条路，他不甘心让一年的心血付之东流，他不甘心在监狱里消耗掉自己的青春。摆在面前的路都不想走，他开始谋划第三条路。这是一条布满荆棘的路，走过去是生，走不过去是死，在生与死之间他横下心来赌一把，他坚信胜算的几率远远大于失败。

章云松不是一个行事鲁莽的人，他的计划之精密连他自己每次审视时都激动不已，用天衣无缝来形容他的计划一点也不夸张。他坚定地站了起来，手里拎着沉甸甸的二十万元，他对自己的计划充满信心，他似乎已经看到了胜利，他脸上因惊恐而苍白的颜色又因顿生豪情而泛出红色。把二十万元从银行的金库里拿出来，这才仅仅是他全部计划的一半，他的下半部分计划更加精密，他坚信接下来的计划如果能如预期的那样实施，就足以弥补眼下的漏洞，把二十万元收入囊中。他摘下手套和套在脚上的塑料袋，拎着帆布包迈着坚定的脚步悄悄走到大厅门口，他把帆布包放在自助查询电脑的后面，然后又回到会议室去看世界杯去了。

审讯室的门开了，侯滨松带着他的全部班底走了进来，章云松还是那样平静，他等了两天了，他知道跟警察的对决就要开始了。侯滨松一坐下脚就上了桌子，戴洪岭给他点上烟，吴波给他倒上水，赵冬坐到一旁把记录用纸、笔放在桌上准备记录，小李子拿着照相机啪啪地给章云松照了几张相。看看都忙完了，侯滨松抽出一支烟递给章云松，章云松笑着摇摇头，既表示不会吸烟也含着一点谢意。

“我叫侯滨松，是哈尔滨市公安局大案队的刑警，我们今天能坐在一起说明我们有缘分，因为银行发生了盗窃案件，你是这起案件的嫌疑人，而我们是这起案件的办案人，这样我们就有了今天的交往。”

侯滨松的名字让章云松感到厌恶和不安，在这一年多的时间里，这个名字经常在他的脑海中闪过，每次他都觉得是不祥之兆，在哈尔滨干这么大的案子，说不定就会招来这位哈尔滨大侦探。但是不安的情绪很快就平静了，眼前这个相貌平平的五十多岁的小个子男人并没有什么特别之处，他把脚架在桌子上不过是虚张声势吓唬人而已。对侯滨松的话章云松没有任何表示，他心里明白，这些堂而皇之的话无非是个开场白，回不回答没有什么实际的意义，弄不好反而会对自己不利。他像一个守卫阵地的战士在等待着对方的进攻。

“我看过你的笔录，你有证据能够证明你没有作案时间，你可能对这样的证据充满自信，但非常遗憾，我获得了对你非常不利的证据，也就是说，我手里的证据证明你有作案时间。”

怎么样？别看他开场白客客气气的，这一出手就是重拳，而且直奔要害而来。章云松没有过违法犯罪的前科，也没有跟警察打过交道，但在这一年多里他看了很多有关警察、有关法律的书籍，还买了好多警察破案的影碟，中国的、外国的，摞起来堆满窗台。对付警察虽然只是纸上谈兵，但他知道兵不厌诈是警察惯用的伎俩，因此他并不相信侯滨松说的掌握了他有作案时间的证据。章云松的心里再清楚不过，所说的他有作案时间的证据，无非就是黄杉的证言，可他坚信黄杉是不可能说出真相，证实他有作案时间的。黄杉有老婆、有孩子，老婆文文静静对他很好，上幼儿园的女儿长得好看嘴又甜，人见人喜欢。其实黄杉的生活中突然插进一个闵花，他的心里是有一种负罪感的，毕竟他对不起贤淑的妻子，对不起可爱的女儿，毕竟这是见不得人的事，是不光彩的事。可这个闵花却死死缠住黄杉不撒手，黄杉也被她的激情拴住挪不开脚步。他也曾跟章云松说过，得赶紧刹车，再不刹住闸就要车毁人亡了。所以章云松坚信，为了家庭、为了自己的脸面和今后的前途，他不会把那天晚上去跟闵花幽会的事情告诉警察。而且把这件事说出来还有更要命的后果，那就是银行发生了盗窃案，而他这个警卫却带着枪去找女人鬼混，这是什么，这是擅离职守，是渎职罪，这是要判刑的。

侯滨松仍然客客气气：“我已经说过了，现在我们有证据证明你有作案时间，你之前说你没有作案时间是撒谎了，你在欺骗我们，这你怎么解释？”

“少给我来这套，别看你是什么大侦探，想在我这诈出真话来没那么容易。”那天夜里，黄杉想用手机先跟闵花通个话被章云松拦住了，他告诉黄杉不能用手机通话，一旦出了事会很容易被查出来。于是黄杉就用银行前厅的电话打给闵花，约定了时间之后就悄悄溜了出去。这是章云松很得意的一招，警察会查当天所有人的通话记录，在黄杉的手机里查不到闪花的信息，就不可能找到她，找不到她就查不出黄杉擅自脱岗幽会情人的事实，没有这个事实就证明不了他章云松有作案时间。

“我只能解释没有撒谎，没有欺骗你们，至于你的证据就只好听你的解释了。”章云松也回答得客客气气。

“我这记了一个电话号码，这个号码相信你也一定很熟悉，这是你们银行前厅的一个固定电话，这个号码没有什么奇怪的。可奇怪的是，这个号码留在了一个叫闪花的女人的手机上，上面来电显示的时间是六月十日二十二时十五分，通话时间是二十一秒。在这个时间段银行里只有三个人，黄杉、郑有粮还有你，在你们这三个人中间，有谁会跟这个叫闪花的女人有过二十一秒的通话呢？这回我可得听听你的解释了。”

侯滨松还像开始那样客气，不过语气中已透出了些许的冷气，这冷气扑面而来，章云松的身上起了一层鸡皮疙瘩。章云松的心里一阵紧张，他怎么也没有想到，如此精心设计的防线，让这个姓侯的小老头客客气气地几句话就给毁掉了。但他很快控制住紧张的情绪，除了身上那一层鸡皮疙瘩以外，脸色一如往常，眼睛里也没有透出丝毫紧张的神情。

“你所说的证据我怎么能解释得清呢？但我不相信你的证据，我想法官也不会相信你的证据，因为那不是事实，事实是我没有作案时间。”章云松的回答仍然平静，他也为自己的表现感到满意，刚才的一阵紧张消失了，自信又占据了他的心胸。

侯滨松掐灭烟头站起来，他面向窗外的夜色继续说道：“这个话题我们双方都说完了，也说清楚了，可以结束了，我看可以再换一个话题，你看可以吗？”说到这，他转过身来一脸的和蔼。

“我现在是接受你审讯的嫌疑人，要想问什么问题你说了算，我没什么可说的。”

“那好，我们继续谈。能够证明你没有作案时间的还有一个人，就是更夫郑有粮，但是他也没有完全说真话，他的话半真半假，而掺在真话里的假话，恰恰是受到了你的诱导。我再把话说得明白一点，郑有粮是在你的诱导之下，做出了证明你没有作案时间的证言。”

章云松突然抬高了声音,他那平静如水的脸上涌动起波浪。“这我就不明白了。自从银行发生了盗窃案件之后，我们几个人都是被你们分头看管的，你们问话也都是单独进行的，我怎么可能诱导郑有粮跟你们说假话，做假证言呢？”

侯滨松不紧不慢地又点了一支烟，他把火柴的火苗轻轻晃灭，然后就盯着火柴棍说：“你别急，这一段有点复杂，你得听我慢慢跟你说。我一开始就觉得这个郑有粮有什么地方不对劲，但也没有想明白他到底有什么不对劲。后来我们大案队有一个年轻刑警小李子，他是一个足球迷，是他给了我启发，我终于发现了郑有粮的证言里面掺了假。于是我就派小李子再次询问郑有粮，这下子我得到了真实的证言。”

章云松强大的内心又遭一记重创，他踉跄了一下，身不由己地跌回到两天前的那个夜晚。把黄杉从他的岗位上调开是完成计划的必要条件，为了寻找这样的机会，他耐心地等待了将近一年的时间。终于，他发现了黄杉和他的同学闵花之间的私情。在主动接近黄杉的过程中，他们之间成了无话不说的哥们，黄杉向他坦露了没有机会跟闵花在一起亲热的苦恼。时机成熟了，他乘虚而入，一点一点地把黄杉引入他布下的陷阱。就在他作案的前十多天，黄杉就已经利用值班的机会偷偷去跟闵花快活了一次。有了第一次，就自然而然地会有第二次，当章云松悄无声息地打开大门让黄杉溜出去的那一刻，他的计划开始了。当他成功地拿到了二十万元,又把钱藏在自助服务查询机的后面以后,他一边看球一边等黄杉回来。两点半钟，黄杉的身影出现在窗前，章云松快速轻跑去为他开门。这个时间是约好的，因为三点多钟天就亮了，在天亮之前回来比较隐蔽不容易被发现。黄杉筋疲力尽地回到值班的位置，坐在椅子里就睡着了。这时章云松倚在会议室的门口，侧耳细听郑有粮的动静。郑有粮有一个习惯非常有规律,就是他每天天亮之前起夜,时间在两点半到三点之间。世界杯小组赛的第二场比赛是挪威对阵摩洛哥，三点整刚刚开球就听见郑有粮上厕所的声音，他快步走去，紧跟着也进了厕所。

郑有粮睡眼蒙眬地看着穿戴整齐的章云松问道：“你怎么没睡觉啊？”

“世界杯四年才能看一次，哪还顾得上睡觉。来来，你也享受一下足球过过瘾。再说了，值班看足球不犯规矩，你要是睡觉就得挨罚。”章云松说着就跟郑有粮拉拉扯扯地来到会议室。

“你可别再提值班睡觉的事，这个王行长最近是盯上我了，他要是知道我睡觉又得罚我钱。”上个月行长王安宁和保卫科长夜间突击检查，发现郑有粮在收发室的长椅子上睡觉，违反了银行的规定，给予罚款五十元的处罚。对这件事他耿耿于怀，抱怨王行长不近人情，经常在私下发发牢骚解解怨气。

章云松见缝插针地接上这个话题说："这你不用怕，如果行长明天了解值班情况，你就说你跟我一起看了一宿世界杯。"

"对，就这么说，看他拿我还有什么办法。"

接下来郑有粮就看上了足球，章云松滔滔不绝地给他讲了十多分钟的足球。天亮了，郑有粮的困劲又上来了，他又回去睡觉去了。

侯滨松站起来走到章云松的跟前，戴洪岭搬起椅子放到他的身后，侯滨松坐下，把一只脚搭在铁椅子的扶手上。章云松的思绪又回到了眼下，他的心里非常清楚，眼下的这场唇枪舌剑的交锋，就是你死我活的厮杀，成功与失败在此一举，哈尔滨大侦探这一关闯不过去，再完美的计划也会成为泡影，是死是活全都攥在他的手里。

"我跟你说，我这个人没念过书，脑筋笨，有的时候遇到难解的问题，就转不过弯别不过劲儿来。就说郑有粮六月十号晚上跟你一起看足球的证言，我虽然一开始就觉得不对劲，但又一时找不到不对劲的症结所在。直到今天我的脑筋才转过这个弯来。你说这个郑有粮六十多岁了，平时喜欢听听二人转，也喜欢看评剧，再就是房前屋后地打个小麻将。我围绕他的周围打听了好几个人，没有人知道他喜欢足球，连他的老伴儿孩子也从没见过他半宿半夜地看足球。这就怪了，怎么在六月十号的这天晚上，老郑头突然就喜欢起足球呢？而且还能嘎巴溜脆地说出罗纳尔多，还能记住巴西二比一战胜苏格兰。现在清楚了，这一切都是你的诱导，而郑有粮能够被你诱导，就是因为他害怕行长发现他值班睡觉，害怕再被罚款。他太简单，所以他想象不到你能有多复杂，就连我也觉得你这个人太复杂了。"

章云松感到不妙，但他还能抵抗，他也必须抵抗，投降就彻底完蛋，只有抵抗才会有一线希望。"诱导这不过是你的分析，这代替不了郑有粮的证言，证言是证据，而你分析的结果也能成为证据吗？"他壮着胆子转攻为守，到了这步田地只有攻一下看看是什么效果了。

"老郑头对你的诱导一无所知，即使现在他也还蒙在鼓里。"

看来进攻还是有效果，起码透露出郑有粮并没有改变证言，没有揭露诱导他看球赛的事实。

“他仍然坚持说从夜里快十二点的时候就在会议室看世界杯，并且还能记得一些球赛的细节。比如他说场上裁判是个小个子，而事实上巴西对阵苏格兰比赛时的裁判是乌兹别克斯坦人，小李子，这个裁判叫什么名字？”

“拉夫尚·伊尔马托夫。”

“这个伊尔马托夫可是个大个子。郑有粮还说巴西队的球衣是绿色的，他说那绿色很扎眼，所以记得比较清楚。根据郑有粮的这段证言，我们的小李子得出一个结论，你把郑有粮喊来看电视，看的是世界杯的第二场比赛，时间是六月十一日凌晨三点开始的摩洛哥跟挪威的比赛。我想这个结论在法庭之上完全能够获得法官的采信。我还告诉你，我不会去纠正郑有粮的证言，因为他的假证言恰恰是证明你有作案时间的最确凿的证据。”

章云松虽然快撑不住了，但他还有力量坚持，眼看着已经一败涂地的章云松竟然还有反败为胜的底气，虽然令人难以置信，但这可不是痴心妄想。他的内心仍然坚强，因为他的手里还握着一张王牌，一张足以让哈尔滨大侦探功败垂成的王牌，那就是装在灰色帆布兜里的人民币，这才是本案最关键、最重要的证据，在章云松看来这是他胜利的保障，因为这笔巨款还在他的严密掌控之中。章云松坚信，这最后的秘密他侯滨松就是上天入地也发现不了。

这时侯滨松接了一个电话，掩饰不住的笑脸使章云松万分恐慌，这种笑可以解释成嘲笑，那是破解了秘密而发出的轻松的笑，这笑似乎在预祝胜利，也似乎在宣布对手的毁灭。侯滨松笑着拍手三下，随着清脆的击掌声朱大平和关超推门进来。

章云松猛然间瞪大了眼睛，而且一瞬间就被血色染红了，他看见了朱大平手中拎着的一个灰色帆布兜，那二十万元的兜子摔在桌子上发出咚的一声响。挺住，他咬紧牙关不露声色，这些警察诡计多端，万一其中有诈那不是自投罗网吗？侯滨松看出了章云松心里的小九九，他又笑了，笑得有些顽皮，他伸出手来摆了一个兰花指的造型，然后慢慢地拉开帆布兜的拉锁，露出了里面满满的崭新的人民币。

世界毁灭了，章云松一头栽进黑暗之中，什么都不知道了。

七

黄昏时分，侯滨松把破案的消息报告给了鲁俊山，放下电话他就靠在椅子里睡着了，任谁也叫不醒他，最后还是朱大平想了个办法，几个人七手八脚把他抬到沙发上安睡。

鲁俊山接到侯滨松的电话后激动不已，这案子破得充满了智慧的较量。不得不承认这案子作得也漂亮，但破得更漂亮，正应了那句话：魔高一尺道高一丈。刚才在电话里他本想表扬侯滨松几句，可是老刑警了大风大浪的，真是没什么好表扬的，再说他也一时凑不上恰当的词句来形容这起案子。市局领导也是充分肯定破案的成绩，要求立即上报破案有功人员给予重奖，还要密切配合媒体采访，破案的消息明天就要见报。

鲁俊山刚放下电话，迟丽丽连门都没敲就闯了进来。“鲁队，听说银行发生了大案子？”

鲁队一听哈哈大笑：“怎么你才知道发生了案件？”

“我到外县去采访，一去就是好几天，这不才回来。”

“我告诉你来得正好，案件已经破了。”

“一定又是侯滨松出手。”

“那当然了，哈尔滨大侦探嘛。走，我今天陪迟大记者一起采访。”

迟丽丽一蹦多高："谢鲁队。"

天都大亮了，侯滨松才迷迷瞪瞪地从沙发上爬起来，他坐到桌前拿起笔在一页稿纸上一笔一画地写起字来。

正写着鲁俊山走了进来："你可睡醒了，我还以为你要睡他两天两夜呢，迟丽丽都采访了一大圈了，就差你了。"

侯滨松连忙起身，没有理会迟丽丽，而是低眉顺眼地跟鲁俊山说："给您请安，祝您吉祥。"

鲁俊山看着一脸怪相的侯滨松说："你这个老妖猴又要起什么幺蛾子？"

侯滨松双手把一页稿纸递给鲁俊山，那上面的标题写着"关于嫌疑人脱逃事件的检讨并请求处分的报告"。

鲁俊山接过一看："你可真是胆大包天啊，这么大的事你也敢瞒着我，我真不敢想你还有多少事情在瞒着我。"

"你听我给你解释，事情的经过是这样的……"

"用不着你说，这事已经有人告诉我了。我给你带来一个人，你看看他是谁。"说着走到门口冲着走廊一招手，一个高个子男人低垂着头走进来，原来是黄杉。迟丽丽一看，手脚麻利地抓拍了好几个镜头。

黄杉深深地鞠了一个躬说："侯警官，这案子确实不是我干的，我说的是实话。"

侯滨松答非所问："你爱人没有陪你一起来吗？"

黄杉扑通一声跪在地上，泪如雨下。"我对不起妻子和孩子，我做了伤天害理的事情，我妻子已经原谅了我，可法律饶不了我啊。"

侯滨松喊来小李子说："把他带下去，他的爱人就在外面，让他们俩在一起多待一会儿吧。"

"这么说，你知道他脱逃以后回家跟妻子倾诉衷肠去了？"见侯滨松直愣愣地不回答，迟丽丽穷追不舍，"那为什么当时不去把他抓回来呢？"

侯滨松想了想说："当时人手紧顾不过来，你看现在他自己回来了，警察也就省事了。"

迟丽丽忽闪着长睫毛晃晃脑袋，显然她对这样的回答不理解也不满意。本来心不在焉的侯滨松突然很在意地又说了一句："你想想，要是把他抓回来，还能有从轻的情节了吗？"

送走了迟丽丽，侯滨松对鲁俊山说：“鲁队，还有几项重要的工作得抓紧完成。”

鲁俊山大手一摆说：“不用了，你能想到的工作朱大平都已经完成了。”看到侯滨松蒙头蒙脑的样子他继续说：“本案的同案犯刘新跃正在拘留所里，提出来一审就全都供了，人已经转到看守所。章云松扔掉的手套、套鞋的塑料袋，还有那另半截钥匙都已经找到。刚才配钥匙的人也找到了，关超正在核实具体情况。朱大平做的这一切还有什么遗漏的地方吗？”

侯滨松挠挠头说：“鲁队，你看这样行不行？我请范志成吃烤肉的时候把朱大平也带上。”

“不就是一双筷子的事吗，还就差一个人了？”

“还差谁啊？”

“关超。”鲁俊山丢下这两个字拂袖而去。

第二天，《哈尔滨日报》刊出了迟丽丽的长篇侦破通讯，戴洪岭给侯滨松送来报纸时说：“这是迟丽丽的大作，写出了刑警本色。”

侯滨松戴上老花镜看起了这篇通讯，刚读了开头就对迟丽丽心生敬意，这个蹦蹦跶跶的小丫头文采飞扬，本来这就是他自己刚刚侦破的案件，可读起来仍然津津有味，特别是最后一段简直像侦探小说一样。

破案已经到了最后的紧要关头，可章云松还是死命抵抗不肯缴械投降，侯滨松的火眼金睛早看透了章云松心存侥幸的根源，因为到现在赃物还没有找到，他一定顽固地以为，他隐藏起来的赃物警察永远也找不到。足智多谋的侯滨松从没有解不开的难题，从没有揭不开的秘密。在这紧要关头，他为破案指明了两条侦查方向。第一，既然章云松精心设计的没有作案时间的假证都已被戳穿，那就可以推断他没有离开过银行的证据也是假证，他一定在作案后避开人们的视线离开过银行，把赃物转移了出去。第二，章云松有同案人的可能性极大，他正是在同案人的接应下转移了赃物，而这个同案人还没有纳入侦查视线。

在第一个侦查方向上很快有了突破。市局首席刑侦技术专家范志成，在对现场进行再次勘查时发现了银行前厅的挂钟有人为移动过的痕迹，并在挂钟上提取到两枚可疑指纹，但由于挂钟表面有一层灰尘，指纹没有鉴定价值。范志成又对章云松的自行车进行详细勘验，结果让所有的侦查员大喜过望，在自行车上发现了章云松的指纹。这就完全印证了侯滨松的判断，章云松在六月十一日早晨六点钟左右，曾经离开过银行。为什么章云松的自行车上有他自己的指纹就能证明他离开过银行呢？侯滨松的推理是这样的：六月十日从午夜开始下起小雨，这雨到第二天凌晨四点多钟才停住。章云松的自行车就放在银行门旁的露天自行车架里，自行车被雨淋过后，上面的所有痕迹就都灭失了，而遗留的指纹就只能是在雨后和六点钟之间形成的，因为从七点钟王行长发现金库被盗以后，章云松就再也没有机会接触他的自行车了。那么六点钟挂钟报时，更夫郑有粮明明看见章云松就在他眼前，这是章云松在挂钟上做了手脚，造成了一个迷惑人的假象。

在另一个方向上迷雾重重，迫使侦查员们几度停了下来，举步维艰，踟蹰难进。章云松性格内向，没有复杂的社会关系，调取手机通话单，除了他的亲属外，只跟几个同学有联系，联系最多的是一个叫刘新跃的人。专案组立即对所有与章云松有联系的人展开调查，结果全部查否，特别是最有可能是章云松同谋的刘新跃，不具备作案时间的证据最为真实可靠，因为在发案时间他因殴打他人被拘留，这个证据是派出所提供的。恰恰是这颠扑不破的铁证引起了侯滨松的疑虑，在这起案件中，凡是能证实章云松无罪的证据被一一攻破，事实证明全是章云松精心设计的障眼法，那么这件铁证会不会也是他一连串的伪装之一呢？

这就是大侦探，这就是侯滨松，他经常会打破常规去缜密分析，敢于逆向思维大胆推理。在此案的侦查中，他足智多谋的风采表现得淋漓尽致，令人赏心悦目赞叹不已。

刘新跃殴打他人的经过是这样的：在六月十日早上六点，他到老滋味包子铺去吃包子，本来买了三个包子，可他却伸手从柜台上又多拿了一个。他端着包子回到座位上以后，女服务员跟过去问他为什么多拿了一个包子，他二话没说，站起来就打了服务员一个耳光。老板过来劝架也被他连打两拳。周围吃饭的顾客看不下去，好几个人上前把他扭送到当地派出所。

就是这样一个简单的事件，你听了侯滨松的分析推理就会发现其中的奥秘。刘新跃是哈尔滨机床厂的钳工，他家住在南岗区，他工作的单位在他家南边的动力区，而老滋味包子铺就离惠民银行道外支行不到二百米，在他家的北边，而且距离他家有十多公里的路程。这就奇怪了，他为什么要一大早起来跑这么远的路来吃包子呢？据了解，刘新跃这个人在单位工作很好，待人热情礼貌，特别是喜欢清洁，衣服穿旧了也会洗得干干净净，熨得板板正正。就是这样一个人，怎么会在众目睽睽之下去偷包子呢？而且无缘无故对服务员和老板大打出手，这太违反常理，完全没有动机可言。最后一个奇怪的现象是，这件事发生的时间众说纷纭，无法统一。女服务员、老板都说事情发生的时间是六点多一点，准确时间无法确定。派出所民警也忽略了受理的时间，只记得六点多，在报警登记簿上写的是六时许。而违法行为人刘新跃自述的时间是将近六点，肯定不到六点。这样一件琐碎得不屑一顾的治安案件，无论是当事人、行为人和警察，都不会留意发生的时间，而且时间的误差并不影响此案的处罚。但是为什么所有人都说事情发生在六点多，而只有刘新跃说肯定不到六点呢？

侯滨松当机立断，由于刘新跃的行为和案件有着若即若离的关联，其中涉及的所有疑点都要当成重大线索进行排查。这一查石破天惊。当时刘新跃在包子铺打人时，一位李姓的出租车司机上前制止，与刘新跃发生撕扯，结果手表掉在地上踩坏了，手表停止的时间是六点零九分二十七秒。这一强有力的物证，把侯滨松的推理引向更加清晰准确的境界。

包子铺里的这场纷争是刘新跃自编自导自演的一出闹剧，他的目的是施放迷雾，用来掩盖在六点钟之前这段时间里所做的罪恶勾当。紧接着，他利用所有人对时间的忽视，有意把演出闹剧的时间往前提，这样就从一个事件和一段时间两个方面，都否定了刘新跃与半截钥匙案件之间的联系。难道真是这样吗？侯滨松在案情研究会上侃侃而谈。不，刘新跃极力掩盖他与案件的联系，恰恰说明他与案件有着极其紧密的利害关系。想想章云松制造的一连串的假证，目的也无非就是证明他不具备作案时间。他伪造的最后一个假象与刘新跃如出一辙，他在离开银行之前，把墙上的挂钟往后拨了十分钟，这样当他回来时挂钟敲响六下，其实是六点过十分。章云松和刘新跃在同一天的同一个时间里，用不同的方法极力去抹掉这十分钟，这十分钟里能隐藏什么呢？

这十分钟的盲区就是一个黑洞，那不翼而飞的赃款就隐藏在里面。侯滨松神奇的推理还在继续。从银行到包子铺大约一百九十多米的距离，如果骑自行车往返用时约七分钟，假设章云松把赃物交给刘新跃的时间是差六分钟六点，而刘新跃在包子铺闹事的时间是六点过九分，那么在这十多分钟里他能把赃物隐藏在哪呢？只有一种可能，这二十万元就藏在包子铺附近，半径不会超过一百米的范围。

大侦探划定了侦查范围，侦查员和派出所民警立即展开逐门逐户的走访，追查六月十一日早上五点半至六点之间刘新跃的踪迹。搜查二十万元赃款的行动由优秀侦查员朱大平负责，在走访中他来到了退休教师刘雅琴的家中，当他把刘新跃的照片给老教师辨认时，很爽快地说这是她的学生，就在两天前还来过她家。她对这个学生有很好的印象，说他是个品学兼优的学生，虽说没有考上大学，但在工厂是技术革新能手，先进工作者。刘新跃还有一个优点就是有感恩之心，每当过年过节就来看望她，特别是女儿不在家，他经常来帮她干一些家务活儿。当朱大平问到两天前的事情时，刘雅琴说他两天前的早上还不到六点钟来到她家，说是约好跟朋友去钓鱼，结果有急事去不了了，就把一个帆布兜先放家里，说过几天就来取。说着她把沉甸甸的帆布兜拎出来放在朱大平的面前，那里面就是警察们日思夜想苦苦追寻的东西啊。

侯滨松就是这样传奇，他破案如同神机妙算一般令人赞叹不已。当他把失而复得的二十万元人民币交给王安宁行长，笑呵呵地说了句"完璧归赵"时，天边的霞光映照在他的脸上，胜利的笑容更加灿烂。

看完迟丽丽的杰作，侯滨松笑了，而且笑得确实很灿烂。"大手笔也有败笔之处啊，这最后一段纯粹瞎胡扯，当时是下午，哪来的什么天边的霞光？"

侯滨松拿起笔在"关于嫌疑人脱逃事件的检讨和请求处分的报告"下面签上自己的名字，然后又铺开一张纸，工工整整地写了一行标题一"关于为范志成、朱大平、李光韬同志请功的报告"。

第七章

火影忍者

一

大案队周末例会开完了，挨了一顿剋的朱大平耷拉着脑袋回到办公室。鲁俊山劈头盖脸的批评让他难以接受，上个星期开会时还表扬他大智大勇破案神速，为大案队争了光，可今天他却成了办案不力、把大案队的脸都丢尽的窝囊废。

他倒了杯水，可忘了是开水，端起来就喝又烫了嘴，真是倒霉催的。正当他气急败坏的时候，关超不声不响地走进来，有人来了朱大平稍稍安静了一些。

关超一脸无奈地说：“当刑警的不就是这样嘛，破了案是英雄，破不了案就是狗熊，鲁队也是在气头上，你就忍了吧。”

“我知道鲁队也是挨了上边的踹，气不打一处来，可案子拿不下来我这心里也是压了一块石头啊。”

一个多月以前，朱大平受理了一起失踪案件，郊区大榆树村一名六岁的小男孩梁天天无缘无故突然失踪。本来这并不是一起有影响的案件，可是朱组查了一个多月，竟然毫无结果，就连案件的性质、侦查方向都茫然不知，孩子的爷爷奶奶一气之下把朱大平告到了市公安局。这之前已经有了一个乔大年，经常把大案队搅得昏天黑地鸡犬不宁，这下可好又多了个老两口，要是再像乔大年那个闹法，这大案队的日子就没个过了。这就是例会上鲁俊山大发雷霆的来头。其实这个案子朱大平没少下功夫，可到头来孩子失踪的因果关系、嫌疑对象、可疑线索一无所知，市局催要侦查进展情况的报告，他几次提笔又放下了，因为他不知道应该报告什么、怎样报告。

关超试探着问了一句：“现在还有一条道，不知道你愿不愿意走？”

朱大平摇摇头说：“我明白你的意思，不过这条道轻易不能走，要真是走了这条道，这回把这辈子可就落在这小子手里了。”

“眼下是紧要关头，不是怄气的时候，小不忍则乱大谋。”

朱大平心里清楚关超给他指出的是条什么道，这可不是一条康庄大道，至于他说的紧要关头这一点却不容忽视，人生的紧要处只有几步啊。最近上级下发了一个竞聘上岗的文件，在大案队预提一名副队长，并按文件规定的条件确定候选人，结果用几条杠一卡，只有两个人够条件，一个是他朱大平，另一个就是侯滨松。一开始他心灰意冷，跟侯滨松竞争他毫无胜算，只能甘拜下风。但是没想到风云突变，侯滨松因乔大年上访事件负有处置不当责任，候选人资格被一票否决，转眼间他又成了唯一候选人，副队长的位子唾手可得了。可是偏偏这个时候梁天天失踪案横在了上位的路上，如果案子久侦不破，上访人再闹起来，那要命的一票否决也会砸到他的头上。

朱大平正愁肠百转，关超又说话了：“鲁队今天发的这通火可不是无名火啊。想当初侯滨松可是鲁队亲自选调进的公安局，鲁队跟建刚同志合伙作假，让一米六九的侯滨松当上了警察，然后又把他安排到大案队。他可是鲁队的得意门生，这次选拔副队长，鲁队当力挺侯滨松，我想这一点不容怀疑。现在侯滨松被拿下，他只有把你推上来，要是你再出点闪失当不上副队长，那就只有从外边派了，那样的话他鲁俊山的面子也搁不住啊。”

“这真是一个非常时期啊。”朱大平喃喃自语。

关超用手指敲敲桌子说：“非常时期就要采取非常措施。你现在要摆脱心理障碍，不能总把当年侯滨松考警察打小抄的事搁在心上，要是那样的话你就迈不开这人生的关键一步。我给你指的道就算是步死棋你也得试一试，万一这步棋要走活了呢？”

朱大平把自己关在屋里一天没出门，一直纠结到快下班的时候才痛下决心，向关超给他指的道迈出了沉重的脚步。

侯滨松正在打电话告诉老婆今天能按时下班回家，抬头一看朱大平阴沉沉地推门进来，急忙又改口说有急事回不去了，他好言好语地哄完老婆，这才关注起坐在一旁的朱大平。见朱大平不说话，他也不急着问，而是点起一支烟等对方开口。让他想不到的是，这朱大平真有抻头，硬是坐在那里一声不吭。侯滨松心软了，知道朱大平此时遇到的难处和内心的苦闷，从他默不作声的怪异举动中已猜到了他突然登门的目的。

侯滨松不想再让朱大平难堪，就主动打破僵局说："今天鲁队在会上发了火，话说得重了些，你也别太往心里去，谁叫你当了这该死的警察。刑警就是个倒霉的活儿，只要你破不了案，不管哪级领导，那张脸都没有屁股好看。"

朱大平笑了，虽然是苦笑，总比阴沉着脸强。

"高兴是一天，忧愁也是一天，你怎么不多想想高兴的事呢？"

"我哪来的高兴事。"

"这你小子就不说实话了，你就要走马上任副队长了，这还不算高兴的事吗？你小子是个官迷这我可知道。"

听了这话朱大平几乎哽咽："你被一票否决了还来劝我，你的内心真就这么强大吗？"

"人心都是肉长的，我被一票否决了以后也窝囊了好几天呢。后来我想通了，我就是块破案的料，没有当官的才，还是安下心来好好破我的案吧。对了，说起破案，你手里的失踪案是怎么回事？"

"这案子一言难尽。"

失踪事件发生在哈尔滨郊区的大榆树村，失踪的是一个正在上学前班的小男孩，只有六岁，叫梁天天。家属并不是在失踪的第一时间报案的，而是以为孩子到同学家去玩了，亲戚、邻居找了大半夜才报警。这个案子非常蹊跷，一家人三代同堂六口人，没有任何纠纷和怨恨能与失踪的小天天形成因果关系。家里人都是老实厚道的普通农民，社会关系简单，没有跟任何人结怨的情况，可以排除报复杀人的可能性，走访周围邻居，也没有发现任何与梁家有矛盾的嫌疑人。在调查过程中，可以排除发生拐卖儿童和绑架案件。就这样一个多月过去了，调查无路可走了，梁天天失踪案成了疑难案。天天的爷爷奶奶找孙子心切，开始是上派出所追，后来到大案队追，昨天老两口一起跑到市局把派出所和大案队都给告了。现在这个案子查是查不下去了，不查又不行，上不去下不来卡在这了。这个时候又来了个竞聘上岗选拔副队长，把朱大平逼得走投无路才硬着头皮走进了侯滨松的门。

“我能帮你什么忙吗？”侯滨松问得很简单。

“破案。”朱大平回答更简单。

“你来找我，老关他知道吗？”

“是他给我出的主意。”

“是他让你来找我？”侯滨松觉得不可思议。

“是。”

“就冲他，这案子我接了。”侯滨松就是这样，常常就因为一句话顿感无上光荣。上一次提拔副队长的机会就是让关超给搅黄了，他造谣把侯滨松和靳玉兰的关系说成婚外情。纪委查了一段时间给出结论是正常的友谊关系，维护了他的名誉，可是提拔副队长时过境迁了，他也就失去了一次当官的机会。“现在你关超又出主意让我帮朱大平当官，我非得让你看看我侯滨松不是你关超之流，而是个光明磊落义薄云天之人。”

“还有……”侯滨松正想心事，见朱大平脸涨得通红还有话不好说出口。

倒是侯滨松脑筋急转弯：“我明白你的意思了，你是不是想遮人耳目让我偷偷摸摸地破案，然后再把破案的成绩算到你的头上？你放心吧，我会做得天衣无缝。”

“那我晚上请客吃涮羊肉。”

侯滨松做个鬼脸说：“请客是一定的，但今天不行，等破了案不能便宜了你小子。”

“还有……”

“还有什么？你不就是想尽快破案吗？别看这个案件时过境迁，已经错过了最佳的破案时机，但案子到了我的手里七天破案还是有把握的。”

“我的哈尔滨大侦探，七天不行啊。”

“为什么？”

“下个星期四干部科就来测评了。”朱大平说话都带着哭腔了。

“那就五天，在干部科来考查你之前破案，不会给你的提拔造成影响的。”

这是侯滨松接手的最让他得意的案子，这是最能证明他的能力、水平、声誉和存在价值的案件。如果五天之内把这案子拿下来，让他朱大平和他姓关的看看，哈尔滨大侦探神机妙算货真价实，这不是哪个人就能诋毁的。想想这样的至高无上的荣耀，当不当那个副队长真的算不了什么。

敲门声打断了侯滨松的美梦，原来是戴洪岭推门进来，手里还拎着快餐面、红肠什么的，进来以后就把吃的摆了一桌子。

侯滨松看着正张罗晚饭的戴洪岭奇怪地问："这么晚了你怎么还没走？"

"快下班的时候，我看见老朱夹着一本卷宗进了你的办公室，很长时间没出来，我就知道你们是在研究案子，所以就没走。"

"这是为什么？"

"走了也得被你叫回来，还不如就不走了。"

侯滨松接过泡好的快餐面，心里充满歉意。"洪岭啊，谁让我们干了这该死的刑警，连个安稳的日子都过不上。"

"老朱找你干什么？"

洋洋得意的侯滨松竟然摇头晃脑地站起来转了一圈，然后很小人地说："朱大平啊朱大平，你终于求到了我侯滨松的门下，你终于承认我的破案能力比你强，路遥知马力日久见人心，大侦探就是大侦探，你终于明白了破案才是硬道理。"

"他向你求援了？"

"正是。他已陷入山穷水尽的绝境，只有我能给他带来柳暗花明之转机。"

"什么案子？"

"儿童梁天天失踪案。"

"不就是当事人上访的疑难案件吗？这可是个扎手的活儿，一个乔大年就够你呛了，如果再背上一起上访的案子，压也能把我们压死。"

"要不是疑难案件，人家求我干什么？要不是疑难案件，用我侯滨松干什么？"

"你又限期破案了？"

"五天不多吧？"

"师傅啊，这么疑难的案件你敢答应五天破案？"

"只有五天时间，如果不抢在干部科来考查测评之前破案，就会影响他当大案队的副队长。这小子是他妈的官迷，我要是不帮他一把，谁又能帮得了他？"

戴洪岭睁大了眼睛张大了嘴，他仔细地盯着看，想把师傅的面目看得更清。

侯滨松打开热腾腾的快餐面说："我吃完了睡一会儿，你先看卷宗，看完了叫我。"

戴洪岭拿起厚厚的卷宗，才翻了几页就兴致勃勃地说："真是山不转水转。"

"什么情况？"

“这是一个三代同堂的家庭，一共七口人，现在孩子失踪了，还剩六口人，老两口、两个儿子、两个儿媳。大儿子叫梁风，就是协助咱们侦破鞠万金杀人案件的那个保安，那个福尔摩斯迷。”

侯滨松也来了兴趣：“是他？这个失踪的孩子和他是什么关系？”

“梁天天是他的侄子。”

侯滨松点了一支烟喷云吐雾：“我看五天拿下这个案子不成问题。”

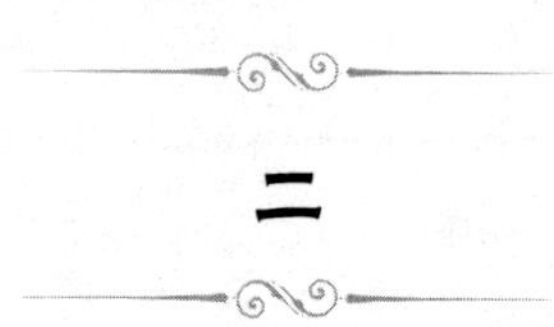

二

调查失踪案的当务之急是先找到天天的爷爷奶奶，只有阻止住他们在五天之内不到市局去上访，这才算真正帮上了朱大平的大忙。

天天的爸爸叫梁雨，是个本本分分的农民，侯滨松和戴洪岭去梁家第一个见到的就是他。

他正呆呆地坐在院子里，见有人来猛地站起问："你们是警察吗？"可能是看侯滨松平静地点了下头，他意识到并没有什么好消息，又颓然坐下。

侯滨松没有发现小凳子，就顺手拿起一块砖头往地上一立坐在上面。"我们一直在找孩子，但没有结果，是我们无能，对不起。"

"别这么说，你们也尽力了。可是我就想不明白，一个欢蹦乱跳的孩子怎么说没就没了呢？难道是一阵风给刮跑了吗？我们梁家本分老实，从没有做过恶事害过人，遭报应的应该是那些贪官污吏、流氓歹徒，这样的厄运不该落到我们梁家的头上啊，老天爷是不是搞错了？"

侯滨松给他点了一支烟稳定他的情绪说："这事放到谁家都是天塌下来的灾难，你是家里的男人，你得挺住啊。我们这边也会尽快调查，不出五天就会拿出结果来。"

梁雨没有一点振奋的情绪，而是苦笑着说："你这个老警察真会给人吃定心丸，一个多月过去半点消息都没有，五天就能找到孩子？但愿吧。”

“二老在家吗？我想再找他们唠一唠。”

说起孩子的爷爷奶奶，梁雨叹了口气抹了把眼泪。

原来自孙子失踪后，爷爷每天唉声叹气，奶奶整日以泪洗面，村里的干部、街坊邻居谁也劝不了。过了几天老两口一商量，不能在家这么干等，得把孙子找回来。于是两个人一大早带上吃的喝的，满山遍野地去找孙子，他们不相信自己的宝贝孙子就这么无影无踪地消失，他们发誓要把孙子找回来，哪怕是找回来一具尸首也行啊。他们开始了漫长的寻找，无论是沟沟坎坎，还是树丛草窠，他们都要一步一步地查看。村里的许多人都曾经看见过老两口拄着拐杖，互相搀扶着在原野上艰难地迈着脚步，人们都知道这是徒劳的，可谁能去阻止他们呢？“天天，天天，你在哪啊，快出来跟奶奶回家吧！”每当村里的人听到老太太沙哑的有气无力的喊叫声，男人们会叹口气，女人们的眼泪就会止不住地流。

侯滨松受不了一个大老爷们流泪，他安慰了梁雨几句就匆匆离开了。戴洪岭向邻居打听到老两口的去向，侯滨松在食杂店买了些水和食品，然后两个人沿途追去。足足走了有十多公里，天热路远侯滨松有些撑不住了，他一屁股坐下，上气不接下气，想喝口水歇一会儿还呛得咳嗽起来。戴洪岭劝他先回去，可他摇头说“不”，他的意图非常明确，一定要先找到老人家，把他们安抚住不再上访，然后集中力量攻案子。他分析两个老人年老体弱，应该不会走得太远，很可能在附近就能遇到他们。正说着，不远处传来了老人无力的呼喊声：

“天天，我的天天啊，你在哪里啊，你别淘气了，快出来跟奶奶回家吧。”

“天天就要开学了，爷爷送你去上学，爷爷送你接你，再也不让你走丢了。”

听到喊声侯滨松一骨碌爬起来，顺着青纱帐间的羊肠小道向传出声音的方向跑去。见到老两口的那一刻，气喘吁吁的侯滨松惊呆了。两位老人互相支撑踉跄地站住，他们满身泥土看上去已成了乞丐，他们吃光了身上的干粮，要不是侯滨松找到这来，难以想象他们还会有体力走回去。戴洪岭把一大包吃的塞给他们，当他们在迷惑间得知来人是警察的时候，顿时瘫坐在地上迸发出号啕的哭声。侯滨松也一屁股坐下，他知道只有当老人哭够了才有他说话的机会。

“警察同志你说说，我孙子是上天了还是入地了，怎么就一点影也没有了呢？你们警察是干什么吃的，一点招法也没有吗？这是人命关天的大事啊，如果你们连这样的事都管不了，那国家养你们这些警察有什么用啊？”

侯滨松拉住老太太的手说：“老大姐你放心，国家为什么养我们，就是因为我们管用。养兵千日用兵一时，现在用上警察了警察就得管用，就得把你孙子天天失踪的事情查个水落石出。”

“你别空口说白话忽悠我老太太，你们已经查了一个多月了，连个人影也没找到，你让我怎么才能相信你说的话？”

侯滨松站起身，也把老太太从地上扶起来说：“我向你保证五天之内查出结果，这回你该相信我了吧？”

老头也来了劲头：“这位同志说话当真？”

“如果说了不算，还叫什么警察。”

老头还是心有疑虑：“请问您贵姓啊？”

侯滨松握住老头的手大声说：“我姓朱，你就叫我朱警官吧。”

告别了天天的爷爷奶奶，他们又匆匆回到榆树村，开上吉普车去找天天的妈妈栾玉芳。儿子出事以后，栾玉芳一连几天不吃不喝，有好几次哭得昏死过去，亲戚们商量让她换个环境休养，就把她接回娘家去了。吉普车跑了一百多公里来到一个偏远的小山村，栾家是村里的大户，很容易就打听到了，但还没等进门却被一个八十多岁的老人给挡了驾。老人是栾玉芳的爷爷，他就站在大门口接待来访的警察，根本没有让他们进门的意思。

“我说警察大老爷，你们是来告诉我孩子找到了吗？如果不是，就麻烦请回吧。你们说，为了找孩子一遍一遍地问玉芳，问她知道什么情况，问一次她哭昏一次，她都快让你们给折腾疯了，现在好容易躲开了那个是非之地，你们又撵到这来问。我就不明白，孩子丢了，你们问他妈知道什么情况，他妈要是事先知道要出事，这孩子能丢吗？”

“大叔您听我说……”

侯滨松话没说完就被老爷子戗了回去。“别说没用的，有本事把我的重孙子找回来，我家有陈年的高粱酒，我跟你干一碗，我给你鞠躬，我尊您是有本事的警察。”

老爷子的火气太盛，根本没有办法对话，侯滨松只说了一句话就默默地转身离去。

“大叔听好，您家的高粱酒我喝定了。”

老爷子被这句话打动了，他追出几步问贵姓，侯滨松没有回头，戴洪岭想了想回答说："他姓朱，叫他朱警官就行。"

回来的路上，侯滨松的心压了块石头沉沉地喘不过气来，耳边又断断续续地回荡乔大年的声音，那是怨恨警察、怨恨他侯滨松的谩骂声。

"你根本就不配穿这身警服，不配当人民警察。我女儿光天化日在家里被杀，你为什么破不了案？你当时吹牛说两天破案，现在二十年案子还是石沉大海，你对得起死去的冤魂吗？"

"侯滨松是个假劳模，哈尔滨大侦探也是假的，报纸上吹嘘他火眼金睛能破案，那都是他妈胡诌八扯。我家的案子他就没破，我女儿被害二十年报不了仇雪不了恨，这都是侯滨松破案无能造成的。"

"打倒侯滨松，扒掉他的警服，纯洁警察队伍，绝不能再让他祸害群众了。"

戴洪岭的声音打断了乔大年的谩骂声。"师傅，这一天快要过去了，可我们什么也没得到啊。"

侯滨松看一眼夕阳西下的原野说："怎么是什么也没得到呢？我们得到了此案必破的决心。一个欢蹦乱跳的孩子说没就没了，全家人都眼睁睁地盼着我们能为他们找到孩子，可我们又一筹莫展无能为力。我们都会唱"危难时刻显身手"的歌，可真的遇到危难我们一个个都束手无策，群众怎么能不怨恨我们呢？我常常想起乔大年骂我的那些话，那都是他真实的感情，真实的想法，我每次想起来都告诫自己，不能再犯那样的错误。这一天下来我又有了全新的想法，此案必破不再是为了堵老关那张臭嘴，也不再是为了要朱大平的人情，我就为了那坛子陈年高粱酒也要在五天内拿下此案。"

戴洪岭把嘴一撇说："你该不是就为了喝陈年高粱酒吧？"

"这坛子陈年老酒的度数可是不低啊。再说了，老朱在竞聘副队长的关键时刻，如果就因为这么一起案件再给拿下来，这对他的打击太大了，我出手帮他渡过难关这等于是我栽培了一个干部啊。所以这起案件意义重大而深远，必须在五天内破案。"

"破案、破案，你的心里就只有破案。"

"我这个人可能就是为破案才来到这个世上，除了破案我也干不了别的。"

侯滨松下一个要见的人叫宋小丽，她是梁家长子梁风的媳妇。这个女人虽然也是农民出身，但她一直在城市打工当服务员，宾馆、酒店、超市都干过，是这个家庭里工作最体面、见识也最广的人，自然她的衣着打扮也最时尚，心气儿也就高一些。她现在正躺在医院的病床上打点滴，侯滨松在走进医生办公室之前让戴洪岭通知朱大平一个小时后到他的办公室有事，另外让赵冬拿来几本《福尔摩斯探案集》，他要看一看。侯滨松跟医生谈了十多分钟，然后悄悄走进病房观察了正在熟睡的宋小丽。在医院的这段时间里侯滨松平平淡淡，跟医生只问了问病情，甚至都没有跟宋小丽说上一句话，看不出他得到了什么有价值的线索。

朱大平根本就没有回家，他一直在队里等消息，看到侯滨松回来了，心中升起希望，他不好意思直接去问侯滨松，就悄悄去问戴洪岭，当他知道侯滨松一天都在找梁家的人谈话时，简直就要疯掉了，这不是白搭工夫嘛，梁家的人谈了好几遍了，都把人家谈烦了，再去碰这个钉子毫无意义。火上了房的朱大平心里虽急可又不能发作，不管怎么说侯滨松是为了他忙活了一天，总不能像以前那样动不动就吵起来吧。他尽量装出不紧不慢的神态走进侯滨松的办公室，当看到侯滨松正在翻看桌子上的好几本《福尔摩斯探案集》，这下他终于有些沉不住气了。

“我说大侦探，这个时候你还在看侦探小说，我可真佩服你有这样的雅兴啊。”

“报纸上把我吹成哈尔滨的福尔摩斯，其实我从来就没看过这本书，这回我还真得好好看一看。”

“那你通知我来不是要我跟你讨论福尔摩斯吧？”朱大平已经强压怒火。

“您快请坐，我请你来可不是开读书会，而是案情研究会。”侯滨松赶紧赔上笑脸。

“你用了一天的时间去找梁家的人谈话，这能得到什么啊？”

“得到了决心。”

朱大平无奈地说：“决心有什么用，当初我也有决心，现在需要的是破案而不是什么决心。”

侯滨松起身给朱大平倒杯水说：“现在有几个重要问题咱们再碰一碰。一个问题是在你刚接手这个案子的时候，有没有想到拐卖儿童案件的可能性？”

朱大平心里再急也没有用，他只能强作镇静地回答侯滨松的问题。“这个案子一上来我就想到了这一点，而且沿着这个方向也进行了调查。那个叫天天的孩子是村里榆树小学学前班的学生，他是在学校失踪的。当时大约是下午三点多钟的课间休息，二十多个孩子都在篮球场上玩，等到上课点名的时候就发现梁天天不见了，应该说发现这起案件还是很及时的。但是学校的老师并没有把孩子失踪当回事，因为这样的情况经常发生，已经不以为然了。榆树小学校就在村口的路边上，上学的孩子也都是这个村的，有时候谁家的亲属路过，顺便就把孩子领回去了。直到下午四点半放学了，天天的爷爷来接孩子，老师才意识到出事了，急忙向校长汇报，老师们一起帮着家属找孩子。排除拐卖儿童案有三条依据：一是当时学校的门卫没有发现有陌生人进入校园，在学校的门前也没有停过任何车辆，或有可疑人在此徘徊。二是有小朋友证实说，他们看见天天是自己跑出院子的，这说明是家长或亲戚把孩子招呼出去的，但问遍了所有的亲戚都没有去接孩子，连左右邻居都进行了走访，一点头绪都没有。三是在天天失踪的时间段，沿村里通往市区的马路开展走访，没有发现抱孩子或领孩子路过的嫌疑人。当时孩子穿的是一件红色的运动服，特征十分明显，马路上的行人又不多，如果是拐卖儿童很容易被发现。再说如果是陌生人抱走孩子，孩子会哭闹挣扎，也会引起注意，可是却没有发现任何蛛丝马迹。我当时就排除了拐卖儿童的可能性。”

“报复杀人呢？”

“这没有可能性。梁家人都是普普通通的农民，老实厚道，与人为善，绝没有跟任何人发生纠纷结下仇怨，这方面当时也查得很细，可以否掉了。”

“绑架人质呢？”

朱大平觉得这样研究案件是浪费时间，就态度生硬地回答：“这更是无稽之谈。天天失踪跟绑架案搭不上边，梁家是平常收入水平的家庭，也就是小康人家，家里人也没有什么显赫的社会地位，这样家庭的孩子怎么会遭到绑架呢？还有，天天失踪已经过去一个多月了，没有任何人跟梁家联系索要赎金，这也证明天天失踪与绑架案件无关。”

“孩子迷路走丢呢？”

“这个可能性是存在的，这也是当天梁家和学校都没有正式报警的原因所在。我刚才说过了，孩子失踪时穿了一件红色的运动服，而这件衣服在村里的路边被发现了，当时所有的人都认为孩子淘气跑到什么地方玩去了，很快就能找到。孩子没有找到之后，我又组织派出所民警和村里的农民们，把周边的水沟、马葫芦、树林、草丛都找了一遍，也没有发现任何孩子的踪迹。一直到现在孩子的爷爷奶奶每天还在找，谁劝也劝不住啊。”

“我的问题没了。”

终于等到侯滨松发问结束，朱大平迫不及待地说：“你的问题没了，我还有问题呢。”

“请讲。”

“我的问题很简单，什么时候破案？”

“君子约定，五天破案。”

正说得热闹，朱大平的电话响，他一看来电紧张起来：“是鲁队的电话，八成是催我破案的，你可得抓紧点，没有五天了，四天，还有四天。”他说着出门接电话去了。

侯滨松一派四平八稳的样子是装出来给朱大平看的，其实他的心里也很着急。一天的调查下来，他意识到了案情并不简单，他有些埋怨自己太小看朱大平了，人家也是哈尔滨有名的破案大手，能把他难倒的案子一定是有原因的。他有些后悔起来，何苦没事找事自己把自己逼上绝路，可是一想起栾家老爷子那坛子陈年高粱酒，他又激情燃烧起来。当然他也找到了侦破失踪案的突破口，至于深入进去能不能发现线索，他的心里也打鼓。

他信步走进隔壁的办公室，一招手，戴洪岭和赵冬都凑到他跟前，对他的锦囊妙计心领神会，然后依计而行事去了。

机关算尽是一回事，能不能破案是另一回事，侯滨松望着窗外万家灯火，心里说，这就看你小子这回走不走狗屎运了。

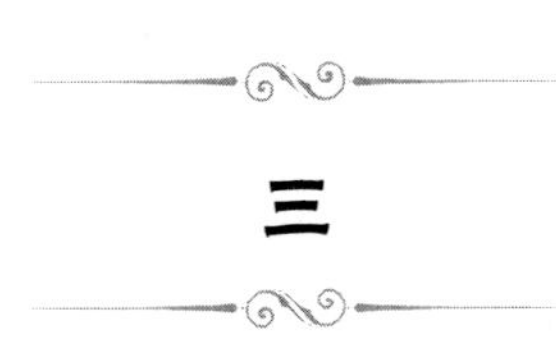

三

梁风是侯滨松要找的最后一个梁家的人，把他放在最后是因为他最重要。

梁风正在小区门口的岗亭里打盹，有人敲窗把他惊醒，当他看出是戴洪岭和赵冬时很惊讶，急忙开门出来。梁风因为郝大妈被杀案件跟戴洪岭和赵冬有过一面之交，他很惊讶这么晚了会有警察来找他，而且已经跟值班经理为他请了假，他刚从岗亭出来就有一个保安进去替他值班了。

“你们找我一定有什么重要的事吧？”

戴洪岭很严肃地说：“很重要，是有关你梁家的事。”

“你是说天天失踪的案子吗？这个案件不是归你管的呀。”

“开始是不归我管，但你父母到市局上访以后，案件被列为督办的疑难案件，现在由我和赵冬负责调查。”

赵冬上前握手，梁风并不买账，他的手几乎是被赵冬扯住摇晃了几下。

“你们警察所说的调查就是在我们梁家人中间折腾吗？”

梁风对警察的反感情绪让戴洪岭始料不及，他冷静了一下说：“你们家里发生了这样人命关天的大事，我们也很重视，也想尽快查清事实解开谜团，所以才反复找你们谈话，想从中发现破案的线索。”

梁风听了这话，情绪不但没有平静反而更加激动了。“我们家丢了孩子，你们警察不去扩大范围查找，反而把我们家里人当成了嫌疑犯。在我们家能发现什么线索，难道是家里的人把孩子藏起来了不成，你们警察无能也就算了，可你们做出这样荒唐的事情来就不怕丢人现眼吗？”

“我们对设想的所有可能性都进行了调查，但一无所获……”

“你们警察一无所获与我有什么关系？你们没完没了地审问我就能有所获吗？”

这下谈崩了，没办法复盘了。就在戴洪岭想草草收场走人的时候，赵冬说话了：“一旦排除了所有不可能的设想之外，那么其余的，不管多么离奇、多么难以置信，可那就是事实的真相。”

一直对赵冬不屑一顾的梁风却被这句话给镇住了，他盯着这张自然带笑的娃娃脸愣住了，掩饰不住的惶恐在眼神里一闪而过。

戴洪岭明白这是结束谈话的最好时机，警察问话中的伏笔往往是杀手锏，它能击中要害轻取对手。当他们告辞转身而去时，更加意外的情况出现了，梁风竟然追上来一把拉住赵冬。

“赵警官，你刚才的话是什么意思？”

赵冬好像一时摸不着头脑：“我不过读过一点阿瑟·柯南道尔和阿加莎·克里斯蒂而已。”

当侯滨松听到了梁风今天晚上这种异常表现时，不禁喜出望外，他翻开《福尔摩斯探案集》，读了一句福尔摩斯的名言：“不寻常的现象总能给人提供一些线索，而没有什么特征的案件才最难侦破。”

侯滨松兴致勃勃地谈论起福尔摩斯，这让赵冬感到欢欣鼓舞，他觉得一瞬间拉近了跟这位大侦探的距离，对他充满激情的工作状态而折服。

“时间紧迫啊，我们再往下该怎么办？”戴洪岭对五天破案总有点信心不足。

侯滨松放下书对戴洪岭神秘兮兮地说：“先别急，你们现在马上再去做一件事，回来以后我再告诉你们下一步侦查该做的几个小动作。”

神秘感让赵冬兴奋：“你是说马上吗？”

“对，这件事只能现在去做，你们马上去勘查一下天天的房间，注意搜查孩子的物品，看看有没有我们能用得着，比如照片、玩具什么的。明天宋小丽就出院了，此乃天赐良机。”

一个六岁孩子的物品能对侦查有什么用途呢？尽管赵冬已经对侯滨松严谨缜

密妙计层出的侦查风格佩服得五体投地，还是觉得浪费时间去搜查一个不懂事的孩子有点多此一举，不过他只在心里稍有疑惑并没有说出来。可就在他跟戴洪岭起身出门时，侯滨松的一句话吓了他一跳："赵冬，你要注意，切勿轻易质疑我的决定，忽略我的良苦用心。"

"我的妈啊，我说什么了，我这不正按照你的决定去干活儿吗？我就在心里犯点嘀咕也不行吗？我的大侦探啊，你还让不让人活了。"赵冬吐了下舌头，内心深处对侯滨松又多了一分敬畏。

侯滨松虽然想到了去勘查天天的住处，但却没想到有如此超出他想象的发现。当赵冬把一幅大照片、一本影集、一件天天的红色开衫和一个卡通玩具一件一件摆在桌上时，侯滨松摇头晃脑喜形于色。照片是梁雨和栾玉芳两口子跟天天的合影，影集里是大家庭生活中的片段，红色的运动服就是天天失踪那天穿的后来又找回来的衣服，只有那件精美的卡通玩具侯滨松没看明白。

赵冬正要开始讲解，侯滨松却叫戴洪岭把门关上："今天晚上的行动要保密，就是朱大平、鲁队都不能让他们知道。特别对迟丽丽要绝对保密，这起案件的侦查过程绝对不能向媒体透露，就是破了案也不能见诸报端。"

赵冬一听，不由自主地压低了声音开始讲解："这个卡通玩具是在天天的房间里发现的，这个卡通形象是日本 TV 动画片《火影忍者》中的一个人物。这部动漫作品受到许多少年儿童的欢迎。这个故事表现了一个忍者，它成功地将原本隐藏在黑暗中，用世界上最强大的毅力和最艰辛的努力去做最秘不可宣和隐讳残酷的事情的忍者，描绘成了太阳下最值得骄傲最光明无限的职业。故事中有一个木叶忍者村，这个人物是其中的中忍，她使用体术操控忍具发动攻击，随身携带的卷轴就是她最具威力的武器。这个卡通形象还有一个令人震惊的地方，那就是她同失踪的天天惊人地相似，那大眼睛、弯眉毛、薄嘴唇和尖下颏，简直就像一个模子倒出来的一样，我在发现了这个玩具的时候着实吓了一跳。除了这还有更吓人的地方呢，你们猜这个木叶忍者村里的中忍叫什么名字？"

侯滨松听得入了迷："什么名字？"

"他叫忍者天天。"

说到这，赵冬拿起玩具打开后面的开关，然后轻轻放在侯滨松的面前，正在点烟的侯滨松正好咳嗽了一声，卡通玩具立即发出了诡异的音乐和武打的声音，一个童声不断地尖叫，"忍者天天再现人间，忍者天天再现人间"。没有任何精神准备的侯滨松吓得一哆嗦，打火机都掉在了地上。

侯滨松捡起打火机憋不住笑出声来："我说得关门吧，侯滨松被吓成这样还不是秘密啊，这秘密能让鲁队和朱大平那小子知道吗？"侯滨松说着又捧起卡通玩具爱不释手。"这个忍者天天可是个宝贝啊，破案的时候可就看你怎样发起攻击了。"

这时吴波和小李子推开门找地方坐下，他们是侯滨松刚才叫来的，小李子见侯滨松正捧着玩具端详，他悄声对吴波说："来得不晚，评书播讲节目就要开始了。"

侯滨松满面春风，还没等开讲就似乎听到了掌声，大有谈笑间樯橹灰飞烟灭的架势。"再有十几分钟今天就过去了，也就是说五天破案就剩下四天了。天天失踪案的侦查有了重大突破，从现在起我们可以全线出击了。"

重大突破，什么重大突破？戴洪岭和赵冬面面相觑。

"此案的突破口就在梁风身上，找到突破口的是我们刑警学院的高才生赵冬，当然了，还有福尔摩斯他老人家帮忙。"

虽然在场的人还没有完全听明白侯滨松的意图，但每个人的心都轻松起来，他们知道这一定又是一起充满大侦探个人魅力的破案行动，就像一出戏没有名角出演就不精彩。

"这个梁风心里有鬼，我们不去触动他，这鬼就会在他的心里隐藏起来，如果不断地触动他的心，让他的心不得安宁，那个鬼就隐藏不住了，就会暴露出来，这就给了我们破案的机会。要知道，有些破案的机会是罪犯给你的，只是有时被警察忽略了。梁风就交给洪岭和赵冬，挖出他心里的鬼你们得多动点脑筋。记住，别指望一次两次就能有结果，挖心里的鬼得慢慢来，俗话说得好，破山中贼易，破心中贼难。不过还有四天时间，来得及。"

"我干什么？"小李子生怕没活儿干。

侯滨松一指桌上摆着的忍者天天等物件说："这些东西都归你，你得把它们用得出神入化，把它们变成破案的神器。"

小李子虽然云里雾里，但他看着这些所谓神器还是兴趣盎然。

"大家睡几个小时吧。"

领到活儿的人都走了，吴波却若无其事地坐在那里，等侯滨松走到他跟前的时候，他才站起来庄重地听候调遣。

“你的任务非同寻常，你要理解我的设想，按照我的意图去做，要做得逼真、做得精准、做到火候，还要做到最恰当的节骨眼儿上。要知道你这里是最后一击，最终拿下案子是在你的手上。”

侯滨松说完，随手写了一张便签交给吴波，吴波把便签收好问道：“我什么时候行动？”

“听我调遣，不得有误。成败全在于此，务必谨慎行事。”

吴波举手敬礼说：“按照你的计策破案我什么时候失过手啊。”

侯滨松点点头说：“可也是，我多虑了。”

梁风早上下夜班，急匆匆地走进一家早餐店要了油条和豆浆，坐下正吃着，却突然发现坐在同桌的两个人是戴洪岭和赵冬。他的火气直冲脑门子，可又不好发作，只得闷头吃饭，权当没看见桌上还有别人。狼吞虎咽地吃完时才知道，戴洪岭已经替他交了饭钱，他没有道谢，而是愤愤地起身出了早餐店。戴洪岭和赵冬还没有吃完，也撂下碗筷跟了出去。

出了早餐店，赵冬就跟在梁风身边说："我们再聊聊好吗？咱不提失踪案，哪怕聊聊柯南道尔和福尔摩斯也行啊。"

脚步匆匆的梁风猛地停住，他终于忍无可忍了："你们这些吃干饭的警察，我的侄子失踪了，你查不出线索找不到人，却整天来折磨我们家里的人，我的父母疯了，弟弟和弟媳妇疯了，我老婆也疯了，现在还住在医院里，你们又来折磨我，你们是想把我也折磨疯了吗？是想把我们全家都毁掉吗？"

戴洪岭紧走几步上前说："梁风兄弟你别动气，尽管你对我们的工作不满意，但你得承认，我们是在尽心尽力地调查天天失踪案件，如果案件不能水落石出，我们也无法交代啊。"

梁风抬手看表说："我求二位今天能饶了我，我老婆今天出院，我得到医院去接她，警官先生能行行好吗？"

“那我们约个时间谈吧。”

“还要谈？”

戴洪岭不容置疑地点点头。

“我要在家照顾老婆。”

“正因为怕影响你妻子养病，所以才约你出来谈。”

“明天行吗？”

“今天。”

梁风痛苦地摇摇头，他在听候警察的吩咐。

“下午一点，在大榆树村口的榆树林，不见不散。”

梁风点了下头。

下午一点，梁风准时来到榆树林，通过他沉重的脚步能窥视出他沉重的心情，这让戴洪岭的心情轻松了许多。

“梁风兄弟，在这个时候警察找你不会有别的事，我诚恳地希望你能理解这一点。”

“我的态度不好，你也别往心里去，你们警察见的人多，经历的事多，大人有大量，别跟我一般见识。”

“其实我们找你就是为了找天天，就是想知道你对天天失踪案到底有什么样的看法。”

“你们警察这么长时间都没查明白，我一个普通老百姓还能有什么看法，唯一的想法就是希望能快点破案。”梁风虽然转变了态度，但仍然把口封得很死。

“天天的失踪对于警方是件大事，对梁家来说更是天大的事，你是家族的一员，是天天的大爷，对这件大事你总不能无动于衷吧？”戴洪岭步步紧逼。

“看你说的，我们家都快家破人亡了，我怎么会无动于衷呢，可我真是无能为力啊。”梁风的眼睛里盈满了泪水。

赵冬见缝插针说：“我们找你不是折磨你，而是需要你。福尔摩斯说过，不论案件多么复杂，人们总能追寻出一个解释。我们非常需要你的帮助，希望你能和我们一道去追寻这个解释。”

“这让我想起那年郝大妈被害的案件，你当时的解释就给了我很大的帮助。我想天天失踪这件事你没有一点自己的分析和判断是不客观的，也是不可思议的，你拒绝跟我们合作让人感到困惑，这就是我们一次又一次找你的原因。”

梁风的手机响，他接起来连连说着马上回去就关掉了。“我媳妇找我，我得麻溜回去。这样吧，今天晚上还是我上夜班的时候见面吧。”

戴洪岭跟他握握手说：“见面再谈。”

梁风走出好远又转身跑了回来，他心神不定地叮嘱说：“咱们见面的事可得保密啊，可不能叫我媳妇知道啊。”

他的话让戴洪岭不觉一愣。

侯滨松的办公室留着门却没有人，再打电话关机，这让兴冲冲回来报告情况的戴洪岭和赵冬很是诧异，正在等着听他们消息的侯滨松怎么会不在呢？就算是有什么紧急情况发生，他也不可能关掉手机啊。是不是又被什么地方给弄去了，又不许与外界联系了？想到这，戴洪岭又给鲁俊山打电话，可是鲁队的电话也关掉了。天啊，肯定是出事了，出大事了。

戴洪岭正急得团团转，小李子气喘吁吁地撞进来：“怎么了，出什么事了？”

“出什么事了？失踪案没破了，我师傅又失踪了。”戴洪岭心急如火。

“什么失踪啊，什么事也没有。”

“你说得轻巧，办公室办公室没人，电话电话关机，最关键的是连鲁队的电话也关机，这能是小事吗？”

小李子憋不住乐了起来：“他们俩同时关机就对了，是我送他们去的机场，他们现在都在飞机上。”

原来他们接到市局紧急指令，立即飞北京把上访的乔大年接回来，侯滨松是责任人，鲁俊山是责任人的直接领导，一职双责，就这样两个人慌慌忙忙地去了北京。

知道了事情的原委，戴洪岭长出了一口气说：“我这个师傅啊，真够操心的。”

赵冬担心的还是天天失踪案：“他这一走，失踪案怎么办？”

小李子从兜里掏出一支录音笔说：“你问失踪案怎么办，都在这里头。”

小李子把录音笔放到桌子上，里面传出侯滨松的声音：“我猜测洪岭和赵冬今天会有进展，但还不是最后突破。福尔摩斯同志教导我们，在破案中那些不被人注意的事物，不但不是什么阻碍，反而是一种线索。面对这样的情况时，就要运用推理的方法，一层一层地往回推。为什么说梁风是破案的关键呢？梁风有个爱好，喜欢看侦探小说，尤其追捧福尔摩斯，是个侦探小说迷。据朱组掌握的情况，他不但整天捧着书看、在电脑上看，而且经常花几十块钱到电影院去看，为这事媳妇没少跟他吵架。那年郝大妈被鞠万金杀害的案件，他还给我们出谋划策。可是这次他却沉默了，朱组的人也找过他，他都是“徐庶进曹营”一言不发。紧接着第二个问题就出来了，他为什么会对发生在自己家里的案件噤若寒蝉讳莫如深呢？按照一般的规律，一个家庭里发生了这样重大的事件，每个人都会挖空心思地追究事情的真相，甚至把那些捕风捉影漫无边际的幻觉都会提出来。我认定他是破案的关键就是从他抵触跟警察接触开始的，这就有了第三个问题，他心中有鬼。心里有鬼就有痛苦，而隐藏痛苦就会痛中加痛，痛不欲生。”

有电话干扰，录音停顿了一下，赵冬继续开启时赞叹不已：“侯老师就是当今的福尔摩斯啊。”

吴波悄悄进来，他怕听不清楚就趴在桌子上听。

“刚才说到梁风内心的痛苦，这是一个令人深思的问题，我们从这里再一层一层往回推，就会发现惊人的疑点。第一个疑点在宋小丽身上。她是天天的大娘，对孩子有感情是正常的事情，孩子失踪感到悲伤也是正常的事情，可是在她身上就恰恰发生了不正常的事情。天天失踪之后，她就患上了严重的失眠症，每天靠吃药才能睡觉，她这次住院也是由于长时间失眠导致心脏和血压出了问题。我专门去医院询问了医生，她的种种临床表现都说明她的失眠是由于恐怖、焦虑、紧张等因素造成的。她的病症除了心悸、眩晕、腹胀之外，还有长时间忧郁情绪的影响导致身体极度消瘦，在一个月的时间里体重从一百二十斤下降到不到一百斤，下降了二十多斤。我到病房里看了她一眼，与从前照片上判若两人。发现了她的疑点我们再往前推。这时会发现，还有一个疑点就在梁家本身。梁家是个和睦美满的家庭，家里人这样说，邻里们也这样说，村里给的‘五好家庭’的牌子还挂在门口，可是我却总觉得这一家人有点什么缺陷。我开始就是觉得有什么地方不对劲，直到我看到了梁风和宋小丽抱着天天的那张照片我才猛醒，原来他们这对夫妇没有孩子。一个没有孩子的女人在这个家庭里能发生什么样的事情呢？再往后推就推到了梁风的身上，这个家庭里发生的事情他是知道的，这就是他为什么极力回避警察的询问的原因。我的说法就是他的心里藏着鬼，甚至不排除他就是能找到天天失踪的玄机所在。福尔摩斯有句话放在这正合适，可惜我忘记了。

“洪岭和赵冬别泄气，既然有了进展就继续往前走，我估计那个梁风快挺不住了。别着急，还有三天多的时间足够了，我明天就回去了，如果飞机不晚点下午就能到家。”

侯滨松的声音停止了，吴波拿起录音笔晃了晃问：“这就完了，我什么时候上啊？”

小李子回答了这个问题：“大侦探有话，只要洪岭和赵冬挖出梁风心里的鬼，你我就上。”

侯滨松的声音虽然停止了，可戴洪岭仍然回味无穷：“刚才我师傅说福尔摩斯有句话放在这正合适，可是他没记住，赵冬，你能知道这句话是什么吗？”

赵冬想了半天说：“我不敢保证对不对，但有可能是这句：不寻常的现象才能给我们提供线索，而最难侦破的是那些没有什么特征的案件。”

五

侯滨松从到了北京就开始挨乔大年的骂，在宾馆里骂了一宿，第二天上了飞机乔大年没敢吭声，等下了飞机又开始骂，可就这么骂，侯滨松愣是笑脸相陪，因为他知道梁风开口了，他难以掩饰决胜于千里之外的喜悦。

夜幕降临之后，戴洪岭和赵冬如约而至，谈话的地方是物业经理给安排的一个房间，还给沏了茶，使这次谈话显得很正规。

坐定以后梁风先开了口："为了我们家的事真难为你们了，我替我的父母、弟弟、弟妹谢谢你们。你们找了我这么多次，我都没有说心里话，不是我不想说，而是我没法说。其实我也看出来你们为什么盯着我不放，就是因为你们认为我有话没说出来。我曾看到过你们侦破郝大妈被杀案的情景，我佩服你们的精神头和真本事，但是事情轮到自己头上我就犹豫了，我不敢相信你们。"

"我们做错了什么不值得你相信呢？"对梁风的这句话戴洪岭很不理解。

"不是你们做错了什么，实在是事情太大太复杂，我如果胡诌八扯地惹出事端来，那不光打自己的脸，要命的是没法收场啊。"

梁家并不是一个其乐融融的家庭，家里的纠纷起因于梁风夫妇。当年宋小丽刚过门的时候公公婆婆乐得合不拢嘴，媳妇漂亮能干又会来事，在城里打工不少挣钱，里里外外的都有面子。宋小丽这个人心气高好虚荣，总是喜欢在人前拔个尖。

在家里她也不甘下风，特别是小叔娶了媳妇栾玉芳，她更是处处得压栾玉芳一头，只要回到家里就呼三喝四地指使栾玉芳，好在栾玉芳老实贤惠从不多言，妯娌俩才没有发生纠纷。但是梁家和和美美的日子没有维持太久，栾玉芳过门后的第二年，天天出生，打破了家里的平静，亲人之间渐渐出现了裂痕。这个裂痕最先发生在婆婆和儿媳之间。从宋小丽进了梁家门就一直是家里的中心，后来的弟媳老实巴交事事顺着她，她也就习惯了在家里指手画脚，大事小情说了算。可是自从梁天天出生，家里发生了变化，梁母对趾高气扬的宋小丽发出了不和谐的声音，母鸡不下蛋就能乱叫唤。宋小丽结婚八年没有孩子，看过医生做过检查，结果是她患有不育症。天天出生后成了家里的小皇帝，栾玉芳自然就是梁家传宗接代的功臣，宋小丽在这个家里不再吃香打腰了。

戴洪岭给梁风续了茶问道："这跟天天失踪有什么联系呢？"

梁风使劲挠挠脑袋千愁万绪："有什么联系我也说不清，所以我就不愿意跟你们说。这些年我最怕回家吃饺子，特别是过年过节吃饺子，那就是过鬼门关啊。我们刚结婚的时候，宋小丽喜欢吃韭菜馅饺子，大冬天我妈顶着大雪买韭菜给她包饺子，从此我们家就养成了习惯，只要吃饺子就是韭菜馅。可是弟妹栾玉芳和天天偏偏爱吃芹菜馅饺子，这下子事就大了，从此只要吃饺子就是芹菜馅，栾玉芳在家里开始打腰了。去年过年我媳妇说要包两种馅的饺子，她买了韭菜也买了芹菜，可我妈却只包了芹菜馅饺子，我媳妇就跟我妈撂脸子，两个人闹吵地干了起来。我当时没在家，是回来以后听说的。我媳妇在屋里哭了半天，因为我妈骂她是不下蛋的鸡，是骡子，这叫她无论如何咽不下这口气。过后我妈也觉得自己理亏，当面跟她认了错，可这疙瘩就算结下了，怎么也解不开了。去年我爸又张罗给天天盖房子，说是留着娶媳妇用，我妈又经常对我媳妇摔摔打打的，家里的矛盾就形成了，而且日子越长矛盾越大。都说清官难断家务事，在这种情况下，我这边做不了我媳妇的主，那边也当不了我妈的家，只能夹在当间受夹板气。"

"可是你说了半天，我还是听不出你家里的矛盾跟天天失踪案有什么因果关系啊？"戴洪岭步步紧逼。

"说句实在话，我也说不清家里的矛盾跟天天失踪案有什么关系，我也不敢说这事跟我媳妇有没有关系，我能说的就是我心里解不开的一团乱麻。

"俗话讲家家都有难唱的曲，我家也一样。我跟我媳妇宋小丽结婚八年了，我俩感情没得说，虽然没有什么大富大贵，但日子过得满滋润。我弟弟梁雨一家也很美满，小侄子天天今年就该上学了。我的父母为这个家拼命打工挣钱，我们哥俩住的房子都是他们辛辛苦苦挣钱盖的，而且还在张罗着给天天盖房子。我们家在屯子里是有名的和睦家庭，谁能想到就在这个时候天天失踪了。

“天天失踪后，全家人都陷入悲伤之中。我的父母像疯了一样找孙子，后来又到市局去告你们，弟媳整日哭得死去活来，没办法就回娘家了，弟弟每天坐在院子里像个木头人，跟谁也不说话，这个家已经不像个家样了。刚开始的时候我没有留意我媳妇有什么不对劲的地方，可是过了些日子，她一些不符合常理的言行让我有点画魂儿。天天虽然是侄子，但因为我们没有孩子就拿他当自己的孩子一样，有一年天天过生日，我和我媳妇还抱着这孩子照过一张照片。本来孩子丢了她伤心流泪是正常的事，可是时间长了我发现她整宿整宿地不睡觉，听见点动静就一惊一乍的。有时候刚刚睡了一会儿，就被噩梦惊醒，嘴里叨咕着见了鬼的梦话，还有一次大喊大叫，说有鬼追她要掐死她。打那往后她越来越反常，非要把挂在墙上的我们俩和天天的照片摘下来，没办法只好摘下来。她就这样整天疑神疑鬼睡不好觉也吃不下饭，不到一个月体重减掉了二十多斤。我有时候看着她都觉得心慌，说得邪乎点都脱相了，有时候遇见熟人不敢认她了。她的反常举动能说明什么呢？什么也说明不了，我是她的丈夫，更不能胡咧咧什么侦探推理，如果你们查清了这事跟她没有关系，我担待不起啊。我的话说完了，往下怎么办是你们警察的事了。”

“还有一个问题，宋小丽有什么喜好吗？”

“一个农村长大的女人能有什么喜好，不过是逛街吃零食，还有就是相信算卦相面，有时还求个大仙什么的。”

“我的问题没有了，你还有什么说的吗？”

“你能让我见侯滨松一面吗？报纸上说郝大妈被杀案就是在他指挥下破获的，还说他就是哈尔滨的福尔摩斯。”

戴洪岭利落地掏出手机说：“我可以联系你和侯滨松见面，但只能是明天，他现在正在北京办案。”

第二天晚上，在果戈里大街上的一家酒吧梁风终于见到了侯滨松，不过有点遗憾，这个人自称朱大平，是侯滨松的手下。

梁风来到酒吧的时候侯滨松已经坐在那里，戴洪岭引见后他一把握住侯滨松的手说：“哈尔滨大侦探如雷贯耳，今天终于见到你了。”

侯滨松听了微微一笑："不好意思，我姓朱叫朱大平，是哈尔滨市公安局大案队的侦查员，我是侯滨松的手下。今天晚上就是侯滨松派我来见你的，他还让我代他对你表示感谢，感谢你对我们侦破工作的支持。"

落座后侯滨松轻轻挥手让服务员退下，他跟梁风碰杯喝了口酒说："我知道你和洪岭、赵冬他们谈了一些有关天天失踪案件的情况，这对破案将会有很大的帮助。侯警官让我来见你，是想听听你对这起案件还有什么要说的。"

梁风很为难地说："感谢侯警官这样看重我，不过有些话不好直说啊。"

侯滨松又是微微一笑："不好直说可以不直说嘛，只要我能听得懂不就行了。"

梁风又喝了一口酒，他眯起眼睛，仿佛要从这杯中的酒里找出游荡的灵魂来。"我从窗户的玻璃上很清楚地看到了杰克的脸，他脸上的表情很特别，那是一种强烈的嫉妒和仇恨混合交织的神情，让人一见之下便难以忘记，也只有内心里藏着深重恨意的人才会有这样的神情，所以只有他，他想致婴儿于险地。"说完一饮而尽，就像要咬碎酒里的灵魂一样。

侯滨松靠在椅背上由衷地赞叹道："小伙子，你背诵得几乎一字不差啊。"

和梁风分手回到大案队，侯滨松大声喊叫："快把赵冬给我叫过来。"

看着应声赶到的赵冬，侯滨松劈头就问："刚才梁风念的那段话是什么意思？"

赵冬心里乐了，原来你这个假福尔摩斯迷是蒙人的。"这是福尔摩斯在《新探案》中调查吸血妇案件时的一段话。弗克斯先生的儿子，因为害怕失去父爱而痛恨继母生的孩子，他不但心生罪恶的邪念，而且暗地开始了杀害这个孩子的行动。当福尔摩斯公布了他推断的结论时，弗克斯难以接受这个严酷的事实。福尔摩斯告诉他：'事实如此，你不得不面对，弗克斯先生。我知道让你接受这个事实是一件非常痛苦的事。你的儿子对你的爱已经达到一种病态的程度，他想全部占有你的爱，一个人享尽你的爱。现在你的夫人再加上这个新生儿子的出生，他认为他们会从他那里瓜分掉你的心思，你的感情，这使他痛恨那个健康的小生命。'"

侯滨松一高兴，抬起来的双脚没有搭在小凳子上，而是举到了桌子上。"这个梁风啊，终于把藏在心里的鬼露出半张脸来。深藏的鬼露出了踪影，接下来就该小李子和吴波登场了。"

六

第二天梁风白班，还没有到下班的时间，他就接到弟弟语无伦次的电话："大哥你快回来吧，家里又、又出事了，大嫂她、她拿着刀……你快回来吧，要出人命，快点啊！"

宋小丽出院后，按照医生的医嘱，为了恢复体力和心情每天都要出去散散步、逛逛街，或者到几个要好的姐妹家串串门，一直状态挺好，怎么又突然闹出这么大的动静来呢？梁风打车赶回家，一进院子见有十多个邻居喊喊喳喳地围在自家门前，爸妈坐在地上一脸的苦相，预感到出了大事，急忙问："梁雨呢？"梁雨听到声音从屋子里跑出来，急得眼泪汪汪的："大哥你快进去看看吧，这事可怎么办啊？"

梁风分开众人进了门，只见宋小丽蜷缩在炕角里，双手握着一把菜刀，两眼直勾勾地盯着梳妆台上的一个卡通玩具。原来这个卡通玩具正在尖声高叫："忍者天天再现人间，忍者天天再现人间。"梁风一边轻声叫着"小丽、小丽，别怕、别怕"，一边慢慢地走到梳妆台前，他拿起卡通玩具按下后面的关机按钮，回头对外面的人说："没事了，都散了吧。"

这时的宋小丽仍然惊恐万状，直到她听见梁风的声音，才扔掉手里的菜刀，但是她还没有从恐惧中摆脱出来。

“小丽，你这是怎么了？”

“我也不知道。”

他用眼神告诉梁雨把卡通玩具拿走了，宋小丽稍稍稳定了一些，她一头扑进梁风的怀里浑身颤抖眼珠乱转：“该不会是天天回来了吧？”

听了这句话，梁风的后脊梁蹿出一股冷气直到头顶，头皮一阵阵地发凉，但他必须先稳住自己，这样才能稳住宋小丽：“你别胡思乱想，天天怎么会回来呢，天天还没有找到呢。”

这时院子里的老两口也进来安慰儿媳，梁雨则气囊囊地把梁风拽到自家的屋里。“大哥，你这是啥意思啊，这个卡通玩具是你拿过去的吧？大嫂本来精神就受到了刺激，你这不是没事找事吗？咱家现在还不够乱吗？可不能再乱上添乱啊。”

梁风一时无话可说，如果真的用这种方法来甄别宋小丽身上的嫌疑是不是太过分了。“梁雨啊，我也说不清这是怎么回事，不过这个玩具别把它扔掉，要是真的把天天找回来了，这玩具还能用得着呢。”

“天天还能找回来吗？”梁雨一把一把地擦着泪，把卡通玩具捧在手上回自家屋去了。

梁风耐心地陪着宋小丽，直到吃晚饭的时候她才渐渐地稳定了下来。梁风打开电视，特意选了二人转的娱乐节目，借此来缓解她的紧张情绪。梁风不时地从侧面偷看，看得出她的眼神中充满着恐怖和不安，她的紧张情绪和乐翻天的段子格格不入。

“把电视关了吧，我想清静一会儿。”宋小丽说着，起身坐到炕沿上，梁风摸起遥控器把电视关掉，就在关机的一瞬间，就听见宋小丽一声惊叫咽了回去，她用手捂着嘴浑身颤抖，眼睛死盯着窗外的夜色。戛然而止的惊叫也让梁风头皮发奓，他忙起身向外望了一眼，就见一个小孩正爬在院墙上露出顽皮的笑脸。“啊！我的妈啊！大眼睛、弯眉毛、薄嘴唇、尖下颏，那不是天天吗？”随着一串童音的笑声，天天一闪就消失在黑暗中不见了。

“天天！”梁风一声大喊冲了出去，惊慌中在门口摔了一跤，拖鞋也掉了，他光着脚跑到了街上，四处找遍了也没有看见天天的踪影。突然间他又想起了宋小丽，这样恐怖的刺激会不会又引发她神智错乱，会不会又闹出什么事端来。当他慌慌张张跑回家时，气喘吁吁地愣住了。宋小丽静静地躺在炕上，眼睛盯着天棚，走过去仔细看看，那眼睛里不再是满满的恐怖，而是从恐怖中又透出来股杀气来，是那种带着绝望的杀气。宋小丽就这样不声不响和衣而睡，梁风也没敢再说什么，他歪在沙发里，看着炕上那一动不动又丝丝喘息的一具活的尸体，感觉到屋子里游荡着阴冷的气息，难道这就是曾经那样温暖的家吗？难道这就是曾经那样温柔的妻子吗？难道这就是福尔摩斯说的那种强烈的嫉妒和仇恨混合交织的神情吗？他害怕明天，他不知道明天还会发生什么，又预感到明天可能会发生什么，现在不光是怀疑媳妇心里有鬼，就连他自己也心里有鬼。

大榆树村有一条村路横穿全村，村东头是柏油马路通往市区，村西头有土路能通往偏远的山区。上午梁风上班去了，宋小丽不愿一个人在家，不仅因为寂寞，她的家已经笼罩在一片恐怖的阴影之中。昨天晚上一幕幕的情景刻在她的心里，她知道灾难就要降临在自己的头上，如果没有仙人指路，没有破解之法，她只有死路一条了。公公婆婆又出去找孙子去了，小叔子还是一个人在院子里发呆，她悄悄地溜出家门，走上了通往市区的公路。她没有在村口的公共汽车站坐车，她想在路边的林荫道一个人走走，让原野里的风吹一吹浑身的晦气。

村小学校是必经之路，她站在学校门口像被钉住一样，久久迈不动脚步。不知为什么她嘿嘿地笑了两声，两条腿忽然有了力量，连她自己也不知道快要枯干的躯体是哪来的力量。

宋小丽正走着，林密之处传出人声，声音不大却引人注意："感谢你的大恩大德，救命之恩永生不忘。"走近几步细看，原来是一个男人在给一个白发苍苍的老人磕头。向来迷信算卦相面之术的宋小丽停住脚步，她相信偶遇的仙人是命中注定，如能算上一卦肯定灵验。那个男人千恩万谢之后转身走了，白发老头步伐缓慢地朝她这边走来。宋小丽喜出望外地迎上去，正巧与那瘦脸上的牛眼珠眼光相碰，就在这一刹那，她顿觉阴风刺骨，那眼光一下刺穿了她的灵魂。更让她没有想到的是，随后出现的状况令人失魂丧魄。只见白发老头忽然惊恐万状，双目呆滞，颤巍巍用手一指宋小丽，只说出个"你"字来，撒手扔了拎着的小马扎，向后一仰翻倒在地。宋小丽虽然被惊出一身冷汗，但她没有走，她明白这个算命先生手指她的意思，也明白他为什么会被自己的面相给吓着，她要让这个"大眼珠子"给她说说清楚。她紧走几步上前把老头给扶起来，老头坐在地上喘得很急，他只看了宋小丽一眼就把头埋在胸前不再言语。

宋小丽试探着说："老先生，请您给我看看面相怎么样？"

“大眼珠子”骨碌乱转连连摇头：“不、不、不，我老了，今天累了，我得回家休息了。”

“老先生大慈大悲，你就给我相相面再算一卦吧。”

白发老头双手合十恳求道：“姑娘，你就放过我吧，我岁数大了，脑袋也不灵了，我现在算卦不准，相面不精，你就另请高明吧。”

宋小丽扑通跪下说：“我现在就是遭灾遭难的人，消灾解难我就求你了，老先生大慈大悲总不能见死不救吧。”

白发老头站稳身子，拍打几下屁股上的尘土说：“我乃行善积德之人，岂有见死不救之理？不过你的面相非同一般，连我都没有见识过。屋里说话墙外有人听，路边说话草窠有人听，事关重大，这里不是说话的地方。”

“那怎么办？”宋小丽迫不及待。

白发老人闭上他的大眼珠说：“今夜子时，老榆树下，此乃天机不可泄露。”

看着白发老头的背影直到消失，宋小丽才长长地吐出一口气来，她的内心升起一丝希望，终于有救了。

夜深了，朱大平开车停在大案队门前，他熄灭车灯观察动静。坐在身边的关超说：“侯组的三个屋都亮着灯，看来他们的人都在。你得进去看一看表示慰问，这样比较主动不输理，另外再借机观察一下他们在忙什么。事关重大，你也别老绷着放不下架子，时间紧迫，就剩明天一天了。”

朱大平狠狠心，下车走进大案队。他是不看心没数，看了更没数。戴洪岭躺在沙发里呼呼大睡，赵冬捧着《福尔摩斯探案集》看得津津有味，小李子盯着电脑玩游戏，还把两个小音箱挂在衣架上呼哈地乱叫，桌上摆着一个乱闪的射灯。朱大平跟每个人都道了辛苦，然后忧心忡忡地推开了侯滨松的门。

侯滨松正把脚举在桌子上睡觉，朱大平的火噌地蹿上了脑门子。“我说侯大侦探你得醒醒了，再睡一会儿天就亮了。”

侯滨松蹬开小凳子坐起来说：“好啊，你小子该不是查岗来了吧，正好你都看见了，我们全体加班，我说老兄这都是为了你啊。”

“你别给我扯犊子，你们这叫破案啊，这是磨洋工，我是都看见了，睡觉的、看书的、玩电脑的，就这么整能破案？罪犯会自己登门谢罪吗？你不会忘了吧，一天，就剩最后一天了。”

侯滨松满脸诧异地说：“是啊，按照我们的君子协议不是还有一天的时间吗？

那你着什么急啊？”

朱大平走到门口又扭回头说：“小侯子，你可不要食言啊。”侯滨松也站起身朗朗回答：“此乃君子一言，自古驷马难追。”

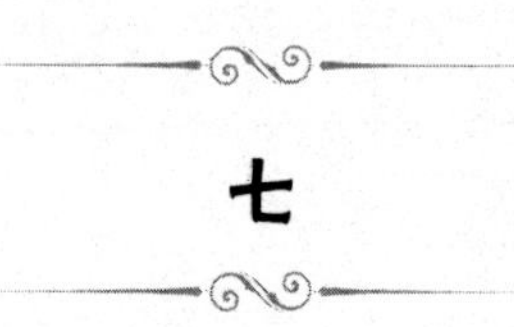

七

这是一棵生长于嘉靖年间的老榆树，古老参天的身躯已走过近三百年的岁月。从大榆树村到老榆树这并不远，但夜路崎岖，再加上宋小丽身体虚弱，走到树下的时候她浑身已被汗水湿透。此时白发老头已经在树下等候，粗壮的树枝在夜空中张牙舞爪，一双大眼珠子闪着光亮，夜风吹透她湿漉漉的身体，她完全被笼罩在一片恐怖之中。

宋小丽从背兜里掏出一个纸包恭恭敬敬地双手送上："老先生慈悲为怀，我不知道该怎么感谢，这些钱是孝敬您老人家的。"

"我只为姑娘预测灾祸，点化吉兆，积德行善，分文不取。"

"您老相面算卦也是为了养家糊口，你为我消灾解难，我给你工钱，这是天经地义的事情啊。"

"你说得不错，但给你相面非同寻常，所以我万万不敢收一个子儿的报酬。"

宋小丽越发紧张起来："这是为什么，你又怕的是什么呢？"

白发老头双手一抱拳说出一句话："姑娘你虽然年纪轻轻，但却满脸祸殃气象，难逃牢狱之灾啊。"

他见宋小丽身子一晃站不稳，急忙把小马扎支上扶她坐下。

"你说吧，没事，我听着呢。"宋小丽咬着嘴唇强作镇定。

“你这人红颜薄命，有生以来就不幸。看你印堂有纹，山根隔断，卧蚕不起，必是一平生劳碌孤克无子之人。子女宫写明了你孤独无子嗣，岁月暗神伤的生活境况。”

宋小丽抹抹眼泪，崇拜地望着夜里发光的大眼珠。但老头说到这里来了个急刹车，他不声不语地掏出烟口袋，熟练地圈了一支纸烟，划个火点着抽起来。

“老人家，你还没有说完呢。”

“我只能点到为止，相面不过是预测人间祸福，指点迷津成败。但是人的命天注定，算卦相面难改变。常言说得好，命中只有八斗米，跑遍天下不满升。请原谅告辞了。”

宋小丽站起来拦住他：“老人家，我求你了，你不能说一半留一半就走，你还没有告诉我哪来的祸殃气象，哪来的牢狱之灾，你现在就扔下我走了，我怎么逃过这大灾大难啊？”

宋小丽的眼泪留住了白发老头的脚步，他猛抽了两口烟，把烟头吐在地上，用脚踲了两下。“好吧，一不做二不休，救人救到底，好事做到头，我就竹筒倒豆子都给你说了吧。我说你有祸殃气象和牢狱之灾，这可不是随便说说的，这都在你面相里写着呢，所以刚才一见面你的面相就把我吓了一跳。不瞒你说，你年纪轻轻的，可这面相已经糟透了。

眼球上段显人影，林中亡魂爬墙头。

唇有青线捽死鬼，登门索命来寻仇。

天仓发青眉散乱，牢狱之灾到眼前，

山根腾蛇起薄雾，铁枷牢狱死临头。”

宋小丽向前一扑跪倒在地：“圣人在上，救我一命，您的大恩大德我永远也不会忘记的。”说完把脑袋砸到地上。

老头急忙把她搀起来说：“姑娘，你到底闯下多大的祸，惹上多大的官司我都不问，但山林之中断崖之下的冤魂死鬼缠上你身你是躲不掉的。命里犯鬼魂，最怕鬼缠身，勾魂加索命，难活三五天。”

宋小丽一把抓住胡仙树枝一样的双手，像是抓住了救命的稻草：“那我还有活路吗？”

老头的大眼珠子寒光一闪，寒光里透出笑容和笑声。“有，有啊。这也全在你的面相之中啊。

“开口言笑不露齿，谨慎冷静有计谋。

耳垂厚重正珠圆，绝处逢生罪能逃。”

“姑娘，你可听好我这消灾驱鬼的神通大法。你要找到那缠身鬼魂摔死之地，下跪磕头，烧纸上香，然后咬破手指以血溅地，这样鬼魂闻到你的血腥味，就再也不会闯到你的家里讨债索命了。”

说着，他又从兜里掏出一枚旧铜钱说：“你回去找一根红线串起，挂在脖子上，等你把血滴到地上以后，再把这铜钱摘下来留给那死鬼，他就会被这铜钱牢牢地压住不得翻身，你的灾难也就彻底消除了。”

宋小丽扑通跪下再次磕头，老头再次搀起，他又压低声音面授玄机：“驱鬼之法要尽快去办，不然索命鬼魂闹上门庭会惊动家人，惊动邻居，更重要的会惊动警察，那可就要坏大事了。要知道，我就是有天大的本事，惊动了警察我就无能为力了。”

宋小丽惶恐四顾：“那我先走了，老先生你放心，我是知恩图报的人，日后我一定重重谢你。”

“切记明晚子时，天机不可泄露。”

宋小丽连跑带颠地远去了，白发老头掏出手机左手拿住，右手食指一下一下地摁着号码，可电话没有打通，他摇一摇拍一拍再打，还是没有打通。

吴波回来了，所有人一见他都吓了一跳，原来他的额头上贴了一块纱布。侯滨松皱起眉头问：“你怎么会受伤？”

吴波懊悔地捂着头说：“我给胡仙磕头磕猛了，地上有块小石头没注意，一下子磕到石头上了。”

开始没人敢笑，但憋又憋不住，侯滨松一起头，接着就是哄堂大笑。

吴波也笑着说：“我为破案虽然身负轻伤，但你们也不能幸灾乐祸啊。”

哈尔滨的夏天不管怎么热，一到了晚上就会凉爽起来，如果进入山区，树林里流窜的风还会很冷。天色渐渐被昏暗笼罩，等天边最后一缕晚霞退去黑夜才完全降临。午夜很快到了，在夜色中一个人影时隐时现，由于走得急看上去像跑一样。宋小丽上气不接下气，但她没有停下来歇一歇的意思，她要用最快的时间赶到断崖山。她手里拿着一个纸包，里面是三炷香，她的脖子上挂着用红线串起的铜钱，这都是一会儿到断崖山上能用得着的东西。这里的山区不过是丘陵，所谓的山都不太高，前面的断崖山也不到二百米高，但它的险峻却是出了名的。它有怪石奇树，险路深谷，还有狐狸出没。断崖山的最高峰叫刀劈崖，整个山岭就像用刀劈开一样，齐刷刷地没有了去路，神奇的景观自然有民间传说和神话故事给出各种各样的解读。今天夜里宋小丽将在这演出一段离奇、惊悚的故事。

她穿了一件黑色的衬衫，下面搭配黑色的长裙，走在山间的夜路上时隐时现像个隐身人。有两次跟人擦肩而过时才被发现，行人吓得“妈呀”一声连滚带爬地逃走了。她登上刀劈崖，汗水已经湿透了全身，断崖下林涛汹涌，阴冷的风迎面吹来，她寒战连连，冷啊，她感到了彻骨的冷。她找个背风的大树，用打火机把三炷香点燃，把香插在一块巨石的缝隙中，双膝跪地，面向断崖，一连磕了三个头。然后她站起身来，哧地咬破了右手的中指，摘下脖子上的铜钱，手指流出的血顺着串铜钱的红线滴落。林涛中传来凄厉的叫声，那应该是风穿过森林和怪石的鸣响，也可能是什么野兽吼声和飞禽在鸣叫，但在宋小丽听来，这就是一个儿童的哭声。是儿童的哭声，这是她熟悉的哭声：“大娘，我要回家，我要找爸爸妈妈，大娘、大娘……”

啊！这不是天天的哭声吗？

再看断崖的边上，一个胖乎乎的孩子穿着红色的运动服爬了上来。

啊！这不是天天吗？难道从这里摔下去的孩子还能活过来吗？

不，这是死鬼来索命的。她从脖子上摘下铜钱，狠狠地向山谷扔去：“你这个死崽子，这辈子你也别再想吃芹菜馅饺子了，从今以后老梁家再吃饺子得吃我喜欢的韭菜馅饺子。”

宋小丽狂笑之后一切又恢复了平静，她知道该回去了。她刚站起身来，忽然间一道强光照来，是闪电吗？可天上没有下雨。是发生了山火吗？可周遭看不见火光。

宋小丽虽然睁不开眼睛，但她隐隐约约听到人声：“你……你们是……是什么人？”

“我们是警察。”声音来自天边。

天啊，在这深更半夜的深山里怎么会有警察呢？他们是从天上掉下来的，还是从地下冒出来的啊？

“宋小丽啊，夜里的山风多冷啊，来穿上件衣服。”侯滨松说着，把那件红色的运动服在她眼前晃了晃。

侯滨松轻柔的声音让宋小丽心里发瘆腿打颤："你……你怎么知道我的名字？"

"你听说过哈尔滨大侦探吗？"

宋小丽摇摇头。

"咳，你如果听说过一个叫侯滨松的警察，估计你就不会在这断崖山上活活害死梁天天了，天天是一个多么活泼可爱的孩子啊。你以为做得天衣无缝，但很可惜，你惊动了警察，更糟糕的是，你惊动了一个叫侯滨松的警察。"

"要知道，你就是有天大的本事，惊动了警察你就无能为力了。"这句话在她耳边像雷声一样震荡，她的脊梁再也无法支撑罪孽深重的躯体了，她一头栽倒在地上。

八

朱大平趴在桌子上睡着了，当他被关超唤醒后的第一个反应就是："侯滨松有动静了吗？"

"他们都走了，一个人也没有了。"关超心事重重，向侯滨松求助的主意是他出的，现在离五天破案的期限就差几个小时了，可是侯组的人连个影都不见了，这事是不是要泡汤啊。

"你说小侯子会不会借这个机会整我一把？既让我破不了案丢人现眼，又让我当不上副队长毁掉仕途，要是这样的话可就把我坑苦了。"

"小侯子绝对干不出这种事来。别看我过去半拉眼看不上他，就连他当警察我都有意见，因为他的身高确实只有一米六九，是鲁队和建刚同志作弊才把他拉进警察队伍的。但是据我多年观察，这小子是个心胸坦荡的人，他不但破案有鬼点子，做人也仗义。他可能破不了失踪案，不太可能落井下石坑害你。"

"他那天问我你知不知道这件事，我就说求他帮忙是你出的主意。你过去没少给人家造谣，那年他没当上副队长就是你写的举报信，说他和靳玉兰是婚外恋。你还造谣说他和迟丽丽有不正当关系。我现在担心他是为了报复你把我给捎上了。"

电话响，一看是侯滨松，朱大平深呼一口气，用尽量沉稳一点的声音问道：

“什么急事啊？一大早也不让我睡个懒觉。”

“我倒不急，不过破案的时限就要到了，我得向东家交账啊。要不你先睡一会儿再说。”

“别别，你在什么地方？我现在就过去。”

“南郊派出所。”

朱大平关掉电话往外走，关超跟在后面问：“什么情况？”

朱大平咬牙切齿地说了一句：“这个该死的妖猴，他真的把案子给破了。”

范志成正带着技术科和警犬队赶赴断崖山，为了方便搜索被害人尸骨和制作宋小丽指认现场的视频证据，侯滨松把审讯地点设在了南郊派出所。

朱大平和关超走进审讯室，见到铁椅子里的宋小丽大吃一惊，一个柔弱的女人会对只有六岁的亲人下此毒手吗？

侯滨松把朱大平和关超让到主审的位置上俯身耳语：“再往下该是你的活儿了。”

朱大平正襟危坐，问话充满威严：“姓名？”

“宋小丽。”

“性别？”

“女。”

“年龄？”

“二十九岁。”

“作案经过？”

“出事那天，我是下午三点在小学校把天天叫出去的。天天跟我很亲很听我的话，我在早上送他上学时跟他说，让他下午课间休息时到学校对面的榆树林找我，我在那等他，带他去买《火影忍者》的漫画。我叫他保密，还和他拉了钩。那个时间正好是课间休息，他就自己从学校跑了出来，没有任何人发现。这孩子跟我很亲，很听我的话……我丧尽天良，禽兽不如。”

“那件红色运动服是怎么回事？”

“天天穿的红色运动服太显眼，我要背着他走二十多里的路，这就有可能被人发现，我就把它脱下来装进我带的一个布兜里。我在断崖山把天天做掉回来，路过老刘家菜地时顺手扔到路边的水沟里，我的目的是转移视线，造成孩子是在村子里跑丢的假象。”

“你作案的动机是什么？”

“在梁家本来是我打腰提气的，我爱吃韭菜馅饺子全家都得跟我吃韭菜馅饺子。可是自从那个栾玉芳进了家门，又生了死崽子，我就从此被打入了冷宫。老婆婆处处给我穿小鞋、撂脸子，还骂我是不下蛋的母鸡，是头骡子。那个死崽子爱吃芹菜馅饺子，全家就都得吃芹菜馅饺子。大年三十那天，我说包芹菜和韭菜两样馅的饺子，老婆婆还是只包芹菜馅饺子，还说不下蛋的鸡瞎叫唤。我把委屈告诉老爷们，可他从来没有在他妈面前为我说过一句话。这一切都是那个小死崽子造成的，我要整死他，没有他我就可以在家里打腰提气，我就能让全家都跟着我吃韭菜馅饺子。”

“这就是你杀死天天的动机吗？”

“我不能跟着那傻逼娘俩吃芹菜馅饺子，我要让老太太给我包韭菜馅饺子，全家人都得跟着我吃韭菜馅饺子。”

案子就这样破了，鲁俊山在电话里说尽了赞誉之词，还告诉朱大平马上回到大案队，榆树村的群众就要到了，是来感谢破案的英雄警察的。

胜利收队的警察们浩浩荡荡地回来了，在人们愤怒的呼喊声中，杀人凶手宋小丽被押解回大案队。这时关超看见小李子拎着音箱和射灯、电池往里走，上前拦住他问道：“你用这些东西干什么？”

小李子沾沾自喜地说：“这是哈尔滨大侦探的破案神器。”

“哼，这人要是跟侯滨松混久了，都神神道道的。”

大案队门前忽然爆发出欢呼声：

“向人民警察致敬！”

“向人民警察敬酒！”

这时村民们从拖拉机上抬下一张长桌，一位朱颜鹤发的老者手捧一只酒坛子走到桌前高喊：“有请朱警官。”

朱大平懵懵懂懂地跑过去向老者敬礼，老者激动地说：“朱警官是有本事的警察，是说到做到的好汉，说五天破案就五天破案，真乃警界英豪。我老汉也说到做到，只要你破了案，我就跟你干一碗陈年高粱酒。”

长桌上一字摆开六个大碗，老者依次倒满，在人群的欢呼声中，朱组全体跟老者一起一饮而尽。

在人群中的梁风疑惑重重，他四处张望，终于发现了侯滨松和侯组的人，他走到侯滨松面前仔细端详着问：“原来你不姓朱，你不是朱警官。”

侯滨松笑而不答。

“那你到底是谁？”

戴洪岭冷冷地说：“警察内部的事你别瞎掺和，掺和多了对你没好处。”

梁风对侯滨松说：“我看你就能称得上哈尔滨的福尔摩斯。”

赵冬拍了梁风一掌：“你这话可算说对了，伦敦的福尔摩斯那是柯南道尔虚构的，哈尔滨的福尔摩斯那可是货真价实的。”

村民敬酒仪式结束了，朱大平满脸通红地推开侯滨松办公室的门：“今晚我请客，涮羊肉。”

侯滨松连忙拉住他问：“那陈年高粱酒你没给我留一碗？”

“没有啊，都喝了。”

侯滨松一屁股坐下说：“其实你请不请客都无所谓，我之所以卖这么大力气，为的就是这碗陈年高粱酒啊。”

第八章

空中疑云

一

秋天的傍晚，北风吹到脸上冷飕飕的，再加上似雨非雨似雾非雾的水汽，这样的坏天气里任何人都不会有什么好心情。

机场跑道上，一架运 -12 小型客机正在轰鸣着，它双翼上的螺旋桨在快速转动，像是一台台风扇在吹凉，秦隽书远远看见这个冷冰冰的家伙，把风衣的领子翻上来，想挡一挡掺着水汽的秋风。

空旷的停机坪上，一行人影奔向飞机一路小跑，他们是黑龙江地质测绘研究所的科研人员，走在最前面的是所长秦隽书，挽着他手臂同行的是副所长钟小秀，她高挑的个子差不多超过了有些驼背的秦隽书。钟小秀风风火火半挽半拖地陪着秦隽书走到飞机舷梯前，就在她要扶着秦隽书登机的时候，一个健壮的老人却抢先登上舷梯，只几步就钻进了机舱，紧接着一个戴眼镜的中年人也登上了飞机。其实没有规定在这种时候就一定得单位领导先上飞机，但一般来说，让领导先走也是约定俗成的潜规则，抢先上飞机的是研究所资历最老的研究员赵凡，他这个人从来不给秦隽书面子，更不买他的账，就在登机前，两个人还话里话外地斗嘴，所以他抢在秦隽书前面上飞机大家也见怪不怪，习以为常了。戴眼镜的中年人叫姚展，是研究所的副所长，此人清高傲慢，自然不拿所长当回事。

赵凡打了头，后面的人鱼贯而入，机组的机械师李满冷冷地问了一句 ：“人到齐了吗？”

钟小秀笑呵呵地打了一个寒战回答：“报告李师傅，全班人马已经到齐。”

李满毫无表情地转身去了驾驶舱。紧接着客舱里传来机长的声音：“大家晚上好。我是本机机长徐健，欢迎各位乘坐哈尔滨龙飞航空公司的运 -12 客机，现在飞机就要起飞了，请大家系好安全带。”

飞机启动了，轻快灵活地进入跑道，滑行了只有几百米就像燕子一样飞向空中。飞机进入巡航高度以后飞行平稳，机舱里静悄悄的。秦隽书和赵凡上了年纪，落座就都闭上眼睛，赵凡放下靠背不一会儿就打起呼噜，秦隽书只是闭目养神并没有真的睡着。姚展上了飞机就打开座位上方的棚灯，然后掏出一本厚厚的小说，当他看见钟小秀走到秦隽书跟前送药，还递过暖水杯的时候，透过眼镜片能看见他蔑视的眼神。机上还有一个小姑娘兴致勃勃，她叫舒慧，是地质学院实习的大学生，她俯瞰哈尔滨的夜景和神秘莫测的无边森林，满脸都是好奇色彩。钟小秀给秦隽书吃完药回到自己的座位上，飞机遇到气流颠簸起来，她赶紧系好安全带，这时她也略感倦怠，也想趁这两个小时的航行时间眯上一觉，可是望着黑洞洞的夜空，听着气流撞击机身发出的响声，她忽然感觉到一种说不清的惶恐和不安。

虽然飞机在气流中不停颠簸，但钟小秀毫不担心飞行安全。她很清楚，秦隽书所长并没有睡意，他是在闭着眼睛想心事。刚才在宾馆餐厅里赵凡恶言恶语地敲打，他不会当作耳旁风，他的心情一定比天气还糟糕。赵凡的鼾声像胜利者的宣告，它搅得秦隽书心烦意乱。姚展和钟小秀同是研究所的副所长，有钟小秀在一边，他看书自然心不在焉，他在隔着眼镜窥探每个人的隐私，放大每个人的缺陷，他每时每刻不是在计算，就是在算计。钟小秀知道，她就在他的计算之中，算计之内。总是有一双眼睛在后面盯着，就像有一支子弹上膛的枪在暗中瞄着自己，这是一个令人痛恨的男人。机组的机械师是一个面色比秋雨还冷的人，他刚才向客舱里看了一眼，送来的是一丝凉意。只有那个欢欢乐乐的舒慧，反而更加衬托出令人不安的氛围。

可能是钟小秀以往莫名的预感屡屡应验的原因，她总觉得要出一点什么事，随着目的地越来越近，她也越来越躁动不安。呸、呸、呸，真是莫名其妙。

“大家好，现在飞机的飞行高度是三千米，飞行速度是三百公里，现在飞机开始降落，请系好安全带，谢谢。”机长标准的普通话，比起民航客机上那些南腔北调的机长好听许多。

就在飞机开始下降的时候，秦隽书的座位上传来紧张的声音：“钟所长，你过来一下。”

这一声把钟小秀吓了一跳，难道真的有什么事情要发生吗？她急忙过去问：“老所长有什么事？”

秦隽书脸色苍白，呼吸也有些急促：“我、我的文件包不见了。”

“什么，你说什么？”钟小秀一跳老高。

秦隽书指指身旁的空座位哆哆嗦嗦地说：“刚才放在这儿的黑色文件包不见了，就放在这，不见了。”

天啊，文件包真的不见了，这怎么可能啊。钟小秀跑去报告机械师，那张冷脸发出冷言冷语：“现在飞机正在下降，不管发生了什么事，都要回到座位上。”

飞机在急速下降，钟小秀的心也像掉进了万丈深渊。预感，这该死的预感啊。

飞机在林区培训基地机场平稳着陆，机长徐健开始详细了解在这架飞机上到底发生了什么事情。徐健为地质研究所飞行服务已经不止一次了，研究人员他也都熟悉，这些人每次勘察测绘时，都随身背着一个宽大的文件包，里面是资料和文具什么的，还有就是一台笔记本电脑。这次他们登机的一共五人，除了实习生舒慧，所长、两位副所长和研究员四个人四个文件包，从龙飞宾馆出来就一人挎着一个包上了面包车。面包车上没有外人，到了机场有保安把守，外人根本无法接近，等上了飞机关上舱门，就连一只苍蝇也飞不进来，在三千米高空飞行的飞机上，这秦所长的文件包怎么就活生生地不见了呢？

为了确认事件的真实性，徐健暂时担当起了警察的角色，他对每一个当事人都进行了简单的询问，特别是秦隽书，他记得非常清楚，秦隽书登上飞机时就把文件包放在了邻座的空位上，而在飞机降落时，文件包就不见了。徐健机长最后确认，这件事虽然不可思议，但又千真万确。秦隽书从宾馆出来就一直把文件包挎在肩上，连钟小秀要帮他背包都被他拒绝了，就这样包不离身登上飞机。这架飞机一共有十二个座位，而乘客只有五人，所以没有人紧挨着坐在一起。秦隽书把文件包放在邻座的空位上就闭目养神，等听到飞机开始下降时才睁开眼睛，他是准备拎包下飞机时才突然发现文件包没有了。

怎么办？就在徐健犹豫不决时，钟小秀跟他的一句耳语让他大惊失色。报案，这么大的事谁担当得起啊，只有报案。徐健慌忙拨通了公司保安部经理的电话，经理华庆明得知这个情况果断做出了一个决定，机上的所有人员不许下飞机，保护好现场，等候警察前往处理。

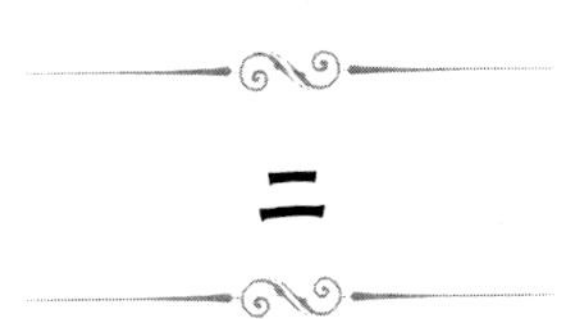

二

一架 AS350 型直升机在夜幕中升起，在龙飞机场上空短暂悬停后，向着大兴安岭山脉东南坡的林区航空基地全速飞去。

直升机上的乘客除了龙飞公司安保部长华庆明，就是侯滨松麾下的干将们和范志成。由于案情重大，侯滨松特别请求刑事技术支持，这样市局就派范志成也加入了“空中疑云专案组”。“空中疑云”是侯滨松在华庆明汇报案情时随便的一句话，公文包被盗案因此得名。

直升机飞跃群山峻岭向发案地飞行，这时飞行员接到运 -12 机长徐健的呼叫，要求立即和华庆明部长通话，从话筒里传出的紧张空气和女人的哭叫声，侯滨松知道前方目的地出现了状况。已经降落在基地机场的飞机上真的出事了，事情出在李满身上，而且事态严重。本来机长徐健已经接到华庆明的明确指令，在警察赶到现场之前，任何人都不能离开飞机，也不许打开舱门。他向全体乘客宣布了公司安保部的这一决定，得到了大家的一致赞同。可是李满却提出了异议，他说他有糖尿病，不按时吃饭就会犯病。就在他和徐健争执不下时，他竟要强行打开机舱门。紧急关头，钟小秀冲到舱门口，用身体挡住李满，赵凡上前扯住李满，义正词严地警告他，事关重大，千万不要一时糊涂办傻事，到时候他后悔都来不及。机舱里乱作一团，秦隽书手捂在胸前，无力地把头靠在靠背上，他的心毫无节奏地蹦跳着。他的心里非常清楚，如果文件包真的被人盗走了，他承担不起这么大的责任啊，无论是法律的惩处还是纪律的制裁，都将把他彻底压垮，一生的勤勉奋斗，都将在结尾处化为乌有。在钟小秀和赵凡冲上去阻挡李满时，舒慧就开始尖声哭叫，一个二十没出头的女孩哪里见过这样的阵势，她想尽快逃离这个危险的环境，她也喊着要下飞机。这时姚展扭过头用一个手指挡住嘴唇，冲舒慧做了一个肃静的手势，然后又用手指推推眼镜，把一缕垂下来的头发轻轻抹齐，他饶有兴味地面对眼前发生的事情，像在观看一出戏。

“大家都不要乱动，警察来了。”徐健远远望见一架直升机从黑夜中飞来，徐徐降落在近前，兴奋地喊了起来。

刚刚经历了紧张、惊险、混乱、刺激的人们，见到警察到来自然有一种解脱、安慰的感觉。可是接下来没完没了的谈话，翻过来调过去的核实，所有人都被那些枯燥的问题折磨得头昏脑涨精疲力竭，只有警察们对那些枯燥的问题刨根问底津津有味。

“空中疑云”不是一般的盗窃案件，秦隽书的文件包里有一台笔记本电脑，不一般就不一般在这台电脑上。在这台电脑里保存着大量的地质测绘资料，特别还有一份与外国公司共同开展的一个合作项目，这些都属于国家秘密，一旦泄密后果不堪设想。

公文包和里面的电脑是秦隽书的，他是失主，同时他又是测绘研究所的所长，他自然成了案件的核心人物：“我们这次测绘任务是国家的重大课题，上级很重视，要求也很高。我已经六十虚岁了，还有冠心病，再过几个月就要退休了，我能亲自带队可见这次任务的重要性。我们这个小组是昨天到的哈尔滨，参加了一个国际研讨会，今天休息一天。晚上五点我们准时到宾馆餐厅就餐，五点半坐龙飞公司提供的中巴到机场。在机场候机厅我们也没有停留，因为飞机已经准备起飞，我们一行人就登机了。飞机飞行了大约两个小时，就在飞机到达林区培训基地要下降时，我突然发现放在我身边的公文包不见了。我把这一情况告诉了钟小秀，她马上就向机长反映，这不连你们大老远的都给惊动了。”

听了秦隽书的陈述，侯滨松说道：“我有几个问题，你不用紧张，回忆清楚了再回答我，你看这样好吗？”

秦隽书严肃地点点头。

侯滨松继续说：“你从房间出来去餐厅吃饭，然后坐中巴去机场，经过机场的候机厅到停机坪上了飞机，在这个过程中你和文件包没有分开过吗？”

“我一直把包挎在肩上，就是吃饭的时候我也把它放在腿上。钟所长看我年龄大身体不好，要替我背包我都没给她。”

“你上了飞机以后文件包还在吗？”

“我一直把包挎在肩上登机的，我就把包放在我旁边的座位上，就在飞机起飞以后，我还看了看文件包，就放在旁边的空位上，然后才把座椅放倒闭上眼睛。”

“是什么时候发现文件包没有了？”

“是飞机开始降落时，我把座椅调回原来的位置，准备收拾收拾下飞机，就在这个时候文件包就没了。这要不是亲身经历，我绝不会相信能发生这样见鬼的事情。”

“文件包是什么样的，比如颜色什么的？”

“文件包是所里统一买的，每人一个，你们可以看看其他人的，都是一模一样的。”

“你的包里都有什么东西？”

“最重要的就是有一台电脑，里面存有地质测量的资料，还有一份与外国合作项目的全部资料，属于国家秘密，这也是我为什么包不离手的原因。我马上就要退休了，老了老了闯了一个大祸，这台电脑要是找不到，国家就会蒙受损失，就是赔上我的老命也无法补偿啊，到那时我还有什么脸见人，活着还有什么意义啊。”秦隽书说着说着流下眼泪。

侯滨松并没有说安慰他的话，只是等他的情绪稍微平静下来问道：“你觉得有什么人值得怀疑吗？”

秦隽书看着侯滨松紧逼的目光，陷入一片迷茫：“我也一直在想这个问题，是什么样的人能干出这样的事来呢？是小偷偷东西还是冲着秘密资料来的呢？这是一件可怕的事情，按你们警察的说法这是一起刑事案件。可是无论案件的性质是什么，后果有多严重，我都无法去怀疑任何人，因为这是一件绝无可能发生的案件，除非这个窃贼有特异功能，或者是外星人干的，要不那么大一个文件包在众目睽睽之下，在密封的飞机舱里，怎么能在一瞬间就消失得无影无踪了呢？”他四外看看，想做出个什么动作来排解胸中的郁闷。他看见了侯滨松放在桌子上的烟，他伸手抽出一支点上，刚抽了一口就被呛得咳出了眼泪。

侯滨松拿了一瓶矿泉水递给秦隽书就想结束问话了，可秦隽书强忍住咳嗽说：

“我是把文件包放在里面的座位上的，如果小偷想偷走这个包，他只能从过道走过来，然后从我的胸前哈腰伸手把包拿走。可是我并没有睡觉啊，我只是闭上眼睛休息，再说就赵凡那呼噜谁能睡得着啊。”

经过对其他人的问话，证实了秦隽书的话是真实的，特别是钟小秀始终在秦隽书的身边，她在搀扶秦隽书上飞机的过程中，也看到了他的文件包就放在靠窗的座椅上，而秦隽书发现包不见了，也是她见证了状况向机长徐健报告的。对所有当事人询问了一圈下来，除去机长徐健在驾驶舱位置看不到更多情况，剩下的有两个人可疑，两个人麻烦。

案情研究会在基地的食堂里进行，这是每人吃了一碗面条之后，侯滨松撂下碗筷决定的。

“我先汇报案件的可疑人。李满的可疑之处在直升机还没有降落的时候我们就知道了。这个人的性格比较内向，平日里话就不多，现在更是半天说不了两句话，跟他讲话能把人急死。他话虽然不多，但有两件事咬得很死。一是他根本没有注意秦隽书，更没有注意他身上的什么公文包。二是他想下飞机的目的就是吃饭，因为他有糖尿病，不按时吃饭就会犯病。但是我问过徐健和华部长，据他们讲，从没听说过他有糖尿病，还有刚才下飞机往食堂走的时候，要不是华部长紧紧看住他，他就有可能逃跑了。不过他尽管很可疑，但眼前还看不出他跟空中疑云案有什么关联。”赵冬抢先说完后，端起碗把面条汤喝见了底。

“我谈的赵凡跟秦隽书同岁，只是生日小了一点，也快退休了。我看他还算不上有嫌疑，只是有一些情况提供给各位在下一步的侦查中作为线索。赵凡和秦隽书之间积怨很深，两个人虽然在一个单位工作，低头不见抬头见，可却很少说话，即使因为工作需要沟通的时候，也是三言两语说完拉倒。他们的矛盾也不复杂，是因为十多年前赵凡在测绘作业中出现了失误，挨了一个警告处分。这个处分并不重，但赵凡认为当时是副所长的秦隽书借题发挥整事，把他提拔副所长的事给搅黄了，因此结下怨恨。他曾跟几个人说过，君子报仇十年不晚，所以他如果弄出点响动来报复秦隽书是有可能的，因为他有作案动机。”戴洪岭一口气说完，合上了工作手册，从他轻松的样子就能看出，他对赵凡不抱什么希望。

吴波用餐巾纸擦完手愁眉不展地说：“我的这个姚展可真是个宝贝，俗话说林子大了什么鸟都有，你说这大老爷们咋就没点站着撒尿的样子呢。”这开场白连侯滨松都被他说乐了。“这个姚展是研究所的副所长，很少说整句的能完全表达意思的话。比如他说钟小秀："这小娘子长的……秦所长喜欢看……这其中奥妙……警察同志你说呢？"该副所长从头到尾都是这样讲话，我都快受不了了。我把他的话归纳了一下，大概的意思是赵凡和钟小秀都有作案嫌疑，赵凡跟秦隽书有仇，他说过君子报仇十年不晚，现在秦隽书快退休了，他再不下手复仇就没有机会了。钟小秀色诱秦隽书，她想让秦隽书在退休前推荐她进位所长，这样就能在竞争中占据优势，把对手姚展排挤掉，从而稳坐所长的交椅。"

"你那个姚展不算麻烦，最麻烦的是这个实习生舒慧。她说她只是个实习生，什么也不知道,除了这句话之外,就是一个劲地哭。你说这女孩哪来的那么些眼泪，说哭就是声泪俱下，我都怕她哭脱水了。不过哭也不要紧，要命的是她给她妈打了电话，说她在这出事了，让她妈赶紧来救她，这不是没事找事吗？"

小李子的汇报吹散了会场上严肃的气氛，等笑声落下以后，侯滨松看看左右问："有一个重要人物怎么没有谈？"

华庆明赶紧站起身说："钟所长下了飞机就觉得头晕，现在正躺在医务室休息。"

"从她在飞机上的表现来看，这个人临危不乱，既有头脑又有魄力，她对这个案件的看法会很重要。"

侯滨松正想问范志成，见他轻轻摇头，就知道他的想法不便在会上谈，而是想单独沟通。

门咣当一下被推开，徐健张着大嘴喘出一句话来："李满他、他跑、跑了。"

满屋的警察没有一个人被这突如其来的情况打动，就连小李子也只是顺口说了句："他会不打自招吗？"范志成不免心中赞叹，这可真是侯组的人，跟着侯滨松干，个个都练就了大将风范。只有一个人被这场面惊得目瞪口呆，他是因为出了这么大的事警察竟然不吃惊而无比震惊，这就是安保部长华庆明。

"侯警官，得赶紧找人啊，这半夜三更的要是出点什么事那可怎么办啊？再说了，李满逃跑要是有个三长两短的谁负责啊？"

看着急得要掉眼泪的华庆明，侯滨松一脸轻松："谁主管谁负责，你现在是龙飞公司的最高领导，你又主管安全保卫，李满如果发生了什么意外当然是你负责。"

华庆明正要申辩几句，戴洪岭拍拍肩膀把他拉到一边："你给老李打个电话，问问他在哪呢。"

侯滨松不再理会云里雾里的华庆明，转头招呼范志成："走，咱俩去会会这个钟所长。"

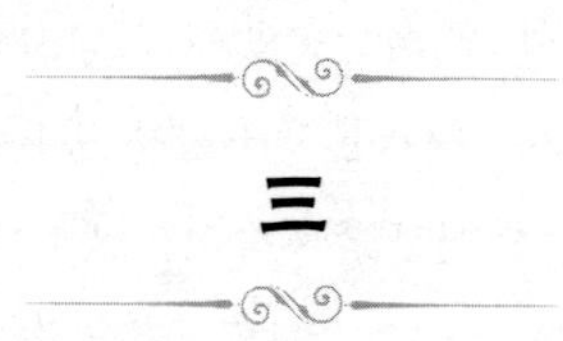

三

医务室在基地办公楼对面，侯滨松边走边听范志成对此案的分析意见。

“这个案件要说是奇案也真够神奇的了，一架在空中飞行的飞机上，那么大的一个公文包说没就没了，这确实不可思议。就像秦隽书说的那样，这是不可想象绝无可能发生的事情，所以他无法去怀疑任何人。这个现场我看过了，别说是苍蝇、蚊子，就是空气也进不来，就更别说有人能进来盗走公文包和里面的存有秘密资料的电脑了。所以这个案件的所谓神奇只是一种表面现象，我们必须由表及里地研究案件最本质的东西，只有这样才能找到破案的最佳途径。”

听了范志成的一番分析，侯滨松点点头 :“把你小子拉来就对了，不管案件怎么疑难，只要有你不离左右，本官就神安气集。”

“你别用着我就忽悠我，我懂。”

侯滨松不跟他斗嘴，而是一本正经地问 :“再往下你有什么高招啊？”

“我得听听这个钟小秀怎么说，她有可能给我们指出一条路来。”

钟小秀躺在床上瞪着心事重重的大眼睛，听见门响有人进来就靠在床头上算是坐起来。因为问过医生,她是由于情绪激动导致心率过速,进而又引起头部眩晕，休息一会儿症状就会缓解，所以侯滨松就大着胆子推门拜访了。

钟小秀在下飞机的时候已经见过这些警察，知道他们是为了调查案件而来，就很官场地先开了腔："请坐，我们研究所出了这样离奇古怪的事情，给你们添了许多麻烦。我们的保密工作出了如此严重的事故，真是不好意思，等过后我一定请你们吃饭，表达我们的感激之情。"

"我们做的事情是我们的本分，所以吃饭就不必了，当务之急的是要把案情搞清楚，你既是单位的领导，又是当事人之一，我们很想听听在你的记忆中事情的真实过程。"侯滨松的回答也很官场。

钟小秀的讲述跟其他人并没有什么不一样的地方，但她在说完了事情经过之后的一番话，却别有意味在其中。

"请问你们现在查出嫌疑人了吗？"话一出口又觉得不妥，"当然了，我也是嫌疑人之一，我问这个问题是不是有点不合时宜？"钟小秀显得有些不自在。

侯滨松很爽快地说："你这个问题问得好，我可以很坦率地告诉你，到目前为止，还没有确定本案的嫌疑人，你是不是认为我们的办案效率很低？"

"我可没这样说，我只是在心里想，你们调查这个案件是不是很困难？"

侯滨松非常诚恳地说："相当困难，我到现在还不知道怎样才能解开这个不解之谜，所以我非常希望能得到你的支持和帮助。"

很显然，侯滨松实实在在的话打动了钟小秀，她把半躺着的身体坐直起来："我怎么支持你？怎么帮助你？"

"只要你真心想帮我，你就知道怎么帮。"

"我是真心的。"

"那你就告诉我谁的嫌疑最大。"

这一下把钟小秀给问住了，她沉默了半天说："这可不能乱说，我没有真凭实据怎么能认定谁有嫌疑呢。"

"有真凭实据就不是嫌疑了，就定罪了，什么叫嫌疑，嫌疑就是一个调查的方向和目标，也可以说就是一个侦查的思路。"

钟小秀的心里乱成了一锅粥，乱七八糟的，理不出个头绪来。其实就在秦隽书告诉她公文包丢失的一瞬间，她就不由自主地扫了姚展一眼，他脸上皮不笑肉笑的表情，深深地刻在了她的记忆之中。如果公文包不是因为疏忽而丢失的话，如果是有人蓄意制造事端或真的是一起盗窃案件的话，那就一定与姚展有关。这个判断完全是钟小秀凭本能做出的，是没有任何证据支持的主观臆断，所以她没有跟任何人说起过对姚展的怀疑。还有就是她和姚展别别扭扭的好几年，姚展这个人阴阳怪气、两面三刀，拨弄是非无中生有是他惯用的手腕，现在研究所出了这么大的事，他还说不定怎么编造事实陷害她呢。如果真是这样，形成了她和姚展之间借题发挥相互攻击的局面，那她跟姚展就半斤八两一路货色了。她不愿看到这样局面的形成，她就只有选择沉默，不去充当姚展的对立面。再说了，公文包丢失这件事就像梦中的幻觉，神话传奇，她绞尽脑汁回想事件的整个过程，用力挤净记忆的每一滴水珠,还是无法想通怎么会发生这样的事情。“就算怀疑姚展，你怀疑他什么呢？公文包是他拿走了吗？就算是他拿走了，在飞机上他能把包弄到哪去呢？难道就凭着他脸皮下面隐藏着微笑就可以怀疑他作案吗？”钟小秀的精神都快崩溃了。

“我实在没有办法为你们提供调查的目标和方向，实在不好意思。”

“钟所长，你现在的心里很乱，许多事情都理不出头绪，想说的话又找不出证据，所以你就不想说出你的心里话，这我很理解。”

侯滨松的这些话触动了钟小秀，因为她的内心已经被这个警官一览无余：“真没想到，警察竟然会这样宽容和理解别人。”

侯滨松苦笑着说：“你知道这是为什么吗？告诉你吧，我也正被这起案件折磨得晕头转向一筹莫展啊。”

警察放下尊严和权威来跟自己诉苦，这叫一贯能言善辩的钟小秀一下跌入窘境不知所措。

一直没有说话的范志成也强作笑脸地说：“我们今天的谈话虽然没有什么结果，不过钟所长倒是留下了一段有意义的回忆。”

钟小秀对土里土气的范志成不太在意：“有什么值得回忆的，不过是接受警察的询问而已。”

“不这么简单。你今天和哈尔滨大侦探做了一次倾心交谈，大侦探不但登门求教，而且敞开心胸向你诉说了内心的苦处，这还不值得回忆吗？”

钟小秀瞪大了眼睛转向侯滨松：“你就是侯滨松，哈尔滨最有名的警察？”说着向侯滨松伸出手。

侯滨松握握手说：“不敢当，我可不敢说是最有名的警察，但我敢说我是破案最用心的警察。”

“尊敬的大侦探，我刚才的表现是不是给您留下了很差的印象？您的敬业精神让我钦佩，在您的面前我很惭愧。”钟小秀在说这番话的时候充满了对侯滨松的敬仰之情。

“我们再聊一会儿好吗？”

钟小秀听了侯滨松的提议，赶紧拉过来椅子以服务生的姿态请侯滨松和范志成坐下，她又到饮水机前接了两杯水为他们送上:“大侦探，您想聊什么就聊什么，我洗耳恭听。”

侯滨松一脸愁容唉声叹气：“钟所长千万别叫我大侦探，盛名之下其实难副，你也看到了，我已经缠在‘空中疑云’之中，现在到了山穷水尽寸步难进的绝境，但求你能提供一个目标，指明一个方向。”

“侯警官您太客气了，我真的不能提供什么有价值的线索，但您的诚恳令人感动，我就把心里的两个想法说一说供您参考。我想姚展这个人你们已经接触了，对这个人应该有了一个基本的了解。我们在一起工作快十年了，我把这个人看得很透，评语今天就不说了，因为它与本案无关。由于我对姚展知之甚多，所以我敢肯定地说，此案一定跟他有关，至于他在其中到底做了什么，扮演了什么样的角色，还是那句话，没有证据不能胡乱猜测，但不能放松对他的调查，他跟这个案件一定有瓜葛，有扯不断的瓜葛。”

钟小秀说到这停住了，侯滨松像学生提醒老师一样恭敬地说：“您刚才说有两个想法，我很想听听还有一个想法是什么。”

“在你们面前谈这个想法有点班门弄斧，怕你们见笑。我在想一个问题，我们是唯物主义者，研究任何问题都要面对现实。就说眼下这个奇异的案件吧，那么大的公文包里面还装着一台电脑，它怎么会在几千米高空的飞机上不翼而飞呢？尽管有证据证明，哪怕是所谓的铁证，我们也仍然有理由怀疑事件的真实性，应该拓展调查的范围，我认为可能还有客观存在的事实没有进入我们的视线，如果这种可能性是存在的，是不是可以把它作为一个目标和方向呢？我是门外汉，我想到的可能就是一个思路，很不成熟，见笑了。”

侯滨松起身告辞时握着钟小秀的手谢意真诚：“谢谢你，很给力。”

钟小秀也笑得开心：“没想到哈尔滨大侦探还是个新新人类。”

侯滨松煞有介事：“那当然。”

四

从医务室出来范志成兴奋起来："这个女人不寻常，果然不是等闲之辈，她的想法对我有很大启发，对案件的现场研究有了新的思路。你把赵冬给我，我明天上午就能提供给你一系列破案路径的图形。"

"什么叫新新人类？"看来侯滨松正在咀嚼钟小秀对他的一句评价，并没有注意范志成的兴奋点。

"我上哪知道什么叫新新人类，我说的话你听到没有啊？"范志成尖厉的声音表达了对侯滨松的不满。

"你喊什么喊，不就是想让赵冬给你当助手重新研究现场吗？多大个事啊。"

范志成气呼呼地甩手走了，侯滨松知道他这一夜都不会合眼的，他会在明天的上午拿出来他所说的侦查路径图形，有了这个图形或许破案就有眉目了。

秋风落叶时节，山区的夜晚寒气袭人，可侯滨松却不着急回到屋子里，他放慢脚步任寒风扑面，这样他的头脑会更加清醒，思维会更加快速敏锐。刚才鲁俊山在电话里听了他的汇报后，还向他透露了一个信息，空中疑云案件涉及泄露国家秘密，引起各个部门的高度重视，现在安全办、综治办、保密局、国保部门和测绘局领导等几路人马正在赶往林区航空培训基地，让他有个心理准备。其实这一套侯滨松见得多了，无非是把案件情况和工作情况做一个全面的汇报而已，但让他心烦的是，明天这一天的各种会议是逃不掉了。领导们会按官衔大小、级别高低轮流讲话、指示、强调、部署，提高认识、加强领导、明确任务、因案施策、落实责任。“我靠，这一天下来要命啊。”想到这他不由掏出烟来，他看了一眼“防火常抓，青山常在”的宣传牌，只好把一支烟用鼻子闻一闻又收了起来。他明白，为了保证侦查的有序进展，他必须把明天的工作提前安排妥当，并把汇报的内容打好腹稿，只有这样才能确保他出面陪领导们开会，掩护弟兄们的侦查行动不受影响。

就在这时，远处一个稀里哗啦的黑影越来越近，渐渐显出了骑三轮车的人形。侯滨松摸出电话告诉吴波：“李满回来了，一定要把他的行踪搞清楚，这样我们就省了一份心。方法当然是给他一个出其不意最好。”

说完他继续往基地的综合楼走去，就在这时有人在后面给他披上了一件风衣：“这么冷的天您会感冒的。”

钟小秀的风衣和话语都让侯滨松顿生温暖，而且这温暖又转化成了猛烈袭来的困顿和疲惫：“这人啊，一过了五十就一年不如一年了，这要是过去，熬上个三天五天也不会累成这样。”钟小秀把侯滨松送回会议室就告辞了，侯滨松一头趴在桌子上呼呼睡去。

李满骑的三轮车浑身都响，为了减小声音他放慢了速度，悄悄地把车停在了食堂后门。他从车上骗腿下来还没站稳，黑暗中就被两个人从后面一左一右牢牢扭住。“我是机械师李满，我不是坏人。”

“李满就对了，我是警察，找的就是你。”

“我不是坏人，也没有干坏事，你们把我松开，我把我干的事全告诉你们。”

吴波和小李子松开手，小李子指着李满的鼻子说：“你要是敢跟我们说半句假话，就有你好果子吃。”

“我不敢在警察面前撒谎，我一定实话实说。”

侯滨松趴在桌子上迷糊到天亮，他想站起来，可两条腿蜷久了麻酥酥的像面条一样，站了两次都没站起来。一旁的戴洪岭比侯滨松早醒了一会儿，他拿过一把椅子把侯滨松的腿搭在上面，然后用手不断地拍打揉搓，不一会儿侯滨松的腿就恢复了力量。这时吴波和小李子进来了，正在抻胳膊撂腿的侯滨松问道：“这个李满到底演的是哪一出啊？”

这个李满啊，长了一张严肃的老爷们脸，可做的事却叫人哭笑不得。他在外面有一个相好的，其实这也不是什么大不了的事。可是他今天却为这个女人担当了一件大事：为她的母亲送药。相好女人的娘家住在林区航空培训基地不远，母亲患有冠心病需要一种进口药，正好他有飞行任务就托他送来。其实这不是什么紧急的事情，但是他怕今晚不把药送到，相好女人又会跟他吵吵闹闹，所以就上演了这么一出闹剧。好在侯滨松把这闹剧一眼看穿，这才没有影响侦查的有序进行。

到了吃早饭的时间，侯滨松一进食堂就觉得不对劲，在墙角的桌子上只有范志成孤零零地坐在那，那些当事人一个也没有来吃饭。一问才知道，范志成把所有的当事人集中起来，互相印证每一个人在特定的环境中、特定的时间段所处的位置，然后绘制图形，再由每一个当事人确认图形的准确性。就这样，他用了一整夜的时间，所有人都没有睡觉，就连赵冬也睡得一塌糊涂喊不起来了。

侯滨松一听忘了吃饭，他直奔范志成身边坐下问："你赶快把那个什么图形拿出来。"喊戴洪岭把饭桌上的碗筷都捡走，又伸手去抢范志成身旁的破兜子。

范志成推开侯滨松的手，从黑皮兜里拿出一叠图片，一张一张地摆在桌子上。"这一共是六张侦查途径图，龙飞宾馆餐厅、宾馆广场至中巴车、中巴车、机场候机厅广场、候机厅南门至停机坪，最后是飞机客舱。在这些图中，采用了定时、定位、定人的办法，标明了所有七名当事人在特定时间和地点中所处的位置。还有用红五星的标志标明丢失的公文包在每一张图中所处的位置，它能显示出每一个当事人与这个公文包的联系。"

这六张图让侯滨松眼界大开，他虽然没有说出对范志成的由衷钦佩，但在他肩上重重的一掌足以释放此刻的激情。他站起身往外走，留下一句话人就消失在门口："全体到会议室集合。"

会议室里，六张图已经被挂在墙上，所有人的眼球都被它紧紧地拴住了。侯滨松点了一支烟，显得神采飞扬："几年前我们曾破获过一起发生在宾馆的杀人案，中心现场在十一楼的客房。到达现场之后，范科长提出除了保护好中心现场之外，还要立即保护外围现场和关联现场。于是把整座宾馆大楼封闭起来，特别是从一楼至十一楼的楼梯间由民警把守，不许任何人进入。此外把广场和一百多米外的一个停车场都作为现场实施了严密的搜索。在这里不用我多说，老同志当年都参与了这个案子，最后破案就是凭着范科长在第三层楼梯间的扶手上提取了一枚指纹，在一百多米以外的那个停车场的垃圾箱里找到了凶手作案时戴的手套。我为什么在这个时候回顾旧案呢？就是因为这六张图给了我启示。从昨天我们接手空中疑云案到现在，我们的侦查工作陷入了一个误区，我们的目光都盯在了中心现场上，也就是发生案件时正在三千米高空飞行的那架飞机。飞机的机舱是完全封闭的，它把我们的视线和思路也给封闭起来了，现在范科长把案件的现场分成了六个部分，我们侦查的范围开阔了，脑筋也开阔了。”

范志成往前挪了挪身子说：“今天侯滨松同志不知出于什么样的动机，冷不丁把我捧这么高，所以我才怀疑他的动机，当然对这样的捧杀我会慎重对待的。”他不管一片窃窃笑声，仍继续他的话：“我为什么要绘制六张图呢？就是要告诉大家，这起案件有六个相关联的现场，飞机的机舱只是这六个相关联的现场之一。这就是说，公文包和电脑被盗案在任何一个现场发生的可能性都是存在的，结论是，我们的侦查方向要调整，侦查范围要扩展。我说完了。”

看见华庆明敲门进来，侯滨松热情地招呼说：“华部长来得正好，下一步的调查工作龙飞公司得全力支持配合啊。”

华庆明边点头说“应该的应该的”，边神神秘秘地凑到侯滨松的耳旁：“赵凡想跟你单独谈谈，他说要提供案件的线索。”

“他在哪里？”侯滨松说着已经起身往外走，华庆明跟在他后面告诉他在106室。刚走到二楼楼梯口，就听见下面大厅里有吵闹声，乱哄哄与眼下严肃紧张的氛围格格不入。

这时小李子慌慌张张追上来报告：“不好了，舒慧家上人了，不光是她妈，还有她姥姥、大姨、大姑父，乱七八糟的都来了。”

“这事由你全权负责接待，要晓之以理，动之以情，要让他们理解侦查工作的特殊性。总之要平息事态，避免激化矛盾，只要你能成功地阻止他们来找我，破案就有你的一份功劳。”

小李子无奈地下楼去了，看着他懒懒洋洋的背影，侯滨松也只有苦笑：“华部长，麻烦在楼上找一个房间吧。”

“那也只有这样了。”

侯滨松见到赵凡时他正坐在那闭目养神，听见有人进来睁眼一看是侯滨松，他就站起来点点头说：“侯警官实在不好意思，我的鲁莽行为给你们添麻烦了。”

侯滨松坐下说：“一个人活在世上总有恩怨情仇，喜怒哀乐，这是很正常的事情，没有什么麻烦可言。我来见你是想听一听你有什么要说的。”

“不愧大侦探的风范，开门见山，单刀直入。”赵凡赞赏了几句就沉默了，侯滨松不再追问，他掏出一支烟点上有滋有味地抽着。赵凡的顾虑和钟小秀是一样的，无论姚展如何可疑，如何心术不正，也无论他作案的动机如何充分，但这一切都没有证据，对于一起严重的刑事案件，没有证据还有什么线索可谈的呢？但是眼睁睁看着一个品德败坏的人兴风作浪，他又不忍心袖手旁观。“侯警官，我的心里话还是都跟你说了吧，憋在心里怪难受的，要是再憋出点病来就不划算了。我就直说了吧，我怀疑姚展，一定是他作的案，这起案件一定是他精心策划的。我不是无中生有，信口开河，我有我的依据。先说作案动机，他是想借这起案件把秦隽书那小子搞掉，然后他想坐上一把手的位置。”

说到这，侯滨松插话了：“秦隽书今年五十九岁了，还有几个月就到了退休的年龄该回家了，姚展是个聪明人，他就是想接秦隽书的班，也应该到上面去活动，总不至于等不了这几个月就铤而走险干出这么大的案子来啊。”

“这里有一个非常隐秘的原因。就在前一段时间，测绘局下发了一个提拔任用领导干部的工作细则，在这里边有一个硬杠，就是年龄的硬杠。细则规定，新提拔的所级以上领导干部年龄不能超过四十五岁。秦隽书比我大一岁，他必须在一个月之内被免除职务，姚展才有可能得到提拔，因为再过一个月姚展就年满四十六岁了，就过了提拔干部年龄的硬杠，这就是姚展作案的动机。你可能会认为我是一个龌龊的小人，我会这样去想是因为我对他太了解了，阳光照不进阴暗的角落，只有火把才能把它照亮。姚展这个人只要有利可图，就什么事都能干得出来。还有一个疑点不用我多说，范警官比谁都清楚，他画的路径图上，跟公文包距离最近的总是姚展，这绝不是巧合，而是他跟这起案件有着必然的联系。”赵凡说得很起劲，完了咕咕喝了半瓶矿泉水。

“你所谈的这两个疑点很重要，虽然犯罪动机和犯罪结果之间需要证据链来连接才能证明因果关系，但现在还缺少有力的证据。还有你对侦查路径图的理解也对我很有启发。不过钟小秀在路径图中位置也一直距离秦隽书和公文包很近，这你怎么看呢？”

“你们千万别听姚展这种小人的谗言，他现在到处散布钟小秀的绯闻，说她跟秦隽书关系不正常，这全是恶意中伤的鬼话。钟小秀年轻漂亮是客观存在的，难道这也是罪过吗？我们出门时，钟小秀不光照顾秦隽书，她也时常帮我做些事情，我就跟她说，‘我的身体好，你去多照顾照顾秦隽书那个老混蛋’。”

“我比你小不了几岁，我们都老了。”说到这两个人都笑了。

戴洪岭把饭菜端到了会议室，侯滨松一边吃饭一边接听电话，鲁俊山的声音很大，屋子里的人都能听到。他告诉侯滨松大队人马很快就到，让他做好接待、汇报、接受媒体采访的准备工作，特别是汇报材料要全面、翔实，不能顺嘴胡咧咧。

侯滨松咽进最后一口饭对范志成说：“你现在就带队回哈尔滨，不然那些大领导来了把人都圈起来开会，那就把咱们的套路全他妈打乱了。”

“我是负责刑事技术的，上一线去搞侦查这不合适。”

“什么合适不合适，我说合适就合适。”

“我是刑事技术的人，又不归你管，你跟我吹胡子瞪眼来什么劲啊？”范志成的倔劲上来了。

侯滨松一看不好赶紧服软：“你也看到了我现在的处境，领导们马上就到，我得迎驾接旨，还得如实禀报侦查详情，中午自然少不了好酒好菜，那我不得跑前跑后地伺候着不是。你说你不带队谁带队？而且路径图就是你画的，你最了解情况，当此紧要关头，伸出手来救兄弟一把，标下有礼了。”

“我算服了你这个老妖猴。华部长、赵冬跟我走。”范志成在一片笑声中起身往外走。

半个小时之后，林区航空培训基地上演了一幕极具戏剧性的场景，当领导们视察的车队一字长龙开进基地大院时，直升机载着范志成一行向着哈尔滨方向飞去。

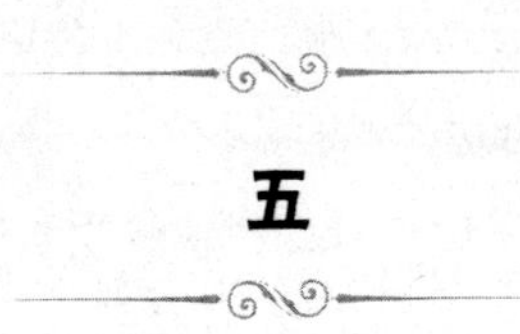

五

在招待酒宴上，两大杯白的就把侯滨松给干倒了，酒刚喝了一半，戴洪岭就把他搀回了会议室，他躺在沙发上呼呼大睡起来。他晕晕乎乎地竟然还做起梦来，在梦中时断时续地闪过一些喝酒之前的情景。

看着迎接的队伍鲁俊山问他，人怎么不全啊？他挤咕挤咕眼睛把鲁俊山的视线引向已经飞远的直升机，他得意地把自己的计划悄悄告诉了鲁俊山。鲁俊山绷着脸严肃了一句："你这个妖猴，怎么总是先斩后奏。"

迟丽丽的脸有些模糊，但她的声音他却清楚地记得："在三千米高空飞行的飞机上，装有国家秘密的公文包不翼而飞，这篇《空中疑云案》一定是哈尔滨好新闻的大奖啊。"

餐厅有点旋转，人影有点迷离，好像是戴洪岭扶着他，在他身后传出颠簸的声音："哈尔滨大侦探的酒量可不太像哈尔滨人。"有人在笑。

有人在推他，这可不是刚才的那些满脑子乱飞的碎片，分明是有人要把他从沉醉中拉出来。他睁开眼睛一看，是戴洪岭站在他的跟前。

"快给我点水喝，"刚喝了一口他就皱起眉头，"这是什么味？"

戴洪岭说："我在水里兑了点醋，这样能解酒。"

侯滨松看看表："喝酒真他妈的耽误事。有什么新情况吗？"

"赵凡在等你，他想再跟你单独谈一谈。"

赵凡告辞后，侯滨松的心绪更加纷乱。赵凡并没有说出什么新的线索，他还是盯着姚展不放，认为是姚展精心策划了这起案件，为顺利当上所长扫清障碍。他唠唠叨叨一大堆都是老调重弹，没有什么新意。"人人都说姚展可疑，可谁都拿不出证据来，这个姚展真的像人们形容的那样，诡计多端，阴险狡黠吗？他真的能来无影去无踪地作出这样一起神秘离奇的案件吗？难道我侯滨松就真的找不出一点蛛丝马迹吗？"越想越乱。

鲁俊山来电话叮嘱他，这个案子要快侦快破，如果不能及时破案的话，案件就会层层地往上报，报上去以后当官的就会层层地往下批示，各路神仙就会一拨一拨地光临指导，酒钱搭不起不说，就这喝酒要命啊。

为了少陪酒也得尽快破案啊。他又喝了一杯兑了醋的开水，确实觉得肚子里咕噜咕噜很舒服。有人敲门，他说了声进来，钟小秀应声而入。由于是意料之外，他稍显局促。

侯滨松招呼她落座后说："没想到你能亲自登门，如果你是为了空中疑云案而来，那我不胜感激。"

"看来你是怕我来闲聊解闷啊。"

钟小秀这句话说到了侯滨松的心里，他对单独和钟小秀谈话是略有顾忌的，钟小秀是美女，在单位就因为美貌而惹出不少的闲话来。眼下正是空中疑云案的紧要关头，这个钟小秀若是登门为破案献计还有情可原，如若无事闲聊就可能节外生枝造成影响。再说了，那个姚展就在附近的某个地方，他不会放过任何诋毁钟小秀的机会，如果真是那样的话，他侯滨松就得分摊一半的污水在头上了。侯滨松正在胡思乱想，钟小秀已经把侦查路径图一张张地摆在桌子上，正好是六张。

"这是我复制的侦查路径图，请侯警官把你的人都找来，我想谈谈我对这些图形的理解和思考。这样既消除了你的顾虑，也让我身后那个幽灵无话可说。"

人都到齐了之后，钟小秀对路径图进行的重新解读让所有人都目瞪口呆，侯滨松更是惊出了一身的冷汗。钟小秀认为，这套图反映了侦查人员在指导思想上的一个误区，在图上定时、定位的所有人都是研究所的人和运 -12 飞机的机组人员，误区就在这里。仅仅把这些比较明显的当事人标记在图形中，这就在无形之中缩小了侦查的范围，因为事实上在许多情形下，能够接近公文包的人并不只是图中的人。如在餐厅、在候机厅等地方，还有一些人活动在其中，但警方似乎并没有把这些人也纳入侦查范围，这就有把作案人漏掉的可能性。

钟小秀离开的时候侯滨松竟没有察觉，更别说寒暄送客了。在他的经历中，这可能是警察之外的人讲破案讲得最精彩的人，更让他激动不已的是，如此精彩的阐述竟然出自一个美女。

可能是他的注意力都集中到了钟小秀身上，电话一响把他吓了一跳。范志成传来了一个振奋人心的消息，在机场的一处垃圾箱里发现了秦隽书丢失的公文包，里面的一些材料和牙刷、毛巾还在，但却没有笔记本电脑。这个消息印证了钟小秀对案件的分析是正确的，侯滨松不免有些后悔，如果不是畏首畏尾又怕招来绯闻，多跟钟小秀谈几次，也许这案子早就拿下了。

鲁俊山得知这一重大进展喜出望外，侯滨松在电话的这头都听出了他的笑容。按照他的命令，专案组全体回哈，由朱大平副队长总负责，在龙飞公司展开深入调查，全力攻坚，力争在最短的时间内破获案件，向上级报捷。

在返航的飞机上，侯滨松要求研究所的人员仍按来时登机的顺序登机，仍按原来的座位落座，而侯组的人全部提前坐在最后的座位，他们观察到了当时从登机到落座过程的实况。侯滨松静静地感受着从没有过的真实还原的案件现场，他丰富的联想在这真实的环境里展开，案件发生时的情景在他的联想中不断地闪现。

范志成是在实地踏勘了龙飞公司的环境后，决定采取全面搜索公文包的措施。龙飞公司的安保措施非常健全，特别是公司大门出入的检查制度非常严格，如果盗窃公文包的嫌疑人就是公司的职工，那么大的公文包他很难躲过检查带出大门。侦查路径图显示，研究所人员行走的路线和范围很有限，那么嫌疑人拎着公文包极易被发现，他只有扔掉公文包，才能把电脑带出去。范志成当机立断，搜索公司全部垃圾箱和垃圾站，只用了一个多小时就在垃圾站发现了被盗的公文包。范志成是在垃圾站拦下了正要装运垃圾的环卫工人的情况下，把几十个垃圾袋都倒出来，这才找到了公文包。

由于激动，脸上泥点斑斑的赵冬眼睛里泪花莹莹：“真是万幸啊，我们要是晚一步，这垃圾就被拉走了。”

范志成感慨万千地搓着满是污垢的双手说：“破案也得有个好运气，咱俩这是沾了老猴子的光。”

正把浑身拍打得尘土飞扬的华庆明扭过头来问："老猴子是怎么回事？"赵冬急忙抢过话头："这是侦查秘密，不该问的不要乱问。"

运 -12 飞机降落在龙飞机场，它是昨天的这个时间在这里起飞的，整整二十四小时它又回来了。这回是钟小秀搀着秦隽书最先下了飞机，其他的人陆陆续续在后面随行。小李子在最后陪着舒慧，因为舒慧的妈妈临走时有话，要是不把女儿照顾好，就要找他算账。在黄叶乱舞的秋风中，研究所的人个个把头缩进衣领里躲避秋凉，而侯组的警察们却个个神气十足，侯滨松摆手向前来接机的朱大平、范志成致意时，敞开的衣襟随风飘舞，就像载誉归来的球星。

走出候机厅还没等上车，两位中年人就迎在秦隽书的面前亮明了纪委的牌子，范志成也把侯滨松介绍给他们。此时的寒暄握手都是官场的游戏，只有秦隽书跟侯滨松的道别是真情的流露。

"对不起了侯警官，为了这个案件你受累了。我个人微不足道无所谓了，我就像这秋天的落叶随风而去。不过我还有一个请求，请求你一定要破案，而且要尽快破案啊，一定要把电脑找回来，不能让国家的利益受到损害啊。我的罪过我承担，可国家的利益受损我承担不起啊。"

老泪纵横的秦隽书给侯滨松鞠了一躬，侯滨松受不了这一躬，又一贯地热血沸腾起来，范志成拽都没拽住："秦老您放心，明天我一定完璧归赵。"

"你是说明天吗？"秦隽书不敢相信。

"要是过了明天我就不叫侯滨松。"侯滨松斩钉截铁。

秦隽书跟着纪委的人走了，其他的人全都坐上中巴回到了龙飞宾馆。侯滨松刚打开自己的房间，范志成就怒气冲冲地把他推了进去。

"你干什么你？"

侯滨松正要冲他发火，没想到他一阵连珠炮把侯滨松的火力给压了下去："你问我干什么？我还要问问你想干什么。大家已经一天一夜没合眼了，好容易案件有了转机我们才回来的，人家龙飞公司把晚饭、住房都安排好了，你就应该让大家睡一觉，歇一歇，明天咱们再研究下一步侦查方案。警察不是铁打的，也是有血有肉的人，你没有权利不让人休息，何况案情并没有紧迫到需要连夜行动的程度。你刚才的举动表面上看有点刑警本色英雄气概，其实你是在耍个人英雄主义，你掩饰不住内心深处哈尔滨大侦探的虚荣。你就凭着一时心血来潮，拍脑门向当事人承诺，这是有风险的，是不负责任的行为。乔大年上访的教训你都忘了吗？

我看你是好了伤疤忘了疼。你以为发现了公文包就离破案不远了，这不是实事求是遵循侦查规律的态度，说明天破案就明天破案，我看你这是信口开河的人来疯。你在那夸夸其谈的时候，人家记者就在旁边录音呢，如果明天破不了案这个责任谁来负？”这一阵连珠炮把侯滨松给轰的，别说还手之力，就连招架之功也全废了，他蜷缩在沙发里闷头鼓烟，烟从头发里冒出来，好像脑袋在燃烧。

看着耷拉脑袋冒烟的侯滨松，范志成不依不饶："你倒是说话啊。我不是跟你吵架，我是在跟你讨论问题，交换意见，你这闷葫芦不吱声算是怎么回事啊？你给我抬起头来说句话。"

侯滨松抬起头来，氤氲中的脸让范志成大吃一惊，他从没有看到过这张脸会如此沧桑，也没有看到过这双眼睛里泪盈欲滴："老猴子，我是不是伤着你了？"

侯滨松摇摇头，他在控制自己的情绪："你说的没有错，这一天一宿除了我陪领导喝多了睡了一会儿，所有的弟兄们都没有合眼。我知道大家累了、困了，我也知道他们都快坚持不住了，但是坚持不住也得坚持，因为我们是人民警察。我们现在有什么进展？无非就是找到了个公文包，那算破案吗？嫌疑人在哪？电脑在哪？这些我们还都一无所知，在这种情况下我们能睡觉吗？丢失的电脑不是一般的电脑，那里面存着国家秘密啊。研究所参加的是国际研讨会，有许多国际测绘机构也来到了哈尔滨，就在发生案件的当天，龙飞宾馆住宿的人员也很复杂，这会不会跟‘空中疑云’有关呢？国家秘密会不会真的被窃取了呢？难道这不是紧迫的案情吗？难道这不需要连夜工作吗？在如此严峻的事态之下，我们能睡大觉吗？"

范志成给他倒了杯水："你喝点水，慢慢说。"

"水可以喝，但我得快点说。秦隽书干了一辈子测绘，在业内也是响当当的人物，他跟我一样也是劳动模范。可是末了末了惹了这么大个祸，他一生的荣誉毁于一旦。他刚才说的话你也听见了，他请求我们尽快破案不光是为了自己的荣辱得失，他害怕的是国家利益受到损害啊。想想老秦的眼泪，我们就是睡觉能睡得着吗？"

敲门声打断了两个人的谈话。来人是姚展，这让侯滨松有些意外，本来跟他的正面交锋是迟早的事情，但没想到他能主动找上门来。侯滨松很礼仪地让了座，范志成说了句，"你们谈吧，我先忙去了"。

这两个人之间关于睡觉还是不睡觉的讨论已经没有意义了。

六

空中疑云案的线索渐渐地汇集到了一个人的身上，盗窃笔记本电脑的犯罪嫌疑人渐渐清晰起来。就在范志成让当事人提供还有什么人可能接近公文包，并把这些人也定时、定位标注在路径图上时，机械师李满盯着一个人的名字回忆起一件事。这个人叫刘根生，是龙飞公司的勤杂工，主要负责门窗、上下水的维修等工作。他在一个月前到李满的工位上，摆弄着笔记本电脑爱不释手，同时还流露出自卑失落的情绪。他的妻子生病卧床好多年，家里的生活紧紧巴巴的，今年上大学的女儿虽然喜欢笔记本电脑，可他实在凑不上买电脑的钱。那天临走的时候还跟李满说，他一定要让女儿用上电脑。

刘根生出现在第四号路径图，也就是候机厅的那张图上，在秦隽书等人经过这里时，他就在不远的地方修理窗户。这个时间正是秦隽书接听电话的时间，他把公文包放在窗台上，掏出电话接听。

“会不会在这个时候，秦隽书一边听着电话一边去赶着登机，就把公文包忘在了窗台上？”侯滨松指点着四号图问。

“有这个可能性。”范志成不敢肯定。

“如果按照姚展的说法，这个可能性就非常之大。”侯滨松阴着脸把刚才和姚展的谈话内容说了一遍。

姚展很礼仪地坐下，伸出两只手用手指把两支眼镜腿往上推一下，然后极为庄重地开讲："我来得稍微迟了一点点，但也不算太迟。我是来提供案件线索的，我是经过了反复思考才下决心来见你的，因为我不敢肯定这个线索会对破案有所帮助。另外我还担心因为我提供的线索，会给那个可疑的人带来什么麻烦。可是我又想，这是一起很严重的案件，我作为单位的领导，当然了我并不是主要领导，应当为破案做点贡献，所以我才毅然决然地走进了你的办公室。"

侯滨松笑了："看来姚所长不喜欢开门见山地讲话。"

姚展摆摆手说："我是啰唆了一点点，我现在就进入正题。昨天傍晚，我们一行五人从宾馆出来坐车去机场，在经过候机厅的时候，我看到秦所长把公文包放在窗台上掏出电话，我当时听到了来电的铃声，这说明他是在接电话。由于大家都走得匆忙，他就稍稍地落后了一点点。后来我看到是钟小秀返回去搀着他赶上来，又搀着他上了飞机。我现在回忆这个过程，秦所长把包放在窗台上接电话的时候，在离他不远的地方有一个穿着工作服的人在修理窗户，是不是秦所长在接电话的时候把包落在了窗台上，如果是这样的话，那个修理窗户的人就有一点点嫌疑。我说的都是猜想，不一定准确，如果这个线索哪怕能对破案有一点点帮助，我都会感到欣慰。"

"我也有一点点疑惑向你请教。"

姚展连连摆手："不敢当，不敢当。"

"我看过你的证言记录，你说你看到秦隽书一直背着公文包上了飞机，而且在飞机起飞前你还看到他的包放在座椅上。"

姚展又用双手推了推眼镜："那可能是一种错觉吧。"

侯滨松漫不经心地又问了一句："可是这么重要的情况你怎么现在才说出来呢？"

"我不是说过了嘛，我有一点点顾虑。"

姚展提供的线索，使刘根生的疑点又上升了，但是所有人又都觉得这个姚展是个高深莫测的人物。刘根生的这条线索不但重要，而且很明显，姚展身为研究所的副所长，在"空中疑云"这样重大的案件面前，竟然能把这样一条重大线索隐瞒了一整天，这用一句"有一点点顾虑"是很难解释得通的。

侯滨松敲敲桌子叫停了大家的议论："先别管那个姚展，刘根生是破案的关键，当然还有七个人也进入了范志成的路径图，这些人都要列为调查对象，迅速查清他们在这一天中的行踪。现在分头行动吧。”

就在大家起身要走的时候，侯滨松又把他们叫住了：“我还有一个要求，你们在调查过程中，要有意泄露一个秘密，我们在找到的公文包上提取到了嫌疑人的指纹。”

案情研究会结束了，等人都走光了，范志成瞪起眼睛问：“我怎么不知道公文包上还有指纹呢？”

侯滨松正色道：“刑事技术人员应当在侦查员的指挥下开展工作，你现在都当上科长了，难道你连这都不懂吗？”

“你再指挥也不能没有指纹你给我指挥出指纹来吧，你这老妖猴又要作什么妖？”

侯滨松扔下一句话就出了门：“这叫兵不厌诈，你不懂。”

分头调查不到两个小时就纷纷有了结果，七个有可能接触到公文包的人全部找到，有六个人排除了作案的可能性，只有负责调查刘根生的戴洪岭还没有消息。侯滨松有些焦急，他正要拿起电话的时候，戴洪岭和华庆明急匆匆地回来了。房间里静了下来，所有的目光都集中在戴洪岭身上。刘根生失踪了，从昨天晚上到现在没有人看见他。今天早上他也没有上班，他给工长打电话请假说，老婆的病又重了，他要领老婆到医院去看病。戴洪岭和华庆明到刘家去调查，结果他根本就没有领老婆去看病，还撒谎说单位加班这两天不能回家。刘根生在这个时候去向不明，等于说他就是本案的重大嫌疑人，他到底跑到哪去了呢？

此时的刘根生远在外省的一所科技大学的校园里，他正和女儿刘凤玲在一起。夜已深沉，但父女俩却都觉不出寒冷，他们正在度过一段痛苦的时光。刘根生的怀里抱着他平时装工具的布兜，布兜里是秦隽书的笔记本电脑，这电脑怎么这么沉，好像要压垮他的脊梁。

“爸爸，你回去吧，只要你把笔记本电脑送回去，你就能得到宽大的处理。”

“孩子，爸爸听你的。”

刘凤玲是科技大学的学生，因为家境艰难，上大学快一年了也没有一部电脑。今天上午爸爸给送来笔记本电脑时，她高兴得要跳了起来，可是很快高兴就变成了悲哀。电脑为什么没有电脑包？新电脑为什么没有贴膜？为什么没有说明书？为什么没有保修卡？最重要的是，电脑设有密码无法打开。一连串的疑团让聪明的女孩感到了一种前所未有的恐怖，电脑是在哪买的？花了多少钱？发票在哪？

一连串的追问让疼爱女儿的父亲低下了头，父女相见时的兴高采烈，转眼就跌入了痛苦的深渊。

其实侯滨松早就想到了刘根生会在这里，只要跟当地的刑警队、派出所或学校保卫科通报一下信息，轻而易举就可以把他收入网中，然后再派两个人过去，先逛逛风景名胜，然后把人带回来就是。可是他不想这样做，他不想用常规的手段来对付这个疼爱女儿的父亲。

刘凤玲的手机响起，铃声在夜间听起来非常刺耳:“请问你是刘凤玲同学吗？”

“你是谁？”

“我是哈尔滨市公安局大案队的刑警侯滨松。”

“你、你为什么要找我？”

“因为你和你爸爸正在一起，我猜想你和你爸爸已经为了一件事情商量好了解决的办法，如果真是这样，我为你的爸爸高兴，我在哈尔滨等着他。”

“请问，你就是那位著名的哈尔滨大侦探吗？”

“我是，但这并不重要。”

“重要，这很重要，我会陪着爸爸一起回去的。”

侯滨松放下电话，在场的人都为出现这样的案情而深受感动，迟丽丽已经开始擦眼泪了，而侯滨松接下来做出的决定，更惊呆了众人：“由于案情重大，为确保万无一失，戴洪岭、小李子和华部长连夜出发，你们的任务就是在火车站守候，如果发现父女二人不要惊动他们，然后秘密跟踪回来。”

朱大平把侯滨松拉到一边小声说：“你这样干合适吗？”

范志成也紧跟过来说：“我觉得这样不合适。”

侯滨松的回答毋庸置疑：“怎么不合适，是违法了还是违规了？你们不懂，这叫法网柔情。”

第二天的中午，犯罪嫌疑人刘根生在女儿的陪同下回到龙飞宾馆向专案组投案自首。当戴洪岭给刘根生戴上手铐的那一刻，小李子眼泪汪汪地轻声哼起了忧伤的曲调，朱大平一听小声斥责道：“别哼哼唧唧的，严肃点。”

吴波正要上前制止，侯滨松伸手拦住，他走过去问小李子这是什么曲调，小李子娓娓道来：“这是爱尔兰球迷传统的助威歌曲《阿萨瑞原野》。在欧洲杯赛场上曾经出现过最温情最让人感动的场景，当爱尔兰队输球的时候，全场球迷就高唱这首歌。可是你们知道这是一首什么歌曲吗？在1845年爱尔兰大饥荒的年代里，一个男人为了饥饿的家人去偷食物被抓了，他被判处流放，这首歌曲表现的是他的妻子为他送行时的情景。”

侯滨松被感动了，他迫切地问小李子：“你知道歌词吗？”

这时赵冬、迟丽丽、舒慧几乎同时用手机搜索出了歌词，不知是谁还播放出了悠扬的音乐：

低平的阿萨瑞原野，

只有自由的小鸟在飞翔。

我们的爱随着它们的翅膀，

我们的梦想和歌声无法阻挡，

在阿萨瑞的旷野回荡。

刘凤玲紧紧拥抱侯滨松痛哭失声：“谢谢侯警官侯叔叔，我替爸爸谢谢你。”

目睹这一情景的迟丽丽心潮难已，她回到房间里噼里啪啦开始打字，一边打一边抹眼泪，可泪水不断抹也抹不净。侯滨松这个英雄的警察啊，他怎么就胆敢承诺在四十八小时之内破案，又能真的在四十八小时内破获空中疑云案？他是一个带着感情去破案的警官，不管什么案件，只要一到了侯滨松的手里，就会变成引人入胜催人泪下的故事，他其貌不扬，可为什么浑身都透露出神奇的力量，闪耀着智慧的光芒呢？迟丽丽在房间里转了几圈，她忘情地冲出房间，她要对侯滨松再进行深度采访。

刘根生被带回大案队进行审理，然后送进看守所。被盗的笔记本电脑由保密局拿走进行勘验，以确认是否有泄密的结果发生。全部过程侯滨松都没有参加，他在睡觉，他困得实在爬不起来了。迟丽丽一路小跑来到侯滨松房间，到了门前却被戴洪岭一把拦住。

“你有什么权利阻碍我采访？”迟丽丽从来都是高嗓门。

戴洪岭拎着她的胳膊拐过走廊的墙角说：“你要是把我师傅吵醒了，我敢揍你信不信？”

“光天化日你敢打记者？”

“我告诉你，他年纪大了，已经两天两夜没有睡觉，如果再不睡一会儿我怕他累倒了就爬不起来了，这你明白吗？”

迟丽丽蔫了，她蹑手蹑脚地走开，又回到自己的房间去写她的文章。说起来她也不容易，主编已经把版面给她留出来，空中疑云案明天就要见报，可现在写了还不到一半，她也快给逼疯了。

空中疑云案在迟丽丽的手上妙笔生花，一时间成了街谈巷议的玄幻故事，谁能爆料一点侯滨松的故事就有了酒桌上的谈资。但是破案之后还发生了一些事情，连迟丽丽也不知道。

在破案一周以后，刘凤玲收到了一个邮包，拆开一看竟然是一部笔记本电脑，收件人是刘凤玲，寄件人署名空中疑云案专案组全体刑警。

破案后不到一个月，侯滨松接到钟小秀的电话，她告诉了侯滨松一件事，姚展已经正式担任了测绘研究所所长。钟小秀的声音虽然引人入胜，但她传达的这个信息却把侯滨松引入了另一团疑云之中。接到这个电话是快下班的时间，侯滨松没有回家，他蜷缩在破转椅里不吃不睡，嘎吱嘎吱地直到天亮。

破案后一个多月，侯滨松举办了一个庆功宴，特邀嘉宾有朱大平和华庆明。请朱大平倒不是因为他是负责此案的副队长，而是怕他冷嘲热讽不敢不请。华部长必须得请，一是携手破案华部长功不可没，二来华部长早就许诺这个酒局由他买单。还有两位应该邀请的嘉宾他想请没敢请，那就是钟小秀和迟丽丽，他实在害怕再惹上漂亮女人刮起的什么风波。

刑警喝酒免不了议论案件，这次以空中疑云案为题目的酒局自然围绕着这起案件对酒畅谈，朱大平喝得津津有味，听得也津津有味。范志成喝酒从来没动静，侯滨松举杯敬酒他一口喝干完事，当侯滨松让他讲讲怎么想起绘制侦查路径图时，范志成说话了："我就不说什么了，我想请赵冬说说他的高见。"

"我也是受到范科长侦查路径图的启发，对姚展在这起案件中所起的作用有了一些思考。姚展在四号图上就开始对这起案件的发生起到了微妙的作用。在这张图上一共有六个人，一开始秦隽书走在最前面，钟小秀、赵凡、舒慧和姚展依次走在后面，还有一个人就是正在修理窗户的刘根生。这张图是做了动态的标记，开始是秦隽书走在最前面，但这时他的电话响了，他就把公文包放到窗台上掏电话，在这期间，钟小秀、赵凡、舒慧都走到秦隽书的前面去了，只有走在最后面的姚展刚刚赶到。秦隽书掏出电话一边接听一边着急赶着登机，就这样把公文包丢在了窗台上。在这个时间节点上，姚展所处的位置能够看到秦隽书，看到窗台上的公文包，也能看到在紧挨着的另一个窗台上修理窗户的刘根生。这个时候姚展起了什么作用呢？他看到了窗台上秦隽书遗忘的公文包，他的主观故意是希望公文包丢失这样的结果发生，他没有声张继续往前走，直到登上飞机。由于秦隽书接电话耽搁了时间，所以钟小秀又返回身搀扶秦隽书上飞机，在这个过程中，赵凡和姚展就先行登机了。”

朱大平听得入了迷，端着酒杯都忘了喝酒。真是强将手下无弱兵啊，鲁队就是偏心眼，这样的小伙子当初要是分到朱组，那就什么案子都不用犯愁了。

“在第六号图中，姚展起到了更加关键的作用。赵凡最先登机坐在第一排，姚展第二个登机坐在第三排，他是有意把第二排让给秦隽书的，钟小秀和舒慧都坐到后面去了。这时，最最关键的事情发生了，姚展把他自己的公文包偷偷放到了秦隽书身旁的座位上，这样才出现了飞机起飞时秦隽书看到公文包还在，而飞机降落时公文包不翼而飞的离奇案情。飞机起飞时还在的公文包怎么在飞机降落时就不见了呢？其实谜底已经揭开了，那就是这个姚展在飞机降落前又偷偷地把公文包拿了回去。”

小李子不解地问：“你怎么会想到这样不可思议的情形呢？”

“我在第一次询问姚展时就发现他说了假话。他说在飞机起飞前，他清楚地看到秦隽书的公文包就放在身边，可是我到飞机上去体验了一下，坐在后面的人根本看不到前面座位上放的东西，但是我不知道他为什么要撒谎。直到他接替秦隽书当上了所长，我才明白他为什么要用如此卑鄙的手段来促使这起案件的发生。”

“这么说姚展是空中疑云案最大的受益者啦。”侯滨松好像面对一堆难以清理的垃圾，语气中充满厌恶和无奈。

“可以这样说。”

朱大平兴致勃勃地说：“今天怎么没把迟大记者请来，这个案子完全可以继续跟踪报道嘛。”

范志成终于说话了：“姚展的阴谋与道德有关，还没有触犯法律，而且他的诡计非常周密，比如刘根生的线索，他是在案件已经产生了严重影响之后才向专案组报告的，你看他既达到了不可告人的目的，又巧妙地保护了他自己。”

吴波突发奇想：“侯老不是跟警官作家温宏声很熟吗？应该请他来把这个案子写成小说。”

“破案都忙不过来，哪有时间写小说，我看还是等我退休以后再请小温来写吧，让他多写写刑警的无奈。”

“刑警有什么无奈呢？”

侯滨松已经喝多了，他也不知道是谁在问："就说姚展吧，这是一个多么可怕的人啊，这样的人当上了领导干部，真叫人担忧啊，但是我们警察却无可奈何。这样的人最有可能爬、爬上高位，可他爬得越高对社会的危害就越、越大，我们虽然看得清清又楚楚，但却奈何不、不了他，这就是警察的无、无奈。"

侯滨松喝高了。

第九章

四号行动

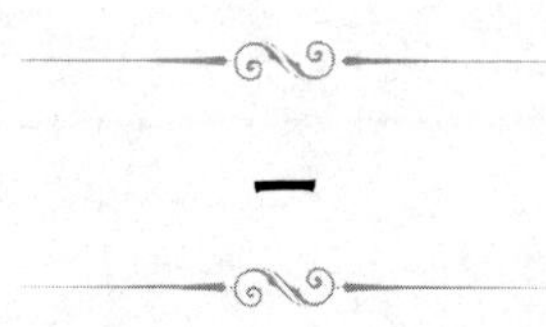

一连几天戴洪岭的心里就堵得慌，满脑子想的都是想不清楚的问题，问题的焦点就在他的师傅侯滨松身上。这些天来他就觉得侯滨松不正常，之所以让他满腹狐疑忧心忡忡，因为侯滨松不是一般的不正常，而是相当不正常，这是他从两件事情中察觉到的。

第一件事发生在上个周一，交警队一大早就跟鲁俊山报告了一个蹊跷的情况。201 国道上发生了一起交通肇事逃逸案件，这本该由交警负责的案件，但由于肇事方和被撞伤的当事人都逃跑了，使案情复杂起来，所以就把这起交通肇事案报告了大案队。鲁俊山得到这个情况也感到非同寻常，他通知侯滨松和范志成马上出现场，详细了解案情，如果真是案中有案就要立即开展侦查，从中破获刑事案件。可是侯滨松接到通知并没有亲自出现场，而是派吴波和小李子去看了看，回来以后也没有见着他的人影，打电话跟他汇报，他回答过两天再说。听听，过两天再说，这是侯滨松吗？

第二件是上周四的事，《哈尔滨日报》副主编的姐姐许倩娇失踪，受副主编的委托，迟丽丽向侯滨松转达了她想到大案队把详细情况当面说明的意思。侯滨松接到迟丽丽的电话非常不耐烦，抱怨她多管闲事，让她告诉当事人到派出所去报案。由于迟丽丽的坚持，侯滨松就借口有重要的案件脱不开身，把接待副主编的事交给了戴洪岭和赵冬，而他几天不见人影，似乎真的把一起失踪案件的线索忘得一干二净了。这怎么看都不是侯滨松的风格。

这两件事在戴洪岭看来是不可思议的，他跟着侯滨松一干就是三十多年，从没有看到过侯滨松对案件、对线索如此麻木冷漠，甚至敷衍推诿。侯滨松绝对干不出这样的事来，可是眼前的侯滨松就是这样干的啊，戴洪岭解释不清猜测不透，但他深信这里面一定事出有因。

刑警干了快一辈子了，可还是头一回大半夜到市里去开紧急会议，去的路上他忐忑不安，回来的路上他心神不定，他头一次参加这样神秘的行动，头一次接受这样诡异的任务。侯滨松是跟着鲁俊山一起参加的紧急会议，参加会议的只有五个人，可见会议的保密级别之高。主持会议的是建刚同志的秘书，参加会议的有哈尔滨经贸集团公司安保部两人，再加上大案队两人。

秘书姓庞，年纪不大派头十足，看看人到齐了先来了一段开场白："根据首长的重要指示精神，连夜部署一项非常重大的秘密行动，由于事关我市的经济发展和政治稳定，案情又比较复杂，所以请各位同志务必提高对此项任务重要性的认识，力争在最短的时间内完成任务，向首长交上一份优异的答卷。为了保密的需要，这次行动的代号为'四号行动'，因为今天我们是在四号会议室开会部署的任务。首长特意跟我说，用这个行动代号符合哈尔滨大侦探的工作习惯。"

尽管庞秘书极尽渲染，可侯滨松始终没有听出案件有多么重大、案情有多么复杂。所谓的案件涉及两名女性嫌疑人，都是哈尔滨经贸集团公司的财务人员，一个是财务主管康虹，一个是会计裴文敏，二人因为合谋贪污公款败露而潜逃。康虹在一周前已经畏罪自杀，裴文敏现在仍在逃，所说的重大秘密任务，不过就是追捕一个会计裴文敏的行动而已。在官场上混久了，像这样官老爷小题大做，抬轿的拿鸡毛当令箭的闹剧见怪不怪，可是这次的秘密行动总觉得玩笑开得有点大。庞秘书在把侯滨松送到四号会议室门口时，又说了些不要辜负首长的信任和嘱托之类不咸不淡的官话，他也不过点点头听之任之。会议结束之后，最让侯滨松感到心神不定的是，在这个特殊的地方出现的一个特殊的人。在回来的路上两个人都不说话，当车到了大案队门口侯滨松下车时，鲁俊山才像说梦话似的冒出一句："记住，今天晚上的事可不是小题大做，这根鸡毛你必须得当令箭，你要举轻若重，千万别当儿戏。"当车刚要启动时，鲁俊山又伸出脑袋补了一句："特殊的人物出现在特殊的地点，足以说明这是一次特殊的行动。我的脑袋慢，你可得把这些特殊的内容好好想一想。”

鲁俊山常常一眼就看透他的心思，可今天鲁俊山没有像以往那样想到说到，而是话到嘴边留半句。是什么特殊的人物能让侯滨松在踏进四号会议室的一瞬间几乎被震晕，又是什么特殊人物的出现值得鲁俊山提醒侯滨松得好好想一想。侯滨松不是没想，他在回来的路上心神不宁就是在反复地想着这个问题，她怎么可能出现在四号会议室里，又怎么可能跟他一起接受首长交办的任务呢？但事实是所有不可思议的事情都实实在在地摆在了面前，这绝不可能是个儿戏，这个问题不用鲁俊山说他也会好好想一想。

侯滨松迈进四号会议室大门第一眼看到的这个特殊人物是靳玉兰，她规规矩矩地坐在那目不斜视，侯滨松也老老实实地在一旁坐下，两个人没有说话形同路人。从庞秘书开始讲话到会议结束，他们的注意力都没在庞秘书部署的秘密行动上，他们都在思考着同一个问题，他们两个人怎么会同时参加这个会议。鲁俊山的车刚刚开走，侯滨松的电话就响起来，他慌乱地拿起电话，好像一把抓住了靳玉兰的手：

“你在哪里？”

“我在索菲亚教堂广场。”

侯滨松撂下电话飞车赶到，风风火火恍若当年岁月。他远远看见教堂墙角边熟悉的身影，一种遥远而模糊的感动涌上心头，可当他走到靳玉兰面前时，说的第一句话却是生硬的审问：

“这到底是怎么回事？”

这句问话激怒了靳玉兰，她没有想到多年不见的侯滨松在这深夜见面，竟然没有一句礼貌的开头，她有些后悔给他打电话，后悔一个孤独的老太婆还像当年那样舍生忘死地帮助一个警察破案。“我不知道上辈子做了什么对不起你的事，上天惩罚我今生今世来还你的债。”

听了靳玉兰的抱怨，侯滨松为自己刚才说话的态度感到愧疚：“小兰，实在对不起，我这心里着急啊。我刚才一进会议室看到你也来参加这个会议，这叫我非常震惊，我实在想不明白你怎么会出现在这里。我想你一定也在想这个问题，不然你也不会这么晚了把我约到这来。现在你可以解释这一切了吧？”

这时的靳玉兰也冷静下来，她把哈尔滨经贸集团公司聘她当安保部副部长的事给侯滨松讲了一遍。在十多天前，社区主任到家里找她，说哈尔滨经贸集团公司来电话找她，想聘用她去做安保工作，让她明天去公司的人力资源部面试洽谈。听到这个消息她很吃惊也很疑惑，这样天上掉馅饼的好事怎么会无缘无故地落到她的头上？等她到这家公司去面试时，她才知道原来这家公司的老总看中了她哈尔滨勇敢市民标兵的光荣称号和在岗时担任工会主席兼任保卫科长的履历，认为让这样的人才负责公司的安保工作是最合适不过的了，她就这样成了公司安保部的副部长。

侯滨松不说话，他闷头抽起烟来。

“你怎么不说话？我看你是真老了，你从前可不是这个性格。”靳玉兰是个急性子，她恨不得把他抽的烟给抢下来。

“别急别急，听我慢慢道来。你可记得我曾承诺，这辈子再也不把你扯到破案的事情中来，我不能让你为了我的工作去冒风险。我欠你的太多了，这一辈子也还不完你的人情债。可是今天你又闯进了我的工作之中，真叫我于心难安啊。”

靳玉兰见侯滨松心低意沮的样子反而轻松地笑了起来：“我可没像你这么想，我倒是觉得这个偶然的机会很难得。真是没想到，退了休还能跟你一起破案，而且这次最为名正言顺，上有领导的指示，下有我安保部副部长的职责，还有警民协作的行动小组，就是说我是专案组成员了。”

“鲁队告诫我，这个案子没那么简单，你也少掺和，我在三天之内抓住那个裴文敏交差，一切也就解脱了。”忧心忡忡的侯滨松并没有受靳玉兰的感染，当他要送她回家时，她指着路边的轿车说有公司的车。侯滨松留下一句：“你就听我的消息吧。”转身走去。

“侯大哥，”靳玉兰叫住侯滨松，可想了想欲言又止，“没事了，你走吧。”直到侯滨松的吉普车消失在夜幕之中，靳玉兰才缓缓地走向她的奥迪。

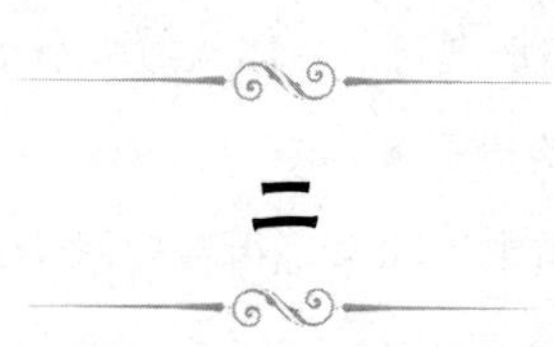

二

第二天早上，侯滨松正在前往哈贸集团的路上，安保部部长肖继勇的电话就打了进来，等他把车停在公司门前时，肖继勇已经在门口恭候了。侯滨松被请到会客室，刚一落座服务员就把茶水端了上来，他品着茶客套了三言五语，就把话题切入到案件上来。

康虹案件是上个月公司审计时暴露出来的，她利用职务上的便利，在公司的账目上提出了三十万元用于个人炒股，就在安保部要找她谈话核实此事时，她竟人间蒸发没有了踪影。她失踪的十几天之后，在102国道往北京方向发生了一起交通事故，一辆轿车坠入高架桥下的山谷车毁人亡。当地警方根据死者身上的相关证件证实，死者就是失踪的康虹。据当地交警部门介绍情况，这起交通事故可能是因为司机疲劳驾驶造成的，当时没有车辆与她碰撞，也没有其他复杂的路况影响驾驶，肇事车辆应负全部责任。据此肖继勇得出结论，康虹是因为贪污罪行败露畏罪自杀。就在康虹自杀之后，财务部会计裴文敏也随之失踪，现在虽然还拿不出裴文敏贪污的证据，但她与康虹合伙贪污的嫌疑不能排除。所以首长决定尽快抓捕裴文敏，搞清康虹贪污和自杀的真相。康虹已死，抓捕裴文敏对于搞清案件的内幕至关重要，这也是首长昨天连夜召集紧急会议的重要意义所在。

不就是抓人嘛，侯滨松对他所介绍的案情没往心里去，因为贪污案件不是他管的事，用不着费那么大心思，只要抓住裴文敏交差他就算完活儿。就在他要告辞时，肖继勇握着他的手说："那就听你大侦探的好消息了。还有我听说您跟靳部长很熟，我已经跟她谈过让她配合您的工作，这将有助于完成首长交代的任务。"

侯滨松从哈贸集团出来就给鲁俊山打电话，把肖继勇给他的裴文敏的电话号告诉鲁俊山，对裴文敏实施监控。紧接着他又跟靳玉兰通话，结果证实了肖继勇的说法。他对有靳玉兰配合他的追捕行动觉得心里很踏实，因为鲁俊山布置这项任务时说得很清楚，只能由他一个人单独执行任务，需要人手的时候哈贸集团会派人配合，追捕对象是女性，如果靳玉兰当个帮手那就会减少许多麻烦。可是叫侯滨松没想到的是，连着两天的监控竟然没有发现裴文敏的电信踪迹，到了第三天他有些沉不住气，一问技侦的人，原来裴文敏手机一直关机，不跟任何人联系。这么消极等待不是个办法，只有主动出击才能把蛰伏的目标轰出来。想到这他给肖继勇打了一个电话，让他安排几个知道裴文敏情况的人，他要了解裴文敏更多的个人相关资料和信息。就在这个时候技侦来电话，向他通报了裴文敏现在的准确位置。老天有眼，运气要来。侯滨松开着他的吉普车，嘴里哼着"打不尽豺狼，决不下战场"的京剧唱段，心情舒畅地前往裴文敏隐藏的地点。在这之前，他把这个消息告诉了靳玉兰，她从哈贸集团到达指定地点不远，也可能在他之前靳玉兰就先到了。果然，侯滨松到达友谊宫的时候，靳玉兰已在大堂等他。这时技侦的电话又来了，跟踪对象已经离开。侯滨松跑到服务台一问，在五分钟之前，有一个叫于化龙的退房走了。

"你知道这个于化龙吗？"

靳玉兰沉默了半天才回答说："裴文敏的男朋友叫于化龙。"

侯滨松掏出警官证请求看一看这个房间，在服务员的引导下侯滨松走进了这间客房。房间里显得凌乱，衣架上挂着一件女式风衣，梳妆台上散放着几盒化妆品，可以判断人走的时候非常匆忙而慌张。

"把东西收好。"靳玉兰遵照侯滨松的吩咐把房间里遗留的物品用方便袋收起。

侯滨松的手机又响起来，他默默听完只说了句"好"，就挂了电话："快，我们马上走。"

"什么地方？"

"太阳岛的水阁云天。你叫公司的车回去吧，人多了目标太大。"侯滨松说着快步走出宾馆，靳玉兰跟在他的后面，俨然是个老刑警。正走着，靳玉兰突然拐进了洗手间，侯滨松只好转着圈急等。

侯滨松把警灯挂在车篷顶上，一路红灯闪闪，飞车过了松花江公路大桥，刚拐进太阳岛风景区电话又响了。这次他接完电话连一个好字也没说就直接挂了电话。他把车停在路边，伸手摘下警灯，又掏出烟点上抽了一口，他打开车窗吐出一团茫然的烟雾。

靳玉兰见侯滨松不说话，她也不知该说什么，两个人就这样静静地坐了好一会儿。最后还是侯滨松先开口说："你饿了吧，我们找个地吃口午饭。"

他们走进一家快餐厅，在角落里找了个僻静的座位，等服务员把菜上齐了，侯滨松才发现一声不吭的靳玉兰满脸阴云："你怎么了，是身体不舒服还是有什么心事？你可从来都不是这样的，到底出了什么事？"

"你没能抓住裴文敏，你没有完成任务，你现在的心里也一定不好受啊。"

"这我经得多了，大风大浪里呛过水，小河沟里也翻过船，这都算不了什么，吃饭吃饭。"

靳玉兰埋头吃饭还是一声不吭，她不时抬起头来眨着复杂的眼睛，可当侯滨松的目光碰到她的眼睛时，她又迅速地闪开了。不对劲，靳玉兰有心事，种种迹象表明这心事与裴文敏案件有关。她是一个乐观开朗的女人，说话从来都是直来直去想到哪说到哪，何曾见过她像今天这样沉默寡言，躲躲闪闪。侯滨松想说的话还没有出口，技侦的电话再次响起。侯滨松听着电话，他的眼睛不由自主地移到了靳玉兰的脸上，靳玉兰急忙低下头去躲开强光的直射。

两个人无滋无味地吃完饭，无言无语地回到了车里，侯滨松发动汽车毫无目的地开上了公路。车正开着，靳玉兰突然问了一句："你都知道了？"

一脚刹车，吉普车嘶叫着停了下来。是的，侯滨松全都知道了，他刚才接到的电话就是技侦向他通报，追捕行动的秘密已泄露。在他赶往友谊宫之前，有一个座机电话给裴文敏报信，让她马上转移，告密者使用的是哈贸集团的程控电话。裴文敏刚跑到太阳岛，又有人泄露了侯滨松的行动，告密者使用的是移动电话，机主姓名是靳玉兰。

"你为什么会这样？"侯滨松问这句话时脸上写满了痛苦。

“侯大哥，你真的要抓裴文敏吗？”靳玉兰这么一问把侯滨松惊呆了，他怎么也想不到，身旁这个充满真情的女人会问这样的问题。

“这是一个不需要解释的问题。”

“我不用你的解释，但我得跟你解释。”

“是为了那个裴文敏吗？”

“不仅仅是为了她，也是为了法律的尊严，为了社会的公正，当然还为了哈尔滨大侦探的荣誉。”

一席话使侯滨松陷入了一片迷茫：“这到底是怎么回事？”

“我刚接到哈贸集团要聘用我的通知时，那个兴奋劲简直就没法形容。我来了以后就听说了康虹案件和裴文敏失踪的事情，但是我也听到了康虹案件背后的一些传言。主要的就是康虹曾经向纪委举报哈贸集团领导贪污公款的线索，结果她检举的事情没有查清，却发现了她贪污的证据，康虹就是在这种情况下失踪的。我开始对这些事没太在意，因为这都是在我来之前发生的事情，我的职责就是把公司的安全保卫工作做好，具体就是防盗、防火、防事故，以前的事情与我无关。可是就在参加了紧急会议之后，我忽然觉得这个案件并不像庞秘书说得那样简单，这里面好像有一个巨大的黑洞，我已经不知不觉地走进了这个黑洞。”靳玉兰说着掏出一盒烟递给侯滨松：“这是我专为你买的。”

侯滨松点上靳玉兰送给他的烟说：“敬请赐教。”

“我说走进了一个黑洞，这只是我的一种感觉，他们为什么要主动聘用我当安保部副部长，而且随后就由你来抓捕裴文敏，这是巧合吗？我被评为勇敢市民标兵那已经是二十年前的事了，我在哈贸集团没有任何人脉关系，怎么会有人推荐我呢？我在四号会议室见到你的那一刻，忽然想到这可能跟你有关系，结果被我猜中，肖继勇在散会时跟我说起了你，他知道我们是多年的老朋友。”

侯滨松听得无动于衷，可他的耳边却回想起肖继勇的那句话：“我听说您跟靳部长很熟，我已经跟她谈过让她配合您的工作，这将有助于圆满完成首长交代的任务。”他的心里不由得画了一个大问号，是谁在利用我呢，而且还能扯上靳玉兰？他转头看着靳玉兰，听她对康虹和裴文敏案件提出的一连串的疑问。

为什么康虹贪污的案件不报告检察机关立案调查，而是在公司内部处理？为什么在公司内部员工中盛传康虹举报公司上层腐败问题，是谣传还是无风不起浪？公司安保部提供裴文敏涉嫌康虹案，可却没有任何证据，凭什么追捕裴文敏呢？为什么只有侯滨松一人执行追捕裴文敏的任务，这符合法律的规定吗？为什么要把我们两个人扯在一起来执行任务，难道我们成了私家侦探，成了什么人的私人保镖吗？

靳玉兰的质疑提醒了侯滨松："还有，康虹为什么自杀？自杀的方式有许多，她为什么要驾车坠桥来自杀呢？裴文敏为什么也要躲起来，她跟康虹案件究竟有什么关系呢？"侯滨松说到这里停住了，他想起了鲁俊山的谆谆叮嘱，他突然谨慎起来，他不是不相信靳玉兰，而是担心有些更大的疑问她承受不住，同时他也不想把善良的靳玉兰拉进险恶的政治旋涡里来。他的疑问直指官场高层，直指更敏感的问题。"一起区区三十万元的贪污案件怎么会惊动大领导呢？更不可思议的是，大领导怎么会如此关注案件，甚至亲自部署破案工作呢？为什么要用这样非常的方式来追捕裴文敏呢？庞秘书为什么反复告诫我不要辜负了首长的信任呢？靳玉兰说得没错，这很可能就是一个黑洞，一个能把我们都吞没的黑洞。"

"你再看看这个，这里面也可能隐藏着更多的疑问。"靳玉兰的话打断了侯滨松的思绪，他接过一个没有任何字迹的信封，从里面抽出一页哈尔滨经贸集团公司的便签，上面有几行秀丽的字迹，字写得非常流利，看得出是一气呵成。

赠文敏

篱前黄菊未开花，
寂寞清樽冷怀抱。
秋风秋雨愁煞人，
寒宵独坐心如捣。

——康虹

侯滨松把这首诗读了一遍，又把电话打给赵冬让赵冬读了一遍，他听完赵冬的解释慢慢地关掉电话："这是清代诗人陶澹人的一首诗，这只是其中的两句，赵冬正在查找这首诗的全部内容，但有一条可以肯定，秋瑾烈士在就义前就是书写了这两句诗作为临终遗言的。"靳玉兰一听浑身一震："我想起来了，电影《秋瑾》中秋瑾在临刑前就是写了这两句诗做绝命词的。"

"现在问题来了，一个贪污公款的女人，在她失踪前留下这样的诗句是什么意思呢？难道是忏悔吗？显然不是，那她想用这首诗说明什么呢？难道一个贪污公款的人还需要用革命先烈的精神来鼓舞自己吗？”

靳玉兰的眼睛里突然放射出光芒：“康虹是用这两句诗自比秋瑾，她知道自己的处境非常危险，随时都有可能遭遇不幸，但是她绝不屈服于要暗害她的人。她可能在做一件危险的事情，把这张纸条留给裴文敏好像是一种嘱托，也可能她预感到死亡正在逼近，秋瑾就是在临死前写下的这句诗。”

侯滨松不再言语，在他的心中这起案件已经有了一个大致的轮廓，尽管还不很清晰，但他相信自己的直觉，相信自己的预感，他相信能够很快让这起案件的眉目渐渐清晰起来。

“走，我们去跃河大桥。”

“到那去干什么？”靳玉兰不解地问。

“我倒要看看康虹之死的真相究竟如何。”侯滨松的回答有牙齿相碰的声音。

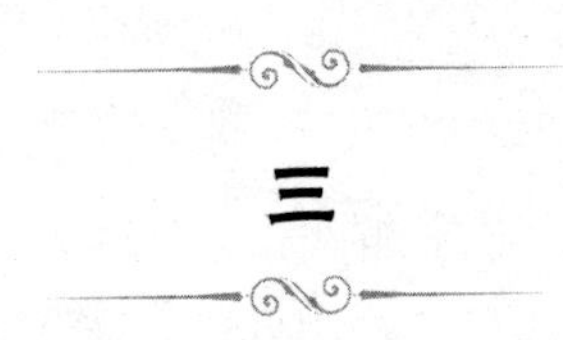

从哈尔滨出来往北京方向走一百多公里就是跃河大桥，侯滨松心急车快，不到两个小时就到了当地交警队。在这里很顺利，交警看过侯滨松的警官证，非常热情地把交通事故的卷宗拿给他。事故发生在凌晨四点，一辆从哈尔滨往长春方向行驶的轿车，在行驶中突然下道，车辆撞到了上桥处的大理石装饰墙上。由于车速较快，上桥后又撞开隔离护栏坠入河中，事故导致驾驶员当场死亡。驾驶员即肇事车辆车主，姓名康虹，女，三十八岁，哈尔滨经济贸易集团公司财务部部长。根据现场情况分析，可能是由于驾驶员疲劳驾驶导致事故发生。

从交警队出来，侯滨松跟一脸困惑的靳玉兰说："别灰心，咱们去现场看看，到了那儿就会有新的情况。"

秋天的下午只要有太阳就会有一股暖意。在跃河大桥的桥头，有几个骑摩托车的年轻人聚在一起闲聊，侯滨松把车停下走了过去。他先打招呼后递烟，然后以死者家属的身份打听发生事故时的情况。一个焗了棕色头发的小伙子告诉他，在事故发生时，有一辆蓝色的中型货车跟掉下桥的轿车同行，可能是货车超车时刮了轿车一下，轿车就冲破栏杆掉下桥去了。

"这是你亲眼看见的吗？"侯滨松来了精神。

"我没看见，出事时天还没亮呢，是我们屯子的老韩头一早到镇里卖豆腐，他正好赶上出事，我也是听他说的。”

侯滨松掏出五十元钱塞在小伙子手里说：“小兄弟，麻烦你带我去找老韩头。”说着一骗腿就跨到摩托车的后座上。

小伙子向同伴要了一个头盔给他戴上，说了声“坐稳”，一溜烟拐下公路旁的小路。坐在车上的靳玉兰还没弄清怎么回事，侯滨松就不见了，她没有打电话，她太了解他了，在这个时候不能干扰他的情绪，更不能干扰他的行动，她现在能做的就是等，等待他带回来令人振奋的消息。半个多小时以后，他终于回来了，终于带回了令人振奋的消息。

“你听听老韩头的证言。”侯滨松把手机按下播音键后举到靳玉兰的面前，里面传出了刚刚录制的声音：“我看到了那天早上一辆小轿车掉到跃河大桥下面，但具体是哪天我记不清了，估摸是十多天前的事。我当时开着自家的小拖拉机到镇里卖豆腐，快到大桥时从后面过来一辆小轿车，车开得不快。在它后边有一辆中型的货车，车开得挺猛，那辆轿车就靠边让货车过去，可是货车在超过它的时候往外一打方向盘撞了轿车一下，声音挺大吓了我一跳，赶紧踩刹车停下。再往后的事情就更邪乎了，货车没有停下来而是又撞了一下，小轿车连续被撞后就从桥上掉下去了。那辆货车没有减速开走了，我等了半天下车往桥下看了看，轿车已经沉入河里，人是没救了，再说了，我看出这一准不是什么交通事故，这就是把人往死里整啊。想到这我开车就走，省得招惹上是非引来杀身之祸啊。”

“你看见那辆货车的车牌号了吗？”这是侯滨松的声音。

“没有，当时天还没有亮，我只是借着灯光看见那辆车是深蓝色的，车不是很新，而且造得泥头拐仗的挺埋汰。”

“你说的这都是真的吗？”

“我要是说瞎话就是你揍的。”

听完了这段录音，靳玉兰咬咬牙下定决心，她要把深藏的秘密说出来：“侯大哥，这回我跟你说实话吧，我已经见过裴文敏了，还有她的男朋友。其实康虹案件的内幕我早就知道了，我本来正想跟你联系把这个惊天大案告诉你，可是这次紧急会议之后我改变了主意。”

靳玉兰接到哈贸集团聘书的时候从内心欢喜了一阵子，勇敢市民标兵已经是二十年前的事了，做梦也没想到五十多岁退休了还能派上用场。可是她到安保部上班没几天就觉察出这里暗流涌动，那个肖继勇的脸上永远有猜不透的谜，你如果跟这里的任何一个人说句话，人们都会字斟句酌，唯恐多说一句不该说的话而引来祸端。在这个诡谲的环境里，靳玉兰不但没有畏惧退缩，反而涌动起探寻秘密的激情。她是一个从来不缺乏激情又喜欢享受激情的女人，她的激情容易点燃，但不易熄灭，就像当年为了帮助侯滨松破案能舍出性命一样。她开始有意识地接近一些老员工，从他们嘴里透出的只言片语，她渐渐地摸清了这个黑洞里隐藏的一触即发的危机。康虹举报公司上层腐败问题是一年前的事情，有关方面接到她的举报以后到公司进行过调查，但调查的结果是公司领导没有贪污、受贿等经济犯罪问题，反而认为康虹有诬陷嫌疑。康虹虽然被撤销了财务部长职务，但她没有屈服，继续向有关部门上书检举。就在这件事闹得沸沸扬扬的时候，公司又突然宣布康虹有经济问题，要对她展开调查，康虹就是在这样的情况下失踪的。现在康虹死了，有关哈贸集团的上访材料和所有相关证据都在裴文敏的手里，这是康虹在上北京前交给裴文敏的，目的就是以防万一。裴文敏要继续进京上访完成康虹的遗愿，但康虹已经死在了进京的路上，她不能再重蹈覆辙，这就是裴文敏所陷入的进退两难的困境。

侯滨松的手机响了，是赵冬的短信，他把清朝诗人陶澹人的《秋暮遣怀》全文给发了过来，侯滨松一边看一边读出了声音。

人生天地一叶萍，利名役役三秋草。
秋草能为春草新，苍颜难换朱颜好。
篱前黄菊未开花，寂寞清樽冷怀抱。
秋风秋雨愁煞人，寒宵独坐心如捣。
出门拔剑壮盘游，霜华拂处尘氛少。
朝凌五岳暮三洲，人世风波岂能保。
不如归去卧糟丘，老死蓬蒿事幽讨。

侯滨松读完了这首诗，禁不住一声长叹：“真是难为了这两个不惧权势前赴后继的弱女子。”

“你能帮她吗？”

“你现在相信我了吗？”

侯滨松的反问触动了靳玉兰敏感的神经，她思忖片刻一声感慨："如果连你都不能相信，那这个社会就没有希望了。"

事到如今所谓康虹案件的真相已经很清楚了，靳玉兰能被哈贸集团聘用是有幕后黑手在操纵也是肯定的了，这只黑手的目的也已经暴露无遗，那就是要通过侯滨松的手来除掉裴文敏，如果这一连串的阴谋都实现了，那哈贸集团上层腐败的窝案也就石沉大海了。康虹已经死了，能够揭开这起大案的关键就在裴文敏了。

"我要面见裴文敏，而且越快越好。"

侯滨松的这个要求却把靳玉兰给难住了，因为在她的帮助下裴文敏两次逃脱了侯滨松的追捕之后，他们商定了新的接头联络方式，即每天上午八点用一个固定电话拨打另一个固定电话进行联系，今天的联系时间已过，只能等到明天上午八点才能联系。

"要等到明天？"侯滨松急不可耐地瞪起了眼睛，他开门下车在路边徘徊，他不知道怎样才能排解此刻的焦虑心情。

靳玉兰也下车悄悄走到侯滨松的身边，她观察着侯滨松的脸色，敛声屏气地告诉他一个更难以接受的事实："侯大哥，你听我说，就是明天上午你也见不到裴文敏，只有我先见到她，把真实的情况跟她讲清楚，让她能够解除对你的戒心，真正地相信你，这你才能见到她。侯大哥，这是人命关天的大事，你不能太急了，你得给她一点时间，理解她的心情。"

这件事没有商量的余地，办法只有一个，明天上午靳玉兰跟裴文敏取得联系，然后约定地点跟她面谈，打消她的顾虑，等后天上午再通电话，最终决定跟侯滨松见面的具体地点。这得让侯滨松活活地等两天啊，正是在这两天的等待中，相继发生了离奇的交通肇事案和许倩娇失踪案。焦虑中的侯滨松无心关注其他的案件，他急切地期待着与裴文敏会面。他知道，这次会面也许会颠覆他在接受大领导部署任务时恪尽职守的决心，也许会走向这次"四号行动"的反面，也许他会再次遭遇从警道路上的坎坷，但他义无反顾，刑警的职责就是破案，就是要去揭开那些掩盖起来的秘密，为了这个别说是坎坷，就是搭上性命也是值得的，这就是干一天就得遵守一天的警察的道德，用父亲的话说就是不能丧了警察的良心。侯滨松顾此失彼，他对鲁俊山交办的交通肇事案和迟丽丽反映的许倩娇失踪案都置若罔闻，他对案件的敷衍态度引起了戴洪岭的深度疑惑，也正是这种疑惑，使他也一头闯进了侯滨松执行的"四号行动"中来。

侯滨松做梦也想不到，被他忽略的不起眼的交通事故和许倩娇失踪案件与康虹案件却有着密切的关联。他是一个从来不放过任何蛛丝马迹的人，正因为他时时谨慎处处精心，从没有案件的线索在他的眼皮底下滑过，这也惹得朱大平愤愤不服，嘲讽他十起案件有八起是撞大运破获的。可这次他就没有那么好运了，一条条本应该抓住的重要线索，被他轻而易举地丢掉了，就连朱大平事后说起来都感慨万千："这个老妖猴啊，闹了半天，他也有粗心大意漏掉线索的时候啊，要不是亲身经历连我都不信。"

第二天上午八点，靳玉兰找了一个公用电话亭跟那个秘密的固定电话取得了联系，当她慌慌张张地从电话亭跑出来回到侯滨松的车里时，她的头上渗出汗珠，用手捂着胸口半天说不出话来。侯滨松拧开一瓶矿泉水递给她，她喝了口水紧张地说："裴文敏那边出事了，具体情况还不清楚，我得赶快去见他们。"

"我什么时候才能知道那边的情况？"

"晚上六点吧，你在防洪纪念塔等我。"

靳玉兰说完匆匆地拦了一辆出租车走了，看着远去的出租车侯滨松怔了一会，把座椅放倒闭上眼睛，对他来说能在这睡上一会儿也是一种享受。

电话铃声把他从睡梦中喊醒，这个电话正是鲁俊山给他布置任务，让他立即赶到现场调查一起交通事故，说完了这件事之后，还问了一下追捕裴文敏的情况，再次提醒他抓住人就赶紧交差，千万别往深了掺和。他放下电话一想，如果交通肇事案像说的那样复杂，这样的案子一上去就下不来，这就很有可能会耽误晚上六点钟跟靳玉兰接头的计划。想到这他就把任务交给了戴洪岭，让他带上小李子出现场。这件事安排停当他又躺下来，这回还没等闭上眼睛迟丽丽的彩铃就进来了。迟丽丽央求他接待一下报社的副主编，她的姐姐许倩娇离奇失踪，侦破这样的谜案非哈尔滨大侦探莫属。他好说歹说，迟丽丽总算答应让吴波先和许倩娇谈谈，等把详细的情况搞清楚之后再开展调查。就这样侯滨松在车上睡到中午，他在一家快餐店扒拉了一口饭，就被一个接一个的电话给追回了大案队，因为戴洪岭和吴波都要找他汇报工作，这他是推不掉的。

早上发生的这起交通肇事案的地点在哈五路快进入五常市的路段，一辆由东向西行驶的摩托车跟一辆货车发生剐蹭，摩托车翻入路边的玉米地里，肇事车辆逃逸。这起交通事故之所以引起交警部门的怀疑，主要是骑摩托车的人当时受伤倒在地上，路过的群众就拨打了急救电话，可是当救护车赶来时，摔伤昏倒的人却不见了。赶到现场的交警觉得伤者有可能涉嫌什么犯罪，害怕警察在调查交通事故时发现他的犯罪行为，因此在警察赶到现场之前逃脱了。

听完戴洪岭的汇报，侯滨松只说了一句话："这件事情很简单，你和小李子先查明骑摩托车摔伤的人之后再说。"

"师傅，还记得梁风这个人吗？"

"你是说那个福尔摩斯迷吗？"

"就是他，发生事故的时候他正好路过现场，看到了一些情况，他还进行了推理分析，他很想见见你，跟你谈一谈，现在就在外面等着呢。"

"你先和他谈吧，我还要听听吴波他们调查许倩娇失踪的情况。"侯滨松说着已经把目光转向了吴波，戴洪岭无奈只得悻悻地收起笔记本出去了。

吴波汇报的内容和迟丽丽说的大同小异，副主编所说的疑点无非是姐姐失踪了，可她的儿子却无动于衷，他认为外甥的表现不符合人之常情，其中可能隐藏着不可告人的秘密。最令人可疑的是，在这之后她的儿子也失踪了，副主编认为这一定发生了非常严重的事情。对许倩娇失踪侯滨松也没有说出太多的意见，只是让吴波去找找她的儿子，只要她的儿子找到了，副主编所说的严重事情也就水落石出了。

眼下的侯滨松根本没有兴趣研究这些琐碎的事情，他不时地看看表，他迫不及待晚上六点钟的到来。

四

哈尔滨的夜晚风情万种，在防洪纪念塔这个地方更是人头攒动，一派意乱情迷的景象。灯光装饰的纪念塔在夜空中美轮美奂，江中往来的渡船彩灯迷离，与纪念塔相映生辉。广场上交谊舞、健身操、扭秧歌的人群各领风骚，大堤上的歌声、戏曲、吉他声混成一片。这座城市在五十年前就有了哈尔滨之夏音乐会，成了名扬天下的音乐城。

时间像是在爬行，爬过了六点，又艰难地爬到了六点半，靳玉兰才终于出现在侯滨松的面前。仅仅过去了十个小时，靳玉兰整个人就瘦了一圈，说话的声音也沙哑了："裴文敏真的出事了，跟康虹在跃河大桥遇到的暗杀是一样的。今天早上天还没亮，裴文敏就骑上摩托车上路了。高速公路、102国道她都不敢走，怕像康虹那样遭遇危险，她选择了从哈五公路进京的道路，可是没想到刚走出哈尔滨地界，又是一辆货车把裴文敏撞下公路。多亏她和她的男朋友制定了周密的计划，才使她逃过了追杀，捡了一条命啊。"

侯滨松的眼睛几乎要瞪了出来："你说裴文敏被车撞伤的地点在哪？"

"在哈五公路刚进入五常市界内路段。"

侯滨松一阵眩晕，要不是靳玉兰一把扶住他，他几乎就要栽倒了。他坐在江堤的台阶上，望着摇碎了灯光的江水，久久地沉默了。

看着他极度痛苦的神情，靳玉兰已经猜到了什么，她是一个能看透侯滨松的女人：“你做错了什么吗？”

“一步错步步错，我还得错到什么时候呢？我真的老了吗？”

靳玉兰掏出一支烟递给他：“哈尔滨大侦探从来都是能错能改，所以你永远不会错，哈尔滨大侦探也永远不会老，就像哈尔滨永远不会老一样。”

侯滨松狠狠地抽了一口烟，好像要一口把这支烟烧光：“这个女孩子为什么这么急，为什么要冒这么大的风险？”

“她怕落到你的手里。”

“她现在同意见我了吗？”

靳玉兰点点头。

“什么时间？”

“今天晚上。”

“什么地方？”

“二龙山。”

说走就走，侯滨松已容不得半刻停留。二龙山在哈尔滨东面，是一处著名的风景区，他们要去的地方是二龙山附近的龙山屯，裴文敏就隐藏在这里。从市区出来也就五十多公里的路程，有一个小时也赶到了。夜间驾驶容易困顿，侯滨松一摸兜里没有烟了，就让靳玉兰打开储物箱拿出一盒烟来，他点着烟抽了两口继续狠踩油门。就在侯滨松抽了两口烟不到半分钟，一阵眩晕笼罩了他的大脑，还没等他踩刹车，就什么都不知道了。靳玉兰被这突如其来的险情吓得连声大叫，但侯滨松像熟睡一样毫无知觉，任凭吉普车踉踉跄跄地冲下路基翻了一个底朝天。在翻车的一瞬间靳玉兰死死抱住侯滨松，求生的欲望给了她力量，她要保住侯滨松的生命，这样裴文敏才能更安全，康虹生前的愿望才能实现。

靳玉兰先从四脚朝天的车里爬出来，然后又把侯滨松从车里拽出来，侯滨松只是头上划破了一点皮，没有大的伤害，但还是迷迷糊糊没有醒过来。就在这个时候，她一抬头看见路边有一辆车停下来，而且把车头拐向他们这里，两道刺眼的光柱照了过来，灯光中有两个人影在晃动。靳玉兰忽然意识到更大的危险正在逼近，慌乱之中她从侯滨松的腰间拔出手枪，她看着那两个人影从公路上走下来，一拉枪栓把子弹上膛。她瞄准那两个人影，他们如果再走近她就会毫不犹豫开枪射击。就在这个紧要的关头，忽然又一辆车高速开来，还没等车上有人下来，那两个人影就飞快地跑回路边开车离去。

这次是一个人影打着手电向他们走来，一连声的“师傅”让靳玉兰听出是戴洪岭的声音，她急忙站起身喊道：“洪岭兄弟，我们在这呢。”

戴洪岭跑过来一看，侯滨松躺在地上，疯了一样地叫喊：“师傅，你这是怎么了？”

靳玉兰安慰他说：“洪岭，你别急，你师傅没有受重伤，只是现在昏迷。”

戴洪岭伸手去摸侯滨松的枪：“他的枪呢？”

“枪在我这，正顶着火呢。”

戴洪岭从靳玉兰手里接过“六四式”手枪，退出子弹揣起枪：“这到底是怎么回事？”

“这不是一时半会就能说明白的事，现在最要紧的是，侯大哥得到二龙山的龙山屯去见一个人，这可怎么办啊？”

侯滨松的嘴里发出了声音，他挣扎着想要坐起来，靳玉兰从车里找出一瓶矿泉水给他喝，他一口气就喝光了。当他看见戴洪岭时断断续续地说：“快，开车拉我去，赶快。”

在赶往二龙山的路上侯滨松已经清醒了许多：“我们不能开车去接头的地点，那就会暴露，一会儿到了龙山屯的路口，我和小兰下车，你把后面跟着我们的那辆车引开。”

“你们刚才的车祸是怎么发生的呢？”戴洪岭开着车也不忘解开这个谜团。

侯滨松躺在车上有气无力地说：“有人在我的烟里做了手脚。”

“这是为什么啊？”

“在他们眼里我已是多余之人了。”

侯滨松和靳玉兰在离龙山屯不远的弯道下了车，戴洪岭开车继续往前，引开了尾随的一辆中型货车。靳玉兰搀着身体虚弱的侯滨松走进龙山屯，走进一户农家小院，在这里侯滨松终于见到了裴文敏。裴文敏头上缠着绷带躺在炕上，她看到侯滨松的头上有伤，焦急地问道：“侯叔叔，你受伤了？”

侯滨松仍然有些头晕，但他尽量打起精神：“因为我们是为了一个目标走到一起来的，所以你遇到了危险我也遇到了危险，但是姑娘你放心，我就是死了，也要让你活着进北京。”

裴文敏痛哭失声：“康虹姐姐已经死了，我现在终于明白了什么叫‘秋风秋雨愁煞人'，我真的快要崩溃了。侯叔叔，你是哈尔滨最了不起的警察，只有你才能让我坚持下去，如果没有你，我害怕死了。"

电话，是鲁俊山的电话，侯滨松想了想，不接不行。

"小侯，你现在在什么地方？"

"我、我在家。"

"我知道你不在家，这并不重要，我现在要向你传达上级的命令，这很重要。你听着，从现在起，我命令你立即撤出'四号行动'，这是命令，必须立即执行。我说话你在听吗？我警告你别耍花招，这道命令是一道高压线，就是孙猴子也过不去，你可千万别给我找死。"没等侯滨松回答，那边就把电话摔了。

侯滨松完全能够想象得出鲁俊山摔电话的样子，他已经快到退休的年龄了，真担心把他给气个好歹的。他的头上疼了一下，这才发觉有一个年轻人在给他处置伤口。靳玉兰赶紧介绍，这就是裴文敏的男朋友于化龙，正在哈尔滨医科大学读博，要不是他救出了裴文敏，后果不堪设想。侯滨松只是出于礼貌朝于化龙点点头，他现在没有时间也没有心情去讲什么客套，他急的是怎样想办法赶快离开这个地方，怎样把裴文敏安全地送往北京。

侯滨松起身时还有点晃："这里应该有固定电话。"

于化龙把他领到了另一间小屋，一个六十来岁的女人搬来椅子让他坐在电话机旁。侯滨松在点头表示谢意的瞬间，为在这偏远的小村里突然冒出一个举止优雅的女人感到惊奇，女人看出了他的心思，很礼貌地说道："侯警官您好，我是化龙的妈妈。"

"化龙的妈妈？"侯滨松晃晃脑袋，想让自己清醒一点。

"我叫许倩娇，这几天都在帮助他们东躲西藏。"

许倩娇说完转身出去了，侯滨松抄起桌上的电话恨不得砸在头上。失踪的许倩娇原来藏在这里，他无法原谅自己的过错，他在心里骂自己无能，他甚至认为今天的困境都是自己造成的。这时靳玉兰进来关起门问："侯大哥，你怎么了，你到底想出了什么办法？"

"我们现在这个地方很快就会暴露，我们人多目标大，小裴有伤行动不便，而且在这个小屯子里我们根本没有地方转移。"他激动的情绪还没有平静下来，他用深呼吸的动作来舒缓乱跳的心脏和迷蒙的头脑。

"那怎么办啊？要是不能马上转移，我们就全完了。"

“现在只有一步险棋可走，成则全盘皆活，败则满盘皆输，成败在天。”

侯滨松说到这奋力地握紧拳头挣扎了一下，神志比刚才清醒了许多。他用桌上的座机按下一连串号码，焦急地等了半天对方才接听：“我是侯滨松，这么晚了打扰你非常不好意思。我想问你这几天有飞行作业吗？什么时间？明天上午？你听我说，我现在身陷绝境，只有天上这一条路可走。我的现在地点在二龙山附近的龙山屯，明天早上我就守在这部电话跟前等你的消息。”

撂下座机电话，他掏出手机拨通戴洪岭：“洪岭，你现在什么地方？你现在马上到龙山屯路口来接我，我这里有一个伤员，必须连夜送往北京去治疗，你先把车加满油再来接我，对，越快越好。”

就在靳玉兰震惊之余不知所措时，侯滨松又用手机拨通了她的电话：“小兰，你听着，马上做好出发的准备，一会儿戴洪岭就来接咱们，我们一起护送裴文敏去北京。”

“侯大哥，你这是在做什么？”

“我在暴露我们的计划和我们的行踪，那些人很快就会找到这里来的。走，马上跟我走。”

侯滨松说着，拉起靳玉兰就往村外的公路跑去。由于侯滨松还不时地头晕，靳玉兰就搀着他跑。戴洪岭并没有走远，他把车停在公路边茂密的灌木丛里，接到侯滨松的电话就冲上公路，不到十分钟就赶到龙山屯路口。

这个时候靳玉兰搀着侯滨松也刚刚到达，侯滨松拉开车门气喘吁吁地说：“洪岭啊，我最近接受了一个秘密行动，一时半会说不清楚，我以后会告诉你。我现在就交给你一个任务，开车往北京方向去，把要找我的人引开，走得越远越好，在没有接到我的电话之前不要停下来。”

戴洪岭说了句“明白”开车就要走，侯滨松急忙喊住他：“洪岭啊，这一路可能会有危险，你一定要万分小心啊，等你回来涮羊肉给你接风洗尘。还有，这是我和小兰的手机，你带上，能造成我们三个人在一起的假象，这样就会把他们牢牢地吸引住。好兄弟，保重，保重啊。”

“师傅放心，这样的小把戏我是轻车熟路，你请我吃涮羊肉的事可不许赖账啊。”戴洪岭笑嘻嘻地开车上路了，转眼间就消失在望不穿的茫茫夜幕之中。

五

戴洪岭走了，侯滨松和靳玉兰又回到那个农家院，侯滨松一头钻进那间东屋，他坐在炕头上盯着桌上的电话一动不动。侯滨松表面上很镇静，其实他此时此刻的心里惶恐不安，就像一条小船遇到了风暴，再有经验的船长也没有十足的信心能战胜风暴。失去信心这在他从警的生涯中还是头一次，难道真的老了吗？他之所以惶恐不安是因为他脱离了上级的指挥，脱离了战友的支持，转眼之间他成了一个单打独斗的孤胆警察，也就在这个时候他才深切地体会到，面对犯罪，人民警察不是梁山好汉，一个警察永远也离不开警队。今天真的有狗屎运，要不是半路杀出个戴洪岭，没有他单骑救驾，他和靳玉兰可能就是康虹的结局了。

想到戴洪岭，侯滨松更加心神不定，在刚才那紧张的情势之下，他让戴洪岭引开后面追杀的歹徒是急中生智，也是慌不择路，是没有办法的办法。可等戴洪岭飞车而去他又突然感到后怕，眼下的这场战斗是生死之战啊，前面有了康虹的死，刚才他和靳玉兰又死里逃生，戴洪岭他会不会遇到……侯滨松不敢再想下去。

把裴文敏空运到北京，这简直就是痴人说梦，天方夜谭，是不可能实现的神话故事。侯滨松敢想也敢干，神话故事也是人创造的。但是能成功吗？没有把握，只有希望，只有很渺茫的希望，但他相信自己有狗屎运。这个时候他想到了鲁队，从前不管遇到多么大的强敌，只要鲁队在阵地就在。他想到了范志成，别看他没个老爷们样，那可是个真爷们，勘查作案现场，制订侦查计划哪一点也不比他侯滨松差，离开了他哈尔滨大侦探也当不成。他想到了吴波、赵冬和小李子，现在要是他们都在身边也不会感到空虚和无助。他还想起了朱大平、关超，大案队里要是没有他们那还叫什么大案队，破案还有什么意思，今天这狼狈相要是让他们知道了，那可就成了他们下半辈子的下酒菜了。胡思乱想之间天渐渐亮了，可桌上的电话像死去了一样迟迟没有声响。现在唯一让侯滨松还能稳住阵脚的是，在这个农家院的周围没有任何可疑的动静，这说明这个地方还没有暴露，只要这个地方没有暴露，他的计划就还有继续走下去的可能。

电话终于响了，侯滨松伸手去抓电话，就像一个溺水的人去抓一根稻草。“侯警官，早上好。”

这甜甜的问候给了他一个强大的信号，空运裴文敏进京的计划已经成为现实，实施这个华丽计划的时刻到了。他稳定了一下情绪轻轻地说：“钟所长，早上好。”

“在龙山屯东侧有一片草甸子，十分钟之后直升机将在那里降落，你现在必须马上赶到那里，要快，直升机降落的时间不能超过一分钟，再见。”

“赶快行动。”随着侯滨松这一声大喊，靳玉兰扶起裴文敏，于化龙弯腰把裴文敏背在背上，侯滨松把手枪隐藏在衣兜里冲出门去。

在门口许倩娇抱住于化龙说：“儿子啊，你真叫妈妈操心啊。”

侯滨松见状赶紧跑过去说：“大姐，你放心，只要有我侯滨松在就有你儿子在。”一边说着一边把他们母子分开，一行四人向屯子东边拼命跑去。这时天边出现了一架直升机，它像是被一阵风吹来的一样，转眼就到了屯边草甸子的上空，只见它扇动着翅膀稳稳当当地落到了地上。

“侯大哥，这是你叫来的飞机？我的天啊！”靳玉兰的叫喊淹没在直升机的轰鸣声中。

于化龙背着裴文敏在松软的草地上踉踉跄跄地跑过去，钟小秀打开舱门把他们拉进机舱。她围着一条红色的围巾，向侯滨松猛烈地挥手，就像直升机的旋翼那样热情有力，在气流的冲击下红围巾如同猎猎飞舞的旗帜，侯滨松擦了擦眼泪，向着飞向天空的旗帜挥手。

靳玉兰兴奋的心情一时难以平静：“侯大哥，要不是怕对不起嫂子，我真应该亲你一口。对了，裴文敏是安全地送走了，可是接下来你可怎么办？”

“我还能怎么办，我这是把天给捅了个窟窿啊，惹多大的祸就遭多大的罪呗。”侯滨松正说着突然警觉起来，不知什么时候，在不远处停了一辆农用拖拉机，车上的人都不声不响地看着他，他的身后紧贴着一个人。侯滨松没有回头，他远望天空笑了笑说：“你小子不去追那架直升机，在这跟着我有什么用？”

“你这泼猴，从哪变出来一架直升机来？”

“这离七十二变还差得老远呢。”

侯滨松听出是朱大平的声音，但他仍然没有回头去看他：“看来是把我撤下来又把你派上去了，你是怎么知道我在这里呢？”

朱大平摘下头上的草帽，撇了撇他的大嘴说：“你小子骗得了别人你骗不了我，你让戴洪岭明修栈道，你在这暗度陈仓，这能瞒过我的眼睛吗？不过你能用直升机把裴文敏送到北京，这一招还真够绝的，也就是你这妖猴能作出这么大的妖来。”

侯滨松点了一支烟问：“那你跑到这来干什么？”

“你真是无情无义之人啊，我在这足足等了一夜，我来干什么？你看看那边拖拉机上都是谁？全是大案队的弟兄。我是一夜没敢眨眼啊，我真怕你小子活不到今天天亮。哎你说要是没有你，我在这大案队还干个什么劲啊。刚才你说惹多大的祸遭多大的罪，你说我跟着你惹的这祸还小吗？我不得跟你一样遭罪吗？我朱大平好歹也是个副队长，属于领导干部，怎么跟你这妖猴混成了同案了？”

侯滨松还是没有回头去看朱大平一眼，但他的眼泪已经流下来，靳玉兰示意朱大平不要再说了，她悄悄掏出纸巾递给侯滨松。

“你这泼猴，在我面前掉眼泪你能死啊？”

戴洪岭躺在河滩上奄奄一息，他非常清楚自己的伤势，知道生命的尽头就在眼前，时间已经不多了。他用尽力量掏出手枪向空中放了两枪。过了一会儿他听见有人走近的动静，他挣扎着坐起来，警惕地观察来人。

“戴大哥，你怎么样？”来人压低声音问。

“怎么会、会是、是你？”

“我是来救你的，我已经打了 110 和 120，现在我就背你到桥上去。”

“你听我说，不要打断我。这是我的手枪，一定要保管好交给我师傅侯滨松。我、我刚才用手机拍了照、照片，扔在了路边的草丛里，你赶快去找，要赶在 110 来之前找到，也一并交给侯滨松。快，一会儿救我的人就到了，你快去找手机。”

说完这几句话，戴洪岭再也撑不住了，他不情愿地一头栽下去。

在 110 到来之前，戴洪岭牺牲的消息就遗失在这清冷的河滩上，他的师傅侯滨松和战友们还不知道在这里发生的事情。

六

逃犯裴文敏又一次逃脱了追捕，乘坐直升机突破了包围圈向北京方向飞去，已经失踪两天的侯滨松已经被严密控制。当朱大平把这两个情况报告给鲁俊山之后，他的手机几乎要被鲁俊山给打爆了，鲁俊山不断地催促他赶快回来，而且每隔一段时间就追问走到了什么地方，侯滨松是否还在他的控制下，情况有没有什么新的变化。车快到大案队时，两个人才说了这一路上仅有的几句话。

“我侯滨松擅自放走了裴文敏自有我的道理，可你跟着起什么哄，我是自作自受，你这是何苦呢？”

“你小子干事总能讲出点歪理来，你这次干的事胆大包天啊，我想你必有天大的道理，所以我就成了你没有预谋的同案，我这叫自讨苦吃。”

“我已经老了倒无所谓，只是戴洪岭还没有消息啊。”

“你那徒弟精明强干，你就放心吧。”

不知迟丽丽从哪挖来的小道消息，说侯滨松驾着直升机追捕逃犯，听说侯滨松马上就回大案队，她就像超级粉丝等候偶像那样，拎着相机站在门口自顾自地兴奋不已。当侯滨松和朱大平、靳玉兰疲惫不堪地从车上下来时，她端起相机就冲了上去，朱大平和靳玉兰急忙上前阻拦，刚出门的鲁俊山也声色俱厉地喊着“不许采访”，请她马上离开。

这下子迟丽丽可真的火了："鲁队，你们不能这样忘恩负义，我报道你们的事迹从来都是跟踪采访的，我没日没夜地跟着你们抓人、审讯、开会，一干就是几天，这些你全都忘了？我为宣传哈尔滨大侦探发表了几十万字的稿件，我付出了多少心血你也忘了吗？你作为刑侦处副处长、大案队的队长就是这样对待一个兢兢业业的优秀记者的吗？你们警察对待人民群众就是这样不讲感情的吗？"迟丽丽越说越气，声音越喊越高，简直成了一个闹事的上访大户。

鲁俊山双手作揖求她停一停，给他说一句话的机会就行。这一招还真灵，迟丽丽怒气冲冲地直视鲁俊山，看他到底能说句什么话："小迟同志我告诉你，你可要保守秘密千万不能往外讲，侯滨松已经被停止执行职务正在接受调查。你说在这个时候你这样大张旗鼓地采访合适吗？"

迟丽丽的脸瞬间成了一幅漫画："这怎么可能呢，不是说他驾着直升机抓住了逃犯吗？"

"侯滨松在你心目中永远都是英雄，所以你把这事听拧了，不是侯滨松动用直升机抓住了逃犯，而是侯滨松私自动用了直升机帮助逃犯逃跑了。"

迟丽丽像漫画般僵硬的脸忽然又生动鲜活起来："我去！厉害了大侦探。这才是侯滨松呢，就是犯错误也得犯得惊天动地。他能调动了直升机把逃犯从天上送走，侯滨松就是侯滨松。"

迟丽丽虽然不再吵闹，但她仍然站在一旁默默地感慨万千。稳住了迟丽丽，鲁俊山这才怒气冲冲地闯进侯滨松的办公室。正在闷头抽烟的侯滨松听到用力的推门声头都没抬，吐出的烟雾缭绕在他的身边，他像一具焚烧的尸体。

"你必须如实地把这两天的所作所为说清楚，你必须清醒地认识到你的行为是违纪，甚至是违法的行为。"看着无动于衷的侯滨松，鲁俊山气得浑身发抖。

侯滨松抬起头问："戴洪岭怎么还没有消息？"

"你现在主要是反省自己的问题，别的事不用你管，你知道你的问题有多严重吗？"

"知道，但不管多严重都不去想，我想知道的就是戴洪岭现在的情况。"

"你已经不可救药，你这样下去就会毁了你自己，毁了哈尔滨大侦探的荣誉，毁了哈尔滨警察的荣誉！"鲁俊山怒火中烧摔门而去。

侯滨松把脚架在桌子上，盯着桌上他和王建刚在白桦林的合影凝视良久，他慢慢地伸过一只脚轻轻一拨，镜框掉在了地上摔碎了。声音惊动了门外的朱大平，他把门推开一条缝观察侯滨松有什么异动。看见了地上摔碎的镜框，他默默地进来把碎玻璃扫净，又把照片轻轻放到桌上。朱大平做完这些悄悄出去，侯滨松只是抽烟，旁若无人。

朱大平出去不一会儿，侯滨松突然惊觉起来，他听到走廊里有纷乱的人声。“快点，别磨磨蹭蹭的，快走！”这是鲁俊山焦急的声音，几乎所有的人都紧张地小声转告：“快，快！”此时此刻风声鹤唳的侯滨松该有多么敏感啊，他噌地站起来，大事不好，戴洪岭出事了！他冲出房门跟朱大平撞个满怀。

“你们干什么去？”

“出现、现、现场。”

“什么现场？你告诉我，是不是戴洪岭出事了？”见惊慌失措的朱大平吞吞吐吐，侯滨松一把揪住他的脖领子喊叫起来。

鲁俊山正好走过，对侯滨松说：“你就留在队里吧，你已经停止执行职务了，大案队所有的行动你都不能参加了。”

侯滨松撤开朱大平挡在鲁俊山的面前：“我问你是不是戴洪岭出事了？”

“是又怎么样？”

“我再问你一遍，你给我说清楚了，洪岭现在是不是还活着？”

“我也再说一遍，你现在已经停止执行职务，不能再参加大队所有的侦查行动。”鲁俊山说完准备带队出发，但他没有想到意外的事情在这一刻猛然爆发。只见侯滨松几步就蹿到大门外，嗖地拔出手枪指向所有正要出门的人，人们被惊呆了，谁都不可想象，侯滨松会在这样大庭广众之下做出如此超乎寻常的鲁莽举动。

“我今天就明告诉你鲁俊山，你如果不让我出现场，你们今天就谁也别想走出这个大门！”

鲁俊山分开众人迎着侯滨松的枪口走上前说：“侯滨松同志，你知道你在干什么吗？你现在的行为可不是违反纪律那么简单，你的行为可不像是一个老警察，更不像哈尔滨大侦探的形象，你的行为在给人民警察抹黑。我现在命令你放下武器，如果你再一意孤行你就会触犯法律，你就会一脚迈进监狱的大门，你知道吗？”

“我知道，我什么都知道，但我更知道我是人民警察，任何人都不能剥夺我的光荣职责，不能剥夺我惩治犯罪的权力。我已经预感到洪岭他凶多吉少了，如果他真的死了，他是为什么而死？我侯滨松的心里最清楚，我想你鲁俊山的心里也清楚，我们大案队的人都清楚。洪岭跟着我出生入死地拼了三十多年的命，我是他的师傅，但我们更是生死与共的战友。现在洪岭遇到了危险，你竟然要关我的禁闭，你可真做得出来，洪岭可能已经死在了荒山野岭，他是我的生死弟兄，我再见他一面难道也不行吗？如果这样一个小小的要求你都不答应的话，那我就死在你的面前！”他话到手到，用枪对准了自己的脑袋。

朱大平哆哆嗦嗦地凑到鲁俊山耳边说："鲁队，我觉得他的要求并不过分，你如果不答应他，这个妖猴要是发起疯来，那后果可是不堪设想啊。"

"怎么，他还敢大闹天宫啊？"

"他这个人一根筋，做事从来不计后果，你不得不防。再说他还戴着哈尔滨大侦探的头衔，一旦闹出点事端来，这政治影响也不能不考虑啊。"

鲁俊山想了想说："大平，下了他的枪，让他跟我们走。"

侯滨松把枪交给朱大平，顿感一阵眩晕，赵冬、小李子手快，扶住他上了车，大案队倾巢出动奔向外省的猫儿河公路大桥。迟丽丽喊靳玉兰上了她的车，她一路加速跟上了大案队的车队。

戴洪岭死亡的现场和康虹是一样的，交通肇事，车毁人亡。由于肇事现场在外省地域，鲁俊山的大队人马只能在现场观察当地警方勘验现场，就连紧急赶到的范志成也只能谦虚地提些问题，不好多说什么。鲁俊山最担心侯滨松到现场再惹出什么事端来，就把监护他的任务交给了朱大平，所以朱大平到了现场，一下车就寸步不离地跟着侯滨松。侯滨松下了车，站在桥头就远远地看见了戴洪岭的尸体，他执意要过去看看，朱大平自然阻挡不住，就跟着他一起来到河滩上。侯滨松很平静，平静得让朱大平感到心惊肉跳。他跟保护现场的民警说要看一眼死者，就轻轻地揭开盖在脸上的白布，他久久地看着戴洪岭紧闭的双眼，自己也把眼睛闭上了。当民警要把尸体抬走时，他才慢慢站起来，他脱下自己的夹克衫盖在戴洪岭的身上，跟着担架向公路上走去。在他的后面跟上了一排送行的队伍，所有的人都泣不成声，只有侯滨松没有眼泪也没有悲伤。

戴洪岭被车拉走了，侯滨松在路边的一片哭泣中找到了范志成："你先别哭，我有话问你。有什么发现吗？"

"这个案件绝不是交通肇事，我刚才简单看了车辆受损的状况，不排除有撞击的可能，这要进行鉴定才能最后确认损毁的车辆是否受到撞击。你再看大桥护栏，损坏了有五十多米，如果是交通肇事没有其他外力因素的话，司机完全可以在这样长的距离刹车停下来，这样就不会造成车毁人亡的严重后果。”说到这，范志成把侯滨松从人群中拉出来：“还有更重要的情况，戴洪岭的身上少了两样东西，一个是他的枪不见了，一个是手机也没有找到。如果手枪是被杀手抢走的，那案件的性质就更严重了。还有在他的身上和车里没有找到他的手机这很奇怪，因为车虽然从桥上掉到河里，但这条猫儿河的河水很浅，并不能把车里的东西冲走，在他的衣兜里发现了你和靳玉兰的手机，还有警官证和一千多块钱，唯独他的手机不见了。”

侯滨松在这个时候能压下满腔的悲愤并不完全是因为他坚毅的性格，更重要的是，这起案件复杂的黑幕让他还来不及悲伤，顾不上流泪。当他听范志成这么一说，他的神经一下子绷紧了，他意识到从康虹死于车祸，到裴文敏逃往北京，再到戴洪岭车祸丧生，这一连串的案件都是幕后黑手策划推动的，就像靳玉兰说的那样，这是一个黑洞，一个看不见底、摸不到边的黑洞，这是一个能吃人的黑洞。现在他更加相信靳玉兰的这种判断，这个黑洞真的在吃人，现在所差的就是还没有把他侯滨松也一口吃掉了。

范志成看着咬牙切齿的侯滨松，害怕他情绪失控再惹出什么麻烦来，就谨小慎微地劝他：“你现在一定要冷静，疯狂是魔鬼，只有冷静下来才能理智地观察和分析问题。洪岭牺牲了，我一定要为他报仇，就是豁出我的生命也不会退却。现在案件如此复杂，许多内幕我们还看不清楚，面临这样的局面，我们必须先稳住阵脚，冷静观察，要从长计议，时机不到，这样的案件很难破获。我说的从长计议就是要等待时机，等待破案的时机。其实我说的都是废话，破案的道理你懂的，这不用我多说，但现在冷静比什么都重要。”

侯滨松用手按住范志成拍他肩膀的手说：“老兄啊，你觉得我现在还不够冷静吗？”

“你做得够好了，超出了我的想象。”

“那好，你还有没告诉我的情况，请都讲出来吧。”

“在洪岭的身旁遗留有两个子弹壳，是六四式子弹，虽然还需要做弹痕检验才能最后确定，但从现场的一般规律分析，应该是洪岭用他的枪射击后留下的。”

“他临死前还打过枪？”

“如果不出意外的话应该是这样，因为在他的身上并没有枪伤，这就排除了他人使用手枪的可能。我又仔细地查看了河滩的一大片区域，没有发现血迹，更不用说有被枪击死亡的尸体了。这说明什么？说明洪岭在最后的时刻没有受到进一步的暴力侵害，他打的那两枪很有可能是用鸣枪的方式发出求救信号。”

“这么说他的枪被前来救他的人给拿走了？赶快查 110 和 120 的报警电话，枪很有可能就在报警人的手里。”侯滨松的眼睛里闪出一丝良好的渴望，但这渴望很快就被范志成给打碎了。

“你别着急，当地警方会做这项工作，但是也不排除枪被有犯罪企图的人拿走，要是那样的话后果就更严重了。”

就在两人苦心分析案情的时候，吴波拿着手机惶惶跑来："是梁风的电话，他有紧急的情况要向你报告，就打到我这里了。”

侯滨松紧忙接过电话说："是梁风吗？我是侯滨松，你别急别哭，现在不是哭的时候，你告诉我你在什么地方，我现在就去跟你见面，你别怕，有我侯滨松在，你什么都不用怕。”

梁风的声音带着哭腔："侯叔叔，你快来吧，我就在猫儿河边不远的土山上，有一条小路通到山下，你只要到了山下我就能看到你了，你快来吧，要快啊！”

侯滨松四外一看，只有河北岸有一座草木茂盛的山丘，一条小路弯弯曲曲直到山脚下。他拔腿要走，范志成拦住他："进山会很冷，你把衣服穿上。”范志成把自己的衣服脱下来披在侯滨松的身上。侯滨松顾不上再谦让，穿上衣服就走。范志成又对紧跟而去的吴波说："一定要确保侯滨松的安全。”

已经走出挺远的侯滨松回头喊了一句："叫上朱队！”

侯滨松一路小跑来到山根，他一面登山一面高喊梁风的名字，吴波也急忙用手机跟梁风联系，这时只见路边的灌木丛中连滚带爬地跑出一个人来："侯叔叔，你可来了，我终于见到你了！”侯滨松转头一看，正是梁风。梁风蓬头垢面，满身泥污和血迹。他已经一整天没有吃东西了，再加上夜间寒冷和精神紧张，他再也没有力气了，跑过来就瘫倒在侯滨松的面前。梁风说不出话来，伸手从怀里掏出一支手枪，这是一支六四式手枪，枪号 5279，是戴洪岭的枪，还从裤兜里摸出一样东西，是一部手机，这是戴洪岭牺牲前扔在路边草丛中的，他在最后的时刻嘱托梁风一定要亲手交给侯滨松，手机里有他冒死拍下的视频，这是破案最关键的证据。侯滨松一手拿着枪，一手拿着手机，呆呆地一动不动。

朱大平气喘吁吁地赶上来，说："侯滨松同志，请你把枪交给我来保管。”侯滨松二话没说就乖乖地交了枪。“吴波，领着梁风到车里去喝点水吃点东西，让他稳定下来以后再谈情况。”朱大平刚说到这里，看见侯滨松要打开戴洪岭的手机看里面的视频，疾步上前把手机给抢了下来：“我说大侦探，越是在这个时候越要沉住气稳住架，这部手机千万不能乱动，绝对不能有一丝一毫的闪失，如果手机里的影像证据灭失，那将是无法挽回的损失。”

紧跟着上来的范志成说：“大平说得对，这部手机必须要移交给刑事技术部门去处理。”

侯滨松拿着手机端详了半天，所有人都能理解他现在的心情，手机在他的手里就像把戴洪岭揽在怀里一样。最后他小心翼翼地把手机交到了范志成的手里，眼巴巴地看着范志成把手机装进裤兜。

这个梁风真是不简单，他从裴文敏发生车祸开始就坚定地认为这不是一起交通事故，而是一起有预谋、有组织的谋杀案。那天凌晨三点他下夜班，正骑着摩托车回家，有一辆摩托车从他后边飞快地超过了他，他当时想，这小破车开这么快干什么，也没有太在意。就在这时，他听见身后有一辆货车疯狂驶来，就把车往边上靠了靠，果然他的判断是准确的，这辆蓝色的货车速度相当快，呼的一下开过去，刮起的风吹得他晃了两晃。由于货车的速度实在太快引起了他的注意，恐怖的一幕就在他的眼前发生了。货车高速追上前面刚刚过去的那辆摩托车，摩托车虽然尽力往路边躲闪，但货车还是猛地往外一打方向盘撞了上去。摩托车一瞬间被撞飞，连车带人摔在公路边的苞米地旁，摩托车的轱辘还在转没有熄火，骑车人一动也不动地躺在那里。这可不是交通事故，这是故意撞的，绝对是故意的，故意撞的这意味着什么呢？不好，这是杀人，这是一起正在发生的杀人案件啊！梁风赶紧打电话报警，他还胆突突地下到路边去看了看，骑车人还是一动不动，看来是死了。这时他突然发现那辆货车远远地停了下来，有个人正往这边张望，他吓坏了，连滚带爬地躲进了苞米地。那个人并没有过来，而是开上车走了。梁风虽然吓得心都要跳了出来，但在这个紧要关头他的脑子里蓦地闪过一个人的名字—哈尔滨大侦探侯滨松，侯滨松不但给他壮了壮胆，还义正词严地警示他，任何一个公民都有义务有权利协助警方破案。想想侯叔叔为了梁家的案子费尽心机，吃尽辛苦，如果能帮助他把眼前发生的杀人案件破获，这真是一件应该也是值得去做的事情。想到这梁风鼓起勇气，也不知道是哪来的胆量，刚才还在发抖的腿也有了力量，他冲上公路，向着杀人凶手逃走的方向追去。他一直追出了三十多公里，看到这辆车开进了距公路有四五公里的一个不知名的小屯子。他没敢跟着进屯子，他是农村人，非常熟悉农村人的习惯。这个屯子很小，也就百十来户人家，他追到这时已经六点了，天已大亮，一大早上如果有生人进屯子，所有人都会注意你，甚至会有人盘问你是哪的，到这屯子来找什么人，来干什么，所以只要进了屯子就等于暴露了自己。再说这个屯子只有一条通往公路的村道，这辆货车进了屯子就再无路可去了。还有这个屯子的户数不多，谁家养车，谁家有这样的货车是很容易查清的，没有必要冒险进去找到这辆车。梁风确认了杀人凶手居住的准确地址之后，驾着他的小摩托车一溜烟回到哈尔滨，他心急如火地想见到侯叔叔,把这起大案的线索向他报告。但是侯滨松没有见他,只派戴洪岭跟他见面，听他把发现这起案件的经过从头到尾讲了一遍。

梁风非常肯定这是一起谋杀案件，他还根据亲眼看到的案件过程对案件的性质给出了结论，这是具有黑社会性质的谋杀案件，是两个犯罪集团为争夺利益进行火拼的结果。他有五条依据支持这个结论：一、用撞车的方式进行杀人够狠的，不可能是小流氓之间打架斗殴的档次，是下死手行凶杀人。二、用这样的方式杀人不但够狠，也够精明，因为这样就把杀人案件的现场伪装成了交通肇事的现场，就能逃避警察的追查，这一定是精心策划的，是有组织的犯罪行为。三、这起案件被害人一方没有报案，这不符合常理，就算是一起交通事故，受伤的人也应该报案，经过交警处理获得赔偿。这就很明显是犯罪集团之间黑吃黑的报复行为。四、被害人的身份非常神秘，全身上下是男人的打扮，可她却是女扮男装。梁风当时跑下公路去查看伤者的伤势时，伤者被摔在地上时衣服很凌乱，皮夹克被撕开，露出了胸部高耸的乳房。一个女人在这个时候乔装改扮单独外出又遭到杀害，这绝不是什么良家妇女，一定是在黑道上得罪了人惹祸上身。五、这个女人也不是单打独斗，她的后面也有一个团伙。就在梁风发现货车司机向这边张望吓得跑开的那一会儿工夫，这个女人就不见了，以她当时的伤势不可能自己逃走，一定还有人接应把她救走了。

这就是梁风看到的和分析到的有关案件的全部情况，虽然他的分析并不完全准确，但还是比较客观地反映了案件的真实情况。戴洪岭把这些情况向侯滨松做了汇报，可是侯滨松根本就没有给予足够的重视，这也就造成了案件在第一时间没有全面开展侦查的被动态势。梁风说到这喝了几口矿泉水，挤在面包车里的所有人都不由自主地关注起侯滨松的反应。侯滨松蜷缩在座椅里抽烟，不断的咳嗽使他的身体剧烈震动。他见梁风停下来看着他，就安慰说："你接着说，我没事。"

这么大的案件没有引起侯滨松的兴趣，这叫梁风很失望，不过当戴洪岭告诉他侯滨松的工作很忙，抽不出时间听他当面汇报时，他觉得侯叔叔年龄大了，每天为了破案还这么辛苦，应该为侯叔叔分担一点困难。想到这里，他决定秘密地协助戴洪岭破案。他开始跟踪戴洪岭，想找一个机会为戴洪岭做点事情，然后顺理成章地参加警察的破案行动。他这一跟踪不要紧，他发现戴洪岭竟然在秘密跟踪侯滨松，在这一连串的跟踪中，他又目睹了一起暗杀，他做梦也想不到，竟然有人胆大包天敢暗杀侯滨松。当戴洪岭去营救翻车的侯滨松的时候，他立即去追踪那辆逃离现场的货车。这次货车没有回到那个不知名的小屯子，而是在不远处拐进公路边的一条土路隐蔽起来。梁风利用草木的掩护，匍匐到跟前近距离地观察这辆车。这是一辆中型货车，车的前后都没有车牌，车身满是泥土，说明它经常在农村的土路上行驶，或在城市中干一些拉残土的活儿。梁风看见司机趴在方向盘上睡着了，他灵机一动，何不利用这个机会在这辆车上留下痕迹，以便日后作为证据使用。他三下两下把鞋带解下来，慢慢地爬到车的底下，把鞋带牢牢地系在刹车的传动拉杆上。他转动身体从车底下滚出来，在车的后侧转了半圈，用手机拍下了十多张照片，然后就趴在草丛中耐心地守候，他倒要看看这辆车究竟还会干出什么勾当来。时间刚过了零点，司机接到一个电话，随即汽车启动拐上公路向南面疾驶而去，梁风见状赶紧骑上他的摩托车紧跟上去。

梁风追踪这辆货车是冒了很大风险的，不要说被发现会招来杀身之祸，就是在路上行驶也非常危险，因为怕被对方发现，他不能打开车灯驾驶，在茫茫夜色之中他一直是摸黑高速行驶的。货车的速度相当快，渐渐地追上了前面的一辆吉普车，于是吉普车在前，货车紧随其后，梁风隐身在其后，三辆车风驰电掣般地一路狂飙。最终，在猫儿河大桥上一起惨烈的谋杀瞬间完成，戴洪岭当场牺牲，梁风不但保护了他的手枪，还保住了他用生命换来的犯罪证据。

听完了梁风介绍的案情，侯滨松没说别的，只是又重复了一遍已经说过的话："梁风啊，你真的不简单，你如果当了警察一定比我强！"

朱大平看到侯滨松心低意沮也禁不住一阵悲哀涌上心头，他完全理解侯滨松沮丧的心情。咳，一个人只要当上这该死的警察，那就注定一辈子都要适应这种活法，破了案赞扬和荣誉弄一脸口水，破不了案训斥和指责也是一脸口水，如果万一有点闪失弄出错来，别说能管着你的人，就是每一个老百姓都能来收拾你。就在朱大平想劝侯滨松几句又不知道说什么好的时候，鲁俊山的电话进来了，全体到桥头集合。

一共二十来个人站成两排，鲁俊山扫视一遍问道："侯滨松怎么没来集合？"

"你已经宣布他停止执行职务，他过来是不是不太……"朱大平怕伤到鲁俊山的面子，打住话头没有说完。

鲁俊山也有意略过这个问题，声音暗淡地开始他的工作部署："我刚刚接到上级的指示，并且跟当地警方交换了意见，再根据案件的具体情况，我们当前的工作主要有以下几点。第一，这个案件由具有管辖权的当地公安机关负责侦办，我们主要是协助当地警方开展工作，一会儿要留下两名同志，一方面是协助配合兄弟单位工作，另一方面也便于随时掌握进展情况。第二，立即通知戴洪岭同志的家属，尽最大的努力做好善后工作。第三，戴洪岭同志的遗体在法医鉴定结束后运回哈尔滨，我们要警车开路全程护送，这样做既是为了安全，也是为了人民警察的荣誉，为了人民警察的感情。洪岭是我们的好同志、好战友、好兄弟啊！"说到这里他哽咽难言，转过身抹去满脸的泪水。过了一会儿他又转回来，面对被泪水冲得七扭八歪的队伍继续说道："最后一条，这个案件可能比较复杂，在下一步的工作中，无论任何人发现掌握有关案件的线索，都必须立即报到我这里，任何人不得擅自行动，如有人一意孤行擅自行动，督察部门将严肃执纪，无论涉及什么人一律上限处理。这是一道高压线，碰着死挨着亡。我的话完了，各项任务由朱队具体分配警力落实完成。解散！"他说完了又叫住朱大平："刚才的工作部署要传达给侯滨松。"

此时的侯滨松正把梁风隐藏在面包车的后排上，他让梁风躺下，这样从外面很难发现他。朱大平敲敲车窗把侯滨松叫下来，在传达了鲁俊山的工作部署之后，忧心忡忡地看了侯滨松一眼欲言又止。

"你小子有什么话就痛快点说，这都什么时候了，如果你要是再跟我藏心眼、绕弯子、兜圈子，那我就没有活路了，你是不是想置我于死地而后快啊？"

"我正告你小侯子，你现在要是还怀疑我的话，那就是无情无义丧尽天良！"

"那你就有话快说。"

"这个梁风怎么办？"

“必须要保住这个秘密。”

“你觉得这个秘密能保住吗？”

“能保住得保，保不住也得保，能保住一天是一天，能保住一会儿是一会儿，为了洪岭我求你了。”

就这样，梁风神不知鬼不觉地回到了哈尔滨。侯组和朱组的所有人都守口如瓶，在鲁俊山的眼皮底下，这个天大的秘密被掩盖起来。

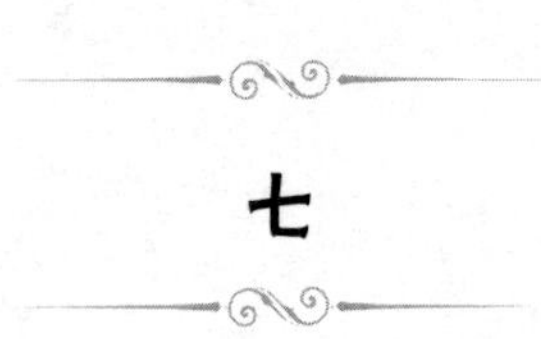

七

在戴洪岭牺牲后的第三天，侯滨松又接到命令去执行一项秘密行动，行动任务很简单，中午十二点到哈尔滨太平国际机场接站。这个命令是纪委发出的，由鲁俊山传达给侯滨松。侯滨松接受任务后提了一个要求，他点名要求朱大平和他一起执行任务。

按照纪委的要求，他和朱大平提前半个小时到达机场，与机场公安处取得联系之后，他们被一辆警车送到停机坪等候。侯滨松站在辽阔的跑道上抑制不住悲喜交加激荡胸怀，裴文敏胜利了，可这胜利是搭上了戴洪岭的性命换来的啊！抬起头来，天高云淡。谁叫他是该死的警察呢，搭上了性命就是死得其所，就是重于泰山，谁都会用这说顺了嘴的话来评价一下那些该死的警察。他把手伸进衣兜摸了摸烟盒，又抽出手放在鼻子底下闻一闻，他很熟悉等待胜利的焦虑，只是这一次非同寻常。朱大平精神百倍地站在他的身旁，看上去像是他的保镖，他能够感受到老战友的用心，无非是用这样的情绪来感染他，来减轻他的焦虑。

飞机呼啸着从天而降，然后慢慢地悠闲到他们的跟前。机舱门打开，人们像羊群一样涌出来，不一会儿就装满了两辆摆渡客车运走了。巨大的飞机旁顿时寂静下来，除了舷梯下有几名工作人员，再就是纪委的人，还有公安处的警察立正在红灯闪烁的警车旁。侯滨松和朱大平站在最后面，他们的任务是秘密的，所以总摆不上台面。终于一个女孩子的身影慢慢出现在机舱门口，侯滨松一眼就看出那是裴文敏，只见她疑神疑鬼地四外张望就是不往下走。前面纪委的领导回头喊了一句：“公安局的侯滨松同志你挥挥手！”看见侯滨松正向她挥手，裴文敏激动地往下跑，要不是于化龙手快扶她一把，都险些一头栽下来。她跑下舷梯扑进侯滨松的怀里失声痛哭，一个纤弱的女孩终于从一场你死我活的拼杀中侥幸胜出。

在裴文敏的身后还下来了几个人，为首的是一位年长女人，她姓刘，是专案组组长，她走下飞机，老远就伸出手直奔侯滨松，她用力地握住侯滨松的手说：“我代表北京专案组感谢侯滨松同志，我本人也很佩服你的大智大勇，哈尔滨大侦探果然名不虚传。”

接下来的事情充满传奇色彩，所有目睹了事情经过的人都被深深地感动了。裴文敏带领北京专案组和纪委的人先来到了太阳岛上的太阳瀑，这虽然是一座人工筑起的假山，但它造型险峻，飞流直下，气势非凡，成为吸引游客的名胜景观。走过长长的栈道就到了山下，侯滨松正准备陪同于化龙进入溶洞去取证据材料，可是裴文敏紧紧抓住他的衣襟不放，只好由朱大平跟纪委的人一起钻进水声轰鸣的溶洞。过了一会儿于化龙出来了，他的手里紧握着一个小小的塑料瓶，那里面是一个存满了哈贸集团上层犯罪证据的 U 盘。裴文敏把小小的 U 盘握在手上失声痛哭，于化龙为她擦去泪水，安慰她止住哭声，她这才想起把 U 盘交给刘组长。

取证的第二站在伏尔加庄园。在庄园中央一条小河旁，一座复制的圣尼古拉教堂掩映在一片红叶之中。一行人走过一座小桥就进入了教堂，人们环视宏伟的建筑脸上显出迷茫，只见于化龙矫健地攀上圣尼古拉教堂的穹顶，在宽大的松木房梁上，拆下用胶带缠着的厚厚一个文件袋，里面全是有关的票据和账目。当于化龙把档案袋捧到刘组长面前时，这位满头白发的长者泪花闪转，她提高了声音对在场的人说：“这些证据是用生命换来的啊，党和人民永远也不能忘记在反腐败斗争中牺牲的英雄们！我们要用胜利来告慰英雄，让那些腐败分子在英灵的面前发抖吧！”她的声音在雄伟的殿堂回响，让所有人顿感神圣，一片肃穆。侯滨松把这些话牢记在心里，他要把这些话告诉戴洪岭，他的好兄弟。

戴洪岭牺牲一周之后，市公安局举行了隆重的追悼大会，大会结束后又组织了浩大的送葬队伍，一个普通的警察用生命的代价为警察们光荣了一把。当戴洪岭的遗体火化的时候，大案队的全体警察列队站在火化车间的外面，他们仰望高高的烟囱，目送英雄的身体化作青烟，青烟融入天边的白云，随着强劲的秋风飘扬远去。

在追悼会上发生了令人震撼的一幕，建刚同志参加了追悼会，他站在了警察队伍的最前排，在向遗体告别时，他举手敬礼，动作坚定而有力，作为他这个级别的大领导能参加一个普通民警的追悼会，这叫所有的警察都为之动容。

在这整整一周的时间里，大案队从鲁俊山到所有的警察都过得心神不宁忐忑不安。侯滨松一天到晚不说一句话，从得到戴洪岭牺牲的消息到追悼会，再到把他送进火化车间化作青烟，没掉过一滴眼泪，没发出过一声痛哭。谁都知道他跟戴洪岭的生死交情，谁都知道侯滨松是一个义重如山激情似火的人，也都了解他快人快语的性格，他这样一反常态的举动叫谁都心里没数。最不托底的就是鲁俊山，他不但清楚戴洪岭牺牲后面无法揭开的黑幕，也深知侯滨松破案报仇的决死信心。他太了解侯滨松敢想敢干的性格了，“金猴奋起千钧棒”这句诗用在他身上再恰当不过了，要是把他惹急了，大闹天宫的事也干得出来。侯滨松只比鲁俊山小三岁，都是摸爬滚打一辈子的战友，说了如指掌一点也不过分。别看侯滨松现在不声不响没有任何动静，可鲁俊山担心的是这座活火山会不会随时喷发，这颗定时炸弹说不上什么时候会爆炸。鲁俊山忧心忡忡不要紧，可苦了朱大平，他疑神疑鬼地对侯滨松进行监控，每天都要向鲁俊山汇报情况，整日惶惶几近草木皆兵。

戴洪岭的骨灰下葬之后，侯滨松默默地一个人开车离开了墓地，他的车开得不快，直奔市郊的一个颇具规模的汽车修理厂。他走进车间时毫不理会有人在接待问好，而是径直走向车间的一个角落，在那里存放着一堆面目全非的汽车残骸，这就是戴洪岭从大桥上摔下去的那辆吉普车。侯滨松围着残骸转了一圈，他先是用手轻轻抚摸，然后俯下身趴在了车上。就在这时，空旷的车间里由弱渐强地响起了令人毛骨悚然的声音，听到这种声音几个工人急忙跑出车间，有一个女顾客在往外跑的时候甚至吓得失声尖叫起来。这声音是侯滨松在哭，在撕心裂肺地哭，他垂下的眼睛里有泪水在激荡奔流。

朱大平带领着十几个警察守在修理车间的外面，他们安抚人们不要惊慌，然后就在车间的门口列成一排陪着侯滨松一起哭。

这些个警察啊，就这样哭，没好歹地哭，一直哭了好长时间。

第十章

死者无伤

一

110 接到报警，有人在松花江北岸发现一具男尸，不用说这是大案队的活儿，侯滨松正在外面办案，接到鲁俊山的电话，带着他的人赶到现场。

发现尸体的地点在松花江北岸一条很僻静的公路旁，公路的两边是茂盛的树木和花草，在离开公路不远的地方有一条与公路并行的水沟，由于草丛深密，如果不是到跟前仔细观察，很难发现这里还有一条水沟，把尸体扔到这样隐蔽的地方，能够看出抛尸人是动了一番心思的。

命案自然是大案，鲁俊山、朱大平也自然亲临现场以示领导重视，命案必破嘛。范志成本来已经派副科长出现场，可侯滨松却打电话死活非让他来不可，他惹不起这老妖猴，只好也开车过来了。现在的侯滨松别说范志成惹不起他，大案队从鲁俊山往下谁也惹不起他。自从戴洪岭牺牲以后他就像变了一个人，他失去了以往那种平和沉静，也没有了人们喜欢的乐观幽默，他平时不太说话，遇到事情沾火就着，而且往往情绪失控言行粗暴。对他的这些变化大家都很理解，大案队里没人说三道四，就连关超说起他也是叹口气说这是更年期。侯滨松最大的变化是不再像从前那样宽宏大量，对人对事都尖酸刻薄起来，特别是对鲁俊山总是投以仇视的目光，本来是亲密无间的战友，今天却走到了冤家对头的地步。两个人不管遇到什么事，话不投机就吵起来，时间长了，吵吵闹闹的，大家都习惯了。

刑事案件很有意思，有时候并不是大案、要案、性质恶劣的案件就一定错综复杂，有的惊天大案其实比侦破一起自行车被盗的小案都要简单容易。就像这个无名尸体现场，呼呼啦啦来了一帮警察，到了现场也没什么事干，如果这个现场是在市区里，警察会走街串巷地进行走访调查，像这样的野外现场，连个看热闹的人都没有，你去走访谁去，所以就仨一帮俩一伙地闲聊，等着刑事技术的人给提供出侦查的方向和范围才有活儿干。

范志成他们没用多长时间就把现场勘查完了，为了节省时间，鲁俊山决定在不远处的一个小凉亭里召开案情研究会。小亭子全是木结构，精巧别致，在这放眼望去不见尽头的松花江湿地，要不是在这里发现了尸体，蓝天白云绿草野花倒也充满诗情画意。

侯滨松看到范志成跟鲁俊山在一旁嘀嘀咕咕地咬耳朵，他并不理会，而是一个人低着头走在最前面，走进小凉亭坐下抽烟。技术科勘查无名尸体现场，无非是年龄、性别、身高、体重、死亡时间、致死原因、职业身份等等那一套，说得再全面，刑警找不到身源谁都白扯。侯滨松懒得听范志成的长篇大论，干脆把身子一横在一条长凳上躺下，一个人占了三四个人的地方，有的人没地方坐站在外面他也全然不顾。鲁俊山看在眼里闹在心里，他皱了皱眉头宣布开会。

这具无名尸体的发现非常偶然，发现人是两个年轻的女人，今天下午，一个有十多人组成的自行车旅驴友团队到这里来训练，因为这里远离市区寂静车少，这伙人就经常到这里来训练。刚才他们在聚集到这里休息的时候，有两个女人到路边的草丛中去方便，她们想找一块草丛深一点的地方遮掩身体，就往远处多走了几步，结果在草丛中发现了一只鞋，这引起了两个人的注意。在发现鞋的地方四外一看，一米来高的杂草有被拖拽压倒的痕迹，痕迹很明显地通向水沟边上。这实在是太可疑了，她们慌张地跑上马路喊来胆大的男人们下去看看怎么回事，本来严严实实隐藏起来的尸体就这么被发现了。这具尸体并不是裸露在水沟里的，而是蜷曲地装在一个编织袋里的，尸体的一只脚露在了外面，这才在拖拽尸体的时候拖掉了一只鞋，这至关重要，如果没有这只鞋引起那两个女人的警觉，尸体就不会被发现了。如果尸体不被发现，接下来的一系列风云变幻的故事也就不会发生了。

这里不是第一现场，而是抛尸现场。尸体为男性，年龄在二十五至三十岁之间，身上没有任何证件或手机、票据等能够证明其身份的物品。从尸体的腐败程度和蛆虫生长的状态分析，死亡时间超过了七十二小时，也就是在三天前死亡的。法医检查了死者的颅骨和全身软组织，没有发现锐器刺创和钝器击打的伤口，也没有用手或绳索掐、勒的痕迹。在身体的手臂、大腿和背部有软组织挫伤，是死后拖拽尸体过程中形成的，而不是生前受到对身体的侵害。从尸体死后的反应初步判断，也没有出现一般中毒死亡的症状。

这就是说，死者没有受到暴力侵害致死，也没有中毒死亡的迹象，据此推论完全可以解释成没有刑事案件发生，那人是怎么死的呢？

小凉亭里议论声骤起，范志成的解释滴水不漏："技术部门的现场勘查只是一个初步的分析，还不是最后的鉴定结论。至于无名尸体的死因也不能排除是某种疾病突发造成死亡的结果，这是目前一种比较合理的解释，但这一切都需要时间来进一步做医学鉴定。"

"我看这个案子没什么可分析研究的了，一切以法医鉴定为准，等技术部门拿出科学依据来再立案侦查也不晚，收队！"鲁俊山一锤定音，说完抬腿就要走，就在这个时候侯滨松站起身来发言了。

"鲁队且慢，我有话说。"

人们一听坏了，这非得又吵起来不可，这不是存心找碴儿吗？侯滨松啊，都五十多岁的老同志了，这是怎么了？

鲁俊山正要发作，但他沉思片刻还是忍住了："有什么话你说吧，我不能剥夺你的发言权啊。"

鲁俊山的话里已经充满了火药味，可侯滨松就是充耳不闻，他自有话说，管你什么火药味不火药味呢。"这具无名男尸是否有外力伤害致死或者是否中毒致死还有突发疾病死亡，这些都不影响对案件立案侦查。根据是，这个人在死亡之后被人为抛尸，而且抛尸的方法和地点都是精心设计的，有明显的主观故意，这个主观故意就是要掩盖死者死亡事实的发生。那么这个抛尸人为什么要掩盖死者死亡的事实呢？这只有一种解释，抛尸人与这具无名尸体有着紧密的联系，有某种利害关系，我再说得明确一点，这具尸体与刑事犯罪活动必有客观的、紧密的因果关系，也就是说这具无名尸体能够证明有刑事案件发生。如果我们不在第一时间采取侦查行动，就有可能错过破案的有利时机，如果再这样干就有可能让又一起案件石沉大海。"

侯滨松的一番话使议论平息下来，不能不说他的分析和结论是有道理的，但这都是表面现象。听话听声锣鼓听音，朱大平听出了他最后一句话的深意，“如果再这样干就有可能让又一起案件石沉大海”，这分明是在暗喻戴洪岭被害的案件。

侯滨松的矛头所指非常明确，这使一向随和宽厚的鲁俊山也火爆起来：“破案不是感情用事的个人行为，也不是江湖好汉单打独斗逞英雄的行为，我们这些人是大案队的刑警，是人民警察，不是替天行道的梁山好汉，我们每个人的一举一动都受到国家法律的制约，没有法律也就没有我们这些警察！没有法医鉴定结论就不能立案侦查，这不是我说，这是办案程序规定的，不符合程序的规定就不能立案侦查！”

鲁俊山火爆，侯滨松更火爆，他提高了声音，根本就没把鲁俊山的话当一回事。“发现尸体的地方不是罪案的第一现场，这是明摆着的，不用法医鉴定就可以认定。这里是一个抛尸现场，既然是抛尸现场那就是犯罪现场，死者不是受到暴力侵害死亡的，那他为什么会被人抛尸呢？当然抛尸一般来说是杀人、抢劫、绑架等暴力案件的凶手，为了掩盖犯罪事实而惯用的方法。这具尸体没有受到暴力侵害，甚至不排除是疾病发作死亡的，可是为什么会有人抛尸呢？抛尸的目的是什么呢？这个抛尸人也一定想让死者消失，这样就不用杀人也能灭口。我认为死者是与重大犯罪活动有密切联系的人，他虽然不是他杀而死，但他死亡的地点必与这起重大犯罪相关联，发现了这个地点就能发现犯罪嫌疑人抛尸灭迹的动机。现在发现了尸体，正是我们顺藤摸瓜从中破案的大好时机，不予立案侦查道理何在？”

眼看这两个人针尖对麦芒互不相让，就这样争执下去谁的面子都下不来，范志成抢在鲁俊山之前说道：“鲁队，我说说我的看法：这个抛尸现场确实有些奇怪，我们都快干了一辈子了，这样的情况也没有遇见过。鲁队的决定没有错，严格按照法律的规定开展侦查是我们必须遵循的原则，这样既有利于工作也有利于保护我们自己。老侯的意见也有可取之处，抓住时机及时破案也是刑侦工作的原则，如果贻误战机将会丧失破案的有利条件，后果不堪设想。我们技术科会在最短的时间内拿出现场勘验结果，为立案侦查提供可靠的依据，老侯可以先从查找身源下手，如果查明了死者的身份案件的基本轮廓也就显现出来了。”

范志成这么一和稀泥，鲁俊山有了台阶下，丢下一句“就这样吧，散会”，怒气冲冲地转身而去。

侯滨松在范志成和朱大平的怒目制止下没再吭声，案情分析会就这样不欢而散。

范志成走到路边刚上车，就被侯滨松紧赶几步拽住车门："你给我下来！"

"我说你这个老妖猴啊，你拦了我一辈子车，有多急的事回去说不行吗，为啥非得拽着我的车门说呢？"

"范大科长你给我听好了，我有话说在当面，不搞阴谋诡计。我问你，今天现场勘查的情况你如实通报了吗？我再把话说得明白一点，今天的现场勘查你隐瞒了什么证据？"

"你是不是老糊涂了？你整天这样疑神疑鬼的烦人不烦人啊！"

"不是我疑神疑鬼，是还有牛鬼蛇神在暗中兴妖作怪，而我们这些降妖捉鬼的人却袖手旁观，无所作为。"

"你越扯越远了，我可没工夫陪你在这闲扯。你把手撒开，我刚才已经说了，要尽快把现场勘验结果拿出来，我得赶紧回去干活儿啊，我这活儿可都是给你干的啊。"

侯滨松看出范志成的眼睛里闪过一丝心虚的影子，这让他断定范志成在隐瞒着什么："你心里有鬼可眼睛藏不住，你今天不跟我说实话我就不下车！"

侯滨松说着就钻进了车里，范志成无奈，只好开车把他给拉走了。

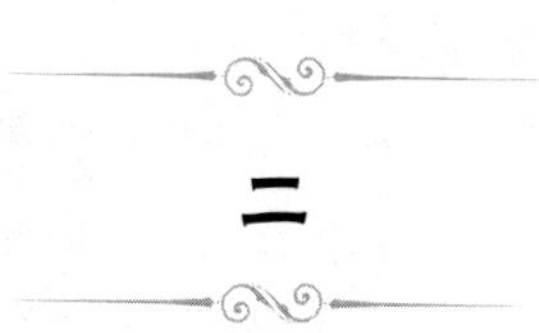

二

从现场回到大案队不一会儿，赵冬就从公安网的失踪人口信息中找到了无名尸体的身源，从体貌特征、着装和失踪时间等条件比对都能确认死者是一个叫李四木的人。

这可是一个好消息，可是当把这个好消息报告给侯滨松时，他在电话里就说了一句话："该怎么查就这么查，这还用教你们吗？"

侯滨松说到做到，他跟着范志成回到技术科真的没下车，哪也不去就在车里睡上了。范志成没有办法，就给朱大平打电话，让他来劝一劝侯滨松，别再这样闹下去了。可是朱大平给范志成出的主意是尽快把现场勘查结论拿出来，如果不是这样就打发不走他。其实范志成的心里也明白，侯滨松等的并不是无名尸体现场勘查的结论，他是怀疑范志成向他隐瞒了现场遗留的重要证据。在现场时范志成曾偷偷摸摸地向鲁俊山汇报情况，那遮人耳目的行为让他坚定了自己的判断。侯滨松常常说一句话：谎言都写在眼睛里。

范志成有些心虚，他确实隐瞒了现场的重要犯罪证据，侯滨松没有冤枉他。

就在侯滨松和范志成较劲的时候，赵冬和吴波对李四木的调查有了突破性的进展。向 110 报警的是李四木的妻子耿兰芬，她的丈夫在三天前离家至今未归，打他的手机开始是无人接听，后来就关机了。李四木三十岁，平时村里的人都习惯叫他李四。他在几年前曾因盗窃罪被判了两年，刑满释放后也没有正当的职业，整天游手好闲。耿兰芬还提供了一条线索，怀疑本村的马老二害死了李四，因为有人看见三天前的中午李四和马老二一起坐公交车去了市区，现在李四失踪了，这个马老二也不见了，更奇怪的是他的手机也关机了。再查马老二有戏了。他的大名叫马加贵，比李四大两岁，也是刑满释放人员，有盗窃前科，更可疑的是，他跟李四是服刑时的狱友。这样的两个人一同外出，其中一人死亡被抛尸，这确实有刑事犯罪的嫌疑，看来侯滨松的判断是有道理的。

吴波和赵冬直接跑到市局，在大楼前找到了正在吉普车里呼呼大睡的侯滨松，他们刚把李四和马老二的情况汇报完，范志成也匆匆来向侯滨松汇报现场勘查的结论。尸体没有任何外伤，尸体解剖也没有在胃内容物中发现有毒成分，尸体也没有发现中毒死亡的症状，可以认定死者不是受到不法侵害而死亡，也不是在意外事故中受到伤害死亡。死者的死亡原因可能是因为突发疾病的结果，但这要等待医学专家的病理解剖检查才能确认。

“在法检中也发现了一些不太好解释的可疑迹象。”范志成在说这句话时想调动一下侯滨松的情绪，所以他的口气和表情都显得有点神秘：“在死者的胃内容物中，除了有大米饭、豆角之外，还发现了两种罕见的坚果，一种是碧根果，一种是夏威夷果，产地都是美国，这是比较高档的坚果，价格也不便宜，应该是高收入的家庭才会有的食品。还有在胃内容物中有残留的红酒成分，这些都没有消化，应该是死者在进食后立即死亡了。”

刚才还睡眼蒙眬的侯滨松这会儿有了一点精神，他让赵冬把李四木和马老二的情况再向范志成叙述一遍，范志成听了不但没有一点兴奋的意思，反而若有所思地沉闷起来。

侯滨松撇开范志成对吴波说：“你不是已经跟麻雷子接上头了吗？他有个亲戚就是李四家那个村的，我看这个马老二不是跑，而是躲，他是想躲几天听听风声，如果麻雷子去找很快就会找到。”说完又躺下睡他的觉去了。

赵冬一看沉不住气了：“侯老，你不跟我们回队里啊？”

侯滨松躺在车里回了一句：“你们去忙你们的，我就在这陪范大科长。”

范志成一脸苦相地挥挥手说：“你们去忙吧，一会我给他弄点吃的来。”

天黑了，范志成给侯滨松买来了面包和饮料，侯滨松捂着脑袋说：“我要吃烤肉。”

范志成一听赶紧盯上一句："那吃完烤肉你就回家。"

"行，就吃烤肉。"

范志成请客这可是头一回，这也是让侯滨松给磨得实在没招了。到了烤肉店，范志成拿着菜单左看右看，点了一份牛肉、一盘拌菜和两瓶啤酒。

很快酒菜上齐了，侯滨松笑着说："好啊你这个'小饭盒'，咱俩三十年了，你头一回请客就这么寒酸，两盘小菜两瓶啤酒你也真磨得开脸。服务生，再来两盘肉和一箱啤酒。"

这时已经深夜了，连服务生都趴在桌上睡成一摊泥，可他们两个人你一杯我一杯一直喝到天亮。当最后一瓶酒喝完，范志成神志恍惚地说："你这个老妖猴，肉你吃了酒你也喝了，这回你该饶过我了吧？"

侯滨松虽然也高了，但他仍然精神抖擞："你以为请我喝顿酒我就能饶过你？那你太天真了。你小子给我听好了，只要你不把秘密告诉我，你就是走到天涯海角我也跟到天涯海角，我这辈子都饶不过你。姓范的，你跟鲁俊山在暗中都干了些什么？昨天在现场你们俩的眼神告诉我，你们之间有不可告人的勾当，你们能骗得了别人可骗不了我侯滨松。"

"你这不是臭无赖吗？"

"我就是臭无赖，你奈我何？"

范志成的醉眼盯着侯滨松，他的眼珠转了两转说："我不可能把秘密泄露给你这个妖猴，你要真的大闹天宫我可承受不起，不过……"

"不过什么？"

"这秘密材料要是你自己弄到手的可就跟我无关了。"范志成说完把身子往后一仰睡了过去。

这番话像一盆凉水浇到头上，侯滨松的酒全醒了过来，他看着呼呼大睡的范志成，终于悟出了他话中的深意。范志成来的时候还是拎着他那个破皮兜，现在兜子就放在他身边的椅子上。侯滨松悄悄起身走过去，他轻轻拉开拉锁，把一份文件抽了出来。这是一份盖有机密印章的报告，题目是"关于无名尸体现场勘查发现重大犯罪信息的报告"。

侯滨松把报告揣起来，喊服务生买单，他付完钱看着熟睡的范志成笑道："你小子这是出卖情报省了一顿酒钱啊。"

怒气借着酒气，侯滨松气势汹汹。他一路急行，走进公安局大门直冲刑侦处副处长办公室，他没有报告也没有敲门，伸出一掌推门而入，没想到撞见的情景让他吃了一惊。办公室里除了鲁俊山还有一个人，这个人是朱大平，他正帮着鲁俊山扎领带。再看鲁俊山，锃亮的皮鞋笔挺的西裤，洁白的衬衫正在往上扎领带，办公桌上警服、警帽、警徽、肩章、警官证摆得整整齐齐。鲁俊山并没有因为侯滨松的闯入而分神，他对照镜子端详着白色衬衫配上红色领带的效果。

鲁俊山对侯滨松视而不见，他对朱大平轻声说了句："咱们走吧。"说完就要出门。

侯滨松上前一步挡在门口问道："请问鲁队，你要干什么去？"

鲁俊山冷冷相对不作回答，朱大平忙解释说："鲁队提前退休的申请刚刚批下来，他已经退休了，现在要去大案队跟同志们道个别。"

这个消息把侯滨松给震住了，由于事发突然又出乎意料，他一下子不知所措了。

"侯滨松同志，请你让开，我已经老了，我要回家了。"

鲁俊山的这句话激怒了侯滨松，他在这一刻清楚地意识到究竟发生了什么。自从戴洪岭牺牲，侯滨松就和鲁俊山爆发了激烈的冲突，冲突的焦点是侯滨松力主大案队全力侦破戴洪岭遇害案件，但是鲁俊山坚决反对，因为案件发生在外省，不属于哈尔滨警方管辖，所以大案队不能擅自采取侦查行动。两个人大会小会吵，个别谈话时也是一言不合就拍了桌子。矛盾越来越深，侯滨松甚至开始怀疑鲁俊山别有用心，是黑社会犯罪集团的保护伞。现在鲁俊山真的要提前退休回家，不能不深究他的动机，侯滨松心里想着，嘴里就喊了出来。

"好啊你鲁俊山，你这是大敌当前临阵脱逃啊！"

这一嗓子把朱大平吓着了，他急忙把门关严喝道："侯滨松同志，你要注意你的态度，你是共产党员人民警察，你这样不顾事实胡说八道是不负责任的行为，你这样做辜负了鲁队对你的信任，也伤害了你们之间的感情，你这样放任自己也有损于哈尔滨大侦探的形象啊！"

侯滨松愤怒地推开阻拦他的朱大平继续说："我不在乎我的什么形象，我也不在乎什么个人的感情，我在乎的是法律的尊严，我在乎的是正义还值几斤几两，我在乎的是戴洪岭不能就这么白白搭上的性命！你为什么不让我侦查戴洪岭的案件？你口口声声说不能轻举妄动，要等待时机，现在一年过去了，杀人凶手还逍遥法外，戴洪岭的冤魂还得不到安息，难道你这个大案队的队长还抬得起头来吗？

三十多年前我第一次穿上警服的时候你是怎么跟我说的？你说当警察就要有站着进来躺着出去的精神，只要穿上了这身警服就要为国家、为人民永远战斗，就要用生命去捍卫法律的尊严。你教育我的话我都记住了，可是你记住了吗？洪岭被害了，还有人想把我也除掉，在这你死我活的紧要关头，你倒好，一纸提前退休的申请就一走了之了。你走你的吧，我没有什么好说的了，就凭我侯滨松看透一个人足足用了三十多年的时间，我真是丢尽了哈尔滨大侦探的脸！你走你的吧，你走吧，你这个逃兵、懦夫！”

冒着侯滨松的狂轰滥炸鲁俊山神色自若，他不太习惯地又紧了紧领带说：“我说过的话会永远记住，但我希望你也能把今天说的话记住。”

鲁俊山说完就走，朱大平紧紧跟上，剩下愣愣的侯滨松，他双手紧握拳头，满腔的怒火无处喷发。

三

朱大平陪着鲁俊山向大案队全体刑警道别，当然这个全体不包括侯滨松。道别仪式的时间不长，主要是鲁俊山讲了几句冠冕堂皇的客套话，由于事发突然，关超等几个老刑警仓促之间回了几句奉承捧场的客套话，然后就是鼓掌欢送，草草结束。

朱大平开车把鲁俊山送回家就急着往回赶，他要听听无名尸体案的侦查情况。事实上朱大平是赞同侯滨松意见的，但是当侯滨松和鲁俊山当面爆发冲突时，他作为大案队的副队长不好公开站在侯滨松的一方，所以他就没有发表意见，而是等过后再听侯组的情况，然后部署侦查行动。可是回到队里一看侯组的人都不见了，找侯滨松不接电话，再找吴波，电话那边支支吾吾，这下朱大平也发火了，他命令吴波马上回队。过了不长时间吴波和赵冬、小李子都回来了，他们一个个耷拉着脑袋不说话，小李子还背过脸去擦起了眼泪。

朱大平心里发毛，他把吴波拽到一边问道："怎么就你们几个，侯滨松呢？"

吴波吞吞吐吐："他自己走了。"

"什么叫自己走了，他干什么去了？到底出了什么事你给我赶快说清楚！"朱大平火得上了房。

原来就在朱大平送鲁俊山回家之后，侯滨松用电话把组里的人都叫到一处街心花园里。见面后侯滨松劈头就问吴波："无名尸体案件的材料都带来了吗？"吴波把一个档案袋交给他说："全在这里。"

侯滨松把档案袋装进文件包说："我现在做出一个决定，你们都从无名尸体案件中撤出来，从今天开始由我一个人秘密侦查，你们的日常工作就不要找我了，都直接向朱队请示。"

为什么要这样？所有人都不理解。

"这起案件事关重大，非常复杂也非常危险，我做出这样的决定也是不得已而为之，一是为了保密，二是为了……我已经失去了一个戴洪岭，我不能再失去你们中的任何一个弟兄。"

"我们不怕！"群情激昂，异口同声。

"我怕！"侯滨松丢下这句话毅然走到路边头都没回，开上他的吉普车消失在车水马龙的城市里。

朱大平感到事态严重，这个老妖猴真说不定大闹天宫去了，但这件事眼下事态不明不能立即向上级报告，他叮嘱侯组的人不许乱说，继续寻找马老二，然后就找关超说起这件事。关超同意朱大平的判断，这个侯滨松要出大事，要尽快想办法阻止他，防止他做出什么出格的事来把火烧到朱大平的身上来。鲁俊山提出退休以后，市局选过两个人接替大案队队长的职务，但是这两个人都以种种理由推辞到任，在这种情况下朱大平捡了个代理队长的官，所以关超怕侯滨松出点事朱大平会承担领导责任。关超还给朱大平献计一条。

"你昨天在现场注意到两个细节没有？一个是现场勘查结束之后，范志成和鲁俊山单独交换了意见，我怀疑他们隐瞒了什么秘密。一个是侯滨松拦住范志成的车交谈了几句，然后他上了车，两个人一起走的。侯滨松找他干什么，他们俩又说了些什么？你应该问问范科长，备不住他就知道侯滨松发飙的原因，如果知道了原因，这件事处理起来就会容易一些。"

朱大平依计而行，很快找到了还没有完全醒酒的范志成。范志成从沙发里晃晃悠悠地坐起来问："朱队找我有什么事？"

朱大平看着迷迷瞪瞪的范志成就心中有数了，于是他单刀直入："你昨天晚上跟侯滨松可是没少喝啊。侯滨松请你喝酒没有什么目的吧？"

"是我请他喝酒，不过后来是他买单。"

"你摊上事了，你摊上大事了。"

范志成一阵惊慌，瞪大了眼睛："侯滨松怎么了？"

"侯滨松一个人跑了。"

当朱大平把侯滨松一个人去查案的事情跟他说了之后，范志成的心里七上八下地没了底。侯滨松是个什么人，那可是个敢想敢说敢干的胆大包天的人，他拿走的那份案件材料可是重磅炮弹，要是真的让他给点着了弄出响动来可就真的摊上大事了。其实按照侦查工作的规矩把这份材料交给侯滨松是天经地义的事情，因为他是这起案件的办案人，他应该掌握现场发现的任何证据材料。但是由于案情重大，鲁俊山指示这个材料暂时保密，他还特别交代不能让侯滨松看到这份材料，鲁俊山心中的隐秘范志成也能猜出一二，自然不便深问。

就在范志成不知如何回答朱大平的问话时，一个电话使他摆脱了纠结。看得出这个电话传来的也是一个令人惊掉眼球的消息，范志成放下电话喃喃自语："鲁队提前退休了，大案队这是怎么了？"

"既然你都知道了，我就告诉你吧，我现在是大案队的代理队长，你如果知道什么重要的事情不应该瞒着我，因为我有权利知道，也有权依法采取行动。"

范志成倒了一杯水咕咚喝光："昨天的现场有一个重要的发现，鲁队让我给他写一份秘密报告，我写完直接交给他，我留了一份准备附卷用，现在这份报告在侯滨松的手里。"

朱大平急得直转圈："这报告在谁手里并不重要，我现在想知道报告的内容，你这半天蹦出一句来是要把我急死啊！"

范志成走到桌前打开电脑说："我在勘查现场的时候发现了路边有停过车辆的迹象，当时用相机和摄像机都进行了详细的记录。在路边虽然只留有三个车轮的痕迹，但却透出了一个惊人的信息。这是一辆轻型货车，两个后轮的轮胎是对称花纹，车的右前轮轮胎是非对称的花纹，你看看这里非常明显，这说明右前轮的轮胎是后换上去的，不是一个品牌。"

朱大平看了看电脑里的照片说："这不就是案件现场的遗留痕迹，如果能证明无名尸体确实是刑事案件的被害人，这痕迹也无非能够提供侦查的范围，能够成为定罪的证据，我实在看不出这车轮的痕迹有什么惊人的地方。"

"你还记得康虹是怎么死的吗？你还记得戴洪岭是怎么死的吗？在他们死亡的所谓交通事故的现场都曾出现过这样的痕迹，我对它进行了认真的比对，结果令人震惊，这辆轻型货车右前轮轮胎的非对称花纹与那两个现场的痕迹完全相同，也就是说，在前两个现场出现的那辆货车，在这个现场又出现了。”

“你说什么？”范志成的话终于让朱大平知道这个痕迹的惊人之处了，“这就是说，康虹案件、戴洪岭案件还有这起无名尸体案件都是一个人干的？”

范志成心神不宁地点点头说：“这正是我担心的事情，侯滨松现在非常危险，他一个人在对抗一股强大的势力，不要忘了在他之前已经死了两个人，侯滨松不过是死里逃生。”

朱大平腾地站起来说：“我们不能再等了，现在最紧要的是找到侯滨松，找到这个敢把天捅个窟窿的侯滨松！”

朱大平说着就给侯滨松打电话，由于他心急手乱，连拨了两次号码错误，他恨自己恨不得把手机摔碎。范志成急忙夺下他的手机：“别急别急，我来我来。”

侯滨松的电话通了，但他不接电话，朱大平拍拍自己的脑门说：“他不接电话不要紧，只要他开机我就不停地打，你这边上手段搜索他的位置，听着，你千万不要跟我讲什么规定之类，你就是把侯滨松当成逃犯也得给我搜出他的位置来！”

侯滨松现在的位置在哈尔滨的中山路上。他刚才把吉普车扔在一条偏僻的街路旁，然后换了一件蓝色的夹克衫戴上墨镜向和平村宾馆匆匆走去。他走得很快，警惕地观察着周围是否有异常的迹象，他腰间的手枪已经打开保险，随时都能打响。他的手机放在了振动挡上，他烦透了朱大平一遍一遍打来的电话，但他不能关机，他在等一个非常重要的人物打进来非常重要的电话。走近和平村他放慢了脚步，就在这个时候又一个电话进来，对方只说了一句话就挂了电话。“快来，有重要情况，见面再说。”听了这句话，侯滨松的心里一阵激动又一阵紧张，他不知道发生了什么意外的情况，他只知道情况非常危急。

他不动声色地看看表，时间到，他信步向那座意大利中世纪寨堡式小楼走去。有电话进来，那边是一个温柔的女声，激动使他的脸上泛起红色，他加快步伐一闪身进入到这古朴神秘的寨堡之中。

四

朱大平连着接了两个电话让他无比振奋，一个是吴波报告，通过麻雷子提供的线索已经抓到了马老二，正在押人往回赶。另一个电话是侯滨松打进来的，着急跟他见面，并定好了见面的时间和地点。

“侯滨松啊侯滨松，你这个七十二变的妖猴，你终于要跟我见面了”朱大平又恨又喜。

侯滨松从和平村出来的时候又开了一辆轿车，他把车开到霁虹桥头的禁停线内，向交警出示了证件就从桥头的阶梯下去了，在桥下他找到了隐藏在树后的靳玉兰。刚才侯滨松接到的就是靳玉兰的电话，这是当年几个秘密接头地点之一。

“你不告诉我见面的地点，怎么知道我一定会找到这里？”

“我相信你的耳朵。”

“此话怎讲？”

“因为在我打电话的时候正好有火车通过。”

“只是可惜啊……”

“可惜洪岭兄弟不在了，但是我们为他报仇的日子不会太远了。”

侯滨松听了靳玉兰带来的线索非常兴奋，预感告诉他，拿下一起惊天大案已不在话下。但他同时也很冷静，他很清醒这起案件非同寻常，现在不但他很危险，就是靳玉兰也处在危险的境地中。

“在没有拿下这起案件之前你不能离开我，我必须要保证你的安全。走，跟我一起去见朱大平。”

见面地点在森林景观大道，侯滨松刚走进路边树林，朱大平上来就是当胸一拳，范志成跟着肩上一掌，两个人异口同声骂道：“你这该死的妖猴！”

靳玉兰大为不满：“你们怎么真打啊！”

“都是我的错，该打该打。”侯滨松一脸苦笑。

侯滨松让靳玉兰回避以后，秘密的案情研究会开始了。

“既然你们俩在一起这份材料就没有必要讨论了。”侯滨松说完把那份偷来的现场勘查报告还给了范志成，然后又从文件包里拿出一张皱皱巴巴的宣纸，上面有红色的污渍和工整清秀的毛笔字。

宣纸上很明显是一幅书法作品，书写的虽然是一首顺口溜，但飘若浮云般的行书足见书写者的功力。

示宇儿

不求真理是真谛，专门利己要牢记。

学说假话诚可贵，善说假话见功力。

文凭是块敲门砖，真有知识坑死你。

人生目标别模糊，为官之道是利益。

愚蠢莫过有能力，左右逢源在关系。

高级艺术拍马屁，赏识升官靠上级。

法律法规当废纸，灵活变通是本事。

为党为民为国家，苦海无涯害自己。

朱大平和范志成看完这篇奇文目瞪口呆，从题目看这无疑是一个父亲或母亲写给自己孩子的，可无论如何也无法想象这个家长会是个什么样的人。顺口溜没有落款，朱大平一片茫然，范志成瞪着眼睛在细看这些字迹，他好像回忆起了什么，但他晃晃脑袋挠挠头发没有说话。

侯滨松说话了，他说话的口气有点像法官在宣判一个人的死刑：“我们尊敬的建刚同志膝下有子，是个儿子，姓王名宇。”

这简直是个五雷轰顶的消息，这难道是建刚同志的手迹吗？这难道就是曾经为侯滨松题词“为党为民为国家，刑警本色照中华”的建刚同志的家训吗？

范志成想起来了：“‘为党为民为国家’这几个字是建刚同志的笔记。”

“你这是从哪弄来的？”朱大平还是不能接受眼前的现实。

“这就是在装无名尸体的编织袋中发现的，鲁队看过之后私藏起来，就连当时在场的范科长也没有看到这篇奇文。”

朱大平已经有点晕头转向了：“这到底是怎么回事啊，无名尸体会跟建刚同志有关系吗？”

“这件物证既然是鲁队私藏起来的，那怎么会到了你的手里呢？”

“我刚才去了和平村，在一号楼见到了北京专案组的刘大姐，这件证据是鲁队交给她的，她又转交给了我。她希望能从这起刑事案件入手查出腐败大案，她还说康虹和戴洪岭的案件也到了该水落石出的时候了，所有的侦查行动直接受省厅的指挥。为了保密，她还专门为我配了一辆车。”

“这么说，鲁队他一直和刘大姐保持着联系？”

侯滨松点点头。

范志成恨恨地对侯滨松说：“这么说，你小子错怪鲁队了。”

侯滨松又把靳玉兰喊过来，让她汇报了解到的重要线索。原来哈贸集团腐败案件破获之后，虽然拍了十多只苍蝇，但大老虎却没有揪出来，康虹和戴洪岭被害的案件也石沉大海。面对这种虎头蛇尾的局面，广大的干部群众是不满意的，不断有举报信寄到北京，但是北京专案组无声无息，没有一点动静。侯滨松不会放弃，他的兄弟戴洪岭不能白白死去，美女英雄康虹也不能白白死去，杀害他们的凶手不能逃之夭夭，逍遥法外。在他的指挥下，靳玉兰的侦查活动一直没有停止，就在今天她探听到一个情况：哈贸集团安保部的部长肖继勇有一个表弟，是个搞运输的农民，他家有一辆轻型货车，他的这个表弟曾经因伤害罪判过两次刑。

听到这里朱大平来了劲头：“玉兰同志的这个线索很重要，要马上进行调查，还有马老二已经到手了，我们得赶紧回去听听情况。”

“玉兰现在怎么办？”侯滨松担心地问朱大平。

靳玉兰抢先说道：“侯大哥，你不用管我，我现在得马上回公司，如果我出来的时间太长会引起肖继勇的怀疑。”

“你不能回去，回去太危险。”范志成都觉得在这个时候靳玉兰已经处在了危险的境地。

“我只有回去才安全，而且我也能随时监视肖继勇的动向。”

“玉兰啊，在很短的时间内敌我双方都可能有大动作，你一定要格外小心，有情况及时和我联系。”

回到大案队侯滨松直奔审讯室，他急于从马老二的嘴里知道李四木死亡的真相。马老二肥肥胖胖一身赘肉，坐在那里耷拉着眼皮不敢看人。

侯滨松掏出烟，小李子上前点上火，赵冬搬来椅子他没有坐，他抽了口烟在屋里踱步，阴森着脸问道：“你就是马加贵马老二吗？”

马加贵低垂着头，回答的声音像苍蝇一样：“是。”

“你他妈的给我大点声，抬起头来，看着我的眼睛！”侯滨松火冒三丈。

马加贵提高了声音，但颤抖得厉害：“我是马加贵。”

“有个叫李四木的你认识吗？”

“认识，我们是一个村的。”

“你们俩的关系也不错吧？我在问你话，你怎么哑巴了？”

“我们俩一起盗窃进去过。”

“果然关系不错，能一起盗窃算得上是铁哥们了。”

马加贵点头认可。

“既然是铁哥们，你也下得了手？”

侯滨松的这句话让马加贵瞪大了眼睛：“你说的话我听不明白，我下什么手了？”

“人在做天在看，你杀了你的铁哥们李四木天理难容！”

“你说我杀了李四木？我没杀人，我真的没杀人啊！”

侯滨松拿过李四木尸体的照片啪地拍在他的面前：“你看这是谁？你还敢说你没杀人？”

侯滨松咆哮着上去就是一个耳光，打得马加贵呼天抢地：“警察爷爷啊，你老人家千万别生气，我真的没杀人，这事我能说清楚，我百分之一百能说清楚。”

吴波刚想上前阻拦暴跳如雷的侯滨松，朱大平不动声色地用身体挡住他，朱大平清楚，侯滨松这一通敲山震虎就要有结果了。

马加贵没有撒谎，他确实没有杀人，也确实把事情的经过说得很清楚，无名尸体案件渐渐露出了大致的轮廓。事情得从四天前说起。马加贵和李四木已经串通了好几次，想再干案子弄点钱。他们四处转悠踩点，最后把作案的地点选在了松花江北岸的欧罗巴小镇。这里是新建的高档小区，正是居民入住的时候，许多住户正在装修，出入的车辆和人都很多，所以保安管得并不严，他们就跟着干装修活儿的农民工大大方方地进了小区大门。他们在小区里装作闲逛的样子选择下手的机会。终于他们发现七号楼二楼有一家窗户没关严，而且窗户挂了窗帘，说明已经有人入住。马老二先上楼去敲了敲，屋里没有动静，分析家里没人。两个人一商量，决定由李四木先从单元门的雨搭爬上去，如果这家东西多就打电话，然后打开门，马加贵再进去。李四木干过架子工，爬墙上房是他的长项。他走到单元门口看看四周没人，登上一楼的窗台往上一蹿，一转眼就攀上雨搭钻进了这户人家。李四木刚进去不一会儿就给马加贵打来了电话。

“我的天老爷啊，马老二啊，哈哈哈……”

马加贵捂着手机小声问：“你发现什么宝贝了说话啊？你他妈小点声乐，别被人听见。”

就在这时李四木突然不乐了，马加贵听见有什么东西倒了的声音，紧接着就是李四木的喘息声，他说话的声音越来越微弱：“快、快来救我……我……”马加贵一听这话吓得屁滚尿流，转身就跑了。他整天东躲西藏的连家都没敢回，直到刚才被抓到大案队来。

“你跑什么呢？”

“我以为李四木肯定被抓了，他要是把我供出来我不也得进去嘛，所以我就一直没敢回家。可是他死的事情我不知道，我要是知道他死了，不用你们抓我我也会自己来说清楚。我虽然干的小偷小摸的事，可摊上人命官司我可害怕。”

侯滨松给马加贵点上一支烟问：“李四木这人身体怎么样，有什么病吗？”

马加贵不假思索地说：“他有心脏病，那年我俩盗窃一起进去的，他就是因为心脏病保外就医先出来的。”

“你明知道他有心脏病还跟他一起盗窃，这回你可摊上人命官司了。”侯滨松说完走出审讯室，里面传出马加贵鬼哭狼嚎的饶命声。

要是在以往，案子办到这个程度人人都会欢欣鼓舞，侯滨松就会喜形于色地布置下一步的侦查行动了。可今天审讯结束后，朱大平把大家召集到办公室里却没有话说，范志成低着头剪起了指甲，侯滨松一个劲抽烟呛得直咳嗽。

坐在一旁的关超夺下侯滨松的烟说："你不怕抽死，我们还怕呛死呢。"

每个人的心里都清楚，案件已经走向了风口浪尖的紧要关头，马加贵的供述已经明白无误地证明了建刚同志涉嫌此案。再往下怎么办？侦查的方向指向哪里？每个人的心里都装着这两个问题，其实这是两个有明确答案的问题，是两个不问自明的问题，每个人的心里都很沉重，因为他们知道，一场在亲密的战友之间的殊死厮杀就要开始了。

朱大平拿出木梳梳梳头说："只要是哈尔滨大侦探不怕的案子我就不怕。侯滨松，你怕不怕？"

侯滨松低着头回答说："洪岭兄弟都不怕，我怕什么。"

"你这妖猴能作多大妖，我就敢跟你作多大妖。"范志成的声音不大，他把这话说得很平淡。

关超说话了，他挥舞着激昂的手臂："谁要是在这个时候后退一步，谁就不是站着撒尿的爷们儿。"

办公室里激荡的情绪感染着朱大平，他用坚定的语气发出了命令："我现在决定无名尸体案件立案侦查，专案组组长由侯滨松同志担任，在座的都是专案组成员。"

侯滨松低垂的头终于抬起来，他看着这些生死与共的战友激动不已，一时间竟不知说什么好。关超挨着他，拍拍他肩膀，他这才稳定下来："我同意朱队的决定，我同意担任专案组组长，这个组长非我莫属，我如果不当这个组长，我怎么对得起九泉之下的洪岭兄弟？无名尸体案件很快就要水落石出了，而且我认为康虹和戴洪岭被害案件的破案时机也已成熟，我敢说在两天之内破案是有十分把握的。现在不妨回顾一下我们手里的线索，在无名尸体现场出现的轻型货车轮胎的痕迹、戴洪岭留下的他受到暴力袭击的视频、梁风的目击证言、无名尸体上发现的重要物证和胃内容物里的夏威夷果和碧根果、肖继勇开货车的表弟、马加贵供述的盗窃未遂案件。这一件一件的线索已经形成严密的证据链，勾勒出了一连串犯罪的事实，我们在任何一个点上重拳出击，都能把案件一举拿下。至于幕后更大的阴谋、更大的罪恶那就由北京的刘大姐出手了。"

"专案组的人手是不是少了一点啊？"范志成向朱大平提出了问题。

"为了保密的需要专案组不能再增加人员，你这大科长也委屈委屈，跟我一起听老妖猴的指挥。"

侯滨松摇摇头说："我不同意朱队的说法。事实上我们已经无密可保，自从我参加'四号行动'的那一刻开始，我们的一举一动都在那个大人物的掌控之中。现在到了破案的紧要关头，如果再强调保密，就会把我们自己的手脚束缚起来，影响侦查行动的全面展开。"

"你说了半天到底什么意思啊？"范志成有些急。

"我的意见是大案队全体参战，我倒要让那个大人物看看，大案队的全体刑警，个个都是'为党为民为国家，刑警本色照中华'的英雄。"

"通知迟丽丽记者跟踪报道，我要让哈尔滨人民都知道哈尔滨大侦探，都知道刑警不能破大案不如回家卖茶蛋，都知道大案队的刑警本色。"

五

指认李四木入室盗窃的地点很简单，押着马老二到欧罗巴小镇转了一圈就认定下来，一查这户人家的名字可不简单，售楼处登记的付款人姓名竟然是哈尔滨经贸集团安保部部长肖继勇。

听到这个名字侯滨松紧张起来，他担心靳玉兰的安全，朱大平看出了他的心思说：“我看让玉兰同志撤出来吧，在肖继勇身边会有很大的危险。”

朱大平的话音刚落，侯滨松的手机就传来了靳玉兰急促的声音：“肖继勇正在办公室里收拾东西，看样子很急，好像要出门，我现在怎么办？”

“你不用跟着他，我的人马上就到。”侯滨松放下靳玉兰的电话对朱大平说：“请朱队下达行动开始的命令吧。”

大案队全体在会议室集合，朱大平看到刑警们一个个精神饱满他也有了底气：“同志们，现在我宣布一个决定，无名尸体案件正式立案侦查，专案组由侯滨松同志担任组长。现在无名尸体案件已经有了突破性进展，必须立即采取紧急行动，抓住战机，实施破案。下面请侯滨松同志部署具体的破案行动。”

侯滨松部署任务时振振有词，让人们又看到了他往日的风采。

“吴波，你和小李子立即赶到哈贸集团，给我死死盯住肖继勇。他现在正在办公室收拾东西要外出，他出来以后，无论是步行还是开车，你们都要跟住他，看看他去找什么人，如果他有潜逃的迹象就地拿下。如果他没有从大楼里出来，你们就找借口进去，主要是确保靳玉兰的安全。”吴波和小李子起身走了。

“赵冬，你现在立即与梁风取得联系，然后前往窝棚屯路口秘密守候待命。你一定要注意一个情况，如果肖继勇去窝棚屯找他的表弟，他极有可能是想杀人灭口，你要保证他表弟的安全，同时也要注意自身的安全啊。如果遇到情况危急，先下手干掉他也不能自己吃亏，记住了吗？”赵冬领命而去。

最后侯滨松对身边的关超说：“老关，你赶紧去办理搜查的法律手续，欧罗巴小镇那边要严密把守，不管是什么人，来一个抓一个，哪怕来的是老虎，也得有武松的胆量。还有范科长一定要参加搜查，搜查一定要细之又细，切记啊切记！”

领到任务的刑警都走了，会议室里就剩下侯滨松和朱大平两个人了。此时此刻侯滨松的心七上八下地无法安静，在他内心的角落里，甚至隐藏着只有他自己才能察觉到的惊恐。干了一辈子刑警破了一辈子案，从来没有这样紧张过，他的手有些抖，他怕朱大平看见他的手在抖，就背过身去拿烟。朱大平还是看到了，拿过打火机替他把烟点上。

“你这老妖猴怎么也会紧张？说出去都没人相信。”朱大平想开个玩笑缓解一下屋子里凝固的空气。

侯滨松笑了，他笑得很真诚：“江湖越老，胆量越小，真老了，不服不行。”

“哈尔滨大侦探永远不会老，就像福尔摩斯永远不老。”朱大平说得很认真，没有开玩笑的意思。

“福尔摩斯的故事赵冬给我讲了不少，本来柯南道尔已经把他给写死了，可是伦敦的读者不满意，他没有办法又把他写活了。不过福尔摩斯是假的，哈尔滨大侦探可是真的。”侯滨松的神情又轻松起来。

“特别是哈尔滨大侦探飞铐抓人的故事，那可比福尔摩斯的故事精彩多了。”朱大平的一句话引得侯滨松笑了起来。

电话压住了笑声，紧张的气氛又弥漫开来。吴波报告肖继勇正开车往二龙山方向驶去。“你一定要紧紧跟住他，他很有可能是去找他的表弟杀人灭口，我和朱队马上带人去增援你。”侯滨松边听电话边出了门。

朱大平也拿着电话边走边说：“范科长，你要严密监控肖继勇的手机，有信息及时与我联系。”

一辆辆车挂上警灯冲上公路，冲向侯滨松关注的窝棚屯。

赵冬把车隐蔽在路边树丛中，然后把梁风派到屯子里去观察那辆货车在不在，可是等了半天不见回来，就慌忙去找。他刚下车要进村，就听身后的苞米地哗哗有响声，他心里一惊拔出手枪，回头一看是梁风回来了。

“你怎么去了这么长时间？”

“我都看仔细了，这小子正在准备出车呢。”

赵冬立即报告，侯滨松的答复是抓住人先不要回来，肖继勇很快也会到达这里，等拿下了肖继勇你们再就地审讯。赵冬刚放下电话，一辆轻型货车就从屯子里开了出来，两人急忙站到路边摆手把车拦下来。梁风先仰着脖问这是不是窝棚屯，开车人问他找谁家，梁风从兜里掏出一张纸条递给他，说都在这上面写着呢。就在梁风完全吸引住开车人的注意力的时候，赵冬拉开副驾驶车门一跃而上，开车人听见动静回头时，冰凉的枪口已经顶在了脑门上。

肖继勇看看快到通往窝棚屯的路口了，就掏出手机打电话，电话里传来表弟的声音，这让他放下心来。终于他看到了路边树荫里的蓝色货车，慢慢减速停车但没有熄火，从腰里掏出一支手枪推上子弹，然后把枪揣在裤兜里下了车。他看见表弟坐在车里就走了过去，他刚拉开副驾驶的车门，赵冬的枪口出现在他的眼前。

肖继勇很镇静：“你是什么人？不管你是警察还是黑道的，你们都找错人了。”

“错不了，哈尔滨经贸集团安保部部长肖继勇是你吧？请你千万不要做不该做的动作，那样的话会对你非常不利。”

这时两辆闪着警灯的吉普车和一辆两厢小轿车停在路边，当肖继勇看到侯滨松从车上下来，他本想再挣扎一下的勇气消失了，小李子从他的裤兜搜出了手枪，他也顺从地让吴波戴上手铐。靳玉兰开着小轿车停在路边，迟丽丽从车上下来时绊了一跤，她连滚带爬地跑到跟前，用相机拍下了这个场面。

闪着警灯的车把肖继勇拉走了，他的表弟坐在车里看得傻了眼。赵冬拍拍他的脸让他清醒清醒：“你现在应该知道该跟警察说点什么了吧？”

“知道知道，我知道该怎么说。”他惊魂未定，连连点头。

赵冬打开录音笔说：“那你就说给我听听吧。”

押着肖继勇回哈尔滨的路上，又一个紧急的事态发生了。关超办理完搜查的法律手续来到欧罗巴小镇七号楼一单元二〇一号，就是李四木盗窃的那户人家，也就是肖继勇付款购买的住房。开始以为屋里没人，范志成马上把技术开锁的人叫来，准备开锁进去搜查。可是当使用技术手段开锁时，却发现屋子里有人把门反锁了。朱大平接到关超的报告答复说："这个情况比较特殊，要慎重，一定要等我回去再采取行动。"

侯滨松和朱大平想到了一起，这个情况确实不同寻常，万一堵在屋里的是个大家伙怎么办？鉴于案情重大，没有省厅和刘大姐的命令是不能轻举妄动的。

关超和范志成与屋里的人相持到黄昏，侯滨松和朱大平才赶过来。他们在楼下的走廊里进行了紧急商议，中心的议题就是这屋子里的人到底是谁。经过分析大家有一个一致的判断，堵在屋里最有可能的就是两个人，不是王建刚就是他的儿子王宇。如果是王宇，尽量说服，让他打开房门接受搜查。如果里面真的是王建刚，那就立即上报省厅请示如何处置。

"我去试试吧，无论是王建刚还是王宇我都敢面对他。"

朱大平表示同意侯滨松的建议："王建刚还有他的孩子都和你有深厚的感情，你去试一试会有结果的。"

"我不同意，什么叫试一试？一连串杀人案的幕后黑手就是这个王建刚，让侯滨松去试一试，他就不敢再杀人吗？"说话的是靳玉兰，她的话音刚落迟丽丽就接上了茬儿："靳大姐说得有道理，已经牺牲了两个人了，不能再让侯警官去冒险了。"

"大家都放心吧，我有狗屎运。"侯滨松丢下这句话头也不回地上楼去了。

按了两遍门铃，细细听里面有动静，侯滨松深吸一口气来平静一下心情，用尽可能温和的声音说："里面的人请听好，我是侯滨松，如果你还信任我就请开门，我们有工作需要进去完成，如果不想开门，也请你能告诉我你是谁。"

同样的话说了两遍里面没有人回应，侯滨松不但听见了自己的心跳，他也感觉到了防盗门里边的心跳。突然门锁发出了转动的响声，房门轻轻地打开了，门口站着一个人侯滨松认识，他就是王建刚的儿子王宇。

门开了，最着急进去的是范志成，他一眼就看见了客厅茶几桌上的两个精致铁盒，上面的英文商标写着 Pecans 和 MacadamiaNut，这就是在李四木胃内容物中发现的碧根果和夏威夷果。他还注意到了墙角有破碎的红酒瓶，那宣纸上的红色是不是在擦地时染上了红酒还有待于再做检验。可是就算李四木入室盗窃偷吃了坚果偷喝了红酒，就至于被抛尸吗？

搜查刚刚开始，所有的人就都被惊呆了，和范志成一样心存困惑的人们都明白了李四木的死对侦破惊天大案的贡献。第一个打开壁柜的是关超，他的手像被火烫了一样缩回来，由于大吃一惊禁不住倒吸一口冷气。众人看时个个目瞪口呆，原来这个直通到顶的壁柜里整整齐齐摆满了成捆的人民币。范志成过来照相，连续三张都拍虚了，他的手抖得太厉害了。接下来的搜查很简单，在这间屋子里的所有壁柜、书柜、橱柜里，在电冰箱和洗衣机里，还有所有的皮箱、旅行箱里，全都是一捆一捆的人民币。

在侯滨松汇报这一重大案情时，用了“很多很多钱，满屋子都是钱”这样的形容词，可对方不断大声追问到底有多少钱，还说实在不行就先估计一个数。侯滨松无奈地回答：“我这辈子也没见过这么多钱，实在估计不出到底能有多少。”

没过多久，省厅、纪委、反贪局的大队人马就都杀了上来，紧接着银行的人也拎着点钞机前来增援，一百多平方米的房子里挤满了人。

案件移交给检察院，大案队的人就撤了出来，小李子要给王宇戴手铐，侯滨松拦住说：“不用了，他要是跑了你就抓我。”

王宇浑身颤抖地问道：“侯叔叔，我该怎么办？还有我爸爸该怎么办？”

众目睽睽之下，这一问把侯滨松给问住了，他想了想，勉强给出了一个回答：“就像刚才我说不清到底有多少钱一样，我从来没见过这么多钱和这么大的案子，你怎么办我说不清，你爸爸怎么办我就更说不清了。”

侯滨松说这话时强忍住没让眼泪掉下来。

六

很多时候，破案的过程就是不断地发生意外的过程，有时候意外的顺利让人欢欣鼓舞，有时候意外的失利令人垂头丧气，当刑警乐能乐死愁能愁死，整天一会儿乐一会儿愁地来回摔打，不把心脏摔打出点毛病来才怪。

无名尸体案件进展到这个阶段就出乎意料地顺利。拿下了肖继勇和他的表弟，再往下将是一场艰苦的审讯，但是谁也没想到这表兄弟二人一进大案队的审讯室，就来了个竹筒倒豆子，从杀害康虹到追杀裴文敏，从追杀侯滨松到杀害戴洪岭，把他们所有的犯罪事实交代得明明白白，清清楚楚。

哈尔滨经贸集团腐败窝案由来已久，王建刚一路买官升迁都是由这个集团资助的。所以当他步步高升之后，也运用手中的权力帮助这个集团获得更大的利益，一个集体腐败的窝案就这样越滚越大。贪污、逃税、行贿、走私这些罪恶逃不过财务科长的眼睛，康虹站了出来，她实名举报经贸集团上层领导的经济犯罪问题。但是她失败了，她死在了一起“交通事故”当中。这起“交通事故”是王建刚授意由肖继勇策划实施的。可是王建刚没有想到，文弱的裴文敏敢于前仆后继进京控告，这才有了秘密抽调侯滨松铲除裴文敏的动议。更让王建刚万万想不到的是，这个最让他信任的战友竟然失去了驾驭，从追捕裴文敏变成了掩护裴文敏。王建刚没有退路，他痛下决心要杀掉侯滨松，可是肖继勇追杀时中了侯滨松的调虎离山计，错把戴洪岭杀害了。紧接着，侯滨松这个神通广大的妖猴竟然动用直升机，奇迹般地把裴文敏从空中送去了北京。北京来的专案组在把哈贸集团一窝端了以后，却没有动王建刚和他的心腹干将肖继勇，因为专案组也遇到了阻力，遇到了北京更大的老虎的阻力。为了反腐斗争的更大胜利，北京专案组做出等待时机一击制敌的计划，鲁俊山是参与这一计划唯一的基层指挥员，他肩负着观察时机选择突破口的重任。

等待，这是一场疲惫不堪的等待，终于无名尸体出现了，范志成追踪了一年的轮胎特征出现了，一首惊人的示儿诗出现了，欧罗巴小镇的神秘住所出现了。终于等来了时机，终于发现了一击制敌的突破口。在无名尸体的现场鲁俊山的心脏喜极而颤，他强压住意外发现的那种狂喜，尽快地摆脱侯滨松的纠缠，回到办公室拿起桌上的电话，他的重大发现传到了省厅，又迅速地传到了北京的专案组。

坐镇和平村的刘大姐轻轻梳理着花白的头发，掀起了一场更加猛烈的反腐风暴。

回到大案队已经是第二天的早晨，由于阴云密布，天上不像往常那样明亮。每个犯罪的人被警察抓住后都有一个相同的心理，都想探究警察到底是怎么发现的线索，特别是那种自以为是的人，他们不愿意接受警察破案的现实。王宇也是一样，他进了审讯室就提出要见侯滨松，他无法想象侯叔叔怎么会找到欧罗巴小镇来。

侯滨松走到审讯室门口时，迟丽丽追上来问：“能让我也听一听你们的对话吗？”侯滨松想了想说：“我说过这个案件无密可保，你要是想听就听听吧。”

迟丽丽感动得双手抱拳，连连致谢。

王宇见到侯滨松很平静，但他对记者旁听他们的谈话表示质疑。侯滨松恳切地说：“王宇，你想过没有，中央电视台会放过刚才发生在你家的事情吗？”

听侯滨松这样一说，王宇不再理会迟丽丽在场旁听了。

回答王宇的疑问，侯滨松不像以往回答其他罪犯时那样趾高气扬，相反他觉得心里一阵阵的悲哀。他无法想象王宇这样优秀的青年人，也会沦落为阶下囚，就像他这一生见过的无数罪犯一样。

“欧罗巴小镇这个秘密住处的暴露，要从你家突然发现一具无名尸体说起。”

王宇面无表情说了句话：“这都是命啊。”

“有道是天有不测风云，谁能想到在自己的家里突然发现一具尸体。面对这一突发事件，你父亲做出了秘密抛尸的错误决定，他没有选择，只能做出这样的错误决定，于是找来了肖继勇，又找来了那辆轻型货车，你用编织袋装好尸体，和那个司机一起把尸体扔到了松花江北岸偏僻的公路旁的水沟里。这一切确实做得很周全，可是百密也有一疏，尸体还是被发现了。这具尸体没有任何伤害致死的痕迹，但是我还是进行了调查，别忘了你侯叔叔是哈尔滨大侦探。我很快就知道了死者叫李四木，他是钻进你家来偷东西的。谁能想到这个盗贼有心脏病，谁能想到你的家里会有这么多钱？李四木的心脏没能扛住这强烈的刺激，据他的同案交代的情况分析，他可能是吓死的，也可能是乐死的，反正他在极度的兴奋中心脏病突发死亡。你问我是怎么破的案，其实这起案件破案并不是警察有多么厉害，而是有利条件很多，在我看来这些条件都是上天特意留给警察的。李四木的死是破案最关键的条件，他为什么要在这一刻突发心脏病而死去呢？在尸检的过程中，我们发现这个人去了一个不同寻常的地方，他的胃内容物中有美国产的碧根果和夏威夷果的成分。这种高档坚果一般不会出现在普通百姓家的餐桌上，正是它把我们的视线引向了欧罗巴小镇这样的高端小区。你说这个李四木为什么非要去吃那几个坚果呢？你在抛尸的现场留下了汽车轮胎的痕迹，你知道我们的刑事技术专家追踪这个轮胎痕迹有多久了吗？这是一个天大的疏漏，你为什么非要用这辆车运输尸体呢？”

王宇聚精会神，听得非常认真。

“你可能做梦都想不到，我们在装尸体的编织袋中还有惊人的发现。开始看是一个擦东西用过的废纸团，上面有红酒的痕迹，把它展开一看竟然是写在宣纸上的一首诗，诗的题目是‘示儿’。你把死者的手机和买药的信用卡都扔掉了，可为什么偏偏留下了这首诗呢？”

“我当时把他身上所有的东西都扔掉了，由于我用这张纸擦过地面，揉成一团当成了废纸，就把它扔进了装尸体的袋子里。我刚才说过，这都是命。”王宇好像是在说别人的事情，刚才那种恐惧的情绪已荡然无存。

这次破案惊喜连连，唯独侯滨松没有喜悦的心情，因为这个结果早在他的意料之中。他的心头压着一块石头，而且这块石头越来越沉，压得他喘不过气来。王宇已经安心了，因为他知道一切都无法挽回，一切都没有希望了，人在死到临头的时候就豁然开朗了。破案了，这案子破得难受，这辈子就在破案的辉煌中一路走来，可到头来却怅然若失。侯滨松和王宇道别后，失魂落魄地回到办公室，他靠在椅子上点上烟，搭在桌上的两只脚在烟雾中晃来晃去。

电话响他懒得去接，这案子破得稀里哗啦的，没什么着急的事情需要他了。电话响了一遍没接又响，他这才伸长了胳膊在桌上摸起电话，拿到眼前一看是鲁俊山，他蹦了起来："鲁、鲁队您好。"

"你马上出来一趟，就现在，我有话要和你说。见面地点在森林公园白桦林。"

鲁俊山的声音又冷又硬，说完就关了电话。这个电话让侯滨松有些紧张，因为他已经知道了鲁队在刘大姐的指挥下开展侦查的秘密，在这个时候他能有什么急事找他呢？难道他也遇到了危险吗？大敌当前不得不防啊。想到这里他慢慢地把电话揣在兜里，又从枪套里掏出手枪揣在兜里，他紧一紧腰带，出门前做深呼吸放松了一下情绪，然后像逛街一样走出大案队。他一路悠闲地上了车，等他哐地一声关上车门就再也按捺不住焦虑不安的心情，猛一脚油门就冲到了街上。他用手拍拍方向盘，为刚才的慌乱而后悔，但这已经无法挽回了。

哈尔滨国家森林公园就在前面了，侯滨松放慢了车速，这时他已经镇静下来，就像士兵在进入阵地的时候会紧张胆怯，可当战斗打响的时候他会毫不犹豫地冲上去。鲁俊山电话里的语气很难捉摸，但是在短短的一句话里却透露出非常紧要的内容。"马上到"说明事态不寻常，在这之后又强调了"就现在"，是什么样的事态到了如此刻不容缓的关口呢？最后一句话更是意味深长："我有话和你说。"什么话马上要说，还得现在就说，还一定要跟我说？现在无名尸体案件就差拿下那个示儿大获全胜了，在这个时刻他有什么话说呢？他一定也陷入了险境。

侯滨松一步一步走进白桦林，这里是森林植物保护区，大兴安岭、小兴安岭和长白山的树种都能在这里找到。这真是一个闹中取静的城市森林，在这个秋天的中午一片寂静，除了侯滨松走进这宽阔的树林，再看四周竟空无一人。他停下脚步站了一会儿，就听见身后有人走动的声音，回头一看他愣住了，原来是王建刚从一棵大树的后边走了出来。侯滨松只是默默地看着他，没有寒暄也没有说话，他确实想不出在这样一个时候面对这样一个人应该说什么。

王建刚一身浅色的休闲装仍显得潇洒优雅："哈尔滨大侦探，你没想到是我要见你吧？"

"鲁队在哪里，你为什么让他约我来？"

听了这话王建刚笑出了声音："要是我约你来见面，你这大侦探就得带上你的那些人来抓我，我现在的身价不低，你如果把我抓回去邀功这功可小不了。"

"我在问你鲁队在哪里？"侯滨松声色俱厉。

"你不要在我面前耍你的警察威风，别忘了，要不是我你现在早就成了一个退休的老工人了。至于你的鲁队，他能听从我的指挥把你约到这来，你还怕他不安全吗？”

“你如果翻起这笔旧账，那我就不得不说上几句。我能成为一名警察得感谢你和鲁队，我能成为一名优秀的警察也是你和鲁队的功劳，我侯滨松是个滴水之恩当涌泉相报之人，不管到什么时候都感恩戴德永不相忘。”

这时王建刚突然挥手跺脚地咆哮起来，失态的样子像个精神病人：“你给我闭上你的嘴！你这忘恩负义的无耻小人，你好话说尽坏事做绝，我怎么就没想到在关键的时候，在我最需要你的时候，你却在背后狠狠地刺了我一刀！我想不通，你为什么要置我于死地啊？”

这一番话让侯滨松彻底失望了，王建刚在他心目中师长和领导的风范在这一刻灰飞烟灭了，剩下的只是一具丑恶的骷髅。“说句心里话，我现在既可怜你又恨你，可怜你挥霍破败了浑身的才华，可恨你把锦绣前程生生地毁在自己的手里。我看了你写的示儿诗，那一字字一句句哪像半点领导干部的样子，哪还像一个共产党员？想想我刚当上警察那会儿你是怎么教育我的，想想你介绍我入党的时候是怎么跟我说的，想想我被评上劳动模范时给我的赠言，‘为党为民为国家，刑警本色照中华’。每当我遇到困难的时候，我就会翻开那个红色的日记本，看着那上面有你写的赠言，我就有了心劲儿。可你现在成了什么样子，你还有一个做人的底线吗？你变了，变得让我痛心啊！”

“闭嘴！你一个小警察有什么资格教训我？我写的示儿诗怎么了？那是我对现实社会的剖析和解读，如果对现实社会的本质都不能看透，那你就没有成功。一个人为了一种所谓的理想和信仰去奋斗是愚蠢的，是荒唐的，是没有意义的。人活着为了什么？为了利益，要不知疲倦地去攫取利益，利益是当官的最高目的，也是唯一的目的。有人把这叫腐败，那是因为他腐朽，他无知，他不懂生活的意义，不懂生命的价值，这我也没有办法。我们周围的人无论外表多么光鲜他的骨子里都是农民，他们都目光短浅只知道眼前利益，你只有去迎合他们，把自己也变成一个鼠目寸光的人，你才会成功。如果你一旦把眼光放远，那你就会被这个社会所抛弃，那你就注定是一个失败的人。就像你为党为民为国家，到头来还是一个大头兵，哈尔滨大侦探那不过是一个虚名，为了这个虚名去流血流汗搭上性命这值得吗？我承认当年写给你的赠言是真实的，但后来我不信了，我把这句话当成官场作秀的骗人把戏。正因为我不信这句话，所以我才有了人生辉煌，你正因为相信了这句话，所以你都快要退休了还是个老警察。”

看着滔滔不绝口若悬河的王建刚，侯滨松崩溃了，他痛哭流涕成了一个泪人。“‘为党为民为国家，刑警本色照中华’。你说这句话是官场作秀骗人的把戏，可这句话我是深信不疑的，我把这句话当作座右铭，正是在它的鼓舞下我才走向了成功。你可能看不起我的成功，因为我的成功不是用金钱和级别来衡量的，我的成功是人民给我的奖赏，‘哈尔滨大侦探’是至高无上的光荣。你正因为放弃了为党为民为国家的理想才有了今天的下场，我是一个老警察又怎么样，把你送进看守所仍然是我的本分。我爸爸告诉我说，当警察要有良心，苍天做证，我要是不把你送进看守所，我就丧了警察的良心。”

侯滨松擦去满脸的泪水抬起头来，只见王建刚正用手枪指着他，他从刚才的激愤中清醒过来，枪口在告诉他，作为警察，他正面临着又一次你死我活的战斗。

就在王建刚拔出手枪的时刻，大案队的警察们已经悄无声息地包围了这片树林。侯滨松在刚才离开大案队的时候，为了不惊动别人做出一派悠闲的样子，但他在起车时急加速的动作暴露了他慌乱的心态，就是这样一点小疏忽却被关超隔窗窥见了。关超把这一发现告诉了朱大平并断定要出大事，侯滨松必有危险，这才有了大案队包围白桦林的行动。

王建刚用枪指着侯滨松说："哈尔滨大侦探，你没有机会送我进看守所了，你没有机会当英雄了，我今天成全你去当烈士，明年的今天会有人给你献花，也可能有大领导为你题词，这够光荣了，足够你光荣了！”

“你还记得你曾经告诫我的话吗？只要活着，就有机会。”

王建刚一声冷笑："我没有机会了。”

王建刚推上子弹就要开枪，就在这要命的一瞬间，随着一声“住手”的吼叫，鲁俊山从一棵树后猛冲出来挡在了侯滨松的前面。王建刚的枪口火光一闪，枪声响过，鲁俊山应声倒地。

刑警们冲出来，所有的枪口都对准了王建刚，在一片“别动”和“放下武器”的警告声中，他害怕了，他步步后退。侯滨松没有去管倒在地上的鲁俊山，他拔枪在手向着王建刚步步紧逼："建刚同志，我刚才说要送你去看守所，现在看来，你没有机会去那里了。”

“你别过来！”王建刚把枪对准了自己的脑袋，嘭的一声人就倒下了。侯滨松冲上去还要再打，朱大平抢先一步夺下他的手枪。

王建刚头上流出的血玷污了一小块青青绿草，侯滨松看着他那极不优雅的卧姿从牙缝里挤出句话来："你培养教育了我一辈子，到头来都不肯给我个机会。"朱大平怒不可遏地问道："你想要什么机会？"

侯滨松咬着牙说："我想替我爸给他一枪。"

"鲁队、鲁队！"一片喊叫声使侯滨松想起了中枪的鲁俊山，他跑过去抱起鲁俊山失声痛哭起来。这时他忽然听见了鲁俊山说话的声音："哭什么哭？有损哈尔滨大侦探的形象！"

"鲁队，你没事啊！"全体惊叫。

鲁俊山坐起来脱下防弹衣说："本来退休了防弹衣应该留下，就算我借用一次，占公家便宜了。"

"你为什么不告诉我是王建刚约我来的？"

"我怕你带人来会惊动他，还不如咱俩把他拿下更方便。"

在不远的一棵白桦树下，迟丽丽拿着相机忘记了拍照："在我这一生中，侯滨松是最让我感动的人。"

她身旁的靳玉兰说："你千万不要被他感动了。"

"为什么？"

"那会害了你。"

迟丽丽没有时间回味这句话，她这时最紧要的是去抓拍精彩的镜头。

侯滨松搀着鲁俊山对朱大平说："朱队，案子破了，该去看看洪岭了。"

黑龙江公安英烈公墓坐落在二龙湖畔，这里靠山临水是个幽静的去处。侯滨松站在墓前，把一瓶酒高举过头说："我的好兄弟、好战友，同志们看你来了。你不抽烟，我给你带酒来了。"说完他把酒洒在墓前。

所有人低头默哀，泪水和酒一样滴落在地上。

侯滨松又拿出一瓶酒把盖打开放在墓前："这瓶酒给你留下，晚上冷了喝一口暖暖身子。"

刑警们站成一队，最后面是靳玉兰和迟丽丽。朱大平发出敬礼的口令，站在排头的鲁俊山没有穿警服，他敬礼的动作仍然像一个军人标准有力，紧挨着他的侯滨松却差得很远，敬礼的手在不断地颤抖。

回来的车上默默无声，全程只有两句对话，声音不大。

鲁俊山说："我的名字也差一点刻在这个墓碑上。"

侯滨松想了半天回了一句："谁叫我们当上这该死的警察。"